KB011990

택리지 평설

택리지 평설

擇里志 評說

국토 평론가 이중환,
사람이 살 만한 땅을 말하다

안대회 지음

Humanist

들어가며

이중환李重煥(1690~1756)은 날카로운 혜안으로 조선의 지리와 경제, 자연을 고찰한 지식인이었다. 그가 심미적이고 예민한 지성을 발휘하여 저술한 《택리지擇里志》는 "간혹 주먹으로 치고 발로 차며 대드는 태도"를 보이며 우리 국토를 새롭고 다채롭게 분석한 도전적인 저술이다. 그 때문에 현재까지도 참신성을 잃지 않으면서 다양한 해석을 불러일으키고 있다.

나는 2년 전 아홉 명의 동학과 함께 《완역 정본 택리지》를 출간하면서 힘닿는 대로 《택리지》를 분석한 저서를 내놓으리라 다짐했다. 그렇다 보니 번역서를 출간한 후에도 《택리지》와 멀어지기는커녕 늘 곁에 두고 들춰보며 공부했다. 이렇게 공부한 결과를 2년 만에 《택리지 평설擇里志 評說》이라는 제목으로 출간하니, 나 자신과의 약속을 지켜 다행이라는 생각이 든다.

지난 몇 년 동안 교감과 번역을 진행하면서 여러 《택리지》 사본을 펼쳐보았다. 사본이 200종을 훌쩍 넘길 만큼 오랫동안 독자의 인기를 얻은 이유를 비롯해, 난마처럼 뒤엉킨 사본 사이의 관계, 국토를 바라보는 이중환의 독특한 시각, 베일에 가려진 지은이의 생애 등을 면밀히 추적

했다. 그러는 사이 아홉 편의 글을 새로 썼고, 고치고 다듬어 이렇게 한 권의 책으로 엮었다.

《택리지》에 관해 많이 알고 있다고 자부하며 번역도 하고 저서도 내고 있으나, 나 또한 전문 지리학자는 아니다. 고전을 공부하는 인문학자로서 10년 가까이 이중환과 《택리지》에 사로잡혀 있었을 뿐이다. 지리학자가 아니기에 보지 못하는 점이 많겠지만, 인문학자이기에 볼 수 있는 점도 적지 않았다. 《택리지》가 나온 역사적 맥락과 이중환의 고된 인생 역정, 거기에서 비롯한 문제의식, 당대는 물론 후대 사대부들이 《택리지》를 읽고 논하고 베껴 쓰면서 수없이 다양한 이본을 내놓을 만큼 뜨거웠던 관심, 사대부들이 헛소리로 치부하던 민담을 풍부하게 수집해 지역민의 생생한 목소리를 들으려 했던 지은이의 노력 등을 세세히 살펴볼 수 있었다. 아홉 편의 글과 이중환의 연보로 구성된 이 책을 통해 독자 여러분이 《택리지》를 다양한 관점으로 읽을 수 있기를 기대한다.

이 책의 제목을 《택리지 평설》이라고 지은 것은 나름대로 《택리지》에 천착해서 공부한 글을 모았기 때문이다. 다만 '평설'을 표방하는 종래의 책과는 달리, 《택리지》에 담긴 모든 내용을 차례대로 설명하지는 않았다. 《택리지》가 탄생한 토대를 찬찬히 밝히고 관련 내용을 두루 설명함으로써 독자 여러분이 《택리지》를 정확하게 이해하면 좋겠다는 마음을 담았다. 이 책이 《완역 정본 택리지》를 더욱 깊고 넓게 이해하려는 독자의 곁에 늘 함께하기를 바란다.

2020년 11월

안대회 쓰다

차례

일러두기

- 이 책은 지난 몇 년 사이에 쓴 논문을 바탕으로 새로 쓴 것이다. 단행본 체제에 맞게 제목과 차례를 전면적으로 수정하였고, 평이한 문체와 알기 쉬운 용어로 바꾸었으며, 중복되는 내용은 간추리고 손을 보았다. 전체 내용을 많이 보완하고 수정했으나 복잡한 고증과 번다한 사실은 축약하거나 삭제했다. 논문의 출처와 수정 정도를 다음과 같이 밝힌다.

- 1장은 《완역 정본 택리지》(양장, 휴머니스트, 2018)의 해제(5~39쪽)를 대폭 수정하고 보완했으며, 2장은 〈청담 이중환 생애의 재조명〉(《한국한문학연구》 제73집, 한국한문학회, 2019, 229~265쪽)을 수정했고, 3장은 〈《擇里志》와 조선 후기 지방 이해의 혁신: 浮浪하는 존재의 移住와 定住〉(《한국한문학연구》 제53집, 한국한문학회, 2014, 69~102쪽)를 대폭 수정하고 보완했다.
- 4장은 〈조선 후기의 좋은 집터, 이상적 거주 공간의 이론과 실제: 《임원경제지》 〈상택지〉를 중심으로〉(《민족문화연구》 제83호, 고려대학교 민족문화연구원, 2019, 447~479쪽)를 대폭 수정했고, 5장은 〈이중환의 《택리지》 개정과 이본의 형성〉(《민족문화연구》 제79호, 고려대학교 민족문화연구원, 2018, 195~222쪽)을 수정했으며, 6장은 〈《택리지》의 篇目과 이본의 구조 및 계통〉(《동방학지》 제183호, 연세대학교 국학연구원, 2018, 145~169쪽)을 수정했다.
- 7장은 〈巵園 黃裳의 《택리지》 개정과 증보〉(《한국문화》 제84호, 서울대학교 규장각한국학연구원, 2018, 79~108쪽)를 수정했고, 8장은 〈《택리지》의 구전口傳 지식 반영과 지역 전설 서술의 시각〉(《대동문화연구》 제93호, 성균관대학교 대동문화연구원, 2016, 41~74쪽)을 수정했으며, 9장은 〈소사 전투에서 활약한 원숭이 기병대의 실체: 임진왜란에 참전한 명明 원군援軍의 특수부대〉(《역사비평》 제124호, 역사비평사, 2018, 294~323쪽)를 대폭 수정하고 보완했다.
- 〈청담 이중환 연보〉는 〈청담淸潭 이중환李重煥 연보年譜〉(《한문학보》 제39집, 우리한문학회, 2018, 205~230쪽)를 대폭 수정하고 보완했다.

1장

《택리지》 서설

《택리지》는 어떻게 조선시대의
대표적인 실용서가 되었나

18세기 인문지리학의 명저 《택리지》

1751년 어름에 홀연히 세상에 나온, 청담清潭 이중환李重煥(1690~1756)의 《택리지擇里志》는 국토의 지리정보를 전면적으로 다룬 인문지리학의 명저이자, 정치와 역사, 경제와 사회, 문화와 전설, 산수와 명승 등 인문과 사회의 여러 영역을 두루 다룬 책이다. 세상에 나온 이래 끊임없이 많은 독자가 읽어 대중적 인기까지 얻었다.

조선에서는 국토지리에 관한 지식과 정보를 국가가 독점하여 관리했다. 조선왕조는 《신증동국여지승람新增東國輿地勝覽》(1530)과 《여지도서輿地圖書》(1757)를 편찬하여 공공의 목적과 수요를 위해 행정과 군사, 교통 등에 걸쳐 종합적이고 표준적인 정보를 집적하였다.[1] 유형원의 《동국여지지東國輿地誌》(1656)와 김정호의 《대동지지大東地志》(1866)는 개인이 편찬한 지리지이나 목적과 체재는 큰 차이가 없었다. 각 시대를 대표하여 국가와 개인이 만든 네 종의 지리지는 목적과 이용자가 같았고, 연혁·풍속·관부·학교·토산·효자·성곽·산천·누정·역원·명현·제영 등으로 구성하고 해당 항목을 나열하여 체제가 동일했다.

《택리지》는 목적과 체재가 이들과 완전히 다른 개인 창작물이었다. 이중환은 완전히 새롭고 창의적인 시각에서 국토지리를 해석하고 평가한 지리지를 내놓았다.[2] 국토를 지역별로는 〈팔도론〉, 주제별로는 〈복거론〉으로 양분하여 설명했으니 이는 최초의 시도로 지리학사에서 가치를 인정받고 있다. 《택리지》는 18세기 전반기 지리정보를 실정에 부합하게 설명하여 국토지리의 참모습을 궁금해하는 독자의 갈증을 시원하게 해소하였고, 지리에 관한 새로운 욕구를 창출하였다. 관찬 지리서가 제공해온 정보의 범주를 넘어 새롭고 실질적인 정보를 제공했고, 처음 나왔을 때부터 250여 년 동안 독자에게 큰 영향을 끼쳤다. 이 책을 능가한 저술이 새로 나오지 않았다고 할 만큼 획기적이고 독창적이며, 넓고 깊은 시야로 한국의 지리와 자연과 인문을 안내하는 선구적 저술이다. 18세기 후반의 뛰어난 학자 일몽一夢 이규상李奎象(1727~1799)은 자신이 소장한 《택리지》에 이런 강평을 써두었다.

> 우리나라 지리와 강토를 다룬 저작으로 간략하면서도 자세하기로 《택리지》만 한 책이 없다. 또 옛이야기와 기이한 사연이 많이 실려 있다. 마땅히 간행하여 집집마다 소장해야 한다.[3]

이규상 또한 전국 지리를 논한 《청구지靑丘志》를 저술한 지리학자였다. 그가 보기에 《택리지》만큼 적절한 분량에 자세한 지리정보를 갖춘 지리서는 없었다. 앞에서 말한 지리지 대부분은 분량이 방대해 개인은 커녕 장서가라 해도 소장하기 쉽지 않았다. 그러니 일부 국가기관이나 지리 전문가가 아니면 손에 넣을 수도, 읽을 수도 없었다. 귀중한 저술이라 해도 소장하거나 읽은 이가 극히 적었고, 자연스레 대부분 유일본

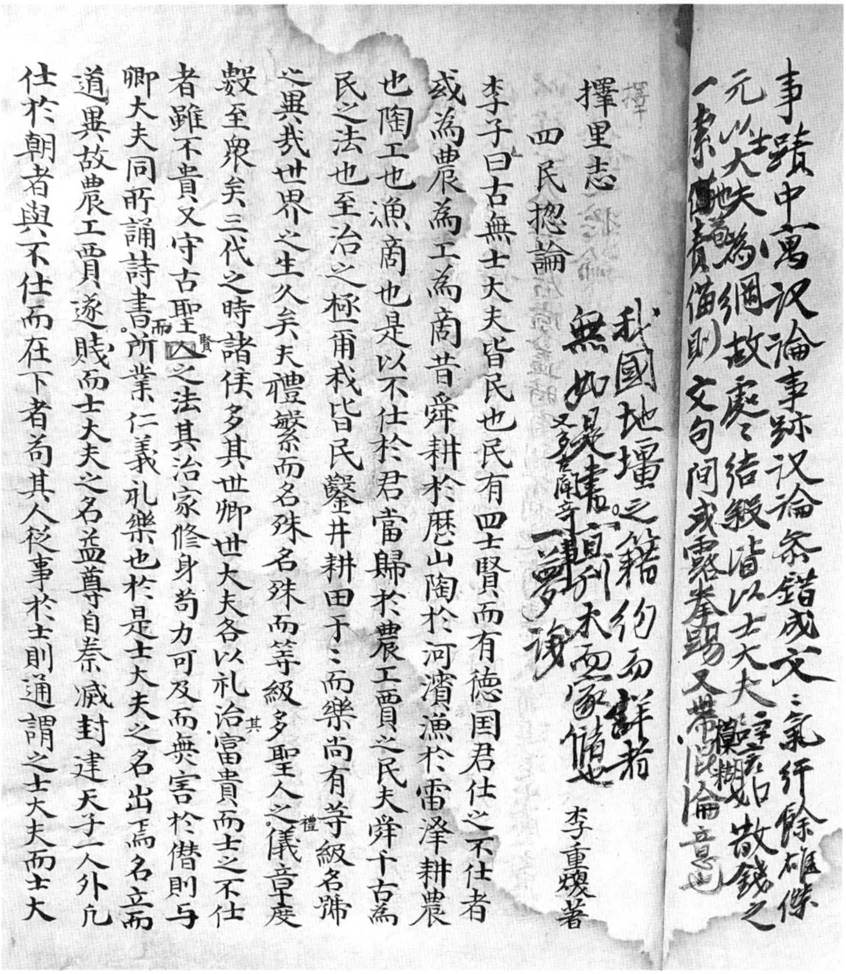

《택리지》, 이규상 수택본手澤本, 사본, 필자 소장

《택리지》 1면에 이규상이 손수 쓴 지문識文. 이규상은 소장한 책에 책의 가치를 밝힌 지문을 많이 남겼다. 이규상은《택리지》의 가치를 대단히 높이 평가하고 있다.《택리지》 뒤에는 이재운의 저술《해동화식전海東貨殖傳》이 필사되어 있어 두 종의 저서가 상관성이 있음을 보여 준다.

으로 전한다.

하지만《택리지》는 정반대다. 200종이 넘는 사본이 남아 있을 만큼 애호를 받았다. 유사 이래 이렇게 대중적인 인기를 얻은 인문지리서는 없었다. 이유는 여러 가지다. 이중환은 딱딱하고 건조하게 서술하거나 도식적으로 설명하지 않았다. 한 권 분량의 작은 책자 안에서 물 흐르듯이 이야기하여 지루하지 않으며, 내용이 간명하면서도 독자에게 필요한 사실을 상세하게 설명하여 깊이가 있다. 곳곳에 지역과 관련한 "옛이야기와 기이한 사연"도 에피소드처럼 삽입해 재미가 있다. 무엇보다 전국 지리정보의 실제 현황을 정확하게 반영하여 신뢰할 만했다. 게다가 전문가의 감각으로 살 만한 곳, 여행할 만한 곳을 평가하고 추천하여 이주와 여행의 안내서 역할을 했다.

그런 점에서 이중환은 날카로운 혜안을 갖춘 조선 국토의 평론가였다. 국토의 지리정보를 취합하여 건조하게 나열하거나, 객관적 지식을 정리하여 보여주거나, 잘못 알려진 지리정보를 바로잡는 고증적 방법을 좋아하지 않았다. 대신 뚜렷한 주관과 합당한 논리를 갖추고서 지리 현상을 설명·해석·평가하는 평론가의 태도를 보였다.[4] 특정한 지역을 설명할 때는 어떤 관점으로 볼 것인지를 먼저 말하고, 이에 비추어 좋고 나쁜지를 재단하였다. 때로는 다른 지역과 비교하여 우열을 판정하고 근거를 밝혔다. 그의 평론은 때로는 논리를 세워 치밀하고, 때로는 심미적이고 감성적이며, 때로는 경제 감각과 문화 감각이 예민하게 작동해서 날카로웠다. 지역의 위치와 산천, 풍속과 경제, 전란과 국방을 놓고 역사적으로 분석하고 전략적으로 판단함으로써 입체적이고 종합적인 평가를 이끌어냈다.

조금 과장하여 말한다면, 이 책 한 권으로 조선 팔도를 대충 다 공부하

는 셈이었다. 《신증동국여지승람》을 비롯한 네 종의 방대한 책을 10여 일을 두고 뒤져본들 어디로 주거지를 옮겨야 할지, 어디를 여행해야 할지 가르쳐주는 대목이 없으니 알 수도 없다. 《택리지》는 달랐다. 짧은 시간 안에 읽고 나면 어디로 주거지를 옮겨야 할지, 어디를 여행해야 할지 친절하게 추천해주었고, 독자가 취사 선택할 수 있었다.

《택리지》는 행정구역에 따라 도식적으로 설명한 일반 지리서와는 목적과 시각, 서술법이 완전히 다른 혁신적 저술로서 독자의 관심을 끌었다. 반드시 간행해야 하고 집집마다 소장해야 한다는 이규상의 극찬은 과장이 아니다. 그의 바람과 달리 근대적 인쇄술이 발달하기 전에는 활발히 간행되지 못했지만, 20세기 이전에도 집집마다 소장해야 한다는 주장은 어느 정도 실현되었다.

사대부 사회에서 쫓겨난 지식인의 자기표현

《택리지》를 제외하고 이중환이 지은 저술은 전하지 않는다. 그러나 《택리지》 외에도 학문적으로나 예술적으로나 훌륭한 성과를 낼 수 있는 인물이었다. 이익은 그의 재능과 저서를 높이 평가해 이렇게 말했다 한다.

> 성호(星湖, 이익) 선생이 일찍이 이런 말씀을 하셨다. 내 집안 손자 청담은 그 재주가 지극히 높아서 짓지 못하는 문장이 없다. 그의 시는 얼추 입신의 경지라 하겠고, 그가 지은 《종언從言》은 전아하다. 그의 저술 《택리지》 또한 역량을 보였다.[5]

이중환의 조카이자 이익의 제자인 유경종이 남긴 글이다. 여기서 이익은 그의 시문에 초점을 맞추어 극찬을 아끼지 않는다. 특히 작가적 역량을 보이는 저술로서《택리지》를 높이 평가했다. 그의 말처럼《택리지》는 문장 자체가 아름답고 표현력이 출중하다. 여기에서 언급된《종언》이란 책은 문장이 뛰어난 저술로 보이지만 지금은 남아 있지 않다. 이처럼 현전하지 않는 저술이 제법 있으나 안타깝게도 현재로서는《택리지》위주로 그의 학문과 문예를 논할 수밖에 없다.

그렇다면 이중환은 어떤 동기로《택리지》와 같은 획기적이고 독창적인 지리서를 썼을까? 나는 저술의 동기를 다섯 가지 정도로 본다.

첫째는 사대부 사회에서 철저하게 배척당한 지식인의 자기표현 욕구이다. 1725년 이후 이중환은 30여 년 동안 정계에서 완전히 축출되었다. 만년에 당상관의 품계를 받기는 했으나 죽을 때까지 상황이 나아지지 않았다. 게다가 일부 친족을 제외하고는 왕래하고 시문을 교환하는 따위의 평범한 교유 관계도 회복되지 않았다. 정치노선이 강경한 남인南人 골수인 데다 노론이 극심하게 배척한 인물이라, 다른 당파 사람은 말할 나위도 없고 남인조차도 그를 꺼려서 가까이하지 않았다. 주변이 너무도 괴괴하여 살아 있어도 산 사람 같지 않았다. 뛰어난 재능의 소유자였지만 능력과 포부를 표현할 길은 저술밖에 없었다.《택리지》는 그렇게 철저히 몰락하고 고립된 사대부의 존재감을 표현한 책이다.

둘째는 사대부에게 닥친 실존적 위기이다. 살육전으로 치달은 극심한 당쟁에서 패배하면 곧바로 생존의 위기가 닥쳤다. 이중환은 유배에서 벗어난 이후부터 만년까지 생계를 잇기 힘들 만큼 궁핍해졌다. 목회경睦會敬(1698~1782)은 발문에서 “사방을 떠돌아다니는 신세가 되어 집을 지어 살 터전조차 없어졌다. 종국에는 농부나 나무꾼이라도 되려고 했

으나 그마저도 될 수가 없었다. 《택리지》를 지은 동기가 여기에 있다"〔이중환, 362〕[6]라고 밝히고 있다.

양반 사대부가 관직에서 배제되는 것은 곧 경제적 궁핍과 서울 생활의 청산을 의미하였다. 목구멍에 풀칠조차 하지 못하는 나락에 떨어진 이들은 관직을 얻기는커녕 생존 자체가 어려웠다. 더는 서울에서 버티지 못하고 부랑浮浪하는 존재가 되어 새로운 주거지를 찾을 수밖에 없었다. 이중환은 이를 자기 혼자만 겪는 특수한 상황이 아니라 사대부라면 누구나 겪을 수 있는 구조적인 문제로 간주하였다. 그는 오랫동안 직접 겪고 견문해서 얻은 지리정보를 종합하여 비슷한 처지의 사대부에게 새 주거지를 마련하여 살아볼 것을 제안하였다. 그의 제안은 실존적 위기를 해결하는 돌파구가 될 수 있었다. 이 책이 세상에 나오자 폭발적인 인기를 누린 이유가 여기에 있다. 새 주거지를 찾아 삶의 희망을 이어가려는 뿌리 뽑힌 이들에게 이보다 실용적이고 자기계발에 합당한 저술은 없었다.

셋째는 지리와 경제에 대한 관심이다. 특히 경제적 관점은 이중환이 지리를 보는 데 있어 근본적이고 절대적인 요소다. 그는 60세 전후하여 이익에게 저술 몇 종을 보여주었다. 그때 이익은 "몸과 집안을 다스리는 내용에서 산천, 토속, 풍요風謠, 물산에 이르기까지 갖추어 기술하지 않은 것이 없다. 요컨대 일상에서 빼놓을 수 없는 것들이다"라는 평가를 내렸다. 일상생활에 밀착한 주제를 즐겨 저술에 담았다는 평가는 《택리지》에도 정확하게 들어맞는다. 그처럼 《택리지》는 평생에 걸친, 지리와 경제를 향한 관심과 지론이 표출된 결과이지, 갑자기 불쑥 튀어나온 것이 아니다.

넷째는 국토 여행과 산수 유람에 대한 취향이다. 1723년 의금부에서 풀려나 이인복과 소백산 일대를 노닐 때 이중환의 심경을 친구 이희는

이렇게 설명했다. "이중환은 평소 산수를 즐겨 유람했다. 이때부터 더욱 어디에도 얽매이고 싶지 않아서 나귀를 타고 종에게 시통詩筒을 들려서 서둘러 단양의 운석雲石으로 들어갔다. 초연히 속세를 벗어나 신선이 되기로 마음먹었다." 국토를 순례하고 산수를 유람하는 것은 이중환이 기꺼워하던 취미였다. 전라도와 평안도를 제외한 온갖 지역을 많이 돌아다녔다고 스스로 밝혔다.《택리지》에는 이중환이 직접 탐방하고 경험하지 않으면 하지 못할 묘사, 평가와 표현이 많다. 〈팔도론〉과 〈복거론〉 '산수'에서 전국의 아름다운 산수와 명승을 비중 있게 다룬 대목이나, 장소마다 내린 촌철살인의 품평에서 산수의 애호와 진정한 체험, 깊이 있는 미의식을 확인할 수 있다.

다섯째는 사색당파의 다툼이 없고 사대부가 농부와 공인과 상인의 일을 해도 좋은 사회가 이루어지며, 나아가 사농공상士農工商의 귀천과 차별이 심하지 않은 나라가 되기 바라는 소망의 표출이다. 이중환은 겉으로는 지리와 산수, 생리의 조건이 좋은 주거지를 찾는다고 했으나, 속으로는 다툼과 차별이 없는 세상에서 살기를 희망했다. 사대부가 없어져서 반목과 다툼이 사라진 세상에서 살고자 했다. 발문에서 "글을 살려서 읽을 줄 아는 분이라면 문장 밖에서 참뜻을 찾아보는 것이 좋으리라"〔이중환, 357~358〕[7]라고 했는데 '문장 밖에 실려 있는 참뜻'이 바로 진정한 저술 동기라고 밝혔다.

《택리지》는 무슨 책인가

《택리지》는 지리학의 명저로 알려진 만큼 당연히 국토지리를 설명한

책이다. 그러나 여기에 머물지 않고 지리정보를 토대로 여러 방면에 걸쳐 다양한 주제를 풀어놓았다. 독자 역시 다양한 목적으로 읽었다.《택리지》는 대략 50종 이상의 서명書名이 있다. 읽은 이들은 그만큼 다양한 주제를 다룬 책으로 간주한 것이다. 그중 큰 주제를 네 가지 정도로 정리해 설명한다.

당대의 부동산 지침서

이중환은 낙토樂土를 찾아가 살고 싶은 욕구를 국토의 평가에 도입하였다.《택리지》라는 서명은 '마을 선택의 지침서'를 의미한다. 원래 서명인《사대부가거처士大夫可居處》는 '사대부가 거처할 만한 곳'이란 의미로 주거지 선택의 목적을 더 선명하게 드러낸다. 어떤 서명이든 "당신이 현재의 직업이나 주거지에서 더는 삶을 이어가기 힘들 때 어디로 터전을 옮겨 살면 좋겠는가?"라는 질문을 던지고 해답을 찾으려는 의도가 담겨 있다.《택리지》는 1750년대에 나온 주거지 선택의 지침서로 유사 이래 처음 보는 획기적이고 창의적인 저술이었다.

이중환은 질문에 대한 답으로 조선 팔도에서 살기에 적합한 장소를 찾아 제시하였다. 살 만한 곳과 살 만하지 못한 곳을 〈팔도론〉에서는 지역별로 제시하였고, 〈복거론〉에서는 네 가지 주제로 제시하였다. 상황을 현대로 옮겨 가볍게 이해하면, 어느 동네 아파트를 사면 값이 오르고 어떤 지역에 땅을 사놓으면 나중에 값이 오를지 지역별로 분석하거나 조건별로 따져보아 예측한 것과 같다. 그만큼 실용적이고 실질적인 생활상의 문제의식에 뿌리를 두고 있다. 잘못된 정보나 비현실적 지식, 도식적이고 낡은 정보가 들어설 여지가 없다.

이중환이 살기 좋은 곳, 아름다운 명승으로 평가한 낙토를 당대 독

자들은 깊이 공감하고 주목했다. 그만큼 《택리지》는 사람들이 이주하고 여행하는 데 실질적 영향을 미쳤다. 훗날 이규경李圭景(1788~?)은 "사는 곳의 선택에 관한 책은 이중환이 처음 저술하였는데 사람들이 그 책에 많이 현혹되어 폐단이 끝없다"라고 걱정했다. 《택리지》의 판정에 따라 땅을 평가하고 이주하는 현상이 일어났기에 이를 우려한 것이다. 이런 부정적 평가가 있기는 했으나, 이중환은 당시 누구보다 지리 현상을 잘 포착하여 지역의 좋고 나쁨을 분명하게 평가했다. 누구도 하지 못했던 예측과 판단 때문에 먼 후대의 독자까지도 그에게 공감을 표했다.

실리를 추구한 경제지리서

지리학자로서 이중환의 위대함은 지리정보를 주제별로 분석한 〈복거론〉에서 드러난다. 그는 〈복거론〉 서론에서 '지리地理', '생리生利', '인심人心', '산수山水'라는 네 가지 기준을 제시하고 "네 가지 중에서 하나라도 빠지면 좋은 땅이 아니다"라고 밝히면서, 이 기준을 지역 평가에 적절히 적용하였다. 이 네 가지 기준은 겉으로는 비중이 같아 보인다. 하지만 이중 가장 중요하고 창의적인 것은 바로 생리였다.

이중환은 생계를 유지하기에 적합한 장소를 최적의 주거지로 보았다. 먹고사는 문제가 해결되고, 나아가 재산을 축적하여 후손까지 살기에 적합한 조건을 갖춘 장소를 찾고자 했다. 그러나 생리는 조선시대 사대부가 감히 내세울 수 있는 조건이 아니었다. 오늘날에는 당연시하는 조건이라도 당시에는 대놓고 언급하기가 거의 불가능했다. 사대부는 이익을 말해서는 안 됐기 때문이다. 사본 가운데는 생리를 한자로 '生利'가 아닌 '生理'라고 적어 주제를 이익〔利〕이 아니라 이치〔理〕로 바꾼 사례가 적지 않다. 차마 선비의 입으로 이익을 말하지 못하는 속내를 드러낸 것이다.

이 책이 나오고 1년 뒤에 홍중인은《사대부가거처》를 초록하면서 독후감을 썼는데 "대저 사람들이 길을 잘못 들어가는 원인으로는 이익을 탐하는 것이 가장 중대하다. 향촌 사람들이 누군가를 천하게 여기고 이웃끼리 원망하는 원인 또한 오로지 여기에 있다"라며 생리를 내세운《택리지》의 관점을 비판했다. 그런 이유로 아예 〈복거론〉 '생리'를 삭제하고 필사하지 않았다. 같은 태도를 보인 사대부가 여럿이었다. 거의 모든 사대부가 이와 같은 관점을 지닌 전통사회에서 이중환은 이단적 사유의 소유자였다.

바로 그 이단적 사유가《택리지》의 독창성을 보장하고 가치를 드높였다. 사대부라 해도 마음속에는 경제적 이윤을 남기고 싶은 욕망이 숨어 있다.《택리지》는 욕망을 적극적으로 드러내 실현할 수 있는 장소를 알려주었다. 관찬 지리지에서는 제공하지 않는 정보였다. 이처럼《택리지》는 전국 지방을 파악하는 데 있어 근본적으로 다른 이해의 틀을 제시하여 국토를 새롭게 파악할 길을 열었다.

이중환은 행정 중심지보다 경제적으로 새롭게 부상하는 지역을 적극적으로 발굴하여 소개하였다. 교통과 물류 거점 지역을 부각하였고, 한양과 떨어진 거리를 기준으로 지방을 평가하였으며, 산과 들의 접경지, 육지와 바다가 서로 통하는 경계 지역을 중시했다. 이러한 시각은 지극히 현대적이며, 생리를 중시한 그의 사유는 각별히 독창적이고 획기적이다.

《택리지》의 이칭 가운데 전국 재화를 총괄했다는 의미의 '총화總貨'가 널리 쓰인 이유도 여기에 있다. 필사자들은《택리지》를 '식화지食貨志'와 같은 성격으로 이해하여 서명을 바꾼 것이다.《택리지》가 농지의 비옥함, 물자의 유통, 교통의 편리함, 특용작물의 생산, 시장의 활성화 등 경제문제를 중심에 놓고 국토를 설명했기 때문이다.

모두가 참고한 관광안내서

《택리지》에서는 여행과 관광의 관점을 도입하여 조선 팔도의 산수와 명승 전체를 평가하였다. 특히 전국 산수의 아름다움과 가치를 심미적으로 잘 포착하여 요령 있게 체계화했다. 감성의 언어로 독자로 하여금 어느 지역의 어떤 산과 강을, 어떤 누정과 명소, 문화유적을 찾아가면 좋은지 찬찬히 안내하였다. 20세기 이전에 여행과 관광을 계획하는 이에게 안내서로 추천할 만한 가장 좋은 책이 바로《택리지》였다. 그와 같은 역할을 대신할 다른 대안을 찾기는 어려웠을 것이다.《택리지》는 주거지 선택의 지침서에 머물지 않고 지역 탐방을 안내하는 훌륭한 지침서로서 높은 평가를 받았다. 오늘날에도 여전히 가치가 있다.

〈팔도론〉은 팔도의 지리적 특징을 주로 서술했지만, 주요 산수와 명승을 적절히 안배하여 지역을 여행과 관광의 대상으로도 다루었다. 산수를 전면에 내세워 자세하게 설명한 항목은 〈복거론〉 '산수'이다. 이중환은 전국의 주요 산수와 명승을 소주제로 나누어 조리 있게 소개하였다. '명산과 명찰'에서는 금강산을 비롯한 12개 명산과 부석사를 포함한 9개 명찰을 설명하였고, '도읍과 은둔'에서는 도읍지를 품을 만한 명산을 7개 제시하였으며, 은둔할 만한 명산을 19개 꼽아서 장단점을 서술하였다. '바다 위의 산'은 섬에 있는 명산으로 한라산을 비롯한 6개 산이 이에 해당한다. '영동의 산수'와 '네 고을의 산수'에서는 명승이 특별히 많은 영동 지역과 관북 지역, 충북 단양 주위의 명승지를 꼽아서 설명하였다. 그 밖에 '강가의 주거지'와 '시냇가의 주거지'에서는 '평온한 아름다움과 정갈한 운치'가 깃든 경관을 배경으로 생리 조건이 좋은 지역을 두루 꼽아서 안내하였다. 세부 항목에서는 산수와 명승을 지역별·주제별로 소개하였다. 전체와 세부를 균형을 갖춰 평가·소개하여 체계와 균

형이 잘 잡혀 있다.

《택리지》에서 산수와 명승을 다룬 내용은 양적으로 풍부할 뿐만 아니라 질적으로도 우수하다. 당대의 독자는 이 점에 착안하여 《택리지》를 아예 산수와 명승의 안내서 위주로 재편하여 읽었다. 유중림柳重臨(1705~1771)은 1766년 이전에 〈복거론〉 '산수'를 저술의 중심에 놓고 재편집하여 《동국산수록東國山水錄》을 지어 《증보산림경제增補山林經濟》에 수록하였다. 《증보산림경제》만 해도 70여 종의 이본이 있을 만큼 널리 읽힌 책이므로 《택리지》는 효과적인 산수 여행의 지침서였다고 할 수 있다.

지역 문화와 전설을 담은 민속지

《택리지》는 각 지방의 문화를 지리적 특징을 드러내는 주요한 요소로 생각했다. 각지의 생활상과 민속·전설은 서울과 인근의 중앙 문화와 차이가 컸다. 유가적 합리주의 시각에서는 비루하고 저급하며 신이하고 허구적이어서 서술하기에 적합하지 않았다. 일반 지리지에서는 과거의 문헌에 의존하거나 공공성이나 보편적 지식에 집착하여 배제한 현지의 토속 문화를 이중환은 오히려 존중하여 과감하게 채택했다. 지리학자로서 선구적이고 특별한 공헌을 하였다.

특히 전국 각 지역에 분포하는 구비전설을 적극적으로 채록한 점은 높이 평가할 일이다. 현지 체험과 견문을 통해 채록한 수십 종의 전설은 해당 지역의 문화적·지리적 색채를 선명하게 보여주었다. 그에게 구비전설은 현지인의 삶과 의식을 파악하고 지역적 색채를 드러내는 요소였다. 일반 유학자라면 배제했을 신이하고 허구적인 전설을 거침없이 채록하여 지역의 문화적 자산에 포함했다. 중요한 구비전설만 손에 꼽아

도 40여 가지이고, 이중환이 처음 문헌에 정착시킨 전설이 많다. 1750년 이전까지 그렇게 많은 지역 전설을 채록한 유례가 없었으며, 20세기 이후에야 비로소 구비전설을 본격적으로 채록하여 근대적인 연구가 시작되었던 것이다. 그만큼 《택리지》는 전통 시대의 구비전설집으로 학술사적 의의가 크다. 단언컨대 20세기 이전에 탄생한, 가장 오래되고 신뢰할 만한 구비문학의 보고이다.

도덕적 가치관과 유가적 합리성을 중시하는 시대에 현지에 전승되는 구비전설을 적극적으로 채록한 것은 생리의 가치관을 내세운 혁신만큼이나 보기 드문 혁신이다. 문화지리적 시각을 선도한 점에서 중요한 의의가 있다.

중상주의, 《택리지》의 지적 토양이 되다

이처럼 《택리지》는 조선시대의 창의적이고 혁신적인 인문지리서로 자리매김했다. 백과사전식으로 항목을 나열하는 전통적 지리지의 한계를 벗어나 체계적 입지론을 모색하였다. 직접 답사를 통해 관찰하여 지역의 특성을 묘사하고 기술한 점은 서양 근대지리학의 토대를 닦은 훔볼트나 리터의 지리학과 비교해도 결코 뒤지지 않는다는 평가를 받는다.[8]

이중환의 혁신적 지리학은 그의 지성과 체험에 바탕을 두고 있다. 그렇더라도 고립된 천재의 우연한 창안이 아니라 동시대 지적 풍토와 교섭을 거쳐 나타난 성과임을 간과하지 않아야 한다. 18세기 중반에 한 무리의 학자들이 시장 친화적인 정책을 수립하고 상업을 진흥하며, 부를 긍정하고 상인을 우대하자는 중상주의적 경제론을 주장하였다. 사적 이

익과 물욕 추구를 죄악시하고 적극적 이재理財 활동을 부정한 조선 사회에서 상업을 중시한 경제학자 내지 경세학자經世學者의 계보가 형성되었고, 이중환 역시 여기에 동참했다.

이중환이 새로운 사유를 전개한 데에는 몇 가지 원천이 있다. 아주 멀게는 《사기史記》 〈화식열전貨殖列傳〉의 중상주의와 경제지리 서술에 맥이 닿아 있고, 가깝게는 학문적·정치적 스승인 미수眉叟 허목許穆(1595~1682)의 사상에 닿아 있다. 이중환은 젊은 시절 백련시사를 결성하여 활동했는데, 구성원 다수는 남인 가운데 '문외파門外派'에 속했다. 그는 허목이 주도한 이른바 청남淸南 계열의 핵심 구성원이었다. 이중환은 남인의 사상적 원천인 허목의 학문적·정치적 계승자였다. 특히 허목의 《기언記言》 35권에 수록된 《땅의 역사〔地乘〕》의 영향을 깊이 받았다. 《땅의 역사》는 조선 팔도를 권역별로 묘사하되 자연지리는 간략하게 쓰고 풍속과 인심, 물산 등 인문지리를 두루 다루었다. 《땅의 역사》는 《관자管子》의 〈지원地員〉편과 《사기》의 〈화식열전〉에서 나왔음을 스스로 밝혔고,[9] 국왕에게 바친 글에서 해당 저작이 "지리地利와 물화物貨, 예의, 좋은 풍속을 총괄하여 논했다"[10]라고 밝힌 데서 알 수 있듯이 경제지리에 치중했다. 물산과 풍속의 시각에서 국토를 설명하여 이만부李萬敷(1664~1732)를 비롯한 남인 학자가 경제지리에 주목하도록 이끌었다.[11] 그 중심에 이중환이 있었다.

또한 남인 학자 이웅징李熊徵(1658~1713)의 《동방식화지東方食貨志》는 《땅의 역사》를 이어 본격적으로 팔도의 물산과 풍속을 파악하여 조리 있게 서술하였다. 숙종 시기의 팔도 물산과 경제 상황을 간명하게 서술했는데, 물산기物産記라는 점에 비추어 보면 《택리지》와 유사하다.[12] 게다가 이전과는 비교할 수 없을 만큼 자연적·인문적 요소를 반영하여 정교

하게 《동국지도東國地圖》를 제작한 정상기鄭尙驥(1678~1752)의 영향도 무시할 수 없다.[13]

허목의 영향 아래 남인 학자들이 전국의 지리와 물산을 연구했으며 이런 지적 열기는 이재운李載運(1711~1772)의 《해동화식전海東貨殖傳》에서 더욱 뚜렷해졌다. 이 책은 지리보다 경제에 초점을 맞춰 중상주의 경영론을 펼치고 있는데, 그중 물산기는 《택리지》와 유사하다. 두 책은 거의 비슷한 시기에 저술되었고 허목의 영향을 받은 점도 비슷하다. 두 학자의 저술은 조선 팔도의 물산과 유통·매매·소비되는 현황에 초점을 맞춘 점에서 같은 시각을 보였다.

이 시기 중상주의적 경향은 동시대 경세학자 유수원柳壽垣(1694~1755)의 《우서迂書》와 관련이 깊다. 이중환보다 네 살 아래인 유수원은 1737년 이전에 경세학 저작 《우서》를 편찬하여 경제를 중심으로 사회 각 분야의 제도를 정비하는 사유를 펼쳤다. 유수원은 소론少論으로, 이중환과 당파는 다르나 동시대에 제도 정비와 사회 변혁의 열망을 담아 저술했다는 점에서 폭넓게 교감했음을 짐작할 수 있다.[14] 유수원은 《우서》를 통해 동시대 관료와 지식인 사회에 크나큰 지적 충격을 던졌다. 대역부도죄로 능지처참당한 처지라 감히 그의 저서를 읽고 영향을 받았다는 말을 하지 못해서 그렇지, 이중환이나 이재운, 박제가朴齊家(1750~1805) 등 경제사상가 계열의 학자가 그의 영향을 받지 않았을 리 없다.[15]

조선의 전무후무한 지리서 《택리지》

《택리지》가 한국 사회와 학문에 끼친 영향은 다방면에 걸쳐 확인된다.

지금까지 인문지리서로서 이보다 더 큰 영향력을 지닌 저술은 없다고 말해도 지나치지 않다. 200종이 넘는 사본의 수량이 그 영향력을 말해준다. 《택리지》가 다방면에서 보여주는 영향을 하나하나 말하자면 지면이 부족하므로 몇 가지 사실 위주로 간명하게 밝히려 한다.

첫째로 《택리지》의 지역 평가가 널리 활용되었다는 것이다. 《택리지》는 18세기 중반 이후 지리지와 지방지, 지도 등 지리서 전반에 영향을 끼쳤다. 조선 각지를 파악하는 데 있어 핵심적 문헌 근거가 되었다. 김정호가 제작한 《동여도東輿圖》를 비롯한 다수의 지도에서 지역을 평가한 서술은 《택리지》를 적극적으로 채택한 것으로 보인다. 충청도 보은현 속리산 남쪽 관터〔舘基〕 지역을 평가한 내용을 사례로 들면 다음과 같다.

《동여도》에서는 관터 지역의 비옥함을 내세워 "대추를 팔아 생업을 삼는다"와 "들은 넓고 토지는 비옥하다"라는 설명을 붙였다. 이 설명은 《택리지》〈팔도론〉 '충청도'의 청산과 보은 대목에서 "청산과 보은 두 고을은 모두 대추를 재배하기에 알맞아 백성들은 대추를 팔아 생계를 꾸린다"〔이중환, 163〕, "관대館垈(관터)가 속리산 남쪽 증항甑項 서쪽에 있는데, 들은 넓고 토지는 비옥해 가장 살 만한 곳이다"〔이중환, 163〕라고 설명한 데서 핵심 내용을 표제어로 삼은 것이다.

김정호가 편찬한 지리지 《대동지지大東地志》에도 똑같은 내용이 나온다. 권6의 보은현 '산수' 항목 증항 조에서 "서쪽 10리에 관터가 있는데 들은 넓고 토지는 비옥해 고을 전체에서 최고이다. 주민은 대추를 팔아 생계를 꾸린다"라고 서술한 데서 알 수 있듯이 《택리지》의 지역 평가가 내용의 핵심을 이룬다. 이처럼 18세기 중반 이후 지도와 지리지, 그리고 전국 읍지에서는 《택리지》의 지역 평가를 대폭 수용했다. 일일이 사례를 들 수 없을 만큼 수량이 많다.

김정호, 충청도 보은현 지도, 《동여도東輿圖》, 규장각한국학연구원 소장

보은 읍내와 증항 사이의 들판에 관터〔舘基〕 지역을 표기하고 "대추를 팔아 생계를 꾸린다〔賣棗爲業〕", "들은 넓고 토지는 비옥하다〔野闊土沃〕"라는 설명을 붙였다. 두 가지 설명은 《택리지》에서 가져온 것이다.

지리지의 범위를 벗어나 일반 개인의 지역 평가에서도 《택리지》는 고전의 지위를 누리고 있다. 정조대의 저명한 문장가 유한준俞漢雋(1732~1811)은 1761년에 쓴 모정당慕靜堂의 기문에서 《택리지》를 전재하여 남한산성의 험준한 지형을 묘사했다. 모정당은 남한산성과 북한산성 총섭을 지낸 설옥雪玉의 집무실이었다. 승군僧軍의 운용까지 설명한 이 글에서 《택리지》를 인용했는데 거의 표절한 수준이었다.[16] 이런 사례가 적지 않다.

둘째는 물산기와 주거지론의 활성화에 영향을 끼쳤다는 점이다. 물산기는 조선 팔도의 물산과 특산물의 실태를 조사하여 밝힌 글이다.[17] 대표적인 저술이 《택리지》이다. 《택리지》의 물산기는 이익의 〈재물의 생성(生財)〉과 이기원李箕元(1745~1807경)의 《식화론殖貨論》,[18] 성해응成海應의 〈식화의食貨議〉와 이규경의 《오주연문장전산고五洲衍文長箋散稿》 〈팔로이병변증설八路利病辨證說〉, 우하영禹夏永의 《천일록千一錄》 〈건도부풍토建都附風土〉,[19] 배상현裵象鉉의 《동국십지東國十志》 〈식화지食貨志〉, 이우준李遇俊의 《몽유야담夢遊野談》 〈팔역총론八域總論〉에 직접 영향을 끼쳤다.

주거지론은 《택리지》의 핵심 주제이다. 성해응은 《명오지名塢志》에서, 서유구徐有榘는 《상택지相宅志》에서 주거지론을 확대 계승했다. 자세한 사실은 뒤에서 살펴본다. 서유구는 《예규지倪圭志》 〈화식貨殖〉에서 이중환의 주장을 계승하여 전국 장터의 교역 물품을 정리하기도 했다.

셋째는 산수 여행의 안내서로 널리 활용되었다는 것이다. 《택리지》는 산수와 명승을 소개하는 데 많은 분량을 할애했다. 저자의 본래 의도와는 달리 후대의 많은 독자도 이 책을 여행안내서로 활용하였다. 실제로 전국의 관광할 만한 명승지를 이렇게 간명하면서도 절묘하게 묘사한 책은 없다. 《택리지》의 이칭 가운데 가장 많은 것이 산수와 명승을 뜻하는

용어이다. 여행안내서로 활용한 사례 역시 적지 않다.

19세기에 거문도와 청산도에서 활동한 학자 김류金瀏(1814~1884)는 1846년 《택리지》를 보고서 조선에 이렇게 관광할 만한 명승이 많은데도 보지 못했음을 한탄하고 남해를 떠나 관동과 관북까지 반년 동안 여행했다.[20] 유휘문柳徽文(1773~1832)은 《택리지》를 손에 들고 강원도와 함경도 지역 기사가 실제 풍경과 맞는지 확인하며 여행했다.[21] 또 저자 미상인 《북정일기北征日記》는 각 지역을 《택리지》를 활용하여 평가하고 설명했다. 1841년에 함경도를 유람한 이가 쓴 이 글에서는 감호의 양사언 글씨와 강릉 경포의 적곡합 전설, 통천의 총석정, 흡곡과 학포, 함흥과 낙민루, 백두산, 황제총과 오국성, 함경도의 연혁 등 곳곳에서 《택리지》를 전재하였다. 그 밖에도 여러 사례가 있다.[22]

《택리지》는 국토 여행을 유혹하면서 현실에서 여행을 감행하지 못하는 많은 이에게 대리만족을 선사했다. 추체험 여행 또는 가상 여행으로서 전 국토를 와유臥遊하기에 좋은 책이었다. 전국 여행의 친절한 안내서 격인 《택리지》는 뒷세대에게 전국 여행을 과감하게 기획하도록 유도하였다. 전라도 남원의 선비 나내석羅乃碩이 1804년에 지은 〈팔역가八域歌〉는 팔도 여행을 자세하고도 흥미롭게 서술한 장편 한글 가사이다. 《택리지》의 영향을 크게 받아 전국 여행을 꿈꾼 이들이 대리만족하도록 지은 가상 여행기이다.[23]

넷째는 한국의 지리정보를 파악한 대표적인 지리지로 인정받아 활용되었다는 점이다. 실제 조사를 거쳐 지역 실정과 현황을 현실에 맞게 평가한 《택리지》는 조선의 지리 실태를 정확하게 파악하는 데 유용했다. 다수의 구체적 사례가 있으나 외국의 사례를 살펴본다.

1876년 조일수호조규 이후 일본 육군 중위 가이즈 미쓰오海津三雄

(1853~?)는 1877년 조선에 파견되어 개항장과 내륙을 측량하여 지도를 제작하는 임무를 수행하였다.[24] 1879년 군함을 타고 아산만과 군산 일대에서 개항장 후보지를 탐사할 때 그의 손에는《택리지》가 들려 있었다. 그를 상대한 이는 옥구현감 이청렬李淸烈(1847~1940)이었다. 가이즈는 옥구 지도와《택리지》를 이미 열람하여 금강 하류 지역의 상세한 지리정보를 습득했다. 다음은 옥구현감이 전라도 관찰사에, 전라도 관찰사가 조정에 보고한 문서 중 문정기問情記의 일부이다.

> 가이즈의 질문: 옥구에서 바닷물을 측량한다는 말을 들었는가?
>
> 이청렬의 대답: 듣지 못할 리가 있겠는가?
>
> 질문: 지금 이렇게 재삼 묻는 것이 괴롭게 하는 것임을 모르지는 않으나 산천과 지명을 자세히 탐문한 뒤에야 개항할 수 있기 때문이다. 이상하게 보지 말기 바란다.
>
> 대답: 그럴 리가 있겠는가? 개항에 관한 일에서는 귀하와 뜻이 맞지 않은 듯하다.
>
> 질문: 내가 일찍이《팔역지八域誌》를 계속해서 보았다. 귀국 안의 옥구 주변에 서지포西枝浦가 있어 황산黃山 강경포江鏡浦와 함께 모두 강가의 명촌名村이라 기재돼 있었다. 서지포가 어디에 있는지 모르겠으니 가르쳐주기 바란다.
>
> 대답: 우리나라 지도에는 본읍本邑에 서지포라는 지명이 없어 금시초문이다.[25]

가이즈가 거론한 사실은 〈팔도론〉 '전라도'에서 "금강 양편에서 마주 보는 형국이 펼쳐지고, 서지포西枝浦라는 큰 마을이 있다. 배가 정박하

는 포구로 강경, 황산과 함께 강가의 이름난 마을로 일컬어진다"〔이중환, 135〕라고 서술한 내용이다. 개항기 조선의 지도 제작과 측량을 책임진 핵심 인물이 열심히 공부한 지리지가 다름 아닌《택리지》였다는 사실은 시사하는 점이 많다. 근대적 지도제작자 겸 측량가는《택리지》야말로 조선의 지리정보, 그중에서도 강과 바다의 교통과 물류를 정확하게 진단한 훌륭한 지리지였음을 파악하고 있었기 때문이다.

이와 같은 실질적이고 절실한 필요에 따라 1881년에 곤도 마스키近藤眞鋤가《택리지》를 일본어로 번역하여《조선팔역지朝鮮八域誌》라는 서명을 붙여 간행했다. 그는 초대 부산 주재 일본 영사를 지낸 외교관이었다. 이 책을 저본으로 1880년대 초에 일본 주재 청나라 외교관으로 활동한 강경계江景桂가 한문으로 번역하여《조선지리소지朝鮮地理小志》라는 서명으로 1885년 중국에서 간행하였다. 구한말 조선 지리정보에 목마른 외국인은 이처럼 이 책의 가치에 주목했다.

《택리지》의 영향은 독일의 저명한 지리학자 헤르만 라우텐자흐Hermann Lautensach(1886~1971)의《코레아Korea》(1942)에서도 찾아볼 수 있다.[26] 이 책은 일제강점기의 한국 지리를 방대한 규모로 서술한 지역 지리서이다. 크게 서론과 주제 중심의 지역 지리, 지역 중심의 지역 지리, 결론의 네 꼭지로 구성돼 있어《택리지》의〈서론〉,〈팔도론〉,〈복거론〉,〈결론〉의 구성과 매우 유사하다. 지역을 주제 중심과 지역 중심으로 이해하는 서술 방식은 지금도 지역 지리서에 보편적으로 쓰이고 있다. 라우텐자흐가 높이 평가한《택리지》의 영향을 크게 받은 결과로 볼 수 있다.[27]

이처럼《택리지》는 18세기 조선의 국토지리를 독창적인 관점에서 관찰하여 설명한 획기적인 저술이었다. 지리를 서술하는 이 책의 시각은

나라 안팎을 막론하고 선구적인 것으로 지리학의 역사에 공헌하고 있다. 그렇다면 이 명저를 저술한 지리학자 이중환의 생애와 학술의 배경은 어떠했는지를 다음 장에서 살펴보기로 한다.

2장

국토 평론가 이중환

그의 생애와 학문의 행방

이중환은 조선 후기를 대표하는 실학자로 손꼽힌다. 그러나 위상에 걸맞지 않게 생애와 활동에 관해 알려진 사실이 많지 않고 문헌 자료도 부족하다. 그 이유로 몇 가지가 꼽힌다. 첫째, 노론을 역모로 고발한 목호룡睦虎龍과 연루되어 영조에게 친국까지 받고 권력에서 영구히 내쫓기고 말았다. 둘째, 남인 관료 가운데서도 정치관이 강경하여 교유가 넓지 못했다. 셋째, 《택리지》를 제외하고는 문집을 비롯해 다른 저술이 전하지 않고, 그에 관해 기록한 다른 사람의 문헌도 많지 않다. 여러 이유로 그에 관해 자세히 알기가 힘들다.

이 장에서는 이중환의 굴곡 많은 생애를 헤쳐보고, 그가 일구어놓은 문학과 학문의 세계를 충실히 밝힌다. 부족하나마 관련 자료를 많이 수집하고 새 문헌 자료를 발굴하고자 애썼다. 《조선왕조실록朝鮮王朝實錄》과 《승정원일기承政院日記》, 《추안급국안推案及鞫案》을 다시 꼼꼼히 읽고 분석하였다.[1] 이전에는 소홀히 다루었거나 관심을 두지 않았으나 새로 조사한 문헌은 족보와 당파보黨派譜, 주변 인물의 문집과 필기 저술 등이다. 실증에 뿌리를 두고 여러 문헌을 새 관점에서 분석하여 국토를 창의적으로 해석한 이중환의 생애와 학문, 문학을 살펴보려 한다.

명문가의 기린아로 태어나다

이중환의 자字는 휘조輝祖이고 호는 청담淸潭 또는 청화산인靑華山人이다. 본관은 여주驪州이다. 청담은 젊은 시절부터 만년까지 사용하였고, 청화산인 또는 청화자靑華子는 장년 이후에 사용하였다. 청담은 북한산 진관사가 있는 사기막골의 명승지이다. 청담은 조선 후기 서울 근교에서 명성이 자자했다. 새로 찾은 문헌 자료에 따르면, 청담에는 부친 이진휴가 소유한 별서가 있었다.[2] 훗날 홍석보洪錫輔(1672~1729)에게 넘어가 19세기까지 그 집안 소유가 되었다. 이중환이 어려서부터 젊은 시절까지 공부하며 지낸 청담을 호로 삼은 것은 자연스럽다. 청화산인 또는 청화자는 충청도와 경상도 경계에 있는 청화산靑華山을 가리키는 것으로 추정한다. 두 아호雅號 모두 아름다운 산수를 사랑하는 심경을 표현하고 있다.

먼저 이중환이 거주한 곳을 살펴본다. 지금까지 서울과 수원, 공주 등지를 거주지로 꼽아왔다. 최근 들어 충청도 지역에서는 공주가 이중환의 거주지였음을 강하게 주장하고 있다. 그러나 이중환이 살았던 곳은 한양이 분명하고, 정릉동貞陵洞에 저택이 있었다. 정릉동, 줄여서 정동은 여주 이씨의 세거지世居地로 널리 알려진 곳이다. 이중환 직계 선조와 후손이 대대로 정릉에 세거하였다. 부친 이진휴와 이중환 본인의 문과방목, 맏손자 이시선의 사마방목이 주요한 근거이다. 신뢰할 만한 공문서에는 그들 모두 한양 거주자로 나온다.[3]

한편 이중환의 둘째 아들 이장익은 사마방목에 거주지가 황해도 배천白川으로 등록돼 있다. 집안 선산이 있는 금천과 가까워 자손이 서울과 배천에 흩어져 산 것이다. 수원에도 주택이 있어서 이진휴와 이중환이

정선(추정), 〈청담도淸潭圖〉, 110×49센티미터, 국립중앙박물관 소장

서울 은평뉴타운 조성지에 있었던 명승지 청담은 신라 화엄십찰 중 하나인 청담사淸潭寺 유지이다. 17세기 중반에 구시경具時經(1637~1699)이 별서를 만들었고, 이중환의 부친 이진휴도 별서를 조성하였다. 후자는 나중에 홍석보에게 넘어갔다. 청담은 18세기 이후 서울 근교의 대표적인 명승으로 유람의 대상이 되었다. 이중환은 어린 시절과 청소년 시절에 청담에서 놀고 공부하여 이 지명을 아호로 삼았다. 정선은 벗과 함께 청담을 구경하고 여러 폭의 그림을 남겼는데, 이 그림이 그중 하나이다.

수원에 머물고 있다는 기록이 문서 여러 군데에 나온다.

공주에도 거주지가 있었다. 사송정四松亭이란 이 집안의 정자가 있었고, 지척인 연기현燕岐縣 소학동巢鶴洞에 선산이 있었으며, 이중환의 숙부가 공주에 거주하였다. 그렇게 볼 때 이중환의 주된 거주지는 한양 정릉동이 틀림없다. 앞서 살펴본 것처럼 북한산 진관사 부근의 청담에는 별서가 있어 거기에서도 거주했었다. 수원과 공주에는 잠시 기거할 수 있는 주택이 있어서 왕래하였고, 후손 또는 집안사람이 거주하였다.

다음에는 집안을 살펴본다. 이중환의 집안은 소릉少陵 이상의李尙毅(1560~1624) 이래 많은 고위 관료와 학자, 문인을 배출하며 남인 당파를 주도한 명문가였다. 고조부는 뛰어난 서예가로 명성이 높았던 청선聽蟬 이지정李志定(1588~1650)이고, 조부는 서예와 시를 잘했던 성봉聖峯 이영李泳이다. 도승지와 충청도 관찰사를 지낸 서예가 성재省齋 이진휴李震休(1657~1710)는 부친이다. 저명한 실학자 성호星湖 이익李瀷(1681~1763)은 집안 할아버지로 나이 차이가 아홉 살밖에 나지 않아 가깝게 지냈다.

부친의 형제로는 이익휴李益休와 이연휴李延休가 있었다. 《만가보》에는 이중환의 동기간으로 유언용兪彦容에게 시집간 누이가 나오고, 문과방목에는 서제庶弟로 무환茂煥이 나온다. 누이와 서제는 다른 문헌에서는 확인되지 않는다. 첫 아내는 사천 목씨로 목임일의 딸이고, 부부는 2남 2녀를 두었다. 재취 부인은 유의익柳義益의 딸이고, 슬하에 딸을 하나 두었다.

이중환의 장남은 이장보李莊輔(1716~?)로 서울에 살았고, 차남은 이장익李莊翼(1723~?)으로 황해도 배천에 살았다. 차남은 진사에 급제하였다. 이장보의 아들 이시선李是銑(1743~?)은 진사에 급제하였고, 문장을 잘 짓는다는 평이 있었으나 끝내 문과에는 급제하지 못하였다. 맏딸은 심유익

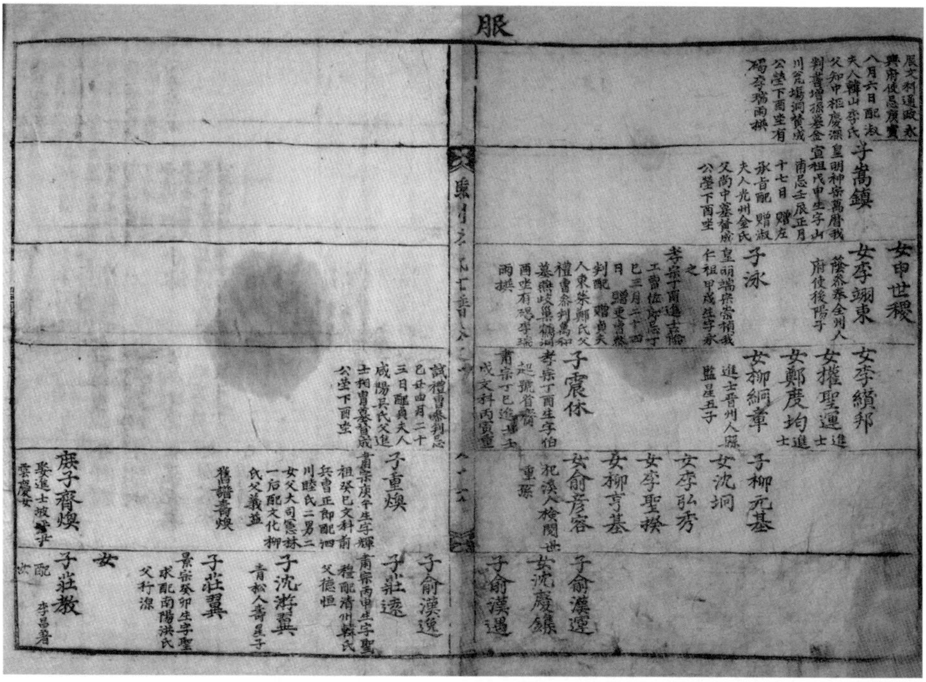

《여주이씨세보驪州李氏世譜》의 이중환 가계, 이중환 후손가 소장

여주 이씨 교위공파 두 번째 합동보인 을축보乙丑譜로 1745년 함경도 함흥에서 간행되었다. 이중환의 이름이 구보舊譜에는 수환壽煥으로 되어 있고, 서제庶弟로 제환齊煥이 있으며, 2남 2녀를 두었고, 1745년 당시에 막내딸은 시집가지 않았다고 기재되었다. 막내딸은 재취 부인 소생인 듯하다. 또 맏아들의 이름이 다른 족보와 다르게 장원莊遠으로 되어 있는 점도 특이하다.

沈游翼에게 시집갔다. 이중환은 사망한 뒤 황해도 금천金川 설라산雪羅山 선영에 묻혔다. 배천에 거주하던 차남의 후손은 20세기 들어 인천으로 이주하였다.

직계와 방계 친족은 관직과 학술, 문학과 서예에서 명성이 높았다. 특히 두드러진 것이 글씨 솜씨이다. 고조부 이지정은 초서로 유명하여 작품이 보물로 지정됐고, 부친도 서예가로 유명하여 비문 글씨가 곳곳에 남아 있다.[4] 이익의 형이자 이중환의 재종조부인 이서李潊는 조선 후기 서예의 맥을 잇는 대가였다. 이서의 제자가 이중환의 절친한 벗인 이희李憙이며, 이익의 제자로 명필인 남하행南夏行도 이서에게 글씨를 배웠다. 글씨는 이중환 가계의 꽃과 같다.

학문과 문학 분야에서 이 가문이 일군 명성과 성과는 굳이 언급할 필요가 없을 정도이다. 그 솜씨는 이진휴가 편찬한 《여강세고驪江世稿》에 조리를 갖춰 갈무리돼 있다.[5] 이중환은 가학과 출중한 능력을 바탕으로 일찍부터 뛰어난 문인으로 인정받았다.

이중환의 처가는 남인 명문가인 사천 목씨泗川睦氏이다. 처가의 계통과 학맥 역시 그에게 큰 영향을 미쳤다. 장인은 목임일睦林一이고, 처조부는 목내선睦來善이다. 목내선은 기사환국을 통해 서인을 몰아낸 바 있다. 목임일은 아들 넷과 딸 셋을 두었는데 아들은 모두 뛰어난 준재였다.

큰처남 목천현睦天顯과 둘째 처남 목천임睦天任(1673~1730)은 문과 급제자였다. 무신란戊申亂의 여파가 가시지 않은 1730년 12월 최필웅崔必雄이 화약을 훔쳐 대궐에 방화하려다가 발각되는 큰 사건이 발생하였고, 목천임과 셋째 처남 목천광睦天光, 넷째 처남 목천운睦天運이 연루됐다는 누명을 쓰고 장살당했다. 목천현은 진도에, 조카 목성관은 나로도에 유배되어 10년 동안 고초를 겪다가 1740년에야 풀려났다.[6] 처가 전체가 상상하

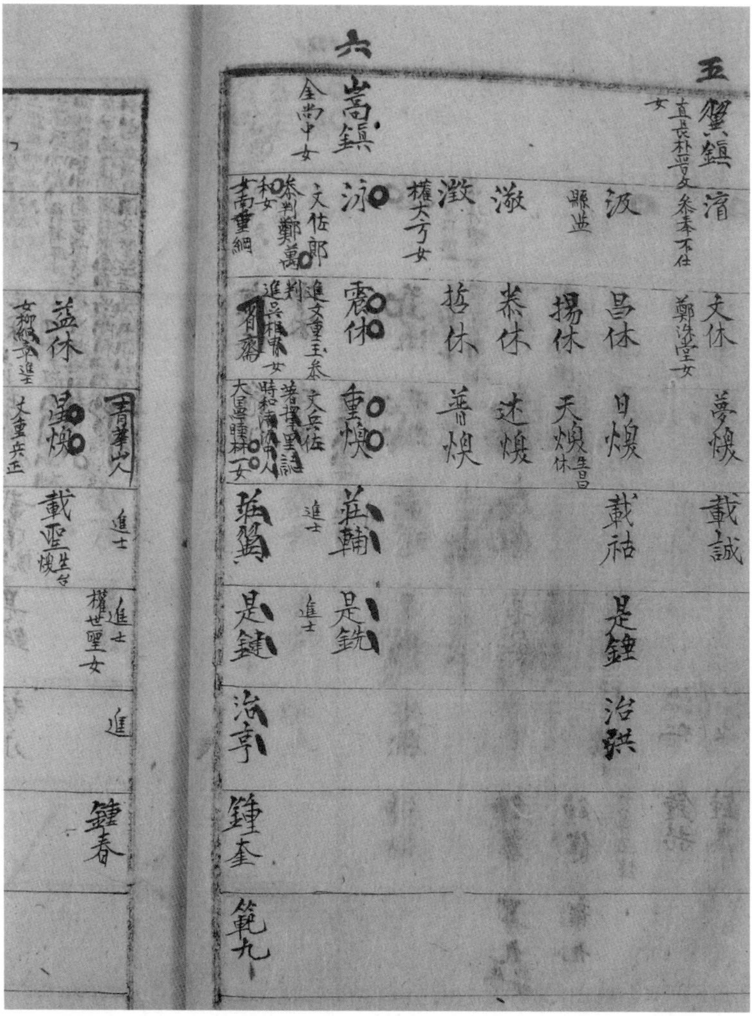

《남보南譜》에 실린 이중환의 가계, 성균관대 존경각 소장

남인 주요 집안의 가계를 기록한 당파보黨派譜. 이중환의 직계 가족을 상세하게 다루었다. 아버지 이진휴의 삼형제 중 막내인 이연휴李延休는 대사헌을 지낸 이항李沆의 양자로 출계出系하였고, 그의 아들 이봉환李鳳煥이 《택리지》에 발문을 썼다.

기 힘든 참혹한 화를 당했고, 세 명의 사위 역시 큰 피해를 입었던 것이다.

오랫동안 목임일의 아들은 물론 사위도 눈길을 끌지 못했다. 하지만 모두 남인 명가의 후예로 하나같이 문과 급제자였다. 첫째 사위는 강필신姜必愼이고, 둘째 사위가 이중환이며, 셋째 사위가 유뢰柳耒이다. 맏동서 강필신은 백련시사 동인이기도 한 시벗이었다. 그 아들이 경현재警弦齋 강세진姜世晉이니 그에게 이중환은 이모부였다. 유뢰는 이조판서를 지낸 유명현柳命賢의 셋째 아들이다. 최필웅 사건으로 해남에 유배됐다가 이듬해 그곳에서 죽었다. 유뢰의 친형 유래柳徠(1687~1728)도 비슷한 사건에 연루되어 장살당했다. 유뢰의 아들이 그 유명한 시인이자 강세황의 처남인 해암海巖 유경종柳慶種(1714~1784)이다. 그에게 이중환은 이모부였다.

강세진이나 유경종이 남긴 문헌은 양이 적지 않으나 이모부 이중환을 다룬 대목이 보이지 않는다. 동서 사이인 강필신의 문집에서도 보기 드물다. 매우 이상한 일이다. 하지만 이는 우연히 언급하지 않고 넘어간 게 아니라 영조조 정치와 당쟁의 비정함과 공포감을 상징적으로 보여주는 사례이다.[7] 목호룡과 연루되어 고초를 겪고 무신란을 거친 뒤에 이중환이 오로지 여주 이씨와 처가, 그중에서도 가까운 이들과만 관계를 맺은 이유가 여기에 있다. 이중환은 가까운 친인척 사이에서도 말하기 꺼릴 만큼 기피의 대상이었다. 촉망과 기대의 대상이 기피와 연민의 대상으로 전락한 것이다.

앞날이 창창하던 청류 관료 시절

이중환은 1713년 24세의 젊은 나이로 문과에 급제하여 관료 생활을

시작하였다. 그후 1723년까지 거의 공백 없이 관직 생활을 이어갔다. 그러나 역모 가담자로 몰려 의금부에서 고초를 겪은 이후로는 사망할 때까지 관직에 한 걸음도 들여놓지 못했다.

이중환이 10년 동안 역임한 관직은 차례로 승문원 가주서假注書, 부사정副司正, 김천도찰방金泉道察訪, 주서注書, 성균관 전적, 병조좌랑, 병조정랑이었다. 가장 오래도록 맡은 직책은 승문원 가주서와 주서로, 중앙 관직에서 대부분의 기간을 주서로 보냈다. 외직으로 김천도찰방을 1년여 지냈고, 3년 동안 병조좌랑을 지냈다. 주서는 품계가 낮으나 국왕 가까이에서 문서를 작성하는 기밀의 직책이었고, 병조좌랑 역시 문과 급제자가 맡는 요직이었다. 다만 고위직으로 올라가는 핵심 관문의 하나인 홍문록弘文錄에는 일찍 오르지 못했다. 소론 김일경 등이 방해한 탓이었다.[8] 이중환은 숙종 말엽을 거쳐 경종대에 남인을 대표하는 신진 관료로 탄탄한 이력을 쌓아가고 있었다.

이중환이 조정에 머물던 시기에는 당파 사이 갈등과 세력 다툼이 역사상 가장 첨예하였다. 노론이 권력을 독점하고 소론이 그에 맞서는 가운데 남인은 겨우 세력을 유지하는 구도였다. 그는 세력이 약한 남인의 구성원이란 처지를 분명히 인식하고 있었다. "외로운 뿌리가 약하게 심어져 조정에는 친구가 없었습니다"[9]라고 의지할 이 없는 신세임을 영조에게 밝힌 적도 있었다.

사회적 성공과 대인 관계에서는 성격이 중요하다. 이중환이 사대부 사회에서 취한 행동과 성품을 여러 사람이 증언하였으니 눈여겨볼 필요가 있다. 소년등과少年登科한 이중환이 교만한 태도로 남을 대했다는 증언이다.[10] 몇 사람은 의금부 공초供招에서 이중환이 영재에다 문학 재능을 믿고 날카롭고 거침없는 성품을 드러냈다고 악평하였다. 그와 맺은

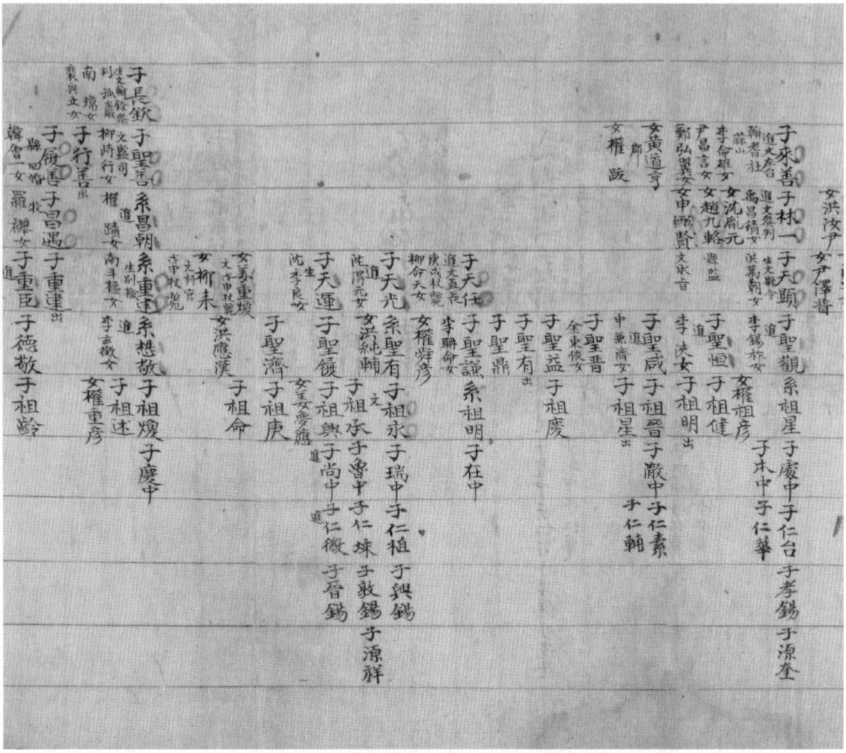

《만가보萬家譜》의 사천 목씨 목임일 직계, 한국학중앙연구원 장서각 소장

목임일의 아들 넷과 사위 둘이 기재되어 있다. 이중환의 성을 강씨로 쓴 것은 오류이다. 본디 사위가 셋으로 첫째 사위가 강필신姜必愼인데, 필사하는 과정에서 강필신과 이중환을 한 사람으로 잘못 필사하였다. 또 이중환과 유뢰가 무신란에 장폐杖斃됐다고 기재한 것 역시 사실과 다르다. 이것도 처남 목천임과 목천광, 목천운이 누명을 쓰고 장살당한 참혹한 재앙과 연관된다. 문과방목에도 이중환이 1725년에 사망한 것으로 나온다. 이중환은 사대부 세계에서 완전히 잊혀 살아도 산 것이 아닌 존재였다.

관계를 부정하고 악평을 해야 살아나는 상황에서 한 말임을 고려하고 판단할 증언이기는 하다.

1721년 병조좌랑으로 재직하던 이중환에게 주서였던 신정모申正模(1691~1742)가 충고의 편지를 보내 성품을 두고 우려한 바 있다. 그는 《자치통감資治通鑑》 등의 서책을 빌려주고 편지를 주고받을 만큼 가깝게 지낸 친구였다.

> 제가 종유從遊하는 사이에 형의 성품을 가만히 살펴보았더니, 함축하여 깊이 숨기는 태도가 전혀 없고, 사납게 격분하여 용맹하고 예리한 행동이 다수였습니다. 이는 참으로 옛사람이 말한 본체本體를 함양하는 노력이 아직 지극하지 않아서 그렇습니다. 이런 몸가짐과 처사로는 폐단을 낳아서 끝내 용用만 있고 체體는 없는 지경에 이르고, 그러고도 자각하지 못할까 염려합니다.[11]

한 살 아래의 신정모가 이중환을 아껴서 한 충고였다. 자제하거나 숨기는 태도가 없고 "사납게 격분하여 용맹하고 예리한 행동"을 너무 많이 한다고 지적하였다. 남들의 눈에는 그의 행동과 성품이 모가 난 것으로 보였던 듯하다. 절친한 벗 이희가 "성품이 뻣뻣하고 냉철하여 아첨과 비방을 싫어했기에 특히 미움을 받았다"[12]라고 말한 대목 역시 같은 취지이다. 연소한 패기에 뻣뻣하고 교만하며, 적극적으로 나서고 예리하게 따지는 성품에다 강경한 정치 노선을 고수했다는 것이다. 당파가 다른 이들이 이중환을 적대적이고 위험한 인물로 간주하기 십상이었다. 두 친구가 우려한 말은 근거가 있고 신뢰할 만하다.

그런 행동과 성품은 강경하고 원칙을 중시하는 정치적 처신을 불러왔

고, 《택리지》에서 볼 수 있는 과격한 논의를 낳았다. 1722년 여름 이중환은 젊은 남인 관료들과 정치적 결사를 맺었다. 고위 관료인 심단沈檀을 중심으로 하여 강박姜樸, 강필신, 이인복李仁復, 오광운吳光運 등과 함께 허목을 받들면서 사림 정치의 원칙을 견지하였다.[13] 숙종 임금 시절 허적許積, 민암閔黯, 윤휴尹鑴 등 남인 당파를 이끌었던 정파와 차별화하여 청류淸流로서 새 노선을 걷겠다고 나선 것이었다. 이들 남인 청류 세력은 문외파라 불렸다. 문외파를 비판하는 남인, 예컨대 권중경權重經, 김화윤金華潤 등은 문내파門內派라 하였고, 두 파벌 사이에서 절충적 태도를 취한 남인은 과성파跨城派라 불렸다.[14]

이중환은 이인복과 함께 당론을 주도하였다.[15] 남인 당파보인 《남보》에서는 이중환에 대해 "《택리지》를 저술하였고, 당시에 청류와 어울렸다"[16]라고 간명하게 밝힌 바 있다. 후대까지 이중환은 남인 청류로 각인되었다.

목호룡 사건으로 인한 파국과 급격한 몰락

남인 청류의 정치 세력은 오래 지속되지 못했다. 이중환이 목호룡 사건에 연루되고 이인복이 일찍 사망하여 문외파 활동은 오래갈 수 없었던 것이다. 그후 오광운이나 강박, 강필신 등은 남인 청류로서 독자적 활동을 크게 벌이지 못했고, 정치적 위상 역시 그리 크지 않았다. 그래서 관련한 자료를 남기지 못했고 생각을 밝힐 기회도 얻지 못했다. 지금은 이 세력의 정치관을 구체적으로 확인하기가 쉽지 않다.

관료와 정치인으로서 이중환은 목호룡 사건에 연루되면서 결정적 타

격을 입었다.[17] 경종이 왕위에 오른 뒤 1721년(신축년)에는 노론의 겁박에 따라 훗날 영조가 되는 왕세제에게 대리청정을 허락하는 사건이 일어났다. 그 기회를 틈타 12월에는 김일경金一鏡이 고변告變하여 소론이 노론을 축출하는 신축옥사가 일어났다. 이듬해 1722년(임인년) 3월에는 노론 4대신이 경종을 시해하려 했다고 목호룡이 고변한 역모 사건이 불거져 노론 4대신이 처형되는 임인옥사가 일어났다. 신임옥사辛壬獄事라 불리는 1721년과 1722년의 정치적 격동은 소론이 노론을 역모로 몰아 제거하는 결과를 낳았다.

이중환은 영문도 모른 채 연이은 옥사에 깊숙이 연루되었다. 사건은 1723년 5월 11일 좌승지 오명항吳命恒의 발언에서 시작됐다. 소론 관료 오명항은 4년 전의 해묵은 일을 들고나와 그를 목호룡의 배후 세력으로 몰았다. 1719년 가을 김천도찰방 이중환이 목호룡에게 역말을 빌려준 일이 있으니 그 배후로 보아야 한다는 주장이었다. 이중환은 의금부의 옥에 갇혀 신문을 받는 처지가 됐다. 그런데 엉뚱하게 목호룡이 나서서 이중환이 노론의 역모를 밝히는 데 으뜸가는 공훈을 세웠다며 옹호했다. 나중에는 목호룡까지 의금부에 갇혔다. 마침 대사면령이 내려져 두 사람 모두 9월 2일 일단 풀려났다. 그러나 목호룡이 그를 두둔한 말은 더 큰 화를 불러오고 말았다.

경종이 붕어하고 영조가 등극하자 노론은 정국의 주도권을 확고하게 잡고 본격적으로 보복을 시작하였다. 먼저 신임옥사를 일으킨 장본인 김일경과 목호룡에게 힘을 집중하여 12월 8일 그 둘을 부대시참형不待時斬刑에 처하였다. 영조 원년인 1725년 2월부터는 목호룡의 고변에 연루된 자들을 의금부의 옥에 가두고 국문을 시작하였다. 이중환은 처남 목천임과 함께 의금부에 하옥되어 7월 21일까지 11차에 걸친 국문과 네

차례에 걸친 장형杖刑을 받았다. 혹독한 장형으로 여러 차례 사경을 헤맸으나 이중환은 끝까지 혐의를 인정하지 않았다. 중죄인을 가두는 의금부 남간南間에서 만 2년 내내 신문과 고문을 당하는 고초를 겪었다. 그처럼 오랫동안 사대부를 의금부 옥에 가두고 신문한 일은 역사상 드문 일이었다.

이후 이중환의 죄상을 보는 노론의 인식에 변화가 일어났다. 1726년 12월 20일 영조 앞에서 소론 좌의정 홍치중洪致中이 먼저 이중환의 억울한 처지를 두둔했다. 그러자 내내 극렬하게 처형을 주장해오던 노론 민진원은 다음과 같이 소견을 밝혔다.

> 대개 이중환은 나이 어린 이름난 관료로 목호룡의 풍수지리 술책에 미혹되어 지극히 친밀하게 사귀다 보니 이 지경까지 이르렀습니다. 그 처신과 일처리를 논하자면 죽여도 아까울 것이 없습니다. 다만 옥사의 실정으로 논하자면 용서해도 괜찮을 단서가 없지는 않습니다. 이태 동안 옥에 갇혀 여러 차례 엄혹한 장형을 받았습니다. 만약 열흘을 넘기면 곧 3년째가 되니 죄수를 신중하게 처리하는 도리로 보아 참작하여 처분해도 안 될 것이 없는 듯합니다.[18]

신문과 고문에도 혐의를 입증하지 못한 결과를 자인한 말이다. 대체로 의금부 옥에 갇힌 중죄인은 모진 형장 끝에 억지로 자백하거나 장폐되기 마련인데, 이중환은 악형을 견디고 살아났다. 대신의 진언에 따라 영조는 목호룡과 결탁했다는 혐의는 풀어주는 대신, 종조부 이잠李潛을 두둔한 소행은 더 죄가 무겁다고 하였다. 영조의 말은 가혹하다 못해 잔인하다.[19] 혐의가 없는 것으로 나타났으면 반성과 미안함을 표해야 마땅

하다. 주된 혐의는 무죄이지만 마음에 들지 않는 괘씸한 태도가 문제이므로 당해도 싸다고 말하다니 모질고 잔혹했다. 그래도 노론은 이중환을 방면하려 들지 않았다.

"목호룡을 부추겨 고변하게 했다는 이중환의 혐의는 증거가 없다." 영조는 판결을 질질 끌다가 그로부터 1년 뒤인 1727년 12월 7일에 이렇게 최종 판결을 내렸다. 노론을 배제하고 소론에게 다시 정권을 넘겨준 정미환국丁未換局의 부드러워진 분위기가 그를 살렸다. 역모죄로 얽어매어 제거하려는 노론 민진원 등의 겁박과 처절하게 항거하는 이중환의 고투는 《추안급국안》의 〈죄인 목시룡睦時龍 등의 신문 기록〉에 자세하게 기록되어 전한다. 노론의 표적이 되어 자신의 역모죄가 날조됐노라고 항변하는 그의 처절한 하소연이 육성으로 담겨 있다.

혐의가 풀렸어도 언제 유배에서 완전히 풀려났는지는 분명하지 않다. 늦어도 1733년 부인이 사망하기 전에는 풀려났다. 그러나 유배 이후 바로 이어진 1728년의 무신란과 그 여파로 처가에서는 세 처남이 장살당하고, 동서가 유배지에서 죽는 등 자신보다 더 참혹한 화를 당했다. 이중환은 무신란에 가담한 사천 목씨 집안의 사위라는 이유로 정계에서 완전히 축출당했다. 그 와중에 1733년 부인 사천 목씨가 젊은 나이에 석연찮게 죽었다. 나는 자연사가 아니라고 본다. 남편과 친정이 서로 연결된 참혹한 불행을 한 여성이 감당할 수 있었을지 의문이 든다.

이중환은 목숨은 건졌으나 정치적으로는 완전한 사망 선고를 받았다. 1735년 4월에 대대적인 사면령이 내려져 법적으로는 관직에 복귀할 수 있었으나 노론은 또 극심하게 반대했다. 사건이 일어난 지 30년이 지난 1753년 12월 27일 숙종에게 휘호徽號를 올리는 나라의 경사가 있었다. 64세의 이중환은 숙종을 가까이에서 모신 신하라 하여 정삼품 당상관

인 통정대부通政大夫의 품계와 그에 상응하는 명예직에 임명하는 교지를 받았다. 그저 명예를 회복한 데 불과했으나, 그래도 역모 죄인이 아님을 다시 국가로부터 인정받은 의미는 있었다.

시인 이중환의 동인 활동

이중환은 본디 시인이었다. 이익은 그의 묘갈명墓碣銘에서 "우리 문중은 본디 문학에 뛰어난 집안으로 일컬어졌고, 군은 그중에서도 뛰어났다. (중략) 그 무렵 조정에 오른 여러 학사들과 시사詩社를 결성하여 지은 작품이 훌륭하고 아름다웠다. 마음에 맞는 시편에 이르면 신이 도와준 작품에 가까웠다. 학사들 가운데 아무도 맞설 자가 없었다"〔이중환, 388〕[20]라고 이중환의 문예 능력을 극찬하였다. 후대에도 남인 문인들이 이중환을 뛰어난 시인으로 높이 평가한 것을 보면, 이익의 극찬이 친척이라 덧칠한 것만은 아니다. 아쉽게도 문집이 전해오지 않아 작품을 놓고 문예의 성취를 검토하기는 어렵다. 지금까지 수집한 작품과 자료를 두루 모아서 이중환의 문예 취향과 성취를 살펴본다.

먼저 그가 전개한 시사 활동을 검토한다. 1721년 윤6월에 이중환은 문과에 급제한 당하관 청년 관료인 강박, 강필신, 이인복, 오광운, 이희 등과 백련봉白蓮峰(서울시 서대문구 남가좌동 그랜드힐튼호텔 뒷산)에 있는 정토사淨土寺에서 시사를 결성하였다.[21] 그중 이인복은 이미 당상관에 올라 있었다. 이 시사는 연사蓮社 또는 정토시사淨土詩社로 불렸다. 강박은 문집 〈백련록白蓮錄〉에서 "신축년 윤달에 여러분과 약속하고 정토사에 올라가 시사를 결성하고, 주고받은 시를 모아 백련록이라 이름 붙였다. 정

토사가 백련봉 아래에 있기도 하고 옛사람이 연사를 결성한 의리를 취한 것이기도 하다. 여러분들의 시는 별록別錄에 있다"라고 밝혀놓았다.[22] 강필신 역시 〈연사의 여러 군자에게 화답하여 바친다(和奉蓮社諸君子)〉라는 글의 주석에서 동료들과 시사를 결성하여 시를 주고받은 뒤 시축을 만들었다고 기록하였다.[23] 19세기에 강준흠姜浚欽은 이 시사의 뛰어난 시인들이 "재기才氣로 우열을 다투어 서로 어울려 시를 수창했고, 그중 이중환의 명성은 여러 사람을 압도하였다"[24]라고 밝혔다.

앞서 언급한 문외파와 구성원이 같은 데서 드러나듯이 백련시사는 남인 청년 관료들의 정치적 결사이자 창작 모임이었다. 이 시사의 성격은 동인으로서 뛰어난 문장가였던 이희(1691~1733)의 《지재유집支齋遺集》에 실린 〈백하록창수록서白下錄唱酬錄序〉에 잘 나타나 있다.

> 나는 경자년(庚子年, 1720)에 청담 이중환 군을 위해 〈동유시東遊詩〉 서문을 지었다. 당시에 청담은 전기거주前起居注(승정원 주서)에 재직하고 있었다. 이듬해(1721, 경종 2년) 여름에 청담은 신절재 이인복 군 등 여러 사람과 정토시사를 결성하였는데 나도 뒤를 이어 화답했다. 그때 청담은 전부낭중前部郎中(병조정랑)이었고, 신절재는 전시랑前侍郎이었다. 그해 겨울 나라에 큰 변고가 발생하였는데 우리는 산반散班(실무가 없는 관리)으로 급히 궁궐 앞으로 달려가 엎드려서 재차 상소를 올렸다. 신절재는 또 소사구少司寇(형조참의)의 지위에서 상소를 올려 정국을 논함으로써 먼저 저들의 발톱과 이빨을 갈아버렸다. 이어서 정국이 크게 바뀌어 재앙이 그쳤다. 우리는 직언 탓에 권력을 잡고 있던 이들에게 미움을 샀다. 신절재는 고을 수령을 자청해서 떠났다. 청담은 성품이 뻣뻣하고 깨끗하여 아첨과 비방을 싫어했기에 특히 미움을

받았다. 같은 해에 모함을 받아 하마터면 헤아리기 힘든 일을 당할 뻔 했다가 막 풀려났다.[25]

1721년에서 1723년 사이에 있었던 정치적 사건을 중심으로 문외파로서 보조를 맞춘 행적을 밝힌 글이다. '그해 겨울 나라의 큰 변고'란 1721년 10월 12일에 왕세제(훗날 영조)에게 대리청정을 시키려고 노론 조성복이 상소하고 경종이 비망기를 내려 재가한 사건을 가리킨다. 이때 홍만조, 심단, 이인복 등 남인 관료 마흔두 명이 연명하여 조성복 등의 죄를 엄히 다스리라는 내용의 상소를 올렸다.[26] 이인복은 허목의 정치 노선을 밝히는 상소를 따로 올렸다. 이 사건의 여파로 1722년 봄에 이인복은 안동부사가 되어 외직으로 나갔고, 8월에는 강박이 영양현감으로, 11월에는 강필신이 안릉현감으로 부임하였다. 1723년 5월에 이중환은 목호룡 사건에 연루된 모함으로 의금부 옥에 갇혔다가 9월에 풀려났다. 위의 글은 당시 시사 동인들의 행적을 간명하게 설명하였다.

앞의 글에서 짐작할 수 있듯이 백련시사는 이인복과 강박, 강필신이 지방관으로 떠나고 이중환이 의금부 옥에 갇힌 이후 활동을 접었다. 한양에서 시회를 연 기간은 그리 길지 않았다. 특히 영조가 등극하여 노론이 권력을 장악하고 소론과 남인에게 보복을 단행하는 공포정이 도래하자 시사를 더는 지속하기 힘들었다. 이중환이 목호룡 사건에 연루되어 고초를 겪고, 이인복과 강박, 강필신이 지방관으로 임명되어 흩어지자 시사는 자연스럽게 해체됐다. 이중환이 경상도에 머물던 이인복과 어울리고, 이인복이 강박과 더불어 시를 지은 일은 그래도 시사 활동의 연장선에 있다.

시사 활동은 〈백련록〉과 〈백하록白下錄〉 등의 결과물을 낳았다. 〈백련록〉은 1721년 백련시사를 중심으로 동인들이 주고받은 시 모음집이고,

〈백하록〉은 1723년 9월에 이인복과 함께 소백산 일대를 여행하며 주고받은 시 모음집이다. 분량이 그리 많지는 않고 창작 기간은 2년 남짓을 벗어나지 않는다. 아무리 확대한다 해도 경종조를 벗어나지 않고, 이후에는 동인들이 개별적으로 시를 주고받았을 뿐 시사를 표방하지는 않았다. 따라서 백련시사는 경종조에 문외파 남인 청년 관료들이 한양 교외의 백련사를 거점으로 결성했고 짧은 기간 존속한 시사였다.

백련사에서 벌인 시회는 강박의 〈백련록〉에 실린 작품에서 잘 드러난다. 마지막 작품을 빼면 모두 백련사에서 지었다. 해당 작품은 1722년 3월 11일, 안동부사로 부임하는 이인복을 배웅하는 자리에서 지은 전별시이니 시사의 해체를 상징하는 듯하다.

작품에는 시사를 결성한 과정이 나타난다. 윤6월 가을에 이인복과 강박이 말을 타고 먼저 백련사에 도착했다. 뒤에 오기로 약속한 이중환이 업무 때문에 오기 힘들다고 연락하자 "정말 속된 선비다"라 비꼬고 5언절구 5수를 지어 조롱하였다. 우정을 상징하는 〈정운停雲〉 4편을 지어 오지 않은 벗들에게 보냈다. 밤에는 비가 내리고 이중환이 또 약속 시간을 지키지 못하겠다고 연락해오자 이번에는 7언절구 5수를 지어 조롱하였다. 이중환은 〈정운〉 4편을 옛 도리〔古道〕를 담은 시라고 극찬한 뒤 답례로 〈영목榮木〉 6편을 지어 보냈다. 〈영목〉에는 동지들이 지금 노력해야 한다는 뜻과 옛 도리에 마음을 쏟아 반드시 서로를 이끌어주고 깨우쳐주어야 한다는 취지를 담았다. 음절이 정중하고 풍류가 원대하여 몽글몽글 말 밖의 운치가 있다고 동인들이 추켜세웠다.[27] 이중환의 말에는 은연중 정치적 결사의 취지가 담겨 있다.

뒤이어 이중환과 강필신이 산에 도착하자 다들 즐거워하며 시를 주고받았다. 이튿날 참석하지 못한 오광운이 6수의 시를 보내왔다. 주제를

토론하고 시를 수창하면서 여러 날을 보낸 뒤에 시를 지어 하산의 감회를 담았다. 벗들끼리 우정을 나누고 생각을 교환하며 서로를 격려하는 끈끈한 관계를 시에 충분히 드러냈다. 그중 하산할 때 지은 강박의 작품을 보자.

푸른 벼랑 천길 높은 산에서 웃음 터지고	蒼崖破笑忽千尋
흰 망아지 우는 소리 골짜기 그늘에서 들려왔지.	皎爾鳴駒在谷陰
세상에서는 오늘 같은 모임 갖기가 어려워	人世難爲今日會
양쪽에서 한마음 되어 서로에게 정을 쏟았네.	兩邊傾向一般心
시편 앞에 패랭이꽃은 가을이라 더 정갈하고	詩前石竹秋仍淨
비결에 든 금단은 해마다 깊어가네.	訣裏金丹歲政深
이런 때에 오정자를 머리 돌려 그리나니	回憶此時吳正字
석류꽃 아래에서 홀로 시만 짓겠구나.[28]	海榴花下動孤吟

뒤늦게 도착한 이중환과 강필신을 반기고, 오광운이 참석하지 못한 일에 아쉬움을 표현했다. 5구의 패랭이꽃은 강필신을, 6구의 금단은 이중환을 은유하여 고결한 정신과 깊이를 더해가는 학식을 칭송하고 있다.[29] 시사를 만들어 한마음으로 어울리고자 하는 우정을 표현하였다. 동인의 우정과 사귐의 정도를 잘 표현한 작품이다.

앞에서 살펴본 몇 수의 시는 동인의 깊은 우정을 잘 보여준다. 2년 전후한 짧은 기간 활동하기는 했으나 백련시사는 남인 문학의 역사에서 큰 발자취를 남겼다. 강박이나 오광운은 훗날 남인 문단의 종장으로 인정받았다. 본디 그 역할을 맡을 인재로 기대를 받았던 이중환은 남인과 교유조차 끊어져서 마땅히 차지해야 할 크나큰 위상을 잃었다.

이중환의 시 세계

백련시사는 격동하는 경종조 당쟁의 여파로 길게 유지되지는 못했으나 여운은 먼 훗날까지 이어졌다. 1724년 봄에 지은 이희의 〈앞의 시에 첩운하여 이중환에게 부치다(疊前韻寄李輝祖)〉는 이별을 노래한 작품이다.

세상에서 뜻이 같은 나의 친구는	宇內吾同調
까마득히 먼 지방에 몇 사람 있네.	迢迢有數君
죽계에서 방랑길을 새로 열었고	竹溪新浪跡
연사에서 맑은 글을 전에 지었지.	蓮社舊淸文
드넓은 바다에서 용은 조화를 숨겼고	海濶龍藏化
공활한 하늘에서 학은 무리를 벗어났네.	天空鶴逸群
그리워하며 올해 봄은 또 끝나가니	相思春又盡
머리 돌려 떠가는 구름 꿈꾸네.[30]	回首夢歸雲

이중환이 백련시사에서 맑은 시를 짓다가 이제는 죽계의 소백산 일대를 떠도는 처지임을 밝혔다. 조정을 떠나 산수 간에 떠도는 행적을 5구와 6구에서 조화를 숨긴 용이자 속된 무리를 벗어난 학으로 비유하였다. 의금부에서 방면된 후 이중환의 행로와 정서가 멋지게 표현되고 있다.

이 무렵은 이중환의 생애에서 전환을 이루는 중요한 시기였다. 이 점을 생생하게 보여주는 문서가 안동 임청각의 주인인 친구 고성 이씨에게 보낸 이중환의 편지이다. 여기에 전문을 탈초하고 번역하여 소개한다.

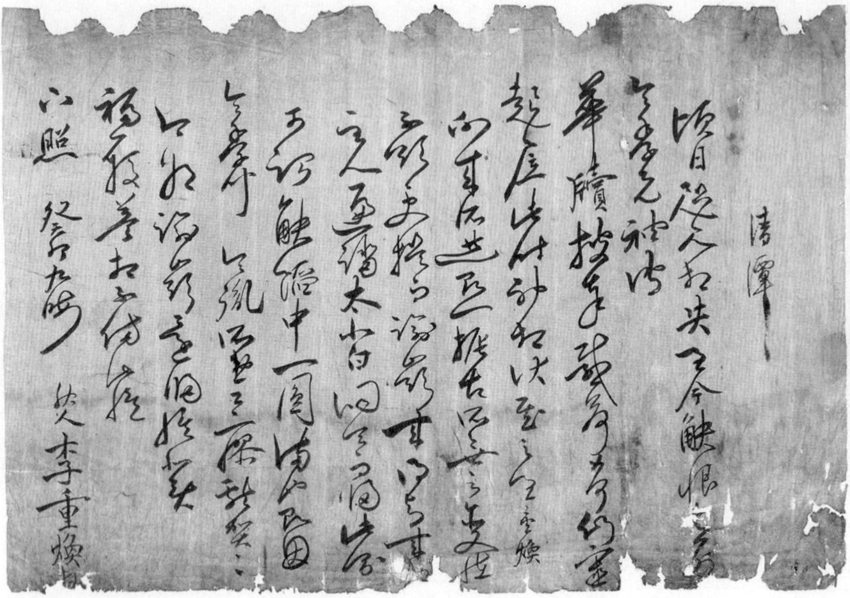

이중환의 간찰, 안동 임청각臨淸閣 소장, 한국학중앙연구원 기탁

1723년 9월 그믐에 임청각 주인 고성 이씨 누군가에게 보낸 편지이다. 이중환은 목호룡의 배후 세력으로 몰려 의금부 옥에 갇혀 신문받다가 대사면령으로 9월 2일 풀려났다. 곧장 조령을 넘어 안동부사에서 물러난 이인복과 함께 소백산 일대를 유람하였다. 이 편지는 그때 쓴 것이다. 내주인은 바로 이인복이다.

지난번에 가까이 있으면서도 만나지 못해 지금껏 아쉽던 차에 뜻하지 않게 그대의 막내 형이 건네준 귀한 편지를 받고서 너무나 고마웠습니다. 편지로 근황이 편하신 줄 알고 나니, 무척 위안이 됩니다. 제가 근래에 겪은 일은 예전에 없던 하나의 변괴인지라 다시 꺼내 말하고 싶지 않습니다. 그러나 조령을 넘어와서 내주인來主人과 함께 태백산과 소백산의 경치 좋은 곳을 두루 유람하고 돌아왔으니, 이것만은 결함의 세계에서 한 가지 흡족한 일이라 하겠습니다. 그대의 막내 형에게 듣기로는 아드님의 병이 날마다 차도가 있다고 하니, 하례드립니다. 이제 조령을 넘어 돌아가려고 하니 더 많은 다복함이 있기를 바랍니다. 이만 줄입니다. 굽어 살펴주시기 바랍니다.

계묘년(1723, 경종 3년) 9월 그믐, 복인服人 이중환李重煥[31]

이 편지는 목호룡과 연루되어 의금부에 투옥되었던 이중환의 육성을 들려주는 귀중한 문서이다. 말도 꺼내고 싶지 않은 변괴를 겪었노라는 답변에서 놀란 심경이 그대로 전달된다. 이 사건이 인생을 송두리째 흔들어놓을 정도로 크게 번질 줄은 이때만 해도 짐작하지 못했다.

이중환은 이 여행에서 이인복과 함께 많은 시를 지었다. 그중 《택리지》에도 실린 〈부석사〉와 〈취원루〉는 후대에까지 널리 인구에 회자되었다. 특히 "인간 세상 신라국은 까마득한 과거요, 하늘 아래 태백산은 깊숙하게 숨어 있네(人間渺渺新羅國, 天下深深太白山)"(이중환, 292)라는 구절은 한 시대를 풍미하였고, 시원스러워 하늘로 날아오르는 느낌이 든다는 호평을 얻었다.[32] 이인복의 시도 아름다운 작품이지만, 음절이 크고도 우렁찬 이중환의 시에는 손색이 있다는 평가를 받았다.[33]

앞의 시를 지은 이희의 문집에는 이중환의 시에 차운한 여러 편의 작

품이 실려 있다. 제목만을 뽑으면, 〈'욱양에서 비로전까지 홀로 십리를 가다'라는 청담의 시에 차운하다〔次淸潭自郁陽上毘盧殿獨行十里韻〕〉, 〈경안동 시에 차운하다〔次慶安洞韻〕〉, 〈쌍학사 시에 차운하다〔次雙鶴寺韻〕〉 2수, 〈부석사 시에 차운하다〔次浮石寺韻〕〉, 〈한수정 시에 차운하다〔次寒水亭韻〕〉, 〈옥천암에서 수창한 시에 차운하다〔次玉泉酬唱韻〕〉 7수이다. 작품은 남아 있지 않고 제목만 전한다.

소백산 일대를 여행할 때 지은 이중환의 시는 과연 어떤 세계를 열어 보였을까? 이희는 다음과 같이 그의 시 세계를 이인복의 작품과 함께 평가하였다.

> 두 사람은 예전에 시를 지을 때부터 본디 진부한 말을 제거하고 천기天機를 발동했으며, 한위漢魏 시대 시를 잇고 제당齊唐의 수준을 능가하였다. 이 시집에 수록된 작품은 더욱 기이하고 영특하며 놀랍고 빼어나서 시를 음송하면 독자로 하여금 바람을 몰고 구름을 타는 듯이 시원스럽고, 흐르는 물에 양치질하고 돌을 베고 누운 듯이 산뜻하게 만든다. 음조는 높고 격조는 맑으며, 생각은 깊고 운치는 유장했다. 말은 마쳐도 뜻은 무궁하고, 노래는 끝나도 음향은 갈수록 맑게 맴돈다. 그러니 훌훌히 흩어지는 노을과 같고 넘실대는 차디찬 물결과 같아서 늠름한 기상은 콸콸 뿜어져 나오는 강물이나 우뚝 선 깎아지른 벼랑과 같다. 소리 높여 읊조리면 또 독자로 하여금 홀연히 장탄식을 내뱉게 하거나 멋쩍게 홀로 웃음 짓도록 하고, 그윽한 생각과 쓸쓸한 처지, 처연한 회한의 회포나 고독한 의지와 과감한 행동, 다부진 소신의 지조를 엿보게 한다. 고색창연한 색채와 불끈 솟아나는 기개, 부드러운 풍모와 숙연한 정채가 넘실넘실 움직이고 힘차게 넘쳐서 조물주의 용광

로 밖으로 드러난다.[34]

이 평가를 《택리지》에 실린 몇 편의 시에 비추어보더라도 과장된 칭송은 아니다. 특히 부석사를 읊은 시에서는 "그윽한 생각과 쓸쓸한 처지, 처연한 회한의 회포나 고독한 의지와 과감한 행동, 다부진 소신의 지조"라는 평가를 확인할 수 있다. 이희의 평은 시뿐만 아니라 정치적 태도까지 함께 겨냥한 것으로 보아야 옳다. 산수를 바라보며 지었다고 전해오는 이중환의 다른 시구에도 그 평을 적용해보자.

청산은 제자리 지켜 무심히 마주 대하고	青山自在無心對
녹수는 어디서 올까 왼 종일 바라보노라.[35]	綠水何來盡日觀

두 구절밖에 남지 않은 시이나 "음조는 높고 (……) 음향은 갈수록 맑게 맴돈다"라는 평가에 부합한다.

한편 이중환 시의 특징은 시론에 뿌리를 두고 있다는 점이다. 이현환李玄煥(1713~1772)은 〈시인학두변詩人學杜辨〉이란 글을 지었고, 강준흠은 《삼명시화》에서 이중환이 강박과 시를 두고 논쟁한 글을 실었다.[36] '웅혼하고 굳센 경계〔雄健〕'와 '맑고 트인 경계〔淸曠〕'의 시적 차이를 논하고 어떤 경계를 추구할지를 논한 글이다. 강박은 시도詩道에서는 '맑고 트인 경계'에 도달하면 충분하므로 '웅혼하고 굳센 경계'는 논할 필요가 없다고 말했다.[37] 그에 반해 이중환은 '맑고 트인 경계'를 이뤄내야 '웅혼하고 굳센 경계'를 얻을 수 있다고 하여 두 경계의 가치를 인정하되 전자에 더 가치를 두었다. 다만 시가 도달할 최상의 수준을 '맑고 트인 경계'로 인정한 점은 똑같다. 상당히 긴 글이므로 이중환의 생각을 담은 중요

한 대목만을 인용하면 다음과 같다.

> '웅혼하고 굳센 경계'는 '맑고 트인 경계'의 바깥 껍질이다. (중략) 대개 두보杜甫는 전체가 '웅혼하고 굳센 경계'이지만 그중 아름다운 곳은 언제나 '맑고 트인 경계'에 있다. '웅혼하고 굳센 경계'의 본색이 문득 '맑고 트인 경계'와 서로 만나 하늘이 허락하고 신령이 주어서 드디어 절창이 된다. 본색이 '웅혼하고 굳센 경계'라 해도 '맑고 트인 경계'에 이르지 못하면, 우수한 자는 두보의 평범한 곳만 얻고 열등한 자는 두보의 지극히 졸렬한 곳만 얻는다. 우열에 따른 차이가 있기는 해도 그저 '웅혼하고 굳센 경계'만 있고 '맑고 트인 경계'를 얻지 못한 범주를 대체로 벗어나지 못한다.[38]

'웅혼하고 굳센 경계'는 가장 뛰어난 시적 경계로 알려졌고, 두보는 이를 성취한 대표적인 시인이다. 그러나 '맑고 트인 경계'에 이른 뒤 그 경계에 도달해야 진정으로 훌륭한 시가 된다. 강박이 말하듯 '맑고 트인 경계'에만 머물러서는 안 된다.[39] 이중환이 주장한 '맑고 트인 경계'는 앞에서 인용한 시구나 《택리지》에 실린 몇 편의 시에서 우러나는 풍격이라 해도 적절하다. 이희가 서문에서 말한 이중환의 시 세계 역시 이런 품격의 세계를 자세히 풀어 쓴 것이다.

이렇게 흩어진 작품과 기록의 조각을 모아 보니, 이중환이 18세기 전기의 남인 시단에서 상당히 높은 위상을 차지했고, 창작의 역량과 포부가 컸음을 확인할 수 있다. 그의 문집이 발견된다면 빼어난 작가의 진면목을 볼 수 있으리라.

실용의 태도로 쓰인 경세학의 모범《택리지》

이중환의 문학 관련 자료는 그래도 적게나마 남아 있다. 반면에 학문 세계를 언급한 자료는 아무것도 남아 있지 않다. 한평생 이중환과 교류한 이익이 짧게나마 언급한 바 있을 뿐이다. 이익은 그의 저작을 접한 뒤에 다음과 같은 평을 내렸다.

> 휘조는 어린 나이부터 시를 잘하여 그 비밀을 터득한 사람에 가까웠다. 내가 시가詩家의 기량에는 손방이나, 주절주절 끊임없이 쏟아놓는 휘조의 말을 듣고서는 재능을 가지고 있을 뿐만 아니라 틀림없이 노력을 많이 기울여 얻었다고 생각하였다. 만약 그 공력을 법도와 규구規矩로 옮겨다 마음을 쏟는다면 앞으로 크게 볼 만한 성취를 이루리라 기대하였다. 이제 휘조가 지은 책 몇 권을 나에게 보여주었다. 자신을 다스리고 집안을 다스리는 것에서부터 산천과 토속, 풍요, 물산에 이르기까지 갖추어 기술하지 않은 것이 없었다. 요컨대 일상생활에서 빼놓을 수 없는 것들이었다.[40]

이중환이 어린 시절부터 시에 탁월한 능력을 보였고, 또 노력까지 많이 기울인 사실을 밝히고 나중에는 그런 능력을 '법도와 규구'에서 발휘하기를 기대했다. 훗날 그가 보여준 저술을 읽고 기대가 실현됐음을 인정하였다. 여러 권의 책은 현재 전하지 않아 어떤 성격의 저술인지 분명히 알 수는 없다. 다만 책의 내용을 설명하면서 "자신을 다스리고 집안을 다스리는 것"에 관한 내용이 있다고 했으므로《택리지》와는 다른 저술임을 알 수 있다. 그런데도 "산천과 토속, 풍요, 물산"을 자세히 갖춰

기술했고 일상생활에서 빼놓을 수 없는 내용을 갖추고 있다는 설명으로 보아 《산림경제山林經濟》류의 실용적 저술로 보인다. 《택리지》를 소개한 설명으로 보아도 좋을 만큼 비슷하다.

이익의 언급을 기초로 하여 여러 자료를 종합해 볼 때, 이중환은 젊은 시절에는 문예에 노력을 기울여 시인으로 발군의 능력을 인정받았고, 만년에는 조선의 지리와 도로, 산업과 물산, 풍속과 구비전설 등 실용적 문제에 깊은 관심을 기울였다. 경세학자나 실학자의 태도로 조선의 정치·경제·사회·국방을 연구한 것이다.

이중환은 《택리지》의 서론과 결론, 〈복거론〉의 '생리'와 '인심' 항목에서 당대 사회와 정치를 비판적으로 분석했다. 특히 서론과 결론에서는 사대부의 처신과 당론을 혹독하게 부정하는 과격한 논의를 펼쳤다. 훗날 이규경은 "이중환의 주장에는 과격한 면이 있다. 사대부의 폐해가 극성한 때를 만나서 호랑이 입에서 가까스로 벗어났으니 그 논의가 어찌 그렇지 않으랴?"[41]라며 그의 논조에 공감을 표하였다. 앞서 "사납게 격분하여 용맹하고 예리한 행동"에서 보이는 성품과 행동이 강경하고 원칙을 중시하는 정치적 처신을 불러왔다고 분석했는데 그것이 학문에도 영향을 미쳐 과감한 주장과 혁신적 창의를 발휘하도록 이끌었다고 볼 수 있다.

이중환은 이익을 추구하는 인간의 본능을 긍정하고, 사회와 국토를 경제적 효율성과 이윤 추구의 관점에서 보려 했다. 윤리와 도덕에 뿌리를 내리고 이윤 추구를 극단적으로 거부한 조선시대 유학자와는 크게 달랐다. 이른바 '생리生利'라고 표현한 이윤 추구의 욕망을 긍정하여 사회와 국토를 분석한 관점은 당시 학문 환경에서 상당히 혁신적이다.

여기서 집안 할아버지인 이익이 얼마나 큰 영향을 끼쳤는지 검토할 필

요가 있다. 결론부터 말하자면 이익의 영향은 크지 않았다.《택리지》와 밀접하게 관련된 이익의 글이 바로《성호사설星湖僿說》 권8 인사문人事門〈재물의 생성〔生財〕〉[42] 항목이다.〈재물의 생성〉은 내용과 논지가《택리지》의 물산기 기록과 상당히 유사하다. 세부 서술에서 유사성이 있어 어느 하나가 다른 하나의 내용을 많이 받아들였다고 볼 수밖에 없다. 학계에서는 대체로 이중환이 재종조부인 이익의 영향을 받았다고 이해해왔다.[43] 이익은 당시 학자로서 명망이 높았고, 나이가 아홉 살 위이니 그렇게 보기 쉽다. 두 저작의 저술 연대를 고증하여〈재물의 생성〉이 앞선다고 보고, 이익의 영향을 받아 이중환이《택리지》를 저술하였다고 추정하기도 했다.[44]

그러나 이 주장은 받아들이기 어렵다.〈재물의 생성〉의 영향을 받았다면 이익은《택리지》 서문에서 반드시 그런 사실을 언급했을 것이다. 그런데 반대로 이익은 서문에서 "이제 우리 집안 사람 휘조가 책 한 권을 편찬하여, 수천 글자에 이르는 긴 글로 사대부가 살 만한 곳을 알리고자 하였다. 이로써 산맥과 수세水勢를 비롯하여 풍토와 민속, 재화의 생산과 수륙의 운송 등을 조리를 갖춰서 분간하고 설명하였다. 나는 일찍이 이런 글을 본 적이 없다"〔이중환, 46〕[45]라고 명확하게 밝혔다.《택리지》는 한 번도 접해본 적이 없는 독창적 저술로서 자신의 과거 주장을 부연한 책이 아님을 분명히 했다.

이익의〈재물의 생성〉은《택리지》의 논지를 근거로 내용을 축약하고 새로운 사실을 첨가하고 보완하여 지은 글이다.〈재물의 생성〉에는 이중환의 저술에서 보이는 생리의 관점이 매우 희박하다. 이익은 중상주의보다는 중농주의를 주장하였다. 이익을 중시하는 관점은 오히려 이중환에게 빚을 진 것이다. 이윤 추구의 욕망을 긍정하여 사회와 국토를 바

라보는 관점은 이중환의 독창적 사유이다. 따라서 이익이 만년에 《택리지》를 읽고 〈재물의 생성〉을 써서 《성호사설》의 일부로 편입한 것으로 보아야 한다.[46] 학계에는 암묵적으로 이익이 이중환의 스승이라거나 이중환이 이익의 영향을 받았다는 인식이 널리 퍼져 있으나 근거가 약하다. 두 학자는 서로 다른 창의적 사유를 한 사상가이다.

이중환은 〈《택리지》 후발〉에서 "우리나라의 산천과 인물, 풍속과 정치, 연혁과 치란治亂, 잘잘못과 좋고 나쁨을 차근차근 기록하였다"라고 말하는 한편, "국가의 법령과 제도"를 다루었다고 말했다. 누가 보더라도 지리와 산수에 관한 논의가 중심을 이루고 있으나 그렇다고 지리를 논한 책으로만 간주해서는 안 된다는 점을 직접 밝힌 것이다. 지리와 산수, 산천과 주거지를 논하면서 그 밑바탕에는 사회와 국가, 정치와 경제의 시각이 도도히 흐르고 있음을 주목하라고 했다. 이중환은 지리를 논하면서 근본적으로 경세가라는 자신의 위치를 잊지 않고 있다.

정인보가 〈청담 이중환의 《택리지》 해제〉에서 "산수나 생리는 그림자요 근본적인 병통에 대한 배격이 바른 취지임을 모르기 쉽다. 책 속에 반어反語와 질탕한 말이 많아서 대충 보면 올바른 취지를 모르기 쉽다"〔이중환, 383〕[47]라고 한 말은 이중환 사상의 밑바탕을 확인해주므로 거듭 음미할 가치가 있다.

불우한 남인의 전형

이중환은 《택리지》를 제외하면 문헌을 거의 남기지 않았다. 젊어서부터 시인으로 유명했고, 영남 지역을 유람하던 때로 한정해도 100여 편

의 시를 지었다고 하니 적지 않은 시 작품을 남겼으리라 예상한다. 하지만 남아 전하는 문집이 없고 흩어져 전해지는 시문 몇 편이 고작이라, 문건 하나하나가 길광편우吉光片羽(전체는 사라지고 아주 일부분만 남아 매우 진귀한 물건)이다.《택리지》를 이해하려 할 때 문서 하나하나를 소중히 여겨야 하는 이유이다.

앞서 간찰 한 점을 통해 이중환이 소백산 일대를 여행할 무렵의 심경을 생생하게 읽었다. 그의 기구한 생애를 복원하는 데 기여할 소중한 자료이다. 또 한 편의 귀중한 편지가 전해 내려온다. 부인이 사망한 이후 공주에 사는 집안 숙부에게 보낸 편지이다.

> 헤어진 뒤로 뵙지 못한 지 아홉 해가 흘렀습니다. 요사이 지내시기 편안하신지요? 저는 세상을 떠난 아내의 대상大祥을 치른 지 얼마 되지 않아 슬픔을 가눌 길이 없습니다. 아뢸 말씀은 다음과 같습니다. 어떤 이가 초서草書 여덟 장을 가지고 와서 청선聽蟬 선조의 필적이라 하며 팔고 싶다고 하였습니다. 찍혀 있는 인장을 보니, 위의 글자는 '습정習靜'이고, 아래 글자는 '청聽'은 분명하나 전서篆書로 된 이 글자는 '선蟬'이 아닌 듯합니다. 혹시 다른 사람의 필적일까요? 숙부님의 고견을 여쭈오니, 자세히 살펴보시고 가르쳐주시기 바랍니다. 값은 동전 세 꿰미라고 하는데, 혹여 다른 이의 필적이라면 굳이 구입할 필요가 없으나 청선 선조의 필적이라면 놓치는 것이 애석합니다. '청聽' 아래의 글자는 '천泉'일까요, '천天'일까요? 전서에는 어두워 멀리 계신 숙부님께 여쭙습니다. 그저 계절에 따라 편안하시기를 바랍니다. 이만 줄이니 헤아려주시기 바랍니다. 삼가 절하고 편지를 올립니다.
>
> 을묘년(1735, 영조 11년) 6월 18일 조카 중환重煥[48]

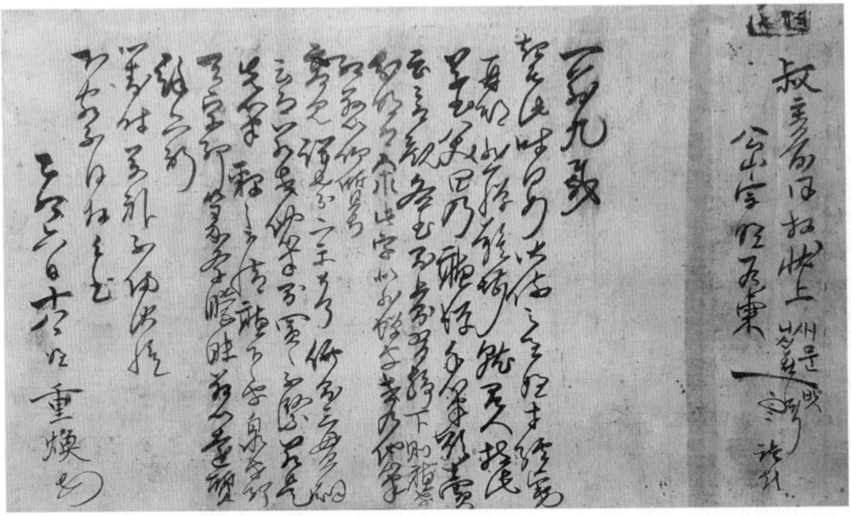

이중환의 간찰과 피봉, 개인 소장

을묘년(1735년, 영조 11년) 6월 18일자 간찰로 피봉에 "새문 밖 이생원 댁"을 수신처로 표기했다. 이중환의 친필 글씨는 매우 드물게 전해진다.

역시 학계에 처음 소개되는 간찰이다. 공주에 산다는 숙부가 이익휴인지 이연휴인지, 아니면 집안의 다른 숙부인지는 명확하지 않다. 초서에 일가를 이룬 이지정의 서첩을 판매하는 사람이 나타나 그것의 진위를 집안 어른에게 묻는 내용이다. 이 간찰을 통해 공주에 숙부가 살고 있었다는 사실과 이중환이 이지정의 간찰첩을 구입하려 했다는 사실을 확인할 수 있다. 앞에서 소개한 간찰과 함께 대단히 희귀한 이중환 친필을 확인한 점도 큰 수확이다.

목호룡 사건 이후 간찰을 교환하고 시 작품을 수창한 대상은 여주 이씨나 사천 목씨를 제외하면 지극히 드물었다. 다른 당파 지식인은 말할 나위도 없고 남인에게서도 배척당한 외로운 처지가 전해오는 시문에서 묻어난다. 뛰어난 재능의 소유자로서 기대를 한 몸에 받던 인물의 쓸쓸한 인생 후반이 투영돼 있다.

정조와 순조 연간을 살다 간 문인 효전孝田 심노숭沈魯崇(1762~1837)은 골수 노론으로, 《자저실기自著實紀》 한 대목에서 다음과 같이 말했다.

> 남인 일당이 무술년(1718) 이후로 약 100년 동안 관리가 될 수 없게 되니 재능이 걸출하고 집안이 좋은 선비라도 모두 파리한 평민의 처지에서 벗어나지 못했다. 이중환의 문장 솜씨와 기개 및 국량으로도 낭관을 전전하다 끝났다. 참판 오광운만 홀로 문학과 언론으로 조정에 진출하였다.[49]

이중환은 완전히 세력을 잃어버린 남인의 처지를 상징하는 존재로 이 글에 등장했다. 심노숭 역시 《택리지》를 필사하여 읽은 독자의 대열에 동참한 지식인이었다. 그처럼 다수 남인은 걸출한 능력의 소유자라 해

도 평민과 비슷한 처지로 전락했다. 아까운 인재가 능력을 제대로 발휘하지 못하고 역사의 뒤안길로 사라졌다. 그중 누구보다 아깝고 안타까운 인재가 바로 이중환이었다.

좌절의 삶과 굴곡진 인생은 《택리지》의 "문구에 간혹 주먹으로 치고 발로 차며 대드는 태도를 보이도록"(이규상의 평어) 이끌었다. 이중환은 남에게도 운명에도 고분고분하지 않고 결기를 보여 《택리지》를 저술해 국토를 남다른 관점에서 해석하였다. 《택리지》에서 보여준 국토를 보는 혁신적 관점은 무엇인지 다음 장에서 살펴본다.

3장

국토를 새롭게 해석하다

《택리지》의 핵심 특징

《택리지》는 다양한 면모를 지닌 저술로 독자의 관심과 시각에 따라 성격을 달리 한다. 책의 다양성을 관통하는 핵심은 무엇일까? 첫째는 '사대부'라는 주체이고, 둘째는 "당신이라면 어디에서 살고 싶은가?"라는 질문과 답이다. 책의 제명은 본디 '사대부가거처士大夫可居處'였다. '사대부가 살 만한 곳'이라는 뜻이다. 책명에는 두 가지 핵심어가 들어 있고, 주거지를 옮기고 싶은 사대부에게 제공하는 안내서라는 주제를 선명하게 드러내고 있다.

18세기 중반 시점에서 이중환은 다소 엉뚱한 질문을 제기하고 전 국토에서 해답을 찾으려 하였다. 팔도 전체를 분석한 끝에 조선에는 진정 살고 싶은 최적의 주거지가 없다는 결론을 내렸다. 외국으로 이민 가는 길이 막혀 있으니 대안으로 차선의 주거지를 찾아 제시한 것이 바로 《택리지》였다. 아무도 이런 주제를 생각하지 못했다는 점에서 완전히 새로운 책이었다. 행정의 편리나 군사상 목적으로 국토를 보던 종래의 지리지와는 차원이 다른 시각이었다.

《택리지》는 새 주거지를 찾아 이주하려는 욕구를 공론화하여 사대부의 생존과 지역 발전의 상관성을 제시하였다. 다시 말해 국토를 평가하

여 살 만한 곳과 그렇지 못한 곳으로 나누어 체계적인 입지론을 마련하였다. 입지 좋은 곳에 살고 싶은 욕망을 음지에서 양지로 끌어내면서 국토를 보는 혁신적 시각을 표출했다.

몰락에서 비롯된 위기의식

《택리지》는 일종의 액자형 저술이다. 본론인 〈팔도론〉과 〈복거론〉 앞뒤에는 〈서론〉과 〈결론〉이 있다. 〈서론〉과 〈결론〉에서는 본론을 쓴 동기와 시각을 밝히고 있다. 사대부의 삶이 뿌리부터 흔들리는 위기의 세상임을 설명하고 이 시대의 사대부는 어디서 무엇을 하며 살아야 하는지를 묻는다. 지리정보를 해석한 본론과는 사뭇 초점이 달라, 〈서론〉과 〈결론〉이 본론과 동떨어진 내용이 아니냐는 의문이 제기되기도 한다. 그렇게 볼 만한 충분한 근거가 있다.

〈서론〉과 〈결론〉을 보면, 이중환은 지금 몰락의 길을 걷고 있는 몰락한 사대부가 위의를 지키며 재기하려면 생계 기반이 잘 갖추어진 주거지를 찾아야 한다고 보았다. 이와 같은 취지로 국토와 지리를 해석한 《택리지》는 사대부와 그들의 삶에 초점을 맞췄다. 18세기 중후반의 문인 이규상은《택리지》에 다음과 같이 짧은 논평을 남겼다.

> 사적事蹟 가운데 의론議論이 깃들어 있다. 사적과 의론이 서로 엉켜서 글을 이루어, 글의 기운에 곡절이 있고 웅걸雄傑하다. 본디 사대부로 강령을 삼았기 때문에 곳곳에서 결론을 맺을 때 모두 사대부를 거론하니 사대부는 비유하자면 흩어져 있는 엽전을 꿰는 한 가닥 노끈이

다. 굳이 자그마한 결점을 들자면, 문구에 간혹 주먹으로 치고 발로 차며 대드는 태도를 보인다. 또 모호하거나 혼돈스러운 뜻이 보인다.[1]

책의 요지를 꿰뚫고 있는 평이다. 음미할 만한 언급은 두 가지이다. 첫째는《택리지》의 글이 사실(사적)과 주장(의론)이 서로 엉켜 있다는 것이다. 둘째는 모든 내용이 사대부와 연결된다는 점이다. 사대부는 '흩어져 있는 엽전을 꿰는 한 가닥 노끈'과 같은 존재로 이 저술을 관통하는 주제어임에 주목하였다. 그처럼 사대부는《택리지》를 이해하는 데 관건이다.

본론에서 사대부에 중점을 두어 서술한 대목은 〈복거론〉 '인심'이다. '인심'에서는 각 지역의 인심과 풍속을 다루는 것이 상식이다. 그러나 예상과는 다르게 조선 중기 이래 당시까지 전개된 붕당朋黨의 전개 과정을 분석하였다. 얼핏 보면 전체 논지에서 동떨어진 항목이다. 당시부터 현재까지 논란과 비판이 이 항목에 집중되었다. 그러나 이중환의 시각에서는 쓰지 않을 수 없는 내용이었다.《택리지》 편찬의 주요 동기가 '인심' 항목에 있기 때문이다. 붕당 정치의 전개와 결과는 사대부로 하여금 서울을 등지게 했고, 관직에서 밀려나게 했으며, 거리와 지방, 유배지로 나돌게 했다. 그러니 붕당론으로 '인심'을 채울 수밖에 없었다. '인심'은 당쟁의 전개 과정을 궁금해한 독자를 위해 역사적·정치적 관점에서 설정한 항목이 아니다. 〈서론〉과 〈결론〉이란 액자 틀과 호응해 저술의 동기를 해명하기 위해 설정한 항목이다.

이중환은 조선 사대부의 정체성을 예리하게 분석했다. 사대부는 조선에서 극단적으로 우월한 지위를 누리며 살아왔다. "귀천을 정하거나 지위를 높이고 낮추는 일도 사대부 마음먹기에 달려 있다. 이처럼 기세

가 넘치고 제멋대로 구는 방자한 태도를 누가 막을 수 있겠는가?"(이중환, 55)라고 했을 만큼 막강한 기득권을 소유했다. 그렇다고 이중환이 기득권의 소유를 정당하다고 본 것은 아니다. "농부, 공인, 상인도 얼마든지 (성인의 법을) 잘할 수 있거니와, 이들 사이에 과연 어떤 차이가 있단 말인가?"(이중환, 55)라고 말해 사대부와 농부, 장인, 상인 사이의 차별을 부정했다. 다시 말해 신분과 직업이 아닌 행위에서 사대부의 진정성을 찾고자 했다.

그러나 당시의 사대부는 진정성을 잃고 기득권도 상실하는 상태로 치닫고 있었다. 높은 신분, 한양과 주변에 거주하는 지역성, 경외京外의 관직 임용, 지식과 정보의 독점 및 도덕적 우위와 같은 특권과 위상을 더는 보장받지 못했다. 무엇보다 경제적 능력을 온전히 보장받기 힘들었다. 치열한 당쟁과 도덕적 우위의 상실, 신분제도의 문란 등 여러 요인이 갈수록 특권과 위상을 약화시켰다. 조선 후기에는 토지도 관직도 소유하지 못해 빈곤한 상태로 전락한 사대부층이 두터워졌다. 특권은커녕 생계도 유지하지 못하거나 떠돌이 신세로 전락하는 과정에 있었다.

여기에 또 하나의 중요한 원인으로 사대부 사이의 정치적 쟁투, 즉 당파 싸움이 있었다. 붕당으로 인해 조선은 사람이 살기 힘든 사회로 전락하였다. 요즘 표현으로 '헬조선'이었다. 이를 반영해 이중환은 '인심'에서 "개벽 이래로 천지 간의 모든 나라 가운데 인심을 가장 심하게 어그러뜨리고 망가뜨리며 유혹에 빠져 떳떳한 본성을 바로 잃어버리게 한 것은 무엇보다도 붕당의 폐단이다"(이중환, 261)라고 말했다. "사대부가 사는 곳은 인심이 어그러지고 망가지지 않은 데가 없다"(이중환, 259)라고도 했다. 사대부는 존경하거나 흠모할 대상이 아니라 척결하거나 피해야 할 대상으로 변했다. 이중환은 자신도 그 일원인 사대부와 조선 사

회를 극렬하게 비판하면서 실상을 날카롭게 파헤쳤다.[2]

당시 조선 사회를 진단한 그의 말에는 절망과 비관이 스며 있다. 이중환은 발문에서 "나는 이 책에서 살 만한 땅을 가려 살고자 해도 살 만한 땅이 없음을 한스럽게 여겨 이를 기록했을 뿐이다"(이중환, 357)라며 고뇌에 차서 말했다. 좋은 입지를 소개하고서도 사실상 조선 어디에도 살 만한 땅이 없다고 했다. 조선은 사대부가 사는 나라이기 때문이었다. 사대부가 존재하는 한 조선은 '사람이 살 수 있는 땅이 아닌 땅(非地之地)'이었다. 그의 걱정에 공감하는 사대부가 적지 않았다.

영남 사대부 홍귀범洪龜範(1691~1762)은 "세상 돌아가는 꼴이 과연 그의 말과 같은지라, 이 대목을 읽고 나니 세상이 쇠잔해졌음을 느끼게 된다"(이중환, 373~374)[3]라고 말했고, 최언숙崔彦淑은 1785년에 쓴 후지後識에서 〈서론〉과 〈결론〉의 사대부론에 공감을 표해 "저 이자李子란 분은 사대부의 부류로 성품이 강개하여 세상 백성의 풍속이 퇴폐해지는 현상을 탄식하고 조정 신하가 투기하고 서로 해치는 짓을 미워하여 이 저술을 지었다"라고 말했다. 위로는 우국충정이 담겨 있고 아래로는 집안을 보존하는 계책이 담긴 책으로 규정했다.[4]

이중환은 조선의 사대부가 국가를 지탱하는 기둥이 아니라 국가를 망치는 좀벌레나 도적이라 보기도 했다. 사대부가 자체 분화하여 도덕성도 상실하고 경제력도 떨어지며 지식도 없어서 여러 측면에서 평민보다도 못해졌다는 것이다. 사대부는 우국충정의 감회로 국가의 쇠락과 풍속의 퇴폐에 책임지고 반성해야 하는 동시에, 자신과 집안에 닥친 위기와 몰락의 징후에 대처해야 했다. 그러니 자연스레 사대부는 "집안을 세우고 논밭을 마련하여, 관혼상제의 네 가지 의례를 지켜 위로는 부모를 받들어 섬기고 아래로는 자식을 길러 가문을 보전하는 계획을 세우지

않을 수 없다."(이중환, 55~56) 사대부 세계를 떠도는 공포와 위기의식을 누구보다 뼈저리게 체험한 이중환은 좋은 주거지를 선택함으로써 실존의 위기를 헤쳐나가려 했다.

내 몸 하나 누일 좋은 땅은 어디에 있나

〈결론〉의 뒷부분에는 "그렇다면 사대부는 장차 어디로 가야 한단 말인가?"(이중환, 353)라는 질문이 실려 있다. 당쟁에서 패배하고 권력에서 소외된 사대부는 서울에서 살지도 못하고 생계도 꾸리기 어려워졌다. 어떻게 살아야 하고 어디에 가서 살아야 하나? 생존의 위기에 처한 사대부의 절박한 질문에 이중환은 답을 내놓았다. 낡은 방식으로는 해결할 수 없으니 새 관점으로 새 돌파구를 찾아야 한다는 것이었다.

그것은 바로 양반의 신분에 얽매이지 말고 생업을 꾸리는 것이다. 적극적으로 평가하면 신분은 이제 무용하다는 생각으로까지 이어진다. 단 하나의 돌파구는 사대부가 살지 않는 지방으로 이주하여 농부나 장인, 상인이 되어 즐겁게 사는 것이다. 조심스러우나 극단적인 제안으로, '지극히 아름답고 좋은' 사대부 호칭을 포기하라는 것이었다.

새로운 주거지를 찾아 이주하는 것. 《택리지》는 바로 이와 같은 돌파구를 제시한 지침서였다. 팔도 전체를 대상으로 처음에는 지역별로, 다음에는 주제별로 '살 만한 곳'과 '살 만하지 못한 곳'을 구분하여 제시하였다.

《택리지》는 크게는 광역의 도에서 작게는 특정한 마을까지, 주거지로 선택하여 살 만한 곳을 다양하게 제시하였다. 옛날부터 이름난 주거지로 알려진 곳도 있기는 하나, 대부분 이중환이 새롭게 발굴한 곳이다.

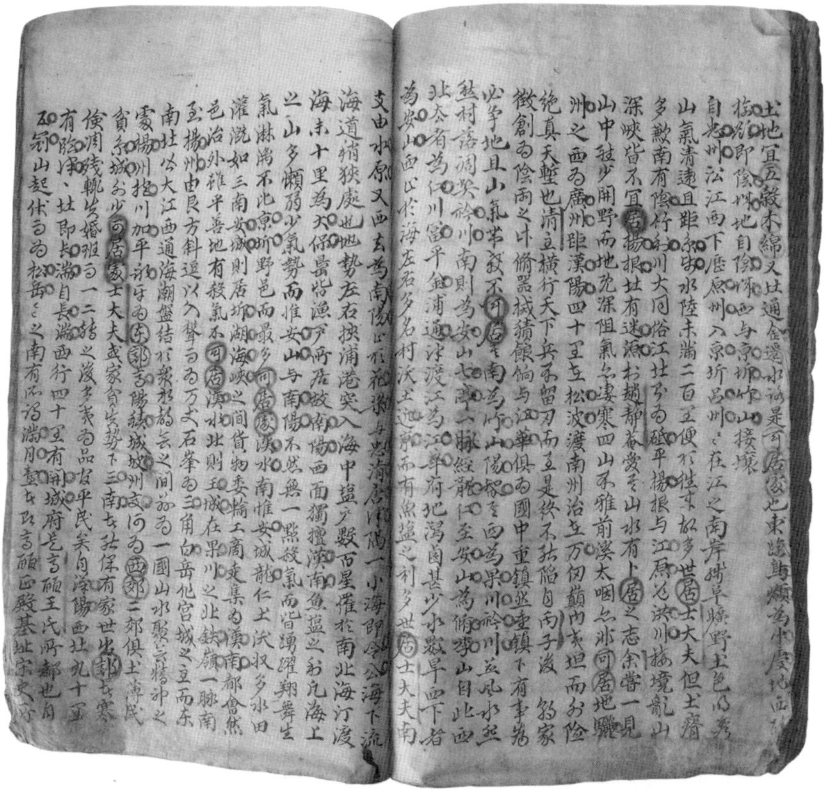

잠옹潛翁 남하행南夏行(1697~1781)이 손수 쓴《택리지》, 개인 소장

초고본 계통이며, 현존하는 가장 이른 시기의 사본 가운데 하나이다. 개정본《택리지》와 다른 내용이 매우 많다. 다른 초고본과도 차이가 나는 내용이 많은데 남하행이 자의적으로 수정한 것으로 추정한다. 특히 이 필사본은 책 전체 문장에서 '거居' 자를 붉은색 동그라미로 표시하여 해당 지역이 '살 만한 곳〔可居〕'인지 '살 만하지 못한 곳〔不可居〕'인지를 명료하게 보여주었다. 주거지 선택을 안내하는 실용서로서《택리지》의 성격을 잘 보여준다. 사진은 서울 주변 경기도 고을의 주거지를 설명한 대목이다. 남하행은 이익의 제자이고 이서에게 글씨를 배운 명필이다. 이중환의 큰동서인 강필신과는 외사촌이므로 가까운 인척이었다.

전 국토를 대상으로 주거지 선택에 관해 논의한 것은 이 책에서 처음 시도한 일이다. 세 가지 사례를 들어 이중환이 주거지를 어떻게 소개하고 있는지를 알아본다.

먼저 남한강과 섬강이 합류하는 원주 부근에는 광해군 때 백사白沙 이항복李恒福(1556~1618)이 주거지로 점지해둔 곳이 있었다. 이중환은 직접 가서 확인하고 집터를 고르는 영웅의 안목을 칭송하며 시까지 지었다. 다만 강가에 있는 땅이라 농사에서는 이익을 거둘 수 없음을 아쉬워했다.[5] 이 장소가 눈길을 끈 주거지로 부상한 것이었다.

다음으로 충청도와 전라도에서 각각 한 군데씩 골라서 검토해본다.

> 청주 동쪽으로 거대령을 넘으면 상당산성上黨山城이 나온다. 산성 동쪽에는 청천창青川倉이 있고, 청천창 서쪽에는 신씨촌申氏村이 있다. 남쪽으로 작은 고개를 넘으면 인풍정引風亭과 옥류대玉流臺가 있으니 변씨卞氏가 거처하는 마을이다. 큰 산 사이로 시내와 골짜기, 바위가 있어 자못 그윽한 아치가 있다. 또 동쪽으로 큰 시내를 건너면 귀만龜灣(거북골)이 있어 시내와 산의 경치가 대단히 빼어나다.〔이중환, 167~170〕

> 남원 동남쪽에 있는 마을은 성원星園으로 최씨들이 대대로 사는 곳이고, 산수의 경치가 상당히 아름답다. 남쪽에는 구례현이 있다. 성원에서 구례까지 하나의 들판이 펼쳐져 있고, 1묘에 1종을 수확하는 비옥한 논이 많다. 구례 서쪽에는 산수가 기이한 봉동鳳洞이 있고, 동쪽에는 화엄사와 연곡사 등의 명승지가 있으며, 남쪽에는 바로 구만촌九灣村이 있다.〔이중환, 142~143〕

각각 충청도 청주와 전라도 남원에서 살 만한 지역으로 꼽은 곳이다. 지리적 특징과 산수의 아름다움을 내세웠고, 성원 일대의 비옥한 토질에 주목하였다. 두 지역 역시 처음으로 주목할 만한 입지를 갖춘 땅으로 언급되었다. 또 집성촌이라는 공통점도 있다. 청천창 일대에는 신씨의 집성촌이 있고, 인풍정 일대에는 변씨의 집성촌이, 남원의 성원에는 최씨의 집성촌이 있다고 밝혔다. 이중환은 성씨를 구체적으로 밝히지 않았으나 더 찾아보면, 신씨는 고령 신씨高靈申氏 신숙주申叔舟의 후손이고, 변씨는 청주 북쪽 지역인 산외일면山外一面의 비홍飛鴻에 세거한 초계 변씨草溪卞氏 집안이며, 최씨는 삭녕 최씨朔寧崔氏 최항崔恒의 후손으로서 남원의 명가로 손꼽힌다. 세 성씨는 해당 지역에 집성촌을 이루고 살면서 대대로 명문가로서 양반의 신분을 잃지 않았고 경제적으로 윤택한 삶을 누렸다.

청천창, 인풍정, 성원은 명문가의 세거지라는 점에서 특별한 관심을 기울인 것으로 보인다. 산수, 토질, 명승, 지리 등 여러 조건이 집성촌을 이루며 대대로 거주하기 좋은 환경이라는 것이다. 몰락한 사대부가 가족을 이끌고 찾아갈 만한 모범 사례였고, 유사한 지역을 찾는 데 도움이 될 법했다. 《택리지》에서는 그와 같은 입지를 특히 선호했고, 경상도 지역에서 많은 사례를 찾아냈다. 참고 삼을 만한 조사와 연구가 없는 상태에서 이중환은 스스로 기준을 설정하여 입지가 좋은 주거지를 제시했다.

그렇다면 이중환의 시도에 동시대와 후대의 사대부는 어떻게 반응했을까? 《택리지》가 세상에 나오자 적지 않은 논란이 일었다. 여전히 기득권에 기대고 있는 다수의 사대부는 그의 주장에 동의하지 않았다. 이중환의 처지를 잘 이해하는 남인 사대부부터 그랬다. 무엇보다 조선 어

디도 살 곳이 못 된다는 극단적 비관론을 거부했다. 지금 사는 형편이 마음에 들지 않는다고 하여 더 나은 터전을 물색한다는 생각이 마뜩잖았다.

그를 높이 평가한 이익부터 그랬다. 또 사촌형 이봉환李鳳煥(1685~1754)도 군자의 도리를 지키면 살지 못할 곳도 살 만한 곳으로 바뀐다면서 부정적인 태도를 보였다.[6] 13년 선배이자 남인 명사인 홍중인洪重寅(1677~1752)은 《택리지》를 비판적으로 분석하고서 주거지는 거주자의 현명함 여부에 달린 문제로 자신만 현명하면 어디든 살기 좋은 땅 아닌 곳이 없다며 반론을 폈다.[7] 목회경 역시 "살려는 땅을 굳이 가릴 필요가 어디 있으랴?"〔이중환, 362〕[8]라고 하여 새 주거지를 찾는 시도에 부정적이었다. 농부나 나무꾼이라도 해보려 했으나 그마저도 하지 못한 이중환을 불쌍하게 보면서도 마뜩잖게 여겼다.

이렇게 친한 이들마저 그의 시도를 받아들이지 못했다. 어떤 필사자는 이중환의 시도를 현실도피라 보고 사대부라면 관료가 되려고 노력해야 한다는 원칙론을 되풀이했다.[9] 이처럼 《택리지》를 읽은 초기의 사대부는 떠도는 신세로 내몰려 새 주거지를 찾아 떠나야 하는 계층의 위기와 처지를 감지하지 못했다. 이중환의 위기의식과 비관적 세계관을 따라잡지 못한 것이 당시 주변 사대부의 현실이었다.

주거 선택의 네 가지 조건: 지리, 생리, 인심, 산수

《택리지》 전체를 관통하는 열쇳말은 사대부의 삶이었고, 저술 목적은 사대부가 살 만한 주거지를 전 국토에서 찾아내는 데 있었다. 그러나 살

기 좋은 낙토를 찾기 위해 국토지리를 관찰하고 평가한 결과는 사대부의 삶이라는 제약을 벗어났다. 《택리지》는 본래 의도와는 달리 실제로는 조선에 사는 모든 이를 위한 책이 되었다.

이중환이 주거지를 선택하는 기준은 〈복거론〉에서 제시한 '지리', '생리', '인심', '산수'의 네 가지였다. 그러면서 기준의 근거와 대표 사례를 선정해 제시하였다. 이 기준의 설정 자체가 지리학사에서 획기적이다.[10] 주거지 선택을 목적으로 한 저술도 없었고 당연히 관련 논리와 기준도 제시되지 않았으므로 두 가지 모두 창안이었다.

네 가지 기준은 지리와 주거지 평가에 필요한 조건으로 제시되었다. 그런데 앞서 언급한 홍중인은 네 가지 기준을 모두 갖춘 지역을 찾기란 양주가학楊州駕鶴(좋은 것을 다 갖고 싶어 하는 욕망)과 같이 불가능한 데다 그런 땅을 찾을 필요도 없다고 잘라 말했다. 홍중인은 이중환의 생각을 오해하였다. 네 가지 기준을 고려하여 판단하고 평가하라는 말이었지 모든 조건을 충족해야 좋은 주거지라 한 것은 아니었기 때문이다. "네 가지 조건 가운데 하나라도 빠지면 살기 좋은 땅이 아니다"〔이중환, 227〕라는 말은 이상적인 주거지를 가리키는 것일 뿐이다. 실제로 네 가지 조건을 모두 충족한 사례로 내세운 고을은 없었다.

네 가지 기준에서 제시한 순서가 곧 비중을 의미한다고 볼 수도 있으나, 순서가 저자의 의도를 정확히 반영하지는 않는다. 서술한 분량은 순서와는 반대로 '지리'가 가장 적고 '산수'가 가장 많다. '인심'은 저술 전체를 관통하는 기준이지만 실질적 조건으로는 가볍게 취급하였다.

이중환은 구체적 지역을 평가할 때 네 가지 기준을 균형감 있게 적용하였다. 겉으로는 '지리'가 가장 앞세운 기준이고, '산수'가 가장 많은 분량을 차지하고 있다. 실제로는 '생리'를 최우선에 두었다. 그래서 네 가

지 기준을 전국에 종합적으로 적용한 〈팔도론〉에서 '생리'를 다른 기준보다 더 중시하고 빈번히 적용했다. 주거지 선택을 생리의 문제로만 환원하지는 않았으나, 가장 중요한 요소로 설정한 것은 분명하다.

생리의 비중을 높게 잡아서 거주지를 선정할 때 생업과 이익의 관점을 우선 고려하도록 이끌었다. 이것은 전에 보지 못한 창안이었다. 나중에 이규경은 이중환의 관점이 "오로지 이익을 도모하는 것에 있다"라고 지적하여 지리를 경제적 시각으로 보는 태도를 비판했다. 그는 이중환의 독창적 시각을 담은《택리지》가 널리 읽히면서 사람을 현혹하여 폐단이 적지 않다고 보았다.[11] 그처럼 지리를 생리의 관점에서 본 이중환의 혁신은 18세기 중반 이후 폭넓은 영향을 끼쳤다.

《택리지》를 경제 지리의 측면에서 주목한 연구자들은 일찍부터 있었다.[12] 이전에는 생리를 도외시한 채 지리를 논했으나 이중환은 생리를 하나의 조건으로 부각했다고 의견을 모았다.[13] 맞는 말이다. 그런데 여러 조건 중 하나로 제시한 게 아니라 근본적이고 절대적인 조건으로 부각한 점에서 더 높이 평가해야 한다.

새롭게 떠오르는 경제 중심지에 주목하다

이중환은 새로운 시각으로 국토를 관찰하고 가치를 평가하였다. 가족의 생계를 유지하고 생명을 보전할 만한 입지를 앞세워 국가주의나 행정 편의 관점에서 국토를 보는 이전 지리지와는 큰 차이를 드러냈다. 국가에서 편찬한《신증동국여지승람》과 유형원의《동국여지지》가 지리를 통치와 행정의 도구로 보아 지역별로 각종 통치 자료를 제시했다면,《택

리지》는 한 개인, 한 집안의 생계 문제와 직결된 경제와 교통을 중심에 놓고 생활권으로 지역을 구분해 논의하였다. 국토와 지리를 보는 시각 자체가 달랐다.

일반 지리지에서는 행정 중심지에 집중해 서술하였으나, 이중환은 경제적으로 새롭게 부상하는 지방과 현장을 중심으로 서술하였다.《택리지》에서 주목한 장소에는 기왕의 지리서에서 주목하지 않은 곳이 많다. 국가의 행정 체계나 지도에서 큰 비중을 차지하지 않았고, 지식의 보편적 체계에 편입되지 않은 곳이 다수 포함되었다. 이중환은 그동안 주목받지 못한 지역을 경제적 활력이 넘치는 새 중심지로 부각하고 주거지로 눈여겨볼 것을 제안하였다. 실정을 반영한 현실의 정보에 근거하였고 과거의 낡은 지식과 정보는 무시하였다. 이처럼《택리지》에서는 지방을 평가하고 이해하는 데서 혁신적 태도를 보였다.

혁신은 팔도의 행정 중심지인 감영監營 소재지의 서술과 평가에서 잘 드러난다. 팔도의 경제, 교통, 이동을 논할 때 감영 소재지가 중심에 놓이는 것은 당연하다. 하지만 이중환은 감영 소재지와 주요 거점 도시의 비중을 축소하였다. 널리 알려진 지식과 정보를 줄인 대신 인구, 경제, 교통과 같은 실질적 지표로 지역을 평가하여, 새로이 번창하는 지역과 발전 가능성이 높은 지역을 발굴·소개했다. 그의 지역 평가는 현실적이고 모험적이었다.《택리지》에서 새롭게 조명한 지방이 어디인가를 분석하면 그의 지향을 이해할 수 있다.

이중환이 경제 중심지로 주목한 곳은 원산, 강경, 광천, 목포, 법성포, 유궁포由宮浦(예산) 등지의 포구와, 한강과 낙동강, 예성강, 금강 수계에 있는 교통 요지였다.[14] 일반 지리지에는 나와 있지 않거나 그다지 큰 비중을 두어 언급하지 않은 지역이다. 물이 재물을 주관한다고 본 이중환

은 큰 물이 있는 지역의 입지를 유난히 중시하였다. 포구는 사대부가 관심을 기울이지 않은 곳이었다. 반면 이중환은 포구를 물류가 집중되는 도회지이자 교통이 편리하고, 인구가 집중되어 상업 활동이 번성한 지역으로 주목하였다. 지성사에서 포구가 지닌 지리적 가치를 이렇게 주목한 저술은 처음이었다. 전국에 분포한 포구와 창고를 상세하게 기록한 정상기의《동국지도》와 같은 방향을 취했다.

그가 주목한 경제 중심지에는 원산이나 목포처럼 근대 이후 본래의 행정 중심지를 대체하여 지방의 거점 도시로 부상한 곳도 있고, 강경이나 광천, 법성포처럼 200~300년 동안 경제 중심지로 번성하다가 20세기 이후 쇠락의 길을 걸은 곳도 있다. 두 지역을 차례로 살펴서 이중환의 시각을 알아본다.

20세기 이후 함경남도 행정과 교통, 경제의 중심지로 부상한 원산시는 덕원부德源府의 영흥만에 있는 어촌이었다. 그래서 원산이 급부상한 시기는 구한말이라는 것이 상식이었다. 많은 지리서와 현대의 백과사전까지도 그처럼 서술하고 있다.[15] 그러나 이는 실상을 왜곡한 설명이다. 원산은 인조 이후 함경도 일대의 곡물을 비축해두는 원산창元山倉이 설치된 이래 경제적 활력이 넘쳐 전국의 3대 포구로 급부상하였다.[16] 그러나 이를 명확히 뒷받침해주는 문헌 기록이 많지 않다. 반면에 이중환은 〈팔도론〉 '함경도' 항목에서 다음과 같이 서술하였다.

> 안변에서 서북쪽은 덕원德源 경내이고, 그 바닷가에는 원산촌이란 마을이 있다. 포구에 모여 사는 백성들은 물고기 잡고 해산물을 채취하며 생계를 잇는다. 바닷길이 동북쪽으로 육진六鎭과 통하여 육진과 바닷가에 있는 모든 고을의 상선들이 여기에 닻을 내리고 정박한다.

> 무릇 생선과 소금, 해삼, 올이 가는 고운 베, 가벼운 다리(여자들이 머리숱이 많아 보이라고 덧넣었던 민머리), 담비, 산삼, 널 만드는 데 쓰이는 목재 따위의 물건이 모두 여기 원산촌에서 팔려나간다. 따라서 강원도와 황해도, 평안도, 경기도 등지의 많은 상인들이 밤낮으로 떼를 지어 몰려들고 온갖 물산들이 쌓여 큰 도회지를 이루고 있다. 백성들 가운데 물건을 사고파는 일로 큰 부자가 된 사람이 많다. 조정에서는 여기에 원산창元山倉을 설치하여 경상도의 곡물을 뱃길로 운반해 창고에 쌓아두었다. 함경도에 흉년이 들거나 필요한 때에 여러 고을에 뱃길로 곡물을 운반하여 진휼賑恤(흉년에 가난한 백성을 돕는 일)하는 물자로 삼았다.〔이중환, 85~86〕

'함경도'의 서술 비중은 다른 도에 비해 낮고, '함경도' 안에서는 국경 지대와 함흥 그리고 원산의 서술량이 가장 많다. 국경 지대와 감영 소재지 함흥에 큰 비중을 두는 것은 당연하지만, 많은 도회지를 제치고 원산에 큰 비중을 둔 것은 뜻밖이다. 더욱이 행정 중심지인 덕원부 자체는 존재감이 전혀 없는 데 반해, 덕원부에서 15리 떨어진 어촌인 원산촌을 대도회大都會로 규정하고 현황을 자세하게 묘사했다.

함경도 원산과 경상도 포항에 흉년을 대비해 곡물 비축 창고인 교제창交濟倉을 설치했다는 설명도 대단히 중요하다.[17] 이처럼 활력 넘치는 도내 제일가는 경제 중심지로서 원산의 입지를 분명히 서술했다. 17세기 이후 구한말까지 대부분의 지도와 지리지에서 원산을 덕원부의 작은 어촌으로 서술한 관례와는 전혀 딴판이었다.[18]

원산을 대도회로 크게 부각한 이중환의 설명은 근거가 있으며 현실과 부합할까? 나는 현실을 제대로 반영하여 근거가 확실한 설명이었다고

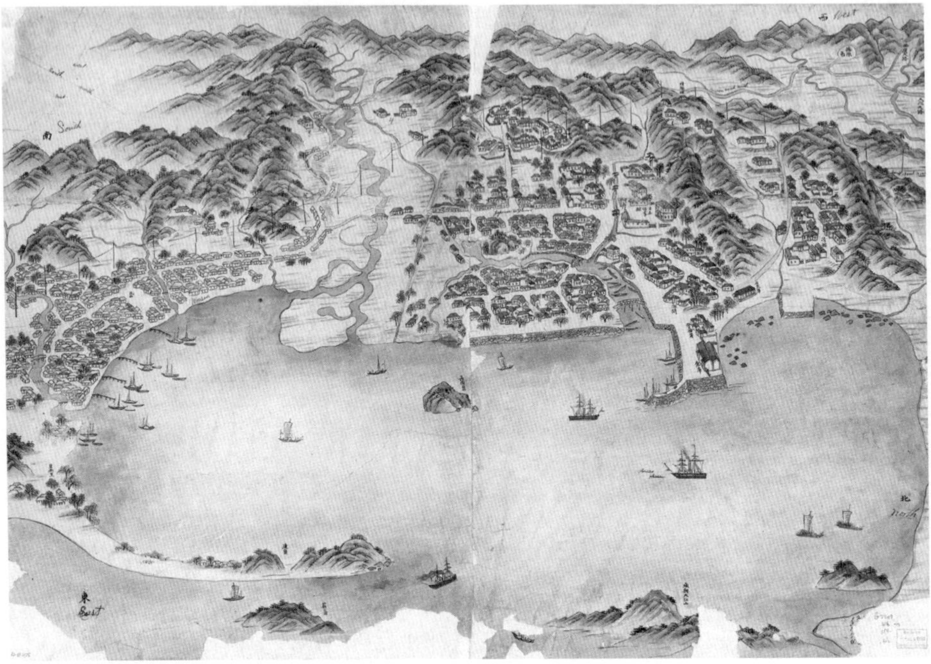

작자 미상, 원산 전경, 64×85센티미터, 1890년대, 미국의회도서관 소장

1890년대 함경도 영흥만과 원산 시가지 모습을 회화식으로 그린 지도이다. 18~19세기에도 번화한 대도회였던 원산은 외세에 의해 부산에 이어 두 번째로 개항되었다. 이후 급속히 도회지가 팽창하여 관북 최대의 도시가 되었다. 이때만 해도 원산은 덕원군德源郡 소속 원산항이었다. 그림 왼쪽은 구시가지로 조선인 거주지였고, 오른쪽 끝은 신시가지로 오른편에는 청나라 사람 거류지가, 왼편에는 일본인 거류지가 형성되었다. 중앙 지역은 원산항을 관리하는 감리서監理署와 세무사稅務司, 전보국電報局 등 행정 관아가 들어서 있다.

본다. 몇 가지 사례를 근거로 든다. 이중환보다 앞선 세대의 문신 박태보朴泰輔(1654~1689)는 원산에 들렀을 때 동해의 해산물이 원산에 집결하여 마소를 이용하여 전국으로 실려 나간다고 생생히 묘사하였다.[19] 유득공柳得恭(1748~1807)은 어상魚商이 원산에 집결하여 수레에 북어를 싣고 가느라 철령 이남의 산골짜기에서 방울을 딸랑딸랑 울리며 끊임없이 이어지는 수레 행렬을 장쾌하게 표현하였다.[20] 박제가는《북학의北學議》에서 원거리를 이동하는 사상私商의 대표적 사례로 미역과 명태를 말에 실어 판매하는 원산 상인을 들었다.[21] 또 1801년 유배길에 원산에 들러서는 "바닷가 언덕의 2천 호는/생리가 참으로 부럽구나./내 여기에 한 번 살아볼거나/결정을 고민하며 거듭 바장이네"[22]라고 읊었다.

이 밖에도 문헌 근거가 적지 않다. 이처럼 북관 지방 최대의 경제 중심지로서 원산의 위상은 실정에 밝은 지식인에게 널리 알려져 있었다. 다만 각 지역의 실정에 맞는 지리정보가 상업에 대한 무지나 의도적 무시 탓에 행정과 저술에 제대로 반영되지 못했다.

반면에 이중환은 각 지방의 경제 동향을 민감하게 포착하였고, 경제 중심지를 주거지로 주목하여 지역 정보로 정확하게 기록하였다. 특히 국가의 미곡 창고가 설치된 곳이 교역의 중심지로 부상해 인구가 밀집하는 현상에 주목하였다. 충청도 지방에서 공세호貢稅湖와 가흥창, 금천, 내창, 목계 등지의 창고 소재지에 물산이 집중되고 사람이 모여들어 도회지로 변신하는 실상을 묘사한 사례가 대표적이다. 그중 금강 하류의 포구 강경江景을 사례로 든다.

당대 지도에서는 강경을 은진현恩津縣 강가의 포구나 강경대江景臺로 표시하였고, 시문에서는 넓은 강변 풍경을 조망할 수 있고 봉수대가 설치된 장소로 묘사하였다. 18세기 중반 이후에는 상인이 몰려드는 상업

중심지로 묘사하기도 했다.[23] 《택리지》에서는 강경을 매우 중요한 도회지로 여러 곳에서 다루었다. 현재 대전광역시에 속한 유성을 설명하면서 "경작하는 토지가 지극히 비옥하고 드넓으나 바다가 조금 멀어 서쪽 강경에서 물자를 운송해와야 한다. 하지만 강경까지는 채 100리 길도 안 된다"〔이중환, 155〕라고 하여 강경을 교역 거점으로 묘사하였다. 충청도 지리에서 강경의 풍물과 풍토를 자세하게 설명하였고, 전라도 지리에서는 "채운산에서 작은 들판을 건너면 황산촌黃山村이 나온다. 돌산이 강에 바짝 붙어 솟아 있고, 은진의 강경촌江景村과 작은 포구를 사이에 두고 배로 왕래하는데 경치가 뛰어나다"〔이중환, 135〕라고 묘사하였다. 강경과 가까운 것을 해당 지역의 입지를 평가하는 기준으로 삼을 만큼 중시했다. 〈복거론〉 '생리'의 하위 항목에 둔 무천貿遷에서는 그러한 현황을 다음과 같이 서술하고 있다.

> 오로지 은진현의 강경이란 마을이 충청도와 전라도의 육지와 바다 사이에 자리 잡아, 금강 남쪽 들판 가운데 하나 있는 큰 도회지이다. 바닷가와 산골의 주민이 모두 여기에서 물건을 내다 놓고 교환한다. 봄여름에 고기잡이가 왕성할 때마다 비린내가 마을에 가득하고, 크고 작은 배가 밤낮으로 차항汊港 사이에 담장을 친 듯이 늘어선다. 한 달에 여섯 번 큰 장이 설 때에는 먼 곳과 가까운 곳의 화물이 실려와 쌓인다.〔이중환, 236~237〕

이렇게 이중환은 일개 강변 마을인 강경을 번성한 상업 중심지이자 대도회지로 묘사하였다. 대부분 읍지에서는 이런 지리정보가 무시돼 아무런 설명이 없다. 반면 이중환은 실상을 예리하게 포착했다. 강경은 17

세기 후반 이래 민간 주도의 상업 포구로 발달한 곳이었다.[24] 그는 누구보다 앞서 이런 사실을 분명히 포착했다. 큰 시장이 서서 사람과 물자가 모이는 큰 도회지로 인정했고, 거주하기에 적합한 명촌으로 평가했다. 행정 지명조차 부여받지 못한 작은 마을을 이렇게 거점 지역으로 부각한 것은 남다른 혜안이다. 이처럼 이중환은 남북의 원산과 강경을 신흥하는 경제 중심지로 주목했다. 그 밖에도 많은 지역을 경제 중심지로 새롭게 부각했으니 이는 입지를 보는 참신한 안목이었다.

'직주근접론'의 원조

이중환이 주목한 포구에는 사람과 화물이 모여드는 교통과 물류의 요충지가 많다. 강과 바다를 이용한 수운水運의 비중이 컸던 현실을 고려하면 당연한 결과이다. 주거지 선택에서 생리의 중요성은 교통과 물류의 원활함과 직결된다. 이중환이 전주나 유성을 입지가 좋은 지역으로 평가한 이유는 수운이 발달하여 경제가 활성화된 강경과 가깝기 때문이었다.

이중환은 생리를 중시한 만큼 한양 접근성도 중시했다. 평안도와 함경도를 사대부가 거주할 지방에서 아예 배제한 것도 서울에서 멀기 때문이었다. 두루 주거지로 적합하다고 본 경상도에서도 진주 지방은 비옥한 토지가 있어 부유하지만 "땅이 외져 경성에서 멀기 때문에 이 지방 사람이 아니면 사대부들이 불쑥 여기로 가기가 쉽지 않다. 땅의 형세로 인해 닿기도 어렵고 소요 시간도 길어 쉽게 가기 어렵다"〔이중환, 126〕라고 판단했다. 전라도는 부유한 지역이라고 인식하면서도 "다만 당장

은 거리가 너무 멀고, 풍속이 어지러워서 살 만한 곳이 못 된다"〔이중환, 149〕라고 판정했다. 나주의 목포와 광양의 섬진강 역시 위치가 서울에서 너무 멀어 좋은 주거지로 평가하기를 유보하였다.

상반된 평가를 내린 지방은 충청도이다. 충청도는 "서울의 명문가들이 너 나 할 것 없이 도내에 전답과 살 집을 마련하여 근본 터전으로 삼고 있다. 게다가 서울과 가까워서 풍속이 크게 다르지 않으니 선택하여 거주할 만한 최적지이다"〔이중환, 150〕라고 하여 서울 접근성이 좋아서 주거지로 적합하다고 평가하였다. 강원도는 영동 9개 군을 부유한 지방으로 평가하면서도 "다만 서쪽에 있는 산등성이가 너무 높아서 외떨어진 지역이나 마찬가지라 잠시 유람하기는 좋으나 오래 거처할 곳은 아니다"〔이중환, 102〕라고 하여 부적합 판정을 내렸다. 이 역시 서울에서 멀리 떨어진 입지가 중요한 이유였다. 이렇게 이중환은 서울 접근성을 주거지 판단의 중요한 기준으로 삼았다.

서울과 떨어진 거리를 중시한 것만큼 산과 들의 접경지, 육지와 바다가 서로 통하는 경계 지역의 가치를 중시하였다. 육상 교통과 해상 교통이 만나는 곳은 대체로 사람이 모여들고 상품이 교환되는 교통 요지였다.《택리지》에서는 그런 지역을 주목하고 가치를 해명하는 데 많은 지면을 할애했다. 이중환의 생각은 원주 일대를 평가한 대목에서 선명하게 읽을 수 있다.

원주는 무엇보다 서쪽으로 서울과 250리 정도 떨어져서 접근성이 좋은 지역이라고 평가하였다. 그 밖에도 주거지로 적합한 장점을 몇 가지 들었다. 첫째, 동쪽으로는 영동 산골짜기로 이어져 있고 서쪽으로는 지평현과 인접해 있어 산골과 들녘의 경계 지역에 자리 잡았다. 둘째, 경기도와 영남 사이에 끼어 있어 동해의 해산물과 소금, 인삼, 관곽棺槨과

궁궐용 목재가 수송되어 한 도道의 물산이 모인다. 셋째, 전시에는 산골짜기와 가까워 숨기 쉽고 평시에는 서울에 가까워 벼슬하러 가기에 좋다. 이런 입지 조건을 갖추어 주거지로서 적합하다고 평가했고, 실제로 서울 사대부가 선호한다고 밝혔다.

한편 이중환은 이전에는 주목받지 않은 새로운 지역을 좋은 주거지로 조명했다. 경기도 광주의 해안가 마을 성곶리와 충청도 가야산 자락의 덕산이 흥미로운 곳이다. 이중환이 《택리지》를 저술한 1750년대에는 여주 이씨 집안에서 성곶리聲串里에 집성촌을 이뤄 살았다. 안산 바닷가 지역이지만 행정구역상으로는 광주에 속했다. 집안 일부는 또 안산에서 충청도 덕산현 고산면高山面의 장천리長川里로 이주하여 집성촌을 이뤘다. 《택리지》에서는 두 지역을 살기 좋은 주거지로 꼽았다. 집성촌을 형성한 것과 《택리지》의 평가는 긴밀한 관련이 있다.

수리산에서 서쪽으로 뻗은 줄기는 가장 짧은 산맥으로 안산 바닷가에서 그친다. 이곳에는 서울 공경公卿 집안의 전답[25]이 많을 뿐만 아니라 서울과 가깝고 생선과 소금이 풍부해서 대대로 거주하는 사대부가 많다. 수리산에서 남쪽으로 뻗은 줄기는 서남쪽으로 가다가 광주廣州 성곶리聲串里에서 그친다. 이 마을은 생선과 소금이 나는 갯마을로 근해의 장삿배가 꽤 많이 모여들고, 주민은 생선 파는 생업으로 부를 일구었다.〔이중환, 202〕

20세기 이전에 성곶리 해안 마을이 지식인에게 주목받은 일은 없었다. 이중환은 서울 접근성과 공경 집안의 농토가 많다는 것을 장점으로 들었고, 장삿배가 몰려들고 상업이 발달하여 부를 일굴 수 있는 입지 조

건을 높이 평가하였다. 생업과 상업이 활발한 갯마을 성곶리를 사대부가 살 만한 세거지로 주목한 이는 이중환이 거의 유일하다. 이전에는 일부 지도에서 지명을 표기해놓는 정도였다. 실제로 생계를 꾸리며 살아도 드러내지 않았다. 하지만 그는 성곶리를 좋은 주거지로 자리매김하였다. 이곳에서 누리는 풍족한 삶의 실상은 여주 이씨 집안 문사의 저작 곳곳에 보인다.[26]

성곶리는 소래포구와 남양부의 화량포구를 거쳐 덕산의 장천리를 배로 오가는 거점이기도 했다. 이중환의 집안사람 이철환은 1753년 가야산을 등반하고 남긴 산수유기 《상산삼매象山三昧》에서 상세한 경로를 기록해두었다.[27] 뱃길로 연결되는 덕산 장천리로 집안이 이주한 것은 당시의 사대부가 서울 접근성, 수륙 교통의 편리함, 생업의 번창함을 실질적 입지 조건으로 중시했음을 보여준다.

덕산 장천리는 가야산 동쪽의 내포 중심에 있었다. 이곳을 세거지로 삼은 근거는 《택리지》에서 "가야산 동쪽 지역은 홍주洪州(홍성군), 덕산德山으로 나란히 유궁진 서쪽에 있어 내포 동쪽에 위치한 예산, 신창新昌과 더불어 배를 타고 서울에 대단히 빠르게 오갈 수 있는 곳이다"〔이중환, 152〕라고 묘사한 데 잘 나타나 있다. 배를 타고 서울과 대단히 빠르게 오갈 수 있는 교통의 편리함을 무엇보다 높이 평가하였다. 현대의 직주근접론, 서울 접근성 관점에서 보자면 최적의 입지 조건이었던 셈이다.

하지만 그런 조건만을 충족한 것은 아니었다. 내포평야의 생리와 〈복거론〉 '산수'에서 높이 평가한 가야산의 산수를 함께 고려하였다. 교통과 산수 그리고 생리까지 두루 갖춰 좋은 입지 조건을 충족한 주거지였던 것이다.

살림살이가 우선이다

앞에서 살펴본 내용에 따르면, 이중환은 사대부의 주거 욕망을 채워주는 좋은 주거지의 핵심적 입지 조건을 세 가지로 보았다. 생계를 넉넉하게 꾸릴 수 있는 경제 중심지, 서울 접근성, 그리고 편리한 교통이다. 이 핵심 조건을 중심에 놓고 다른 조건을 함께 고려했다.

〈복거론〉에서는 생리와 동등한 조건으로 지리와 산수를 제시하였다. 이는 서로 독립적이고 받아들일 만한 주거 조건이지만, 이중환은 이들 조건이 서로 충돌할 때는 생리를 우선시했다. 각각의 경우를 살펴보자.

이중환은 〈복거론〉 '지리'에서 "집터는 묏자리와는 다르다. 물은 재물을 주관하므로 큰 물가에 부잣집과 이름난 마을, 번성한 촌락이 많다. 비록 산속이라도 시냇물이 모여들면 대를 이어 오랫동안 살 만한 주거지가 된다"〔이중환, 230〕라고 하여 풍수를 내세울 때도 재물을 불러들이는 마을을 추천했다. 지리조차도 재물의 획득과 연관 지어본 것이다.

〈복거론〉에서 마지막 조건으로 내세운 산수에도 똑같은 원칙을 적용했다. 산수가 아름다운 곳은 당연히 좋은 입지이지만 생리의 이점과 충돌하기도 쉽다. 산수가 아름다운 곳은 대체로 경제 중심지나 교통 요지와 멀리 떨어져 있기 때문이다. 그는 삶을 영위하기 위해서는 기름진 땅과 넓은 들에 집을 짓고 살아야 한다고 생각해, 아름다운 산수보다 좋은 생리를 앞세웠다. 산수 경관의 결핍을 해소하기 위한 대안으로 10리 밖이나 반나절 거리에 떨어진 산수를 찾아가서 감상하는 방법도 제시했다. 무이산武夷山의 아름다운 산수를 사랑한 주희朱熹가 정작 주택은 다른 데 두었음을 상기시켜, 주거지에서는 산수보다 생리가 우선임을 '산수'의 결론으로 제시하였다.

그는 실제 지역을 평가할 때 이 원칙을 충실하게 적용하였다. 산수가 아름다운 곳을 선택할 때는 늘 생리를 고려하였다. 강가나 바닷가의 주거지보다 시냇가의 주거지를 추천한 이유도 여기에 있다. 시냇가의 주거지에는 평온한 아름다움과 시원한 운치의 이점이 있으면서 관개나 농사의 이익도 갖추고 있음을 높이 평가했다. 명산에 비해 산수의 멋은 부족해도 생리가 좋은 입지 조건을 갖추었기 때문이다.

들녘에 있는 명촌으로 꼽은 공주의 갑천은 현재 대전광역시 경내에 있는 지역으로, 사방이 산으로 둘러싸여 맑고 화려한 산수를 갖추었다. 그러나 빼어난 주거지로 평가한 이유는 들이 넓고 물대기가 편리하며, 소출이 1묘畝에 1종種이나 되어 비옥하고, 목화 재배에 유리한 환경이기 때문이다. 전주 외곽에 있는 율담도 비슷하다. 산수가 아름답기는 하나 그보다는 물고기를 잡고 농사를 잘 지을 수 있다는 점에서 갑천과 대등한 곳이었다. 더욱이 대도회지인 전주와 가까워 이용후생利用厚生의 조건을 갖추었다. 이처럼 아름다운 산수를 중시했으나 실속을 파고들면 생리를 더 앞세웠다.

또 이중환은 경상도 예안의 도산陶山과 안동의 하회 두 곳을 뱃길의 편리함, 전답의 비옥함, 소백산의 피란처란 세 가지 좋은 입지 조건을 갖춘 주거지로 꼽고서 "땅이 명사로 인해 귀해진 것만은 아니다"(이중환, 330)라고 평가했다. 두 지역은 각각 퇴계 이황과 서애 유성룡이 살았다 하여 명촌이라는 평판이 났다. 이중환은 이런 상식을 부정하지는 않으나 사실은 세 가지 좋은 조건을 골고루 갖추어서 명촌이라고 보았다.

이렇게 이중환이 생각한 좋은 주거지는 무엇보다 생리가 좋은 지역이었다. 생리는 주거지 선택에서 일차적이고 근본적인 조건이었다. 지리와 산수, 인심이 갖춰진 곳이라 해도 생리가 나쁘다면 좋은 주거지라 할

수 없었다. 따라서 생리가 좋다면 다른 조건을 포기해도 좋다는 결론이 나온다.

간단하게 표현하여 생리는 생계를 유지하고 생명을 지키는 것이다. 먹고사는 문제가 해결되고 나아가 재산을 축적할 수 있는 조건이 생리이다. 이중환은 생리가 갖추어진 지역을 전국에서 찾아 어느 곳이 살 만하고 또 그렇지 않은지를 평가하였다. 그럼으로써《택리지》는 독자에게 주거지 선택의 실질적인 지침이 되었다.《택리지》를 통해 주요 지역의 부동산 가치가 처음 체계적으로 평가되었다. 이제 독자는 전국의 주거지-부동산의 가치를 크게는 팔도의 광역 지역부터, 작게는 각 지역의 구체적 장소까지 파악할 수 있는 틀을 가지게 되었다. 나아가 각 지역에서 거주할 만한 마을과 장소를 직간접으로 발굴할 수 있게 되었다. 이는 조선의 지방을 새로운 시각에서 이해하는 신기원을 열었다.

좋은 주거환경에서 경제적으로 윤택하게 살고 싶은 욕망은 자연스럽다. 이 욕망에 뿌리를 두고 나온《택리지》의 국토 평가는 예전의 지리지에서 제공해온 정보나 지식을 넘어섰다. 이중환은 이전과는 다른 차원에서 지리에 접근하고 현실을 충실하게 반영하면서 국토를 이해하는 길을 넓혔다.《택리지》는 살고 싶은 주거지를 잘 고르려는 사대부를 위한 지침서로 쓰였다. 그러나 끝내는 조선 전체 지리를 새롭게 바라보는 혁신적 인문지리서의 차원으로 발전하였다. 이중환의 생각은 이후 사회에 큰 반향을 불러일으켜 주거지에 관한 학술 차원의 논의로까지 번졌다. 다음 장에서는 이상적 주거지를 찾기 위한 노력이 다음 세대 학자들에게서 어떻게 펼쳐지고 있는지를 살펴본다.

4장

어디가 살 만한 땅인가

좋은 집터의 이론과 실제

어디에 살 곳을 정하고 어떤 규모로 어떻게 집을 지을까? 이는 인간의 삶에서 본질적인 차원의 질문이다. 주거지 선택은 경제활동을 하고, 자녀를 교육하며, 공동체의 일원으로서 다양한 활동을 펼칠 공간을 확보하는 일이다. 먼 과거부터 현재까지 주거 공간을 두고 논의가 폭넓게 진행되는 까닭이다.

그러나 주거지를 선택하는 문제가 담론의 주제가 되고 문헌에 등장하는 시기는 그렇게 오래되지 않았다. 오래된 사료에 관련 기록이 단편적으로 등장하기는 하나, 상당한 시간이 지나 의미를 부여할 만한 논의가 출현했다. 전국 규모로 주거지 선택을 두고 논의를 벌인 시기는 대체로 18세기 이후이다.

물꼬를 튼 것은 18세기 중반에 나온《택리지》였다. 19세기 전기의 학자 성해응은《택리지》를 기초로 삼고 자신의 견해를 첨가하여《명오지》를 저술하였다. 그는 이 책에서 '명오名塢', 즉 좋은 집터를 제시하였다. 얼마 뒤에 서유구는《상택지》를 저술하여 앞선 논의를 종합하고 새 견해를 첨가하여 '명기名基', 곧 좋은 집터의 조건을 제시하였다.[1]《택리지》에서 출발한 논의는《상택지》에서 학문적 담론의 수준까지 도달하였다.

이에 《택리지》와 《명오지》의 논의까지 반영하여 주거론을 집성한 《상택지》를 중심으로 조선 후기의 주거지 이론을 살펴본다.

좋은 집터, 이상적 주거지를 찾는 문제는 3종의 저술에서 어떻게 전개되었고, 이들 저술은 전국의 각 지역을 어떻게 평가했을까? 이제부터 좋은 집터를 구하려는 당시 사람의 주거 욕망과 시각을 살펴보고 실제로 어떤 곳이 논의의 대상이 되었는지를 알아본다.

주거지 이론, 18세기 조선에 새롭게 떠오르다

이중환의 주거지 선택론

주거지 선택은 실질적이고 전문적인 일이지만, 조선시대의 근엄한 학문 세계에서는 학문의 대상이 아니라 풍수가風水家 또는 지관地官이나 집주릅(오늘날의 부동산중개인)에게 맡겨야 할 천근한 실무였다. 고려는 물론 조선에서도 수도를 정하고 설계하는 국가의 사업부터 개인의 집자리와 묫자리를 정하는 문제에 이르기까지 풍수에 능한 지관이나 승려가 일을 주도했다.[2]

풍수설에는 주거 공간의 선택과 주택 건축을 체계적으로 살핀 양택론陽宅論이 있었고, 이는 현실에서 큰 힘을 발휘하였다. 합리적인 지식과 술수 차원의 주장이 뒤섞인 풍수 주거론은 오랜 경험을 축적한 끝에 이 분야에서 주도적 위치를 차지하였다. 반면 사대부의 지식과 경험은 풍수설에 축적된 지식과 정보를 대체할 만큼 충분히 축적되지 않았다.

사대부가 풍수설의 술수에서 독립하여 주거지 선택을 두고 담론을 활발하게 펼친 시기는 17세기 후반 이후다. 전국 단위로 지역 산물과 경

제, 풍속 등을 논한 것이 시초였다. 허목의 《땅의 역사》, 이웅징의 《동방식화지》, 이재운의 《해동화식전》 등이 상업 지역에 주목하면서 특정 지역 주거지의 좋고 나쁨을 따지는 논의가 일어났다. 다만 해당 지역이 주거지로서 적합한가 여부를 판단하지는 않았다.

한편 홍만선洪萬選(1643~1715)은 생활 백과의 성격을 띤 《산림경제山林經濟》에서 '복거卜居'를 책의 맨 앞에 두어 주거지 선택의 문제를 비중 있게 다루었다. 유중림은 이 책을 대폭 보완하여 1766년 어름에 《증보산림경제》를 완성하였는데, 여기서도 '복거'를 첫째 항목으로 설정하였다. 생활과 관련해 주거지 선택이 무엇보다 먼저 고려해야 할 사항임을 다시금 확인한 것이다. 다만 주택의 결정, 위치, 건축법, 금기 등 여러 방면에 걸친 원칙과 기술을 다루었고 내용에서는 여전히 풍수설의 술수에 속하는 것이 많아, 주거지 선택에 집중하거나 실제 지역을 폭넓게 다루지는 못했다.

주거지 선택을 본격적으로 담론의 대상으로 삼은 최초의 인물은 이중환이었다. 앞 장에서 살펴본 것처럼 《택리지》는 기본적으로 주거지 선택의 지침서로 쓰였다. 그는 자기 발로 전국 각지를 탐방하고 여러 경로를 통해 수집한 지식과 정보를 종합하여 조선 팔도의 주거지를 평가하고 최적의 입지를 제시하였다. 여기에 혁신적으로 생리의 시각을 적용하여 새 지역을 발굴하고 소개했다. 《택리지》에서 떠오른 주거지는 실제로 이주의 욕구를 부추겨 담론의 대상이 되었다.

본디 사대부들은 누정기樓亭記나 가사기家舍記 같은 글을 써서 자신이 선호하는 주거지를 평가하고 선택하였다. 그런 종류의 글이 적지 않게 나오기는 했으나 이중환처럼 전국을 대상으로 근거를 밝히고 평가하며 서술한 저술은 없었다. 그의 저술은 주거지 선택을 학문적 차원으로

승화시켰다. 이렇게 참신한 시도는 많은 독자에게 막대한 영향을 끼쳐 다양한 저술이 나왔다.

주거론에 대한 이중환의 영향력은 경기도 양근현楊根縣 미원촌迷源村을 소개하는 대목에서 잘 드러난다. 미원촌은 그가 제시한 많은 가거처可居處 가운데 하나로 지금의 가평군 설악면에 있는 오래된 마을이다.

> 양근의 용문산龍門山 북쪽에 미원촌迷遠村이 있다. 옛날 정암 조광조가 이 마을의 산수를 사랑하여 살 곳으로 삼고자 하였다. 내가 일찍이 그 마을을 살펴보았더니, 산중이 조금 넓게 트여 있기는 해도 땅이 깊고 막힌 데다 기운도 스산하고 썰렁했다. 사방의 산이 우아하지 못하고 앞에 시냇물이 너무 울며 흘러서 살기 좋은 땅이 아니었다.〔이중환, 192〕

《택리지》에서 미원촌을 논의에 올린 뒤, 성해응은《명오지》에서, 서유구는《상택지》에서 좋으니 나쁘니 논란을 벌였다. 또 가까운 두물머리에 살았던 정약용과 그의 강진 제자 황상 역시 비슷한 논쟁을 벌였다. 이에 대해서는 7장에서 다시 논의한다. 특정한 지역이 좋은 집터인지 아닌지를 두고 시기를 달리하여 논쟁을 벌인 사실은 옳고 그름의 문제와는 별개로 흥미롭다. 그 논란에 불을 붙인 것이 바로《택리지》였다.

이중환은 사대부에게 적합한 주거지에 주목했고 당시 사대부들은 그가 제시한 정보에 크게 공감하였다. 그가 좋은 주거지로 제시한 곳은 폭넓게 각광을 받았다. 그는 한 지역에 치우치지 않고 전국을 포괄적으로 다루려고 노력하였으며, 각 도의 주요 지역을 거주할 만한 곳과 거주하기에 적합하지 않은 곳으로 구분하였다. 좋은 집터를 가리키는 '명기'라

는 말은 오로지 충청도 충주의 용탄龍灘 한 곳에만 썼고, 대신 가거처란 말로 좋은 집터를 표현하였다.

조선시대 사대부는 과거에 합격하여 관직을 얻어 신분을 유지하는 것이 지상 과제였다. 게다가 조선 왕조는 중앙집권 정책을 펼치면서 자연스럽게 지역을 차별하였다. 그런 이유로 전국을 공평하고 객관적인 시각으로 보지 못했다는 점에서 근본 한계를 드러냈다. 경기도와 충청도, 강원도와 같은 국토의 중심 지역을 중시하고, 외곽 지역을 홀대하는 시각에서 누구도 자유롭지 못했다. 그런 한계를 벗어난 학자가 이중환이었다.

성해응의 주거지 선택론

이중환 주거지론의 영향을 크게 받은 저술에는 두 종이 손에 꼽힌다. 먼저 두세 세대 이후의 학자인 연경재研經齋 성해응(1760~1839)이 《명오지》를 지었다. 이 저술은 《연경재전집研經齋全集》 외집外集의 '자여잡기류子餘雜記類'에 수록됐다. 성해응은 《택리지》에서 주목한 지역과 내용을 취사선택하여 이 책을 편찬했다. 이중환이 '가거처'라 부른 살기 좋은 집터를 '명오'라는 이름으로 다시 정의하고, 《택리지》의 서술을 대거 수용하되 자신의 견문과 관점을 적용하여 보완하였다. 다만 어디에서도 자신이 이중환의 영향을 받았다는 것과 《택리지》를 기초로 《명오지》를 지었다는 사실을 밝히지 않았다.[3]

성해응 역시 새 집터를 마련하여 터전을 옮기고 싶은 현실적 욕구로 인해 책을 편찬했다. 그의 집안은 서류庶流로서 대대로 과거에 급제하여 조정에서 벼슬하였다. 경기권을 벗어나서 살 수 없는 여건은 경화세족京華世族 사대부보다 오히려 더했다. 그래서 좋은 집터를 선택하는 원칙

과 기준이 특별하여 대대로 벼슬하는 집안, 곧 세실世室에게 필요한 주거지에 초점을 맞추었다. 세력을 잃어 더는 서울에서 살기 힘든 사대부의 입지 조건에 초점을 맞춘 이중환과는 차이가 컸다.

성해응은 〈《명오지》 서名塢志序〉에서 세실의 후예는 국가와 운명을 같이하므로 서울에서 멀리 떨어져 살아서는 안 되고 경기와 호서에 주거지를 두어야 하니 그 지역의 '명오'를 특별히 자세하게 서술한다고 밝혔다.[4] 자신이 제안한 원칙에 따라 관서와 관북은 너무 멀다는 이유로 아예 거론조차 하지 않았고, 해서 지역은 외지고 누추한 지역이라는 이유로 간략히 다뤘으며, 영동과 영남, 호남은 토착민이 아니면 거주하기가 쉽지 않다는 일종의 직주근접론을 이유로 적은 고을만을 다루었다. 오로지 경기와 호서 지역을 중심으로 서술했다.

《명오지》에서는 경기 39곳, 호서 48곳, 영남 19곳, 호남 11곳, 관동 13곳, 해서 2곳으로 모두 132곳의 '명오'를 선정하였다. 서문에서 밝힌 것처럼 해서 지역도 2곳을 선정하기는 했으나 무의미한 수준이라 사실상 경기 이북 지역을 완전히 배제하였다. 경기와 호서를 중심에 두었고, 영남과 호남, 관동 지역을 비슷한 정도로 선정하였다.[5] 성해응 자신은 하급 관원이었음에도 불구하고 경화세족 명문가 위주로 좋은 집터를 파악하였다. 책의 독자를 명문가 사대부로 파악했기 때문이다.

《명오지》에서 주거지를 보는 관점은 경기 지역의 '명오'를 거의 명문가의 세거지로 채운 데서 잘 나타난다. 성해응은 앞서 언급한 양근현의 미원촌을 조광조趙光祖가 거주하려고 했던 곳이자 남언경南彦經과 후손이 세거하는 곳임을 들어 '명오'라고 규정하였다. 또 현재 서울특별시 도봉구 도봉산 아래에 있던 망해촌望海村이 정조 때 거부로 유명한 좌의정 이은李溵의 별서가 있는 마을임을 밝혔다. 현재 도봉구 번동, 방학동

일원은 연산군 묘역이 있는 곳이다. 이은은 연산군의 외손으로 제사를 받든 이안눌李安訥과 이주진李周鎭의 후손이었다. 그는 이 지역에 큰 전장을 소유한 거부였으므로 성해응의 서술은 사실과 정확하게 부합한다. 이렇게 성해응이 '명오'로 꼽은 경기 일원의 좋은 집터는 다수가 경화세족이나 명문 사대부가의 세거지였다.

서유구의 주거지 선택론

이중환과 성해응을 계승하여 좋은 집터를 폭넓게 다룬 학자가 서유구(1764~1845)이다. 서유구는 《임원경제지林園經濟志》 권107과 권108에 수록한 제15지 《상택지》에서 본격적으로 주거지와 주택의 문제를 다루었다. 《산림경제》와 《증보산림경제》의 '복거'를 확대한 저술이나 그것과는 비교하기 힘들 정도로 다양한 주택 정보와 지식을 폭넓고 체계적으로 서술하였다. 주택과 주거지의 문제를 학문의 차원으로 높였다고 평가할 만큼 엄정한 체계를 갖추고 있다.

《임원경제지》 16개 분야는 모두 서유구의 실존적 고민과 밀접한 관련을 맺고 있다. 《상택지》 역시 정조 사망 이후 한 곳에 정착하지 못하고 여섯 번 이상 주거지를 옮긴 그의 처지를 반영하고 있다. 서유구는 살기 좋은 집터를 마련하려는 평생의 꿈을 실현하기 위해 경기도와 강원도 일대를 직접 답사하고 조사하였다.[6] 《상택지》는 새로운 집터를 장만하려는 저자의 욕구를 기초로 삼아 이상적 거주 공간을 장만하려는 사대부의 보편 욕망을 학문 차원으로 승화시켰다.

《상택지》는 2권 3부로 구성되었다. 세부 목차와 내용을 정리하면 다음과 같다.[7]

《상택지》 제1권

1부. 점기占基(집터를 고르는 법): 어디에 집을 지을지 집터를 살펴 고르는 방법.

1. 총론總論(집터 선택의 원칙): 4항목. 집터 선택의 네 가지 기준과 원칙.
2. 지리地理(지리의 조건): 20항목. 산과 물, 바람, 햇볕, 방위, 향배 등 자연과 풍수.
3. 수토水土(물과 흙의 조건): 12항목. 수질과 토질, 샘물과 강물 등의 조건.
4. 생리生理(생업의 조건): 3항목. 농업과 상업, 전답, 무역과 운송.
5. 이인里仁(인심 좋은 마을): 4항목. 풍속과 인심.
6. 승개勝槪(경치 좋은 곳): 2항목. 집터 주변의 산수 경관.
7. 피기避忌(피해야 할 곳): 5항목. 집터로 기피하는 조건.

2부. 영치營治(집 짓기와 집 가꾸기): 집을 짓는 방법과 부속 건물의 조성.

1. 개황開荒(황무지 개간): 4항목. 집터의 조성.
2. 종식種植(나무 심기): 5항목. 주택 주위에 나무 심기.
3. 건치建置(집 짓는 방법과 배치): 16항목. 집을 짓는 원칙과 집의 구조, 방향과 금기.
4. 정지구거井池溝渠(우물·연못·도랑): 7항목. 우물과 연못, 도랑과 수고의 조성과 금기.

《상택지》 제2권

3부. 팔역명기八域名基: 전국의 살기 좋은 집터의 조건과 실제.

1. 팔역총론八域總論: 8항목. 팔도 인문지리의 포괄적 설명.
2. 명기조개名基條開: 8개 부문 243곳. 팔도 각 지역의 좋은 집터를 표제로 세워 그 특징을 설명.
3. 명기품제名基品第: 6항목. 강과 개천, 산, 호수, 바다의 특정 지역에 있는 주거지의 평가와 소개.

위에서 제시한 구성과 내용의 개관에서 알 수 있는 것처럼 《상택지》는 1) 집터를 고르는 기준과 원칙—점기占基 2) 집을 짓고 가꾸는 구체적인 방법—영치營治 3) 전국 각지에 분포한 좋은 집터 선택의 조건과 주거지의 소개—팔역명기八域名基로 이루어졌다. 제1권 1부 '점기'에서는 집터를 고르는 기준과 원칙을 상세하게 다루었고, 이에 근거를 두고 고른 최적의 주거지를 제2권 3부 '팔역명기'에서 소개하고 있다. 《상택지》의 구성은 이렇게 짜임새가 있다.

'팔역명기'에서는 좋은 집터를 '명기'라는 개념으로 설명하였다. 이중환이 '가거처', 성해응이 '명오'라고 이른 것과 용어는 조금 다르나 개념은 같다. 서유구는 〈《상택지》 인相宅志引〉에서 '팔역명기'를 설정한 이유를 다음과 같이 밝혔다.

> 제2권에 '팔역명기'를 덧붙였으니 제1권과 유사한 성격의 내용이기 때문이다. 맑게 수양하는 선비가 가는 곳마다 이리저리 소요하면서 좋은 집터를 선택할 방법을 알도록 하려 한 것이다. 이 또한 고상한 삶을 영위하는 데 조금이나마 도움이 되리라.[8]

이처럼 서유구는 풍수가나 집주릅이 아닌 일반 사대부도 좋은 집터를 고르는 안목을 갖춰야 한다는 생각을 드러냈다. 이상적 거주 공간을 조성하여 살고 싶은 욕망이 있어도 집터를 고를 안목과 지식과 경험이 없으면 실행에 옮길 수 없다. '팔역명기'가 주거 욕망을 실현할 수 있는 안내서로 기획된 취지를 엿볼 수 있다.

'팔역명기'는 '명기'를 '팔역총론', '명기조개', '명기품제', 이 세 항목으로 나누어 설명하였는데 차례로 내용을 살펴본다. '팔역총론'은 조선 팔도의 인문지리를 도별로 나누어 서술하였는데, 《택리지》 '팔도론'을 축약하여 팔도의 입지 현황을 개관하였다. '명기조개'는 도별로 좋은 집터 243곳을 제시하고 그 특징을 설명하였다. 경기 87곳, 호서 57곳, 호남 18곳, 영남 26곳, 관동 44곳, 해서 5곳, 관서 3곳, 관북 3곳이다. 성해응이 제시한 주거지보다 거의 곱절로 확대됐다. 뒤에 나올 '명기조개표'를 보면 쉽게 확인할 수 있듯이, 성해응의 《명오지》에서 125곳을, 자신의 저술 《금화경독기金華耕讀記》에서 77곳을, 《택리지》에서 20곳을, 기타 문헌에서 21곳을 가져와 전재하였다. 여러 문헌에서 중복 인용한 주거지가 있어서 전체 집터의 숫자가 늘어났다. 인용한 개수로 보면 《명오지》로부터 절대적인 영향을 받은 듯하나, 앞에서 설명한 것처럼 《명오지》는 경기도를 제외하면 《택리지》에서 가져온 내용이 다수를 차지하여 '명기조개' 역시 《택리지》로부터 가장 큰 영향을 받았다고 보아야 할 것이다. '명기품제'는 강과 개천, 산, 호수, 바다와 같이 특정한 지역에 있는 주거지를 평가하였다. 그 내용은 대부분 《택리지》 〈복거론〉의 '산수'를 전재하였다.

여기에서 알 수 있듯이 '팔역명기'는 《택리지》에서 크나큰 영향을 받아 쓰였다. 주거지에 관심을 표명하고, 주거지를 판단하는 원칙과 기준,

좋은 집터의 실제 사례를 제시한 모든 면에서 그렇다. 그만큼 이중환의 영향이 절대적이라는 사실을 부정하기 힘들다.

그렇다고 서유구가 이중환의 학문을 계승하고 보완하기만 했을 뿐 창의적 내용을 서술하지 않은 것은 아니다. 새로운 지역을 다수 찾아 좋은 주거지로 제시했기 때문이다. 게다가 《상택지》는 주택과 관련한 주제들을 기존 문헌을 대거 수용하여 일정한 체계를 갖춰 요령 있게 서술해 활용하기에 적합했다. '명기'라는 개념을 통해 좋은 집터의 개념을 분명히 정립한 점이나 표제어를 제시하여 각 도의 저명한 주거지를 일목요연하게 파악하도록 기획한 점, 김창협이나 남구만, 송명흠 등 저명 지식인의 문헌에서 관련 기록을 찾아내어 반영한 점에서도 참신하다.

좋은 집터를 고르려면 이것부터 살펴라

좋은 집터 선택의 기준

좋은 집터를 선택하는 것에도 원칙과 기준이 있다. 조선의 학자들은 분명한 원칙과 기준을 세워 집터를 선택하였는데, 특히 이중환과 서유구는 설득력 있는 논리를 세웠다. 이중환이 먼저 정연한 논리로 독창적인 원칙과 기준을 세웠고, 서유구는 이를 바탕으로 삼되 보완하는 논리를 덧붙였다.

이중환이 세운 원칙과 기준은 앞 장에서 다루었으므로 여기서는 간명하게 검토하고 넘어간다. 이중환은 〈복거론〉 서설에서 '지리', '생리', '인심', '산수'의 네 가지 기준을 제시하고 그 근거를 밝혔다. 지리학자로서 갖추어야 할 탁월함과 참신함은 합리적이고 참신한 기준의 설정과 이를

적용한 지역 평가에서 잘 드러난다. 서설의 내용은 다음과 같다.

> 터를 잡고 살 만한 땅을 고르는 조건은 지리가 최우선이고, 생리가 다음이다. 다음은 인심이고, 그다음은 산수이다. 네 가지 조건 가운데 하나라도 빠지면 살기 좋은 땅이 아니다. 지리가 좋다고 하더라도 생리가 충족되지 않으면 오래 살 수 없고, 생리가 좋더라도 지리가 나쁘면 오래 살 수 없다. 지리와 생리가 모두 좋으나 인심이 착하지 않으면 반드시 후회하게 되고, 가까운 곳에 감상할 만한 산수가 없으면 성정性情을 가다듬을 길이 없다.〔이중환, 227〕

첫째 기준으로 '지리'를 제시했는데 이는 풍수설의 술수와 관련돼 있기는 하다. 그러나 이중환은 잡다한 술수를 나열한 게 아니라 핵심 원리를 적용하였다. 둘째 기준으로 제시한 '생리'는 실질적으로 가장 중시한 관점이다. 경제활동이 왕성하게 이루어지고 교통과 물류가 원활한 지역을 우선시하는 등 경제지리의 관점을 드러냈다. 셋째 기준으로 제시한 '인심'은 지역의 인심과 풍속을 가리키는 것이 상식이나, 이중환은 사색당파의 역사적 전개에 초점을 맞추고 있다. 첫머리에서 팔도 인심을 총평하기는 하지만 당론에 집중한 것은 상식에 어긋난다. 마지막 기준은 '산수'로 분량도 많고 비중도 크다. 이중환은 네 가지 기준의 순서대로 비중을 두었으나 집터의 선택에서 중시한 것은 '지리'보다는 '생리'였고, 그다음이 '산수'였다.

서유구는 이중환의 네 가지 기준을 근간으로 삼아 자신의 기준을 세웠다. 제1부 '점기'의 첫째 항목 '총론'에서는 맨 먼저 이중환의 기준을 전재하면서 그의 생각에 공감을 표했다. '총론' 다음에는 여섯 가지 기

준을 제시하였는데, 그중 '지리'와 '생리', '이인里仁', '승개勝槪'의 네 가지 기준은 이중환이 제시한 '지리', '생리', '인심', '산수'와 사실상 같다.[9] 나머지 '수토水土'와 '피기避忌'는 새로 추가한 기준이다. 이처럼 '총론'에서도 이중환의 영향이 짙게 드리워져 있다.

서유구가 '수토' 항목을 추가한 것은 수질과 토질이 주거지 선택에서 중요하다고 판단했기 때문이다. 그 첫째 조항에서 서유구는 "샘물이 달지 않으면 거처함에 질병이 많이 생기고, 토지가 비옥하지 않으면 물산을 제대로 생산하지 못한다. (중략) 그러므로 집터를 찾고 전답을 구할 적에 샘물이 달고 토지가 비옥한 땅을 얻었다면 그 나머지 것들은 물을 필요가 전혀 없다"[10]라고 말하였다. 한편 '지리' 항목에서도 "명당은 터가 넓게 트여 있으며, 흙이 기름지고 샘물이 달아야 한다"[11]라는《고사촬요攷事撮要》의 글을 인용하여 수질과 토질을 거듭 강조했다.

'피기'는 주거지로서 위험하거나 교육상·미관상 좋지 못한 집터를 피해야 할 까닭을 제시한다. 풍수상의 금기와도 관련이 있으나 주거지 선택에서 고려해야 할 합리적 사실에 가깝다.

이중환은 주거지 선택 이론을 확고하게 세워놓았고, 서유구는 이를 충분히 섭취하고서 자신의 생각을 펼치고 있다. 이중환이 끼친 영향은 여기에서 확고하게 드러난다. 두 학자의 이론은 실제 좋은 집터를 설명할 때 구체적으로 적용되고 있다.

서유구의 기준과 적용

서유구가 펼친 주거론은 여러 곳에서 확인할 수 있다. 먼저 눈에 뜨이는 것이《상택지》'총론' 항목의 셋째 기사 '여섯 가지 조건과 여섯 가지 요소(六欲六有)'이다.

주거지를 선택하는 방법이 있다. 산은 아무리 높더라도 너무 험준하지는 않아야 하고, 아무리 낮더라도 너무 야트막하지는 않아야 한다. 집은 아무리 화려하더라도 너무 사치스럽지는 않아야 하고, 아무리 검소하더라도 너무 누추하지는 않아야 한다. 동산은 완만하게 이어지면서도 한 곳으로 집중될수록 좋고, 들판은 널찍하면서도 볕이 잘 들수록 좋다. 나무는 오래될수록 좋고, 샘물은 물이 잘 빠질수록 좋다.

집 곁에는 채소와 오이 따위를 심는 남새밭이 있어야 좋고, 남새밭 곁에는 기장과 벼를 심는 논밭이 있어야 좋으며, 논밭의 가장자리에는 물고기를 잡거나 논밭에 물을 대는 시내가 있어야 좋다. 시내 너머에는 산기슭이 있고, 산기슭 밖에는 산봉우리가 있어서 필격筆格 모양도 같고, 트레머리 모양도 같으며, 뭉게구름 모양도 같아서 멀리서 조망하는 멋이 있어야 좋다. 또 동네〔局〕 안팎에 수십에서 100가구에 이르는 집이 있어서 도적의 침입과 도둑질에 대비하고, 홍수와 가뭄에 서로 돕도록 해야 한다. 여기에서 가장 중요한 점은 마음은 허황하고 입만 번드르르한 자가 주민들 사이에 끼어서 기분을 잡치지 않도록 하는 것이다. 이것이 그 대략이다.[12]

주거지 선택법을 여러 각도로 설명한 글이다. 이 글은 본디 사촌 동생 서유락徐有樂(1772~1830)에게 보낸 편지 〈붕래에게〔與朋來〕〉(《금화지비집金華知非集》 수록)에 나온다. 조정에서 물러난 1806년을 전후한 시기에 서유구는 골짜기 한 곳을 차지하여 주거지로 삼으려고 하였다. 붕래를 소강昭江 일대로 보내 자신이 말한 기준에 부합하는 주거지를 찾아보라고 권유하면서 쓴 편지이다. 그로부터 40여 년이 지난 1844년부터 1845년 무렵에 아들 서칠보徐七輔(1806~?)에게 주거지 선택의 기준과 원칙을 설

명한 편지 〈칠보에게(示七輔)〉를 보냈는데 여기에서 다시 이 내용을 언급하였다.[13] 스스로 "이것은 내가 40년 동안 집을 찾고 전답을 구하는 한 벌의 밑그림이다"[14]라고 했을 만큼 주거지를 보는 서유구의 확고한 관점을 보여준다.

이 편지글에 실린 조건과 요소에는 서유구가 '점기'에서 제시한 '지리'와 '생리', '이인', '승개', '수토', '피기'의 여섯 가지 기준이 종합적으로 반영되어 있다. '점기'와 '여섯 가지 조건과 여섯 가지 요소'에서 밝힌 기준과 원칙은 공허한 이론이 아니라 자신의 주거지를 구하는 데 절실하게 필요한 사항이었다. 이 주거론이 실제로 어떻게 적용되었는지를 생생하게 보여주는 글이 있어, 길기는 하나 다음과 같이 인용한다.

> 나는 병인년(1806) 이후 거처를 네 번이나 옮겼다. 금화金華는 산에 아름드리나무가 없고 대로에 바짝 붙어 있어서 터를 버렸다. 대호帶湖는 뒤에 기댈 언덕이 없고 흙도 붉고 차져서 터를 버렸다. 번계樊溪는 터가 비좁고 밭은 척박하여 경제활동할 길이 없어서 버렸다. 근래에 차지한 두릉斗陵은 강과 산이 가장 밝고 트여서 좋으나 앞들에 경작할 전답이 부족했다. 한나라의 육가陸賈가 보검을 차고 수레를 탄 채 다섯 아들 집을 돌아가면서 방문하여 지낸 일은 큰 부자의 얼마나 멋진 행동인가? 그런데도 오히려 호치好峙의 전답이 비옥하다고 하여 그리로 이주하였다. 더구나 우리는 빈한하고 검소한 생활을 꾸려가니 100명 되는 식구의 목숨이 온통 100묘畝의 땅을 개간하느냐 못하느냐에 달려 있지 않느냐?
>
> 내가 들으니 화산花山과 조참鳥參은 모두 들이 넓은 평야에 위치하여 무논이 수놓은 듯이 펼쳐져 있고, 상등의 기름진 땅이라고 하니 정

말 그러하냐? 사람이 만물의 영장이기는 하나 성인도 사람에게 모든 장점을 갖추기를 구하지 않았다. 더구나 산과 들이 얽히고설켜서 무슨 수로 색색이 사람 마음에 들겠느냐? 저번에 말한 밑그림 가운데 열에 예닐곱 정도만 비슷한 땅이라도 복된 땅에 아름다운 터가 되기에 해롭지 않으리라.

특히 감여가堪輿家의 수법水法과 사응砂應 따위의 크게 어긋나고 견강부회한 말에는 굳이 구애받을 필요 없다. 살펴보지 않을 수 없는 점은 오로지 남향하여 국세局勢를 만들고 풍기風氣가 단단하고 빽빽한지 여부일 뿐이다. 두 곳의 집터를 보면 모두 들느니만 못하니 이를 어쩐단 말이냐?

경기도 수백 리 안의 땅은 예전에 찾아다녀 거의 모두 돌아봤다. 지금까지 마음속에 오르내리는 곳은 오로지 가평읍 북쪽에 있는 한韓씨의 집터이다. 밤나무 10000그루를 심고 배와 앵두, 사과 따위를 또 무려 수백 그루 심어서 동협東峽의 명기名基로 불린다. 가평읍의 서쪽 30리에는 유劉씨의 집터가 있으니 여기 또한 골짜기를 개척한 땅으로 토지가 지극히 기름지다고 한다. 이 두 곳에 시험삼아 사람을 보내 집터를 살펴보거라. 대체로 경기 안의 명오名塢는 한강 상류와 하류에 있다. 하류는 바다에 가까운 땅이라 물고기를 얻는 이익은 넉넉하지만 왕왕 물과 샘이 소금기를 머금을 염려가 있다. 맑고 시원하여 좋은 상류보다 못하다. 이것이 내가 반드시 상류에서 집터를 얻고자 하는 까닭이다.[15]

서유구는 주거지를 선택하고 장만하는 문제에 크게 관심을 기울였고, 이를 다룬 여러 편의 글을 지었다. 이 편지는 그중에서도 흥미로운 글이

다. 그는 아들에게 편지를 보내 집안 전체가 이주하여 대대로 머물 만한 최적의 집터를 찾아보라고 당부하였다. 명문가 출신의 저명한 관료이자 학자인 서유구가 평생을 두고 고심한 난제 중의 하나가 바로 주거지 선택이었다. 집터를 찾아다닌 경험을 말하는 중에 경기도 땅을 거의 다 답사해보았노라고 밝힌 대목에서 깊고 오랜 관심과 열정을 짐작할 수 있다.

이 편지글에는 서유구가 실제로 머물 최적의 주거지를 찾을 때 적용한 관점이 종합적으로 밝혀져 있다. 《상택지》의 주거지 선택 기준과 견주어볼 때 많은 부분이 겹쳐서 이론을 실제에 어떻게 적용했는지를 잘 보여준다. 글에서 가평읍 북쪽에 있는 한씨의 집터를 언급했는데, 이는 '명기조개'에서 '경반鏡盤'으로 소개한 곳으로, 이 편지에서 논한 것보다 더 상세하게 설명하였다.[16] 서유구는 탁상공론을 싫어한 현실주의자이자 경험주의자였다. 《상택지》는 주거지와 주택을 주제로 서유구가 펼친 실용 학문의 실체를 분명히 보여주는 전문서임을 다시금 확인할 수 있다.

서유구가 말한 바는 다음과 같이 요약할 수 있다. 풍수가의 시각을 거부하고 비옥한 전답의 유무有無와 나무가 잘 자라는 곳인지를 앞세우라고 했다. 생리를 무엇보다 중시한 태도가 돋보이고, '총론'에서 언급한 '수토'를 실제 주거지를 살필 때 적용해 토질과 샘물의 상태를 중시한다는 것을 알 수 있다. 또 완벽한 주거지는 없으므로 적절한 조건을 갖춘 곳이면 만족하라고 했다. 하지만 남향 집터에 풍기風氣가 단단하고 빽빽한 지형은 포기하지 못할 입지 조건으로 여겼다. 마지막으로 저명한 집안이 오래도록 세거했는지 여부도 중시하였다.

여기서 특별히 주목할 점은 풍수가의 시각을 거부한 것이다. 《상택지》 전체에는 양택론과 관련해 웬만한 풍수적 내용을 망라하고 요약하여 수록하였다.[17] 풍수설의 논리에는 무시할 수 없는 합리적 요소가 있어서

서유구는 그 내용을 수용하면서도 술수적인 부분은 받아들이지 않았다. 주거지 선택의 상식에 부합하는 내용을 채택했으므로 풍수설의 논리를 따랐다고 보기 어렵다.

더욱이 《상택지》의 취지를 밝힌 〈《상택지》 인〉에서 서유구는 풍수설을 인정하기는커녕 거부하는 데 분량 전체를 할애했다. 군자는 풍수가나 감여가의 술수를 취하지 않는다며 집터를 볼 때 그 술수를 배격하라고 요구하였다. 서문에서 이렇게 힘주어 말한 배경에는 집터를 고를 때 풍수가의 힘을 빌리는 것이 당시의 풍습이었기 때문이다. 서유구는 풍수의 대안으로 합리적 논리를 제안했고, 〈《상택지》 인〉에서는 두 가지 기준을 예로 들었다. 집터가 양지바른지 그늘이 지는지, 방향을 판별하고 물을 얻기 쉬운지를 살피라는 것이었다. 이 편지글의 주장은 《상택지》 '점기'에서 설명한 내용과 잘 부합한다.

서유구는 이중환과 성해응이 주거지 선택에서 풍수설을 배제하려 한 태도를 계승하면서도 그들보다 더 강하게 거부감을 보였다.[18] 민간에서 흔히 기대오던 음양오행설과 풍수설의 강고한 영향력을 떨쳐버렸으며 합리적이고 과학적인 논리에 따랐다. 이는 조선 후기의 주거지 선택 논의에서 일궈낸 큰 진전으로 평가할 점이다.

어디가 조선 팔도에서 좋은 집터인가

남부와 북부

'명기조개'에서 제시한 좋은 집터를 그가 인용한 문헌별로 정리하여 도표로 만들면 다음과 같다.

〈표 1〉 명기조개 표[19]

	《명오지》 총 125곳	《금화경독기》 총 77곳	《택리지》 총 20곳	기타 문헌 총 21곳
경기	누원촌, 망해촌, 사천폐현, 삼가대, △풍양, 토원, 석실원촌, 화산, 이곡, 수곡, 금수정, 창옥병, 농암, 연곡, 용호동, 조종, 청평천, △용진, ▽미원, 행주, 마산역촌, 화석정, △우계, 내소정, 용산, 고랑포, 정자포, 기일촌, 상수촌, 징파도, 삭녕읍촌, 여주읍촌, ▽이호, 천령, 장해원, 안성읍촌, 금령촌, 판교촌, 압구정, △장항, 대부도, 선원 총 42곳	청룡동, 송산, 가정자, 반곡, △풍양, 평구역촌, 노원, 진벌촌, 남일원, 주원, 화현, 경반, 비금산, 능우촌, 감호, 귀래정, 벽계, △용진, 봉황대, 소계, 삼성당, 서촌, △우계, 매화곡, 삼계정, 시라리, 비파호, 두현, 석림, 남자곡, △장항, 학탄, 숙몽정, 자하동, 월파정, 신곡, 십승정 총 37곳	성고리, ▽미원, ▽이호 총 3곳	《동국문헌비고 · 여지고》: 백운동, 장생동, 영통동 남유용《유동음기》: 백로주 김창협《만취대기》: 만취대
호서	청라동, 가야동, 판교천, 성연부곡, 무릉동, 합덕제, 화성, 광천, 갈산, 화계, 성주동, 유성, 경천촌, 이인역촌, ▽유구촌, 사송정, 강경포, 시진포, 진포, 부여읍촌, 왕진, 공세창촌, 온양읍촌, 작천, 산동, 송면촌, 이원진, 황산, 안평계 · 금계 · 용화계, 풍계촌, 채하계 · 구룡계, 형강, 고산정, 진천읍촌, 황강, 도화동, 사인암, 대흥향교촌 총 38곳(원본에는 총 48곳)	풍세촌, 이화촌, 초평, 석실 총 4곳	▽유구촌, 관대, 후선정, 운암, 금천, 가흥, 북창, 목계, 내창, 말마리 총 10곳	《동국문헌비고 · 여지고》: 구로동, 물한리, 이원, 수석동 송명흠《용호기》: 용호
호남	율담, 봉상촌, 황산촌, 서지포, 주줄촌, 제원천, 장계, 주계, 변산 총 9곳	경양호, 복흥촌, 송정 총 3곳	성원, 구만촌, 법성포, 영산강, ▲월남촌·구림촌 총 5곳	김창협《증이생서》: ▲월남촌·구림촌
영남	귀래정, 삼구정, 하회, 임하, 내성, 춘양촌, 옥산, 양좌동, 도산, 청송읍촌, 죽계, 병천, 화개동, 악양동, 금오, 밀양읍촌, 갑천, 가천, 봉계, ◇우담 총 20곳	해평촌, 이안부곡, 가정구기 총 3곳		남구만《영남잡록》: 수동 송명흠《월성기사》: 월성촌 최명길《무우정기》: ◇우담

	《명오지》 총 125곳	《금화경독기》 총 77곳	《택리지》 총 20곳	기타 문헌 총 21곳
관동	임계역촌, ▽경포, ◇대은동, 여랑역촌, 주천고현, 사자산, 흥원창, 법천, 덕은촌, 횡성읍촌, 우두촌, 기린고현, ◇광복동, 정연 총 14곳	해함지, 대야평, 오상곡, 옥산, 귀석정, 도천, 옥계, 월뢰, 산현, 단구, 교항, 제일촌, 모평리, 분곡, 서석, 호명리, 천전, 금곡, 송정, 하북점리, 선창촌, 거성, 사견촌, 가려주, 포내, 구당 총 26곳	▽경포	《동국문헌비고·여지고》: ◇대은동 《위사》: ◇광복동 《어우야담》: 고밀운
해서	석담, 수회촌 총 2곳	채촌, 주구 총 2곳	화천동	
관서		당촌		《동국문헌비고·여지고》: 회산 《어우야담》: 고향산
관북		합포		《어우야담》: 금수촌 남구만《함흥십경도기》: 광포

* △《명오지》와《금화경독기》에서 중복 언급한 지역, ▽《명오지》와《택리지》에서 중복 언급한 지역, ◇《명오지》와 기타 문헌에서 중복 언급한 지역, ▲《택리지》와 기타 문헌에서 중복 언급한 지역

서유구는 성해응의《명오지》(125곳)와 자신의 저술《금화경독기》(77곳) 그리고 이중환의《택리지》(20곳)를 중심으로 좋은 집터를 제시하였다. 여기에 더해《동국문헌비고·여지고》(9곳)와《어우야담》(3곳),《위사》(1곳)에서 주거지를 채택하여 소개하였고, 최명길(1곳)과 남구만(2곳), 김창협(2곳), 송명흠(2곳), 남유용(1곳)이 주거지를 소개한 글을 발췌하여 수록했다.

이 통계는 예상 밖으로《택리지》의 영향이 적고《명오지》의 영향이 절대적임을 보여주는 듯하나 그것은 착시이다. 앞에서 밝힌 것처럼《명오

지》는《택리지》의 절대적인 영향을 받았고, 선정한 주거지와 관련 내용의 3분의 2 이상이 같은 점을 고려하면 가장 큰 영향을 끼친 문헌은《택리지》이다. 성해응은 경기 지역의 주거지만을 자신의 견문에 따라 작성하였고, 다른 지역의 주거지는《택리지》를 전적으로 전재하거나 수정하여 작성하였다. 서유구가 그 실상을 파악한 것이 틀림없음에도 이러한 통계를 낸 것은 뜻밖이다.

이제 '명기조개'에서 좋은 집터로 선택한 지역과 그 특징을 살펴본다. 도별 주거지를 분류하면 ① 경기(87곳)와 호서(57곳), 관동(44곳) ② 영남(26곳)과 호남(18곳) ③ 해서(5곳)와 관서(3곳), 관북(3곳)의 세 갈래로 나뉜다. 지나치다고 할 만큼 도별 차이가 크다. 편의상 선정된 마을이 적은 지역부터 살펴본다. 대체로 국토의 북부와 남부 지역이 여기에 해당한다.

지역의 넓이를 기준으로 ③ 해서(5곳)와 관서(3곳), 관북(3곳)은 국토의 거의 절반에 해당함에도 선택된 주거지는 11곳밖에 되지 않았다. 이중환은 관서·관북 지역에는 사대부가 살러 가지 않는다고 말했고, 성해응 역시 먼 지역이라는 이유로 거론조차 하지 않았다. 서유구 역시 그 지역의 주거지를 다룰 만한 정보나 문헌자료를 얻지 못하여 겨우 구색만 맞추는 정도로 서술할 수밖에 없었다. 앞서 말했듯이 사대부의 주거지를 찾는 관점의 한계가 한반도 북부 지역의 주거지 선택에서 뚜렷하게 드러난다.

다음으로는 ② 영남(26곳)과 호남(18곳)이다. 두 지역은 좋은 집터가 많기로 경기나 호서에 뒤질 이유가 없다. 그렇지만 터무니없이 적은 수를 선정하였다. 심지어는《택리지》에서 '가거처'로 다룬 여러 곳도 제외하였다. 성해응은 토착민이 아니면 거주하기가 쉽지 않다는 이유로

《택리지》를 정리하는 수준으로 제시하였고, 서유구 역시 비슷한 태도로 영남과 호남에서 각각 세 곳 정도 첨가하는 수준에 그쳤다. 경기 주변에 머물고자 하는 사대부의 지향이 지닌 한계를 여기서도 분명하게 알 수 있다.

하지만 서유구가 호남에서 첨가한 주거지는 눈여겨볼 만하다. 광주의 경양호景陽湖와 순창의 복흥촌復興村, 해남의 송정松亭으로, 이 세 곳을 전라도의 좋은 집터로 뽑은 데에는 특별한 이유가 있다. 서유구가 순창군수(1797~1799)와 전라감사(1833~1835)를 지낸 이력에서 알 수 있듯이, 순창과 주변 지역에 대한 정확한 지식을 갖고 직접 확인한 결과를 훗날에 기록하였을 것이다. 전라도 지역의 명기를 더 소개하지 않은 것이 아쉬움으로 남는다.

서유구를 제외하곤 이 지역을 언급한 사대부는 거의 없다. 경양호는 광주 지역의 명승으로 치원 황상이 치원본《택리지》에서 "광주의 서북쪽에는 경양지景陽池가 있어 둘레가 20리이다. 연꽃과 마름의 구경거리가 경포에 뒤지지 않으니 참으로 살 만한 곳이다"[20]라고 평가했을 뿐 이외에는 기록을 확인할 길이 없다. 경양호에 대해 서유구는《금화경독기》를 인용하여 다음과 같이 소개하였다.

> 광주에서 북쪽으로 5리 떨어진 곳에 있고, 경양역 옆이다. 호수가 깊어 거룻배를 띄울 만하고, 연꽃을 가득 심었으며, 그 아래로는 논두렁이 끝없이 펼쳐졌다. 호숫가에 터를 잡아 집을 지으면 10리까지 퍼지는 연꽃 향을 내 것으로 만들 수 있다.[21]

지금은 호수가 메워져 광주 도심지로 변한 경양호를 서유구와 황상은

거의 같은 어조로 연꽃이 아름다운 호수라고 기록하였다. 서유구와 황상은 접촉한 사실이 없어 서로 독자적으로 기록했다고 보아야 한다. 경양호가 지금은 사라진 명승이나, 이 부근을 좋은 집터로 평가한 두 사람의 글은 광주 집터의 이해에 참고할 만하다.

한편 순창의 복흥촌은 "양쪽에 강을 낀 채로 들판이 펼쳐져 마을을 크게 이루고 있다. 시냇물이 동쪽으로 흐르고, 흙이 비옥하고 샘물이 달아 참으로 살기 좋은 명기이다"[22]라고 극찬한 동시에 전라도 방어의 요충지로 간주하였다. 이 설명은 서유구가 수용한 《택리지》의 서술과 순창 군수로 재직할 때 견문한 정보에 뿌리를 두고 있다. 해남의 송정은 청련靑連 이후백李後白의 옛 집터로 당시까지 자손들이 대대로 거주하면서 호남의 부자로 행세한 사실을 밝혀놓았다.[23] 세 가지 모두 서유구의 서술에서나 겨우 보이는 참신한 사실이다.

중부

이제 가장 큰 비중을 차지한 ① 경기(87곳)와 호서(57곳), 관동(44곳)을 분석한다. 국토의 중부 지역에 해당한다. 그중 특색이 많지 않은 지역이 호서 지역이다. 충청도는 《명오지》 38곳, 《택리지》 10곳, 《금화경독기》 4곳, 기타 문헌 5곳으로 모두 57곳의 주거지가 선택됐다. 그러나 《명오지》에서 다룬 38곳 다수의 설명이 《택리지》에 실린 글을 보완하여 수록한 것이므로 실제로는 《택리지》의 기사가 가장 많이 다뤄진 셈이다. 서유구가 《금화경독기》에서 전재한 기사에는 모두 4곳이 나온다. 풍세촌과 이화촌, 초평과 석실로서 그중 조趙씨가 세거한 천안의 풍세촌과 만권루萬卷樓 장서가인 이시발李時發의 세거지인 진천 초평을 소개한 것은 소론인 서유구의 당파와 관심사가 잘 반영된 결과다.

좋은 집터가 다채롭게 제시된 지역은 경기이다. 《명오지》에서는 42곳을, 《택리지》에서는 3곳을, 《금화경독기》에서는 37곳을, 기타 문헌에서는 5곳을 추가하여 모두 87곳을 제시하였다. 《택리지》의 영향이 적은 것은 이중환이 경기 지역의 주거지를 다른 지역보다 좋지 않게 평가하여 좋은 입지를 많이 제시하지 않았기 때문이다. 반면에 성해응과 서유구는 대대로 이 지역에 거주해온 까닭에 다른 어떤 지역보다 견문이 풍부하여 새 집터를 다수 제시하였다. 두 학자가 밝힌 주거지 선택의 원칙과 기준에 부합하는 다양한 집터를 확인할 수 있다. 여기서는 서유구가 소개한 가정자柯亭子를 먼저 살펴본다. 가정자는 동두천시 동두천동 일대에 있던 지역으로 서유구는 《금화경독기》를 인용하여 다음과 같이 소개하였다.

> 양주 고을 치소에서 북쪽으로 40리 떨어진 곳에 있으며, 소요산逍遙山 아래다. 산기슭이 짧아 들판과 떨어져 있고 앞들은 광활하다. 통북대로通北大路 곁에 있어서 가게와 객사가 줄지어 있고 동북 해안 지방의 해산물을 수송한다. 오직 양주 사람들이 불곡산佛谷山 이북의 좋은 집터를 헤아릴 때는 가정자를 제일 먼저 꼽는다. 지금은 사인士人 고씨가 산다.[24]

이 지역을 좋은 집터로 거론한 사람은 서유구가 유일하다. 인용문에 나와 있듯이 가정자는 한양에서 함경도 원산을 거쳐 경흥에 이르는 통북대로에 위치한 교통 요지였다. 그래서 가게와 객사가 줄지어 서 있고, 원산에서 해산물이 서울로 몰려드는 물류의 거점이기도 했다. 서유구는 다른 글에서 산 아래 촌락이 번성하고 앞들이 광활하여 경기 이북의 '가

거처'라고 평가한 바 있다.[25] 가정자를 산기슭 아래에 위치하여 들이 넓고, 물산이 유통되는 교통 요지이며, 사대부가 거주하기에 좋은 입지 조건을 두루 구비한 주거지로 제시하였다. 자신이 직접 찾아가 보고 알아낸 사실을 기록한 것이다.

이외에 가정자 부근의 반곡이나 풍양, 토원, 평구역촌, 노원, 진벌촌, 남일원 등 양주 일원의 주거지를 비교적 상세하게 다뤘다. 이 지역에 관심을 두어 소개한 사람이 거의 없었던 점을 고려하면 주목할 만한 사실이다.

서유구는 앞에서 인용한 〈칠보에게〉에서 한강 상류에는 좋은 집터가 많아 그 일대에서 주거지를 찾고자 노력했음을 밝혔다. 실제로 가평과 양근 등지에서 경반, 비금산, 능우촌, 감호, 귀래정, 벽계, 용진, 봉황대, 소계 등 상당히 많은 주거지를 발굴 수록해놓았다. 그중에서 감호鑑湖는 다음과 같이 소개하였다.

> 양근楊根의 한강포漢江浦에서 남쪽으로 5리 떨어진 곳에 있으며 ㅁㅁ산(양자산) 아래이다. 권씨權氏가 대대로 살았으며, 상류의 살기 좋은 집터로 알려졌다. 그 후손이 사학邪學의 옥사에 죽자 터도 마침내 폐허가 됐다.[26]

인용문에서 세거한 일족으로 거론한 권씨는 천주교 신자로 1791년과 1801년에 순교한 권일신權日身과 권철신權哲身 형제를 가리킨다. 이익과 정약용의 글에도 이 집안의 세거지로 감호를 거론한 내용이 나온다. 앞에서 인용한 기록에서도 보이듯이 서유구는 특정한 집터를 세거하는 사대부와 연결하여 살피고 있다. 다른 기록은 대체로 세거하여 흥성한 사

례인 데 반해, 이 기록에 등장하는 권씨는 천주교를 믿다가 몰락하였고 집터도 폐허가 됐다고 기록하였다.[27] 세거한 사대부와 흥망을 함께한 집터의 사례로 눈길을 끈다. 경기 지역은 저명한 가문의 세거지가 많아 성해응과 서유구의 글에는 대부분 세거한 명문가의 존재를 함께 밝혀 놓았다.

한편 성해응의《명오지》를 바탕으로 서유구가 살펴본 좋은 집터 중에는 다른 데서 보기 어려운 기록이 많다. 이는 성해응이 경화세족 명문가 위주로 좋은 집터를 파악했고, 고향인 경기도 북부 포천을 중심으로 소개하는 경향이 있었기 때문이다. 장단의 정자포亭子浦를 소개한 대목이 흥미롭다.

장단 치소 남쪽으로 5리 떨어진 곳에 있으며 임진강 강물이 그 앞을 지난다. 일찍이 백하白下 윤순尹淳이 어떤 사람에게 보낸 편지에 "최근 정자포에 좋은 집터 하나를 얻었다. 큰집 서너 채를 겨우 수용할 수 있다. 땅은 삼남 지방처럼 비옥하다. 동남쪽으로 삼각산이 바라다보이는데 험준하고 우뚝 솟은 모양이 커다란 홀과 같다"라 했다. 그러나 윤순은 말로 그치고 집을 짓지는 못했다. 내가 그 땅을 찾아보니 정말 집을 짓고 싶었으나 형편이 어려운데 일을 벌이는 격이라 실행하지 못했다.[28]

서유구 역시 포천과 장단 일대의 좋은 집터로 정자포를 들고 있다. 선택하려는 이유는 비옥한 토질이다. 저명한 관료이자 서예가인 윤순이 주거지로 선택한 곳임에도 실제로 살지는 못했고, 본인 역시 직접 확인하고 집을 장만하려다 뜻을 이루지 못했다고 하였다. 자신의 체험이 직

접 드러난 서술이다. 경기 지역의 주거지는 이렇게 저자의 체험과 견문이 생생하게 반영돼 있다.

다음에는 관동 지역의 주거지를 살펴본다. 《명오지》에서는 14곳을, 《택리지》에서는 경포 1곳을, 《금화경독기》에서는 26곳을, 기타 문헌에서는 3곳을 추가하여 모두 44곳을 좋은 집터로 제시하였다. 여기서 《명오지》의 주거지는 다수가 《택리지》의 내용을 수용한 것이다. 숫자로 보면 강원도 지역의 좋은 집터는 서유구 자신의 생각을 가장 많이 반영했음을 알 수 있다. 서유구가 관동 지역에 주거지를 마련하려고 여러 차례 시도하였음을 뜻한다.

《금화경독기》는 원칙과 기준에 부합하는 다양한 장소를 직접 확인하여 제시하였고 새로운 사실이 상당히 많다. 사례로는 철원군 철원읍에 있는, 철원읍성에 해당하는 거성擧城과 현재 북한 지역인 강원도 이천군에 속한 사견촌四堅村을 꼽을 수 있다. 이 지역을 주거지로 상세하게 다룬 이는 서유구밖에 없다. 그중에서 사견촌 내용을 인용한다.

> 안협현安峽縣 서북쪽으로 40리 떨어진 곳에 있으며, 삼각산의 남쪽이다. 관목 숲이 산자락을 덮고 있고 비취빛 같은 기이한 소나무들이 이어져 둘러싸고 있으며, 대개 나무들이 뒤섞여 빽빽이 우거져 있다. 앞 들판은 숫돌처럼 평평하면서 멀리까지 펼쳐져 있으며, 밭두렁은 수를 놓은 듯 섞여 있다. 강이 삼각산 뒤에서 흘러나와 구불구불 이어지다가 동쪽 산기슭 왼쪽을 따라가면서 감싸고 흐른 뒤, 앞 들판의 서쪽에 이르러 다시 꺾여 동쪽으로 '지之' 자 모양을 이룬다. 서북쪽 계곡에서 흘러나오는 시내는 동남쪽으로 흐르면서 앞 들판의 한복판을 관통하여 강으로 들어가며, 수리산愁離山과 구룡산九龍山 등 여러 산은 멀

리 강 밖에서 둘러싸고 있다. 북협北峽의 이름난 마을을 차례대로 꼽아볼 때 이곳과 대적할 만한 곳은 없다. 산 왼쪽 푸른 절벽은 높고 가파르게 강에 접해 있으며, 늙은 회화나무가 그 위에서 자잘하게 자라고 있다. 옛날에는 정자가 있었으나 지금은 없어졌다. 토박이들은 이곳을 율곡정栗谷亭이라 부르니 율곡 선생의 발길이 이른 적이 있다는 뜻이다. 하지만 선생이 언제 이곳을 들렀는지는 모른다.[29]

상당히 자세하게 거주 공간의 특징을 묘사하였다. 이 글은 서유구가 지은 〈사견기四堅記〉를 축약한 것이다. 〈사견기〉는 1809년 2월에 친구와 함께 동두천의 가정자와 철원의 거성, 이천의 사견촌 등 이른바 동협東峽의 명기를 탐방한 기록이다. 글의 전체 주제는 사견촌의 기이함(奇)을 발견하여 즐기고 싶은 욕망이고, 좋은 집터를 구해서 사는 것에 기울이는 관심이다. 서유구는 이 유기遊記의 주요 내용을 간추려 《금화경독기》에 재수록하였고,[30] 또 주요 부분을 《상택지》의 '명기조개'에 전재하였다. 글마다 조금씩 차이가 있기는 하지만 거의 똑같은 내용으로, 〈사견기〉가 모든 정보의 원천 자료이다.

서유구는 살기 좋은 집터로 보이는 사견촌에 깊은 인상을 받았다. 더욱이 율곡栗谷 이이李珥(1536~1584) 선생이 먼 옛날에 집터를 살펴보고 머물러 살고자 했다는 점에 크게 마음이 이끌렸다. 그러나 이이는 실제로 머물지 않았다. 그래서 서유구는 빼어나고 기이한 집터가 유인幽人도 일사逸士도 살지 못해 버려진 실정에 아쉬움과 한탄을 토해냈다.[31] 〈사견기〉는 집터를 찾아가는 과정을 세밀하게 묘사하였는데, '명기조개'에서도 〈사견기〉에서 다룬 집터를 무려 세 곳이나 뽑아 수록하였다. 좋은 집터를 구하려는 서유구의 소망과 집념이 드러난다. 이처럼 그는 직접 체

험하고 살펴본 집터의 실상을 저술에 충실하게 반영하려 애썼다.

이 밖에도 찬찬히 살펴보면 길든 짧든 좋은 집터라고 설명한 곳마다 대체로 깊은 의미와 흥미로운 사연이 있음을 발견할 수 있다. 풍부한 내용이 중첩돼 있어서 문화적으로 중요한 의미가 있다. 한 가지 사례를 들어 집터가 지닌 의미를 짚어본다.

강원도의 광복동廣福洞은 이천부伊川府에 있는 촌락으로 '명기조개'에서는 《명오지》와 《위사緯史》 두 문헌에서 전재하여 내용을 구성하였다. 《명오지》는 《택리지》에 실린 내용을 축약한 것이고, 《위사》는 서유구의 조부 서명응徐命膺(1716~1787)의 저술이다. 이천부 음양산陰陽山 아래에 있는 광복동은 18세기 이후 사대부에게 살기 좋은 낙토로 인정받아 많은 이가 주목하였다. 이중환이 《택리지》에서 아름답게 묘사한 이후 채제공은 〈광복행廣福行〉이란 고시를 지어 찬미하였다. 이규경 역시 강원도의 명기로 주목한 바 있다.[32] 특히 신석우申錫愚(1805~1865)는 이천부사를 지낼 때 이곳에 매료된 이래 여러 편의 글을 써서 찬미하였다. 〈광복동기廣腹洞記〉와 〈춘유광복동기春遊廣腹洞記〉가 대표작으로, 빼어난 승경을 묘사하면서 동시에 좋은 집터로 평가하였다. 이렇게 광복동 또는 광복촌은 좋은 집터를 꿈꾸는 이들의 주목을 받았는데, 《택리지》는 이곳이 좋은 집터라는 담론을 촉발하였고 《상택지》는 이들 담론을 종합하였다.

광복동 같은 마을은 오랫동안 미지의 공간이었으나, 《택리지》와 《상택지》 등의 저술에 소개되면서 좋은 집터로 새롭게 주목을 받았다. 이런 지역은 현실에 존재하는 이상적 주거 공간이었다. 조선 후기의 사대부들은 도회지를 벗어난 전원에서 경제적 어려움 없이 사는 생활공간을 지상에서 꿈꿀 수 있는 이상향이라고 이해하는 경향이 있었다.[33] 사

작자 미상, 광복촌과 고미탄 지도, 《이천지도》, 1872년, 규장각한국학연구원 소장

임진강 상류인 고미탄①은 안변 영풍에서 발원하여 이천 경내로 들어와 광복동②을 거쳐 읍치를 감싸 흘러간다. 양음산(음양산으로도 표기함)으로 둘러싸인 광복동에는 "지금은 은선동으로 불린다"는 설명이 붙어 있다. 속세와 떨어진 이상적인 주거지로 관심을 끈 곳이다. 하지만 1871년 이천부사 박선수朴瑄壽(1821~1899)에게 보낸 박규수朴珪壽(1807~1877)의 편지에서는 고미탄이 지극히 외져서 불순한 세력이 숨어 사는 소굴이므로 정탐할 것을 주문하고 있다.

람들이 상상이나 문학작품 속에서나 만나던 이상적 주거지를 이제는 현실 공간에서 찾으려 노력하였고, 전국 곳곳에서 좋은 집터를 찾아 나섰다. 앞에서 살펴본 이중환과 성해응, 서유구의 저술은 사대부의 마음속에 도사린 주거 욕망을 구체화한 것이었다.

좋은 집터를 선택하는 문제는 18세기 이후 조선에서 사대부의 주된 관심사였다. 이중환의《택리지》가 촉발한 관심은 이후 성해응의《명오지》, 서유구의《상택지》를 거치며 확장되었다. 이들 3종의 저술은 전국에 걸쳐서 좋은 집터를 제시하면서 좋은 집터, 이상적 거주 공간을 차지하고자 애썼던 사람들의 소망을 표현하고 있다. 이중환에서 성해응으로, 성해응에서 서유구로 이어진 주거지 담론은 근대 이전 사람이 바라본 살기 좋은 집터에 관한 사유와 실물을 드러낸다.

이는《택리지》가 끼친 영향이 얼마나 깊고 넓었는지를 보여준다.《택리지》의 영향력은 다름 아닌 200종을 훌쩍 넘는 이본의 숫자가 말해준다. 이제 다음 장에서부터《택리지》사본을 검토하여 사람들이《택리지》를 얼마나 다양하고 흥미롭게 읽었는지를 살펴본다.

5장

《택리지》는 어떻게 변화되어왔는가(1)

개정과 이본의 형성

《택리지》는 저술 이후 거의 150년 동안 정식 간행되지 못하고 필사되어 읽혔다. 이중환이 친필로 쓴《택리지》 수고본이 발견되지 않아 어떤 사본이 저자의 의도를 가장 충실하게 반영했는지 알 수 없다. 200종이 넘는 사본의 숲에서 저자의 의도에 가장 가까운 원본을 찾아내야 하고, 동시에 사본의 교감을 거쳐 원본에 가까운 정본을 만드는 노력을 기울여야 한다.

이중환은 1751년 이전에 세상에《택리지》를 내어놓았고 그후 많은 사본이 출현했다는 것이 학계의 정설이다. 사본의 수량만 해도 200종을 웃돈다.[1] 그러나 주요 사본 30여 종의 본문을 교감하여[2] 서로 다른 점을 찾아 귀납적으로 분석해보니, 현재의 정설은 수정되어야 한다는 결론에 이르렀다.

결론을 요약하면 이렇다. '이중환은 1751년에 초고본을 1차로 완성하여 이익을 비롯한 친지 여러 명에게 서문을 구한 뒤 지인들이《택리지》에 제기한 여러 의견을 청취하고 자신의 생각을 정리·보완하여, 사망한 해인 1756년 이전 어느 시점에 개정본을 만들었다.' 초고본을 이익에게 보여준 이후《택리지》는 저자가 통제하지 못할 만큼 빠르게 필사되어

세상에 퍼졌다. 먼저 세상에 나간 초고본과 뒤에 저자가 고친 개정본에서 파생된 두 가지 계통의 사본은 숱한 전사傳寫 과정을 거치면서 차이가 큰 이본군을 형성하였다. 서로 다른 계통의 사본이 전사에 전사를 거듭하고, 게다가 필사자의 개별적 수정과 오기誤記까지 거듭되면서《택리지》는 이본마다 차이가 꽤 많은 저술로 독서계를 풍미하였다.

지금까지 학계에서는《택리지》이본에 존재하는 텍스트의 구체적인 차이를 명료하게 밝히지 못했다. 교감이 충분히 이루어지지 않았기 때문이다. 나는 몇 년 동안 아홉 명의 연구자와 함께 다수의 이본을 대상으로 교감 작업을 수행하였다. 그 결과《택리지》의 수많은 이본에서 차이가 발생한 근본 요인은 바로 초고본과 개정본이 따로 존재하며, 서로 다른 텍스트가 독자들 사이에서 어지러이 전사되면서 혼란이 빚어진 데 있다는 결론을 내렸다.

최남선의 광문회본을 넘어:《택리지》초고본으로 탐색한 개정 과정

20세기 이후《택리지》를 읽고 연구한 이들은 예외 없이 최남선崔南善(1890~1957)이 1912년에 간행한 광문회본(또는 광문본)을 저본으로 삼았다. 그에 앞서 1910년에 조선고서간행회에서 활자로 간행한 활자본도 광문회본과 큰 차이가 없다. 160년 동안 필사하여 읽다가 이때에 이르러 두 종이 처음 간행되었다. 국내외에서 번역된《택리지》의 저본이 모두 광문회본이라는 사실은 광문회본이 권위를 인정받는 판본이자 독서계와 학계에 통용된 거의 유일한 판본임을 말해준다.

그러나 광문회본을 벗어나 많은 이본을 접하면 종잡을 수 없을 만큼

혼란스럽다. 내용상 광문회본과 다른 이본의 수가 너무 많기 때문이다. 광문회본과 비슷한 이본보다 차이가 나는 이본이 훨씬 더 많다. 따라서 광문회본을 이본의 하나로 간주하고 새로 접근하는 것이《택리지》연구의 첫걸음이다. 그와 같은 문제의식에서 이본에 주목한 연구자는《택리지》의 초기본을 찾고 계열을 새로이 구분하려 하였다.

먼저 배우성은 광문회본 위주의《택리지》연구에 문제를 제기하면서 50여 종의 이본을 조사하였다. 광문회본을 표준형으로 인정하고, 이본을 비교하여 초기본으로 '복거설卜居說' 계열과 '사대부가거처' 계열을 제시하였다.[3] 최인실은 이본 92종을 32종의 서명으로 구분하고, 초기 필사본을 추정하기 위한 기준을 검토하였다. 몇몇 이본의 필사 연도를 추정하고, 구체적으로 동국대학교 소장《택리지》는 1796년에, 연세대학교 소장《동국팔역지東國八域誌》는 1792년에, 연세대학교 소장《패림稗林》에 수록된《택리지》는 1751~52년에 필사된 것으로 추정하였다.[4] 배우성의 논문은《택리지》의 이본을 조사할 필요가 있음을 본격적으로 제기하였고, 최인실의 논문은 초기본의 실물을 실제로 추정한 의의가 있다.

그러나 두 편의 논문은 서명, 서발, 목차 등 외형의 차이에 근거하여 논의하고 추정해 구체적이고 실질적인 차이를 밝혀내지 못한 한계가 있다. 세밀한 교감을 통해서 이본에 나타나는 차이를 밝혀내야만 외형의 차이에 대한 논의가 정당성을 가지기 때문이다. 그래서 배우성은 복거형卜居型을 초기본으로 추정하였으나 이는 실상과는 거리가 멀다.

최근에 이도훈·김세호·임영길은 이본을 여섯 가지 계열로 나누어 검토했다. 나와 함께 교감 작업을 한 연구자들은 서명과 목차, 서발(부록), 원문의 네 가지 기준으로 이본을 분석하여 초기본 추정 계열, 서발과《성호사설》수록 계열, 동국산수론東國山水論 계열, 쌍행주雙行註와 고

증 부기附記 계열, 총화總話 계열, 기타 계열의 여섯 계열로 정리하였다.[5] 이 논문은 이본을 보는 관점을 다양화하여 그에 따라 차이를 부각하였고, 특히 텍스트의 교감을 거쳐서 이전보다 더 실질적인 차이를 찾아냈다. 그에 따라 초기본으로 본 4개의 이본과 기타 이본을 분간하여 제시한 점과 네 가지 구체적인 차이를 확인하고 근거를 밝힌 점에서 성과가 있었다. 하지만 앞선 연구자들과 마찬가지로 이본의 외형적 특징에 얽매인 점은 비슷하여 전체 이본을 관통하는 차이점, 초기본의 연대 그리고 이본들 사이의 큰 차이를 밝혀내지 못한 한계가 있다.

200종이 넘는 이본의 차이와 계열을 파악하기 위해서는 방법과 시각의 변화가 필요하다. 글자나 문구의 차이, 서문과 발문의 유무, 필사자의 시각과 시대 변화에 따른 첨가나 삭제 등 세부 차이를 고려하는 작업은 텍스트별 차이와 이본의 계열을 확정하는 데 중요한 의미가 있다. 하지만 자칫하면 나무만을 보다 숲을 보지 못하는 잘못을 범하기 쉽다. 《택리지》는 필사 과정에서 발생하는 차이가 많아 커다란 변화를 포착하기가 힘들기 때문에 이본 형성의 큰 줄기를 잡아낼 필요가 있다.

나는 이본 사이의 많은 차이를 분석하는 과정에서 《택리지》에는 초고본과 개정본이 있다고 판단하게 됐다. 여기에 《택리지》를 전혀 다른 체제로 재편집한 《동국산수록》이 독자적인 이본군을 형성했음을 발견했다. 그에 따라 이본을 크게 초고본 계통과 개정본 계통 그리고 《동국산수록》 계통의 세 가지 계통으로 설정하였다. 이본의 계통은 다음 장에서 자세하게 설명한다.

내가 말하는 초고본은 그동안 언급된 초기본과 다르다. 초기본이 이중환의 저작이 세상에 등장한 이후 만들어진 초기 필사본이라면, 초고본은 이중환이 처음 세상에 공개한 원고로서 나중에 개정했다는 전제하

에 설정한 판본이다. 초고본과 초기본이 겹칠 수는 있으나 두 판본은 명확하게 구분된다. 지금까지 《택리지》의 초고본과 개정본의 문제를 제기한 연구자는 없었으나, 나는 이중환 자신이 개정한 개정본이 존재한다고 확신한다.

〈표 2〉《택리지》 이본 목록[6]

No.	서명	소장처	기호	약호	서지와 특징
1	擇里誌	규장각	古 4790-55	덕유본	개정본. 편목 있음(사민총론, 팔도총론, 복거총론, 사민총론). 내제는 팔역가거처八域可居處. 서발문 앞에 일괄 수록: 정언유, 이중환 외 3명. 81장. 소장인: 덕유德裕. 《성호사설》〈재물의 생성〉〈조적糶糴〉 수록.
2	擇里志	개인 소장		잠옹본	초고본. 편목 없음. 서: 이익, 발: 이중환.《와유록臥遊錄》 뒤에 수록. 잠옹 남하행 친필본. 41장. 이익의 〈택리지서〉 뒤에 '사대부가거처'란 책명이 표시됨.
3	擇里志	규장각	一蓑 古 915.1- Y58t	취원본	개정본. 편목 없음. 서: 정언유, 발: 이중환 외 3명. 57장. 소장인: 취원翠園. 《성호사설》〈재물의 생성〉〈조적〉 수록. 필사기: 평창후인平昌後人 수춘재壽春齋, 세을유이월야歲乙酉二月也
4	博綜誌	규장각	奎 3742	금범본	편목 없음. 장서인: 유환당留還堂, 해교海嶠. 금범錦帆 윤치희尹致羲 친필본. 장서각 소장《박종지》와 동일.
5	震維勝覽	규장각	奎 7732	상백본	편목 있음. 상하권. 서발문 없음. 필사자 주석. 장서각 소장《동여휘람東輿彙覽》과 매우 유사.
6	擇里誌	연세대 도서관	고서(Ⅰ) 915.1 이중환 택	연세본	초고본. 편목 있음. 상하 2책. 발: 이중환 외 2명. 〈당난보신복지當難保身福地〉 수록.
7	擇里志	연세대 도서관	고서(Ⅲ) 4297 0	칠리본	초고본. 편목 상세함. 상하권. 발: 홍중인. 서론+결론 수록. 자의적 수정이 많다. '인심'을 책 끝에 수록.

No.	서명	소장처	기호	약호	서지와 특징
8	士大夫可居處	국립중앙도서관	古 2700-105	국립본	편목 없음. 서: 정언유, 발: 이중환 외 3명. 71장.《성호사설》〈재물의 생성〉〈조적〉 수록.
9	東國八域志	연세대도서관	고서(Ⅲ) 4294 0	목석본	초고본. 편목 없음. 서: 이익, 발: 이중환. 93장. 필사기: 임자유화절壬子流火節 목석기인서우숙야재중木石畸人書于夙夜齋中.
10	登覽	수경실		등람본	편목과 서발 없음. 복거론을 앞에, 팔도론을 뒤에 배치함.
11	可居誌	수경실		청허본	초고본. 편목 없음. 발: 이중환. 서론+결론 수록. 끝에 〈당난보신복지〉 수록. 필사기: 을해중추청허당장乙亥仲秋淸虛堂藏.
12	擇里誌		1912년 발행	광문회본	개정본. 편목 있음(사민총론, 팔도총론, 복거총론, 총론). 서: 정언유. 조선광문회 간행. 근대 민족주의 의식 반영. 저본은 민제호閔濟鎬 기증본.
13	八域誌		1910년 발행	고서본	개정본. 편목 있음(사민총론, 팔도총론, 복거총론, 사민총론). 조선고서간행회朝鮮古書刊行會 간행. 서발 없음. 저본은 총화본임.
14	卜居說	국립중앙도서관	승계 古 2701-4	승계본	편목 없음. 발: 이중환. 55장. 필사기: 적상산하괴목서당종편赤裳山下槐木書堂終篇.
15	小華誌	국립중앙도서관	성호 古 2700-81	소화본	초고본. 편목 있음. 건곤 2책. 서: 이익, 발: 이중환. 장서인: 목성민睦聖玟. 이익 집안 소장본으로 전해짐.《성호사설》〈재물의 생성〉 수록.
16	青華漫錄	국립중앙도서관	古2701-5	청화본	편목 없음. 서: 정언유, 발: 이중환, 목성관, 목회경. 권수제: 복거설卜居說.《성호사설》〈재물의 생성〉 부록.
17	擇里志	와세다대도서관	特ル4-1674	총화본	개정본. 편목 있음(사민총론, 팔도총론, 복거총론, 사민총론). 권수제: 총화總貨.
18	擇里志	와세다대도서관	特ル 4-2488 1-2	와세다본	개정본. 편목 없음. 건곤 2책. 발: 이중환. 〈당난보신복지〉 수록. 서론+결론 수록.

No.	서명	소장처	기호	약호	서지와 특징
19	擇里志	성균관대 존경각	B16AB-0007a	존경본	개정본. 편목 없음. 권수제: 청화산인팔역지초青華山人八域誌抄. 이수봉 소장《팔역지八域誌》와 매우 유사함.
20	八域誌	이규필		팔역본	편목 없음. 서발문 뒤에 일괄 수록. 발: 이중환, 이봉환, 정언유, 홍중인. 권수제: 사대부가거처.
21	八域可居誌	안대회		성산본	초고본. 편목 없음. 발: 이중환. 필사기: 성산星山 김씨金氏 김진하金鎭夏 을묘乙卯(1855)년. 1809년에 필사 시작.
22	八域可居誌	동양문고		증보본	초고본. 편목 없음. 발: 이중환.《증보산림경제增補山林經濟》의 부록.
23	東國地理解	프랑스 국립도서관	애산학보 3	언해본	개정본. 편목 없음. 서: 정언유, 89장. 서론: 택리지 서. 발: 이중환. 최초의 한글 번역본으로 번역이 정확함.

먼저 이중환이 초고본을 완성한 이후 개정본을 직접 만들었다고 추정하는 근거를 밝힌다. 이중환이 초고를 완성한 시기는 아무리 늦어도 신미년(1751) 4월 이전이다.《사대부가거처》란 제명의 초고본이 완성된 사실은 그해 4월 초순에 직접 쓴 발문에 나와 있다. 이후 이중환은 이익을 비롯한 지인들에게 서문과 발문을 받았다. 1751년 여름부터 1753년 초여름 사이에 서발문이 쓰였다. 시기별로 살펴보면 1751년 5월(이익), 1752년 4월(목성관), 1752년 11월(목회경), 1753년 3월(정언유, 이봉환)이다. 다른 두 명의 독자도 발문을 썼다. 남인 관료로 충청도 천안에 거주하다가 1752년에 사망한 홍중인은 1751년과 1752년 사이에 발문을 썼고, 또 남인 지식인으로 경상도 구미에 살았던 홍귀범 역시 발문을 썼다.[7]

이익은 분명히 이중환에게 서문을 부탁받아 썼으나, 나머지 친지들

은 서발문 내용만으로는 이중환이 부탁했는지 확인할 수 없다. 이중환의 청탁이 있든 없든 한두 해 사이에 지인부터 안면이 없는 인물에 이르기까지 두 편의 서문과 다섯 편의 발문을 썼다. 폭발적인 반응이 아닐 수 없다. 간행도 되지 않은 책이 날개가 돋친 듯 지식인 사이에 퍼져 홍중인은 누구의 저작인지도 모른 채 자신의 편저《아주잡록鵝州雜錄》에 초록하고 편입하면서 발문을 썼다. 책은 영남 지역에까지 퍼져 홍귀범도 책을 보고 발문을 썼다. 이 문제작에 쏠린 당시 사대부의 관심과 반향이 어떤 정도인지를 잘 보여준다.[8]

그와 같은 폭발적인 관심과 반향은 책을 읽은 지식인들이《사대부가거처》란 서명의 개정을 비롯하여《택리지》의 저술 동기에 대한 동의와 부동의, 내용과 취지에 대한 찬성과 불만, 오류의 지적과 내용의 수정 등을 표명하고 기대하는 상황으로 발전하였다. 이러한 실태가 여러 편의 발문에 선명하게 나타난다. 다수의 발문은 사대부가 당장 살 곳이 없어 다른 좋은 주거지를 선택하려 한다는 저술 동기 자체에 불만을 제기했다. 지식인들은《택리지》가 현실 부정의 태도를 바탕에 깔고 체제 부정의 시선까지 내포했음을 놓치지 않았다. "살 땅이 없다는 청화자靑華子의 말도 사사로움〔私〕 한 글자에서 벗어나지 못했다"〔이중환, 376쪽〕[9]라고 지적한 홍귀범의 말을 예로 들 수 있다. 다만《사대부가거처》란 서명을《택리지》로 수정한 사실은 널리 알려졌고, 관련 제안은 저자가 흔쾌히 수용한 것으로 보인다.

주변 지식인이 제기한 불만과 수정 요구에 이중환이 어떻게 반응했는지는 자세히 알 수 없다. 그런데 이익이 친지에게 1752년 7월에 쓴 편지에는《택리지》를 두고 친지 사이에 오간 의견이 인상적으로 묘사되고 있어 눈길을 끈다. 그가〈택리지서〉를 쓴 지 1년 2개월이 지난 뒤의 일이다.

> 몸을 조섭하여 건강하다 하니 축하하고 다행스럽게 여기는 마음 그지없습니다. 저는 한 눈이 멀고 다리를 저니 병든 꼬락서니가 우습기만 합니다. 상복을 벌써 벗고서 그냥 깊은 방에서 고아가 된 손자와 마주 앉아 있기나 하니 심경이 어떨지는 잘 아실 테지요. 몇 권의 책을 삼가 받아서 놓아두었습니다. 이런 종류는 어느 것이나 볼 것이 없지 않습니다. 그중 한 권은 우리 집안 사람이 지은 것으로 저번에 여러 사람이 서문을 짓고 제명을 바꿔서 '택리지'라 했습니다. 또 착오가 있는 10여 군데를 가져다 고쳐서 선택하여 덜어내고 바로잡게 하였습니다. 그가 믿고 받아들일지는 알 수 없습니다. 임신년(1752) 7월 27일 아우 이익 씀.[10]

상복을 벗었다는 것은 전년에 죽은 맏아들 이맹휴李孟休와 관련해 상복을 벗었다는 이야기다. 고아가 된 손자는 〈《택리지》 서〉에서 언급한 이구환李九煥(1731~1784)이다. 이 글에서 여러 사람이 썼다는 서문은 현재 남아 있는 여러 편의 서문과 발문을 가리키고, 《사대부가거처》란 제목을 《택리지》로 바꾸어 제시했다는 것도 사실에 부합한다. 초고본이 나온 뒤 다음 해에 벌써 누군가가 《택리지》를 필사해 이익에게 보내준 것이니 정말 빠르게 세상에 유포된 정황을 알 수 있다.

더 주목할 점은 여러 사람이 《택리지》의 착오를 십여 군데 지적하여 이중환이 받아들이기를 기대했다는 말이다. 그들이 고치기를 바란 착오가 무엇이었고, 이중환이 과연 채택했는지 여부를 확인할 길은 없다. 다만 초고본이 나온 뒤 큰 반향을 일으켰으며, 독자 사이에서 일부 내용에 대한 불만과 수정의 필요성이 제기됐다는 점은 알 수 있다.

이중환은 과연 여러 사람의 요구에 어떤 반응을 보였고 어떻게 대응했

을까? 이 편지는 초고본에 대한 수정 요구가 있었다는 증거로 충분하다. 여기서 언급한 10여 군데가 단순한 사실의 오류라면 저자가 거침없이 수정했을 것이다. 그러나 여기에는 서술 방향이나 풍수설의 도입, 지역 평가 문제, 사색당파의 구도를 포함한 심각한 수정안까지 포함됐을 것이다.

예컨대 경기 지역 남인의 핵심 가문 출신인 이극성李克誠이 1773년 무렵 저술한 《형설기문螢雪記聞》이라는 책이 있다. 그는 여기서 〈복거론〉 '인심'의 당론을 《해동잡기海東雜記》라는 야사의 당론과 비교하여 서술하고서 당파가 갈린 과정을 해석하는 이중환의 시각에 오류가 있다고 지적하였다.[11] 그의 지적은 어구 수정 같은 간단한 사항에 머물지 않는다. 그는 이익의 사위이므로 이익이나 주변 친지와 공감대를 형성하여 수정이 필요하다는 견해를 밝힌 것으로 볼 수 있다.

이 편지를 보면 이중환이 주변 지식인의 권유와 자신의 판단에 따라 초고를 개정할 필요를 느꼈을 것으로 볼 수 있다. 사망한 1756년 이전 어느 시점에 이중환은 적지 않은 수정을 가하여 개정본을 만들었을 가능성이 충분하다. 그렇다면 이중환 스스로 개정한 사실을 언급할 기회를 갖지는 못했으나, 《택리지》 이본에는 이 가설을 뒷받침할 증거가 분명히 남아 있을 것이다.

실제로 초고본과 개정본의 차이가 본문에 두드러지게 나타날까. 이본을 비교하여 개정 여부를 확인해보기로 하자. 다음은 〈복거론〉 '지리' 항목에 실린 내용이다.

초고본: 〈잠옹본〉

산은 반드시 근본을 얻어 물과 잘 배합된 뒤에야 생성과 화육化育의 오묘함을 다 발휘할 수 있다. 그러나 물은 반드시 흘러오고 흘러감이

이치에 맞은 뒤에라야 비로소 정기를 모아 인재를 훌륭하게 기르는 길吉함을 이룰 수 있다. 따라서 감여가堪輿家의 정론定論을 한결같이 따라서 집터의 왼쪽으로 돌아나가는 물은 모름지기 바른 오행五行과 쌍산오행雙山五行으로 빠지게 하고, 집터의 오른쪽으로 돌아나가는 물은 다만 참된 오행으로 빠지게 한다. 주택의 좌향坐向은 또 모름지기 흘러오는 물과 더불어 정음淨陰 정양淨陽의 방법과 부합하여야 비로소 순수하게 좋다.[12]

개정본: 〈덕유본〉

무릇 물이 없는 땅은 본래 살 수 없는 곳이다. 산은 반드시 근본을 얻어 물과 잘 배합된 뒤에야 생성과 화육의 오묘함을 다 발휘할 수 있다. 그러나 물은 반드시 흘러오고 흘러감이 이치에 맞은 뒤에라야 정기를 모아 인재를 훌륭하게 기르는 길함을 이룰 수 있다. 이것을 다룬 감여가의 책이 있으므로 굳이 자세하게 논하지 않겠다. 그렇지만 집터는 묘지와는 다르다. 물은 재물을 주관하므로 큰 물가에 부잣집과 이름난 마을, 번성한 촌락이 많다. 비록 산속이라도 또한 시냇물이 모이는 곳이 있으면 대를 이어 오랫동안 살 만한 주거지가 된다.[13]

주거지를 정할 때 물이 중요하다는 사실을 설명하는 대목이다. 문장 앞쪽 서술은 거의 똑같고 중간 이후는 큰 차이를 보인다.[14] 잠옹본은 물이 들어오는 방위를 집터의 방향과 비교하여 그 길흉을 판단하는 풍수설의 주장을 인용하여 설명하였고, 덕유본은 풍수설을 논외로 하고 재물에는 물이 중요한 기능을 한다는 사실을 밝혔다. 집터의 선정에 물의 방향을 중시해야 한다는 주제는 같으나, 논의의 근거와 방향이 크게 다르다.

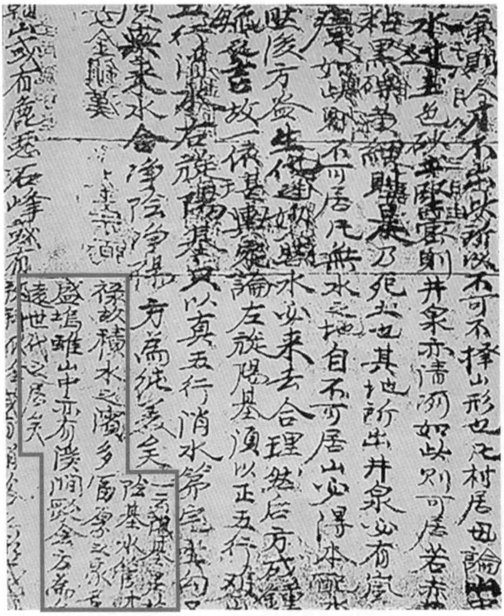

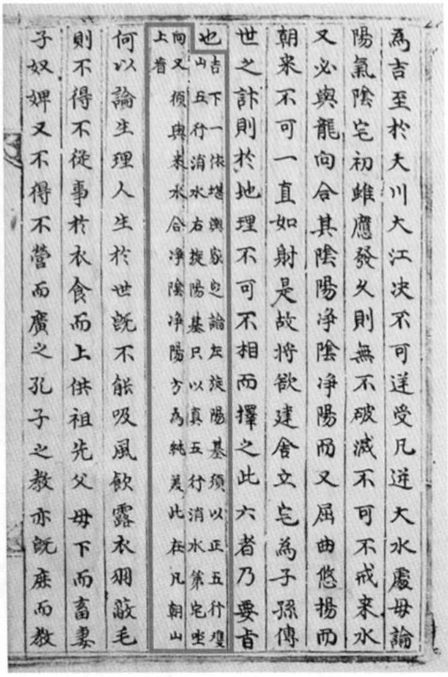

爲吉至於大川大江决不可逆受凡逆大水處毋論
陽氣陰宅初雖應發久則無不破滅不可不戒來水
又必與龍向合其陰陽淨陰淨陽而又屈曲悠揚而
朝來不可一直如射是故將欲建舍立宅爲子孫傳
世之計則於地理不可不相而擇之此六者乃要旨
也吉下一依堪輿家論左旋陽基須以正五行變山五行消水右旋陽基只以眞五行消水爲宅坐向又須與來水合淨陰淨陽方爲純美此在凡朝山上者
何以論生理人生於世旣不能吸風飮露衣羽毛
則不得不從事於衣食而上供祖先父母下而畜妻
子奴婢又不得不營而廣之孔子之教亦旣庶而教

초고본(왼쪽)과 개정본(오른쪽)의 차이

〈복거론〉 '지리'에서 '감여가의 정론'을 다룬 내용을 초고본과 개정본에서 어떻게 반영했는지를 보여주는 사례이다. 초고본 계열인 《동국산수지東國山水誌》(고려대 소장, 신암 B10 A3G)에서는 문장 끝에 '일운一云'이라 하여 작은 글자 두 줄로 개정본 내용을 기재하였고, 개정본 계열인 와세다본 《택리지》에는 '지리' 본문 끝에 작은 글자 두 줄로 초고본 내용을 기재하였다.

주목할 부분은 덕유본의 "이것을 다룬 감여가의 책이 있으므로 굳이 자세하게 논하지 않겠다(此有堪輿家書, 姑不具論)"이다. 초고본에서 풍수설을 인용한 것과 달리, 개정본에서는 풍수설은 풍수 전문서에 맡기고 다루지 않겠다는 취지로 말했다. 이 표현은 필사자가 아닌, 저자만이 할 수 있는 말이다. 그 말대로 풍수설을 그대로 반영한 초고본의 내용을 삭제하고 상식에 부합하는 내용으로 바꿔 서술했다.

풍수설과 관련된 내용을 축약한 것은《택리지》의 합리성을 높이기 위해서는 바람직한 방향이었다. 이익은《택리지》를 높이 평가하면서도 그가 풍수설을 그대로 받아들인 것을 불만스럽게 여겼다.

> 언젠가 선생(이익-필자주)께서 이렇게 말씀하셨다. 산줄기가 오고 가는 것은 내가 알지 못하는 것이다. 이는 풍수가의 말이다. 청담이 어떻게 그것을 알아서《택리지》에서 말하고 있는지 모르겠다.[15]

이익이 읽은 초고본《택리지》에 풍수설이 적용된 것에 불만을 밝히고 있다. 이는 혼자만의 불만이 아니라 주변 지식인이 공감한 생각이었고, 어떤 경로를 통해 이중환에게 전해졌을 것이다. 그들의 의견을 접하고서 이중환은 풍수설을 직접 노출하는 것을 지양하는 쪽으로 개고 방향을 잡았을 것이다.

이와 같은 서술상의 변화는 필사자가 개입할 수준이나 성격이 아니다. 초고본과 개정본 계통의 차이는 여기에만 그치지 않고 많은 곳에서 나타난다. 이익의 편지에서 알 수 있는 사실과《택리지》이본에서 확인할 수 있는 많은 근거를 통해, 이중환은 초고본을 먼저 주변 지식인에게 공개하고 이후 발견한 문제점과 지인의 제언 등을 반영하여 개정본을

만들었다고 봐야 할 것이다.

초고본은 어떤 특징이 있는가

앞에서 사례로 든 잠옹본은 초고본을 대표하는 이본이고,[16] 덕유본은 개정본을 대표하는 이본이다. 앞에서 인용한 행문行文은 이 두 이본뿐만 아니라 이본 전반에서 확인할 수 있다. 어떤 이본이든 〈복거론〉 '지리' 항목이 있는데 그 문장은 잠옹본의 문장이 아니라면 덕유본의 문장이다. 물론 〈복거론〉 '지리' 항목만이 아니라 여러 곳에서도 두 갈래로 나뉜다. 이처럼《택리지》이본 전체는 초고본과 개정본의 두 계통으로 나뉜다. 이 두 계통은 책의 제목과 편목을 비롯한 여러 차이에도 불구하고 이본 텍스트를 크게 둘로 나누는 근본 기준이다. 이제 초고본과 개정본의 차이와 특징을 자세하게 살펴본다.

잠옹본과 같이 초고본 계통에 속하는 사본에는 연세본, 칠리본, 소화본, 목석본, 청허본, 성산본, 동양본이 있다. 그밖에 고려대 신암문고본《동국산수지東國山水誌》와 오사카부립 나카노시마 도서관 소장본《팔역가거지八域可居地》도 초고본 계통이다. 또한《아주잡록》에 초록돼 있는《사대부가거처》와《임원경제지》의 일부인《상택지》에 실린《택리지》도 초고본에 속한다. 초고본은 검토한 이본 가운데 대략 3분의 1 정도의 비중을 차지한다. 미처 확인하지 못한 이본 중에 초고본이 더 있을 테고 그 결과에 따라 비중은 달라질 것이다.

초고본과 개정본이 분명히 존재하고 양자의 차이가 선명하게 나타나는 사례를 앞에서 들었다. 더 분명한 차이가 드러난 사례를 몇 가지 찾

아서 초고본이 지닌 특징을 확인하고자 한다. 이번에는 〈복거론〉 '생리' 항목에 실린 내용을 비교한다.

초고본: 〈성산본〉

개성부開城府는 승천포를 앞에 바라보이는 물로 삼고 있는데 이는 곧 한강의 하류로 황해도의 수로와 통한다. 한강에 비해 더욱 깊고 넓으나 다만 개성부 읍치와 조금 멀어 40여 리에 이른다. 승천포 하류는 보련강으로, 남쪽으로 가서 바다로 들어간다. 보련강 북쪽을 따라 한 줄기 물이 와서 모이니 개성 오관산 뒤쪽을 흐르는 물이다. 황해도 평산의 석탄席灘이 이천과 신계의 물과 합하여 커져서 강이 되고 강음을 거쳐 개성의 서쪽에 이르러 꺾어져 남쪽으로 내려가는데 그 물이 이포梨浦와 전포錢浦, 벽란도, 창릉昌陵이 되어 보련강으로 들어간다. 이 물을 통칭하여 후서강後西江이라 부른다. 후서강은 개성부까지 30리도 채 떨어지지 않은 데다 조수가 통한다. 옛날 왕씨가 개성에 도읍을 세웠을 때는 팔도의 공물이 모두 이곳으로 모여들었다. 지금은 개성의 부상대고富商大賈가 강기슭에 저택을 많이 지어놓고 다른 도와 배로 교통하여 얻는 이익이 은진보다 못하지 않다.[17]

개정본: 〈광문회본〉

개성부에는 수구문水口門으로부터 10리 떨어진 거리에 동강東江이 있어 조숫물과 통하여 조운선이 정박하는 곳이었다. 고려가 망한 뒤로 조수가 물러가 이르지 않으니 지금은 얕은 개천이라 배가 들어오지 않는다. 승천포는 개성부와 멀리 40여 리나 떨어져 있다. 지금은 오로지 후서강이 개성부와 30리가 채 안 되는 거리에 있어서 다른 도와 배

가 통하는 이익을 얻고 있다. 배가 크면 바다로 나가 멀리서 장사하고, 배가 작으면 강을 따라서 바다 밖으로 나갔다 들어갔다 하면서 북쪽으로는 강음현까지 가고, 서쪽으로는 연안까지 가고, 동쪽으로는 한강과 통한다.[18]

초고본의 서술 분량이 개정본의 거의 곱절에 이르므로 내용의 차이를 떠나 양의 차이가 크다. 성산본의 내용은 앞에서 제시한 초고본 계통의 사본에 거의 모두 비슷하게 실려 있다. 필사자에 따라 글자의 차이는 조금씩 있고, 이는 모든 사례에 똑같이 적용된다. 고려의 수도였던 개성의 수운水運을 설명하되, 초고본은 개성 주변의 물줄기를 더 자세하게 밝혔다. 반면 개정본은 수계에 대한 설명을 줄이고 수운과 그로 인한 경제적 이익을 설명하는 데 집중하였다. 초고본에서 개성 부자가 수운으로 얻는 이익이 은진에 뒤지지 않는다고 한 내용이 개정본에서는 삭제된 점이 흥미롭다. 여기서 은진은 곧 강경을 의미한다. 3장에서 상업 중심지로 부상한 강경을 살펴보았는데, 초고본은 이곳의 위상과 특징을 한층 더 부각시킨 셈이다. 개정본에서 이 대목을 삭제한 것은 어떤 의미가 있을까?

이렇게 서술상 각각 장단점이 있으나 두 가지 사례를 보면, 초고본이 풍수설이나 지리 현상을 더 자세하게 설명하려는 경향이 있음을 알 수 있다. 이것을 초고본 전체의 경향과 특징으로 곧바로 일반화하기는 어려우나, 적어도 몇 대목에서는 확인할 수 있다. 앞에서 살펴본 내용을 바탕으로 초고본 계통 이본의 특징을 다음과 같이 정리할 수 있다.

첫째, 초고본 계통은《택리지》이본 가운데 시기적으로 앞서는 것이 많다. 당연한 말이지만, 개정본이 나오기 전에 이미 여러 사람이 베껴가기 시작하였으므로 초고본 계통 가운데 초기본이 더 많다. 대체로 이중

환이 초고본을 완성하고 발문을 쓴 이후부터 전사본이 유통되기 시작하여 아무리 늦어도 1776년 이전에 필사된 사본과 그 전사본이 다수이다.

초고본이 1776년 이전에 필사됐다는 근거로는 〈복거론〉 '인심'과 기타 여러 곳에서 충청도 이산尼山의 지명이 그대로 노출된 점을 꼽을 수 있다. 지금의 논산시 노성면 일대의 옛 지명인 이산은 제22대 임금 정조正祖(1752~1800)의 본명이 이산李祘이기에 그가 세손에 봉해진 뒤 이름을 피휘하여 이성尼城으로 개칭되었다가, 어명을 '이성'으로 변경한 1800년 이후 다시 노성魯城으로 바뀌었다. 18세기 지도의 제작 시기를 파악할 때의 조건과 마찬가지로 정조 어명과 관련한 지명의 변천은《택리지》의 필사 시기를 파악하는 기준으로 활용할 수 있다.[19]

앞에서 초고본으로 제시한 이본 12개 가운데 9개가 모두 이산尼山이라고 썼고, 칠리본은 이성尼城으로, 연세본은 노성魯城으로 수정하였다. 《상택지》에는 나오지 않는다. 9개 사본은 1776년 이전 필사본, 칠리본은 1776년에서 1800년 사이의 필사본, 연세본은 1800년 이후 필사본으로 판정할 수 있다. 다만 1800년 이후에는 이산이란 표기가 일부 가능해졌으므로 1776년 이전에 필사된 아홉 개 사본이 나중에 필사됐을 가능성을 완전히 배제하기는 어렵다. 그렇다 해도 대체로 이 등식이 성립하므로 초고본에서는 1776년 이전 필사본이 다수를 차지하는 사실이 달라지지는 않는다. 따라서 초고본은 정조가 왕위에 오른 1776년 이전에 필사된 것이 많다.

이 밖에 〈복거론〉 '산수' 항목의 시냇가 주거지에 나오는 "양·이산陽·利山"과 〈결론〉에 나오는 "산원算員"[20]도 마찬가지이다. 정조 치세에는 '이산'을 피휘해야 했고 이산李祘의 산祘 자와 발음이 같고 뜻이 같은 산算자도 피휘해야 했다. 피휘가 반영된 사본은 대부분 개정본 계통이고, 이

산利山과 산원算員을 그대로 쓴 잠옹본, 성산본, 동양본, 연세본, 목석본, 청허본 등의 이본은 모두 초고본 계통이다.

둘째, 초고본 계통으로 간주한 이본은 한 갈래만 있는 것이 아니다. 뚜렷한 하나의 계통임은 분명하나 서로 다른 파생본이 두세 가지 있다. 초고본 사이에도 편차가 있기 때문이다. 1752년 이전에 편집이 완료된 《아주잡록》본 《사대부가거처》는 초고본 계통 중에서도 가장 이른 시기의 특징을 보여주는 필사본이다.[21] 남하행이 친필로 쓴 잠옹본은 앞에서 살펴본 정조 어명의 피휘가 적용되지 않은 것으로 볼 때 아무리 늦어도 1776년 이전에 필사되었다. 이 두 종의 사본이 이중환의 초고를 가장 충실하게 보여준다. 또 소화본은 필사 시기가 19세기 이후로 초고본의 원형을 간직한 동시에 일부는 개정본의 요소까지 반영하고 있다. 이 3종의 사본은 여타의 초고본과 비교하면 또 다른 측면을 보여준다. 〈팔도론〉 '전라도' 항목을 보자.

초고본: 〈소화본〉

태조는 견훤과 그 아들을 평정한 뒤로 백제 사람을 미워하였다. 차령 이남은 산의 형태와 물의 형세가 모두 (개경을) 등지고 흐르고 북쪽에 읍을 하지 않는 탓이라 생각하여 차령 이남 사람을 등용하지 말라는 유훈을 남겼다.[22]

초고본: 〈동양본〉

태조는 견훤과 그 아들을 평정한 뒤로 백제 사람을 미워하였다. 차령 이남은 물이 모두 (개경을) 등지고 흐르는 탓이라 생각하여 차령 이남 사람을 등용하지 말라는 유훈을 남겼다.[23]

초고본 계통 중에 《아주잡록》본 《사대부가거처》와 잠옹본, 소화본, 칠리본에만 이런 행문行文이 나타나고, 다른 초고본은 개정본과 같은 행문을 보인다. 앞의 문장은 전라도 지역이 산의 형태와 물의 형세가 모두 개경(개성)을 등지고 흘러서 나라에 고분고분하지 않는 형상이라는 부정적인 인식을 더욱 선명하게 제시하였다. 나머지 초고본 계통이 모두 개정본과 같은 행문을 보이는 것과 차이가 난다.

왜 이런 차이가 날까? 초고본 계통 중에서 《아주잡록》본 《사대부가거처》는 현전하는 가장 이른 시기의 사본이고, 잠옹본은 이익의 제자인 남하행이 스승이 서문을 쓰기 위해 가지고 있던 초고를 필사한 것이다. 또 소화본은 이익 집안에 소장되어오던 사본으로 전해지므로 이 역시 이익이 가지고 있던 초고본에서 전사했을 것이다. 모두 이중환이 초고본을 쓰고 먼저 이익에게 보여주어 1751년 5월에 서문을 받았을 때 베껴둔 사본을 전사한 것이다. 이 3종은 가장 이른 시기에 필사한 초고본 계통이다.

그로부터 1년과 2년 뒤인 1752년 4월(목성관), 1752년 11월(목회경), 1753년 3월(정언유, 이봉환)에 서문과 발문이 나온 것으로 보아 이중환이 대략 1년 사이에 조금 더 수정한 초고본을 제공하여 서문과 발문을 받은 것으로 추정한다. 그러므로 같은 초고본 계통이라 해도 이익에게 건넨 《택리지》 사본과 목성관, 목회경, 정언유, 이봉환에게 건넨 《택리지》 사본 사이에 작은 변화가 있을 수 있다. 실제로 《아주잡록》본 《사대부가거처》와 잠옹본은 글자나 내용에서 개정본과는 말할 것도 없고 다른 초고본과도 차이가 나는 대목이 적지 않다.

셋째, 초고본 계통은 본문에서 발견되는 차이 외에도 외형상 두 가지 특징이 있다. 먼저 대부분 편목篇目이 달려 있지 않다. 현재 《택리지》 이

본 가운데 '사민총론', '팔도총론'(평안도~경기도), '복거총론'(지리~산수), '총론'(사민총론)의 편목을 달고 있는 사본이 있다. 그중 〈복거론〉 '산수'에는 '명산명찰名山名刹', '사군산수四郡山水', '계거溪居' 등의 더 세밀한 편목이 달려 있다. 앞뒤에 실려 있는 서문과 발문을 제외하고 이들 편목은 초고본 계통의 사본에는 거의 달려 있지 않다. 이 편목은 개정본 중에서도 광문회본 계열의 이본에 주로 달려 있다.

초고본 계통 중에서 연세본과 칠리본, 소화본에는 편목이 달려 있으나 이들 사본은 초고본을 베껴 쓰는 과정에서 개정본 계통에 달린 편목을 반영하여 추가한 것으로 보인다. 다만 편목의 명명 자체가 독자적이어서 광문회본 계통과는 상당히 다르다. 이렇게 편목이 달려 있지 않은 이본은 이들이 초기에 작성되었음을 보여주는 증거이다.

다음으로는 서문과 발문이다.《택리지》전체 이본 가운데 이익의 서문이 실린 이본은 잠옹본과 목석본, 소화본 3종이다. 모두 초고본 계통이다. 이익에게 서문을 받을 때 전사한 사본으로 초고본 계통 중에서도 가장 이른 시기의 사본임을 보여준다. 또 타인의 서문과 발문을 싣지 않은 채 이중환의 발문만을 수록하고 편목이 없는 사본 가운데도 초고본 계통이 많다. 반면 정언유의 서문을 비롯하여 이중환과 이봉환, 목성관, 목회경의 발문이 수록된 사본은 대체로 개정본 계통에 속한다.

개정본은 어떤 특징이 있는가

이제 초고본에서 개정본으로 바뀐 내용을 분석하여 개정본의 특징을 살펴본다. 현재 남아 전하는 이본은 초고본보다 개정본 계통이 더 많

다. 저자의 수정을 통해 저술 의도를 더 선명하게 반영한 것이기 때문이다. 사본을 읽는 독자가 초고본인지 개정본인지를 구별하기란 쉽지 않다. 앞에서 살펴본 것처럼 서발이나 편목 등 외형상 차이가 있기는 하지만 명확한 기준은 아니다. 또 개정한 사실을 밝힌 서문이나 발문이 있지도 않다. 그런 이유로 차이가 적지 않음에도 불구하고 20세기 이전에도 《택리지》에 서로 다른 계통이 존재한다는 사실을 인지한 독자는 많지 않았다. 20세기 이후 학계도 마찬가지였다. 세밀한 교감을 거쳐야 차이가 분간되기 때문이다.

여기서 초고본 계통 가운데 하나인 청허본을 검토해본다. 책의 맨 앞에 서론과 결론을 수록한 독특한 사본이다. 편목이 하나도 달리지 않았고, 이중환의 발문 외에는 서발문이 하나도 실리지 않았다. 특이하게도 개정본 내용을 본문 사이나 난외에 작은 글씨로 필사해놓았다. 대체로 초간본과는 다른 내용으로 상당한 분량에 이르거나 중요한 의미가 있는 것이다. 필사자가 《택리지》 이본 사이에 서로 다른 내용이 존재한다는 사실을 포착했기에 가능한 일이다.[24] 그렇다고 필사자가 개정본의 존재를 명확하게 인식한 것으로 보이지는 않는다.

이본을 세밀하게 교감해보면, 초고본과 개정본에는 문구상의 미미한 차이만 있는 것이 아니라 서술 전체에 영향을 미칠 만큼 커다란 차이도 있다. 단순히 표현의 차이에 머물지 않기에 주요 이본을 세밀하게 비교·검토해보아야 한다. 앞에서 세 군데 본문을 검토하여 그런 차이를 확인하였다. 이제 몇 가지 기준을 세우고 더 비교·분석하여 개정 작업이 가져온 변화를 알아본다.

첫째는 논지를 정연하게 보완하는 방향으로 개정했다. 복잡하고 조리가 닿지 않는 설명을 논지가 분명하고 세련된 문장으로 서술하려 하였

다. 그래서 때로는 내용이 단순해지고 분량이 축소되었으나 어떤 경우는 서술량이 더 늘어나기도 하였다. 그 사례로는 〈복거론〉 '산수' 항목을 꼽을 수 있다. 전라도 마이산의 산맥이 어떻게 뻗어가는지를 설명한 대목이다.

초고본: 〈동양본〉

마이산馬耳山이 또 세 줄기로 나뉘어 하나는 거꾸로 가서 진잠鎭岑의 계룡산이 되고, 하나는 서쪽으로 가서 금구金溝의 모악母岳이 되고, 하나는 서남쪽으로 가서 장성의 노령蘆嶺이 되고, 하나는 남쪽으로 가서 담양의 추월산秋月山이 된다. 거기에서 그대로 다시 일어나 나주의 목포 이남의 여러 산이 됐다가 또 동서로 나뉘어 뻗혀 나온다. 서쪽에서는 영암에서 그치고 동쪽에서는 진주 섬진蟾津의 남쪽에서 그친다. 또 해남으로부터 천 리 바다를 건너 제주 한라산이 된다. 그런데 어떤 사람은 "한라산 줄기가 또 바다를 건너 유구국이 됐다"라고 말한다. 이것을 몰라서는 안 된다.[25]

개정본: 〈취원본〉

마이산의 서쪽 줄기와 북쪽 줄기는 진잠과 만경萬頃에서 멈춘다. 그 중에서 가장 긴 산줄기가 노령에서 세 개의 산맥으로 갈라지는데 서쪽 줄기와 북쪽 줄기는 부안과 무안을 거쳐서 서해의 여러 섬으로 흩어진다. 가장 긴 산줄기가 동쪽으로 가서 담양의 추월산이 되고, 추월산에서 서쪽으로 뻗어가 영암의 월출산이 된다. 월출산에서 또 동쪽으로 뻗어가 광양 백운산에서 멈추는데 산맥의 굴곡이 갈 지之 자 모양과 같다. 월출산 한 줄기가 따로 남쪽으로 뻗어가 해남현 관두리綰頭里를

거쳐서 남해의 여러 섬이 되고, 천 리 바다를 건너 제주 한라산이 된다. 그런데 어떤 사람은 "한라산 줄기가 또 바다를 건너 유구가 됐다"라고 말한다. 그 말이 사실인지는 모르겠으나 거리가 대단히 가깝다는 사실은 알겠다.[26]

초고본인 동양본에서는 마이산 산맥이 세 줄기로 나뉘어 가다가 남쪽에서 다시 나뉘어 한라산을 넘어 유구까지 뻗었다고 설명한다.[27] 앞에서는 마이산이 세 줄기로 나뉘었다고 하고서 실제로는 다섯 줄기로 나뉜 것처럼 서술하여 혼동을 일으킨다. 또 한라산 줄기가 유구까지 뻗었다고 서술하고 그 사실을 꼭 알아야 한다고 강조하였다.[28] 반면 개정본인 취원본에서는 혼란스러운 서술을 바로잡았고, 산맥이 뻗은 양상을 더 자세하게 설명하였다. 또 한라산 줄기가 뻗어 유구가 되었다는 설명에 의문을 표시하여 객관적으로 거리를 두었다. 지리정보를 이해하는 시각의 변화가 드러난다. 대체로 논지가 정연해졌고 판단의 객관성을 도모하는 방향으로 개정됐음을 확인할 수 있다.

둘째는 내용상 차이가 없더라도 서술 방법을 달리하는 방향으로 개정했다. 예컨대 〈복거론〉 '생리'에서는 초고본을 큰 폭으로 수정하였다. 그중 선박 운송을 통해 막대한 이익을 누리는 한양과 한강 상류, 강경, 김해 칠성포의 네 지역을 설명하는 대목이 있는데, 초고본과 개정본 사이에 큰 차이를 드러낸다. 초고본에서는 4곳의 포구를 한 자리에 모아서 설명한 다음 "이 네 지역이 최상으로 나머지 포구는 여기에 미치지 못한다(此四處爲上, 餘俱不及於此)"라고 종합 평가를 내렸다.[29] 반면 개정본에서는 4곳의 포구를 한 자리에 모아 설명하지 않고 지역별로 분산하여 설명하였다. 예컨대 은진의 강경 포구의 경우 충청도의 선박 이익을 설명

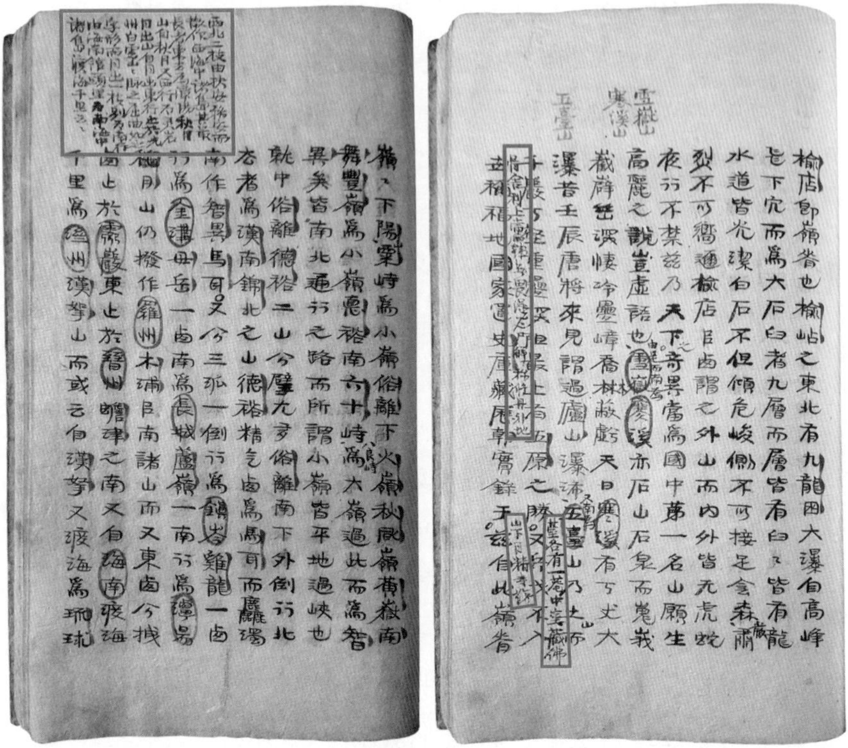

초고본에 반영한 개정본의 흔적

초고본에 속한 청허본《가거처可居處》로 수경실 소장 사본이다. 사진은〈복거론〉'산수' 항목으로, 왼쪽은 전라도 마이산의 산맥이 어떻게 뻗어가는지를 설명한 대목이고, 오른쪽은 '명산명찰名山名刹' 가운데 강원도 오대산을 설명한 대목이다. 본문의 난외에 작은 글씨로 개정본의 내용을 써놓았다.《가거처》는 10여 군데에서 이와 같이 개정본 내용을 써놓아 초고본과 개정본의 차이를 드러냈다.

하는 자리에서, 김해의 칠성포는 경상도의 선박 이익을 설명하는 자리에서 논하였다. 4곳의 포구를 지역의 다른 포구와 차별하여 한 군데서 설명할 필요가 없다고 본 것이다. 그에 따라 초고본과 같은 종합 평가가 사라졌다. 초고본과 개정본의 방향 중 어느 것이 나은지는 섣불리 판단하기가 어렵다.

셋째는 내용을 크게 보완하는 방향으로 개정했다. 특히 〈복거론〉 '산수' 항목의 명산과 명찰을 논한 부분이 큰 폭으로 개정되었다. 강원도 오대산을 명산의 하나로 거론하는 대목을 보자.

초고본: 〈오사카본 《팔역가거지》〉

가장 높은 곳에는 빼어난 경치를 가진 5개의 언덕〔原〕이 있다. 또 전란이 들어오지 않아서 세상에서 복지라고 칭송하였다.[30]

개정본: 〈와세다본〉

가장 높은 곳에는 빼어난 경치를 가진 5개의 대臺가 있다. 대마다 암자가 하나씩 있는데 중대中臺의 상원사上院寺에는 부처의 진신사리를 보관하고 있다. 청주 사람 한무외韓無畏가 득도하여 신선이 됐는데, 연단법을 수련하는 복지로서는 이 산이 제일이라고 칭송하였다. 예로부터 전란이 들어오지 않는다.[31]

오사카본 《팔역가거지》의 본문은 청허본, 목석본, 동양본, 성산본 등의 초고본에 똑같이 실려 있다.[32] 오대산에는 5개의 언덕이 있다는 사실과 전란의 재앙이 일어나지 않아 복지로 칭송된다는 사실을 간명하게 설명하였다. 반면에 개정본에는 초고본에 더하여 두 가지 삽화가 더 들

어갔다. 상원사에 부처님 진신사리가 보관된 사실, 그리고 득도한 도사 한무외의 삶과 그가 오대산에 내린 평가이다. 첨가된 삽화는 오대산의 자연지리와는 큰 관련이 없는 불교와 도교의 사적으로 오대산의 문화지리적 가치를 높이는 서술이다. 개정본에서는 이전에 소략하게 다룬 문화지리적 서술을 더 보완하였다.

이중환은 지역의 특징을 서술할 때 자연지리나 경제지리 이상으로 문화지리의 지리정보가 해당 지역의 특징을 부각하는 데 핵심 요소라고 판단하여 적극적으로 수용하려는 태도를 보였다. 유가 지식인에게 드문 개방적 태도가 드러나 독특하다. 개정본의 일부 사본에서는 불교나 도교와 관련한 내용을 배제하여 필사하는 경향도 나타나지만, 이중환은 오히려 그런 요소가 지역의 가치를 잘 드러낸다고 본 것이다. 개정본에서 문화지리를 보완한 것은 이중환의 《택리지》 서술 태도와 잘 부합한다.

한편 오대산을 서술하기에 앞서 이중환은 금강산을 서술하였다. 초고본인 오사카본 《팔역가거지》에서는 전체 풍경을 개괄하여 "천 개의 층계와 만 개의 굽이에서 기이한 승경이 첩첩이 나오고, 아침에는 구름, 저녁에는 산안개가 펴져 풍경이 끝이 없다"[33]라고 원문 열여섯 자로 간략하게 서술하였다. 이 본문이 청허본, 목석본, 동양본, 성산본, 필자 소장 《팔역가거지》 등의 초고본에 똑같이 실려 있다. 그런데 개정본에서는 원문 224자로 서술하여 분량이 14배 정도로 늘었다.[34] 추가된 내용을 살펴보면, 사찰과 같은 불교 유적과 설화를 포함하여 양사언의 기이한 전설까지 포함하고 있다. 오대산을 서술할 때와 마찬가지로 종교적·문화적 내용을 보완한 것이다. 다른 데가 아닌 금강산의 묘사임을 고려한다면 초고본은 지나치게 간단하다. 개정본에서 추가된 내용은 서술 분

량이 적절하고, 지역 전설과 문화지리 요소에 가치를 둔 이중환의 태도에 비춰서도 바람직하다.

이상에서 살펴본 것을 토대로 개정본의 특징을 다음과 같이 정리해볼 수 있다.

첫째, 초고본 개정은 단순한 표현의 개선을 넘어 내용상의 큰 변화를 가져왔다. 대체로 〈팔도론〉은 글자와 문구상의 변화가 많고, 〈복거론〉은 다량의 내용 추가와 서술 관점의 변화가 많다.

둘째, 개정의 방향은 논지의 보완과 서술 방법의 개편 그리고 내용의 증보로 진행되었다. 그 결과 초고본보다 개정본이 내용이 더 풍부하고 논지가 정연하며 논리적 서술이 강화되었다. 이처럼 개정본은 국토지리를 보는 저자의 관점을 강화하는 방향을 드러낸다. 그렇더라도 초고본은 개정본의 내용이 등장한 동기와 과정을 보여주고, 개정본과는 다른 본문이 있어서 학술적으로 검토할 가치가 있다. 서로 비교하여 읽으면 《택리지》를 입체적으로 이해하는 데 도움을 준다.

셋째, 초고본 계통에 속하는 이본 사이에 적지 않은 편차가 있듯이 개정본 계통의 이본 사이에도 편차가 있다. 전사하는 과정에서 필사자에 따라 반영하는 수준이 달랐기에 벌어진 현상이다. 그러나 《택리지》 이본을 계통적으로 이해할 때 초고본이냐 개정본이냐 하는 차이가 무엇보다 우선하는 요소이다.

위에서 살펴본 것처럼 《택리지》는 많은 사본이 있고, 텍스트는 확정되지 않은 불안정한 상태로 유통되었다. 여기에는 여러 요인이 있다. 근본 요인은 간행되지 않은 채 사본으로 유통된 점이며, 다음으로는 초고본과 개정본이 함께 독서 시장에 나와 뒤섞여 필사되었다는 점이다. 저자 자신에 의해 두 가지 판본이 만들어졌고 두 판본 모두 인기리에 필사된

상황이라, 《택리지》는 조선시대 어떤 책보다도 텍스트 비평이 중요하다. 이 장에서는 이중환이 개정본을 만들었다는 가설을 세워 텍스트의 내재적 전개 양상을 명료하게 분석하려고 시도하였다. 다음 장에서는 《택리지》의 구성과 외형적 변화를 살펴봄으로써 이본의 계통을 알아본다.

6장

《택리지》는 어떻게 변화되어왔는가(2)

《택리지》의 구성으로
살펴보는 이본의 계통

《택리지》에는 200종을 훌쩍 넘기는 이본이 있고, 어느 하나 똑같은 것이 없을 만큼 이본마다 크고 작은 차이를 보인다. 《택리지》를 정확하게 이해하려면 이본 사이의 차이를 세밀하게 분석하고, 이본을 형성한 요인과 계통을 밝히며, 이러한 차이를 꿰뚫는 원리를 찾아야 한다.

앞 장에서는 많은 이본을 형성한 핵심 요인으로 저자 이중환이 초고본 저술 이후 개정본을 만든 것을 들었다. 두 계통의 사본이 뒤섞여 필사되고, 필사자가 원본을 자의적으로 편집하면서 크고 작은 차이가 발생했다. 게다가 필사자가 내용에 개입하여 수정하는 일이 잦아서 또 많은 차이를 발생시켰다. 그래서 정확히 이해하기 위해서는 주요 이본을 꼭 검토할 필요가 있다. 나는 그 문제를 해결하고자 아홉 명의 연구자와 함께 많은 이본의 교감을 거쳐 《완역 정본 택리지》를 출간하여 정본을 제시하였다. 정본이 만들어졌다 해서 이본을 무시해서는 안 된다. 저자의 의도를 정확하게 반영한 《택리지》 정본이 중요한 만큼 그와는 다른 내용을 가진 이본 역시 중요한 의미를 지닌다.

《택리지》 이본의 복잡한 구조를 이해하는 데 있어 외형적 차이를 분석하는 방법이 효과적이다. 첫째는 《택리지》에 어떤 편목이 있고, 그에

따라 어떻게 구성됐는지를 살펴보는 것이다. 둘째는 서문과 발문, 책명 등이 어떻게 다른지 알아보는 것이다. 셋째는 《동국산수록東國山水錄》이라는 독특한 성격의 이본이 성립된 과정을 검토하는 것이다. 이 세 가지 방법을 통해 이본의 전체 구조와 성립 과정을 살펴본다.

《택리지》는 어떻게 구성되었나

《완역 정본 택리지》에서 새롭게 개편하기 이전까지 학계에서 통용된 《택리지》의 편목과 구성은 다음과 같았다. 1) 사민총론 2) 팔도총론(평안도~경기도) 3) 복거총론(지리~산수) 4) 총론(사민총론). 《택리지》는 이 네 부분으로 구성되었다. 여기에 다른 외형적 요소로 이중환이 쓴 발문과 다른 사람이 쓴 서문과 발문이 있다. 이와 같은 편목과 구성으로 파악하는 시각은 종전까지 거의 모든 번역본과 학술서 및 논문에서 통용되었다.

이런 편목과 구성은 최남선이 1912년에 조선광문회에서 간행한 활자본에서 확립되었고, 이후 학계에서 표준으로 인정받았다. 이에 앞서 1910년에는 조선고서간행회에서 활자로 《팔역지》를 간행하였다. 이 활자본은 일본 와세다대학교 소장 총화본을 저본으로 출간하였다. 국내 최초의 간본인 이 판본 또한 광문회본과 큰 차이가 없다. 두 종의 활자본이 20세기 들어 가장 많이 읽혔고, 그중 광문회본이 절대적으로 높은 평가를 받았다. 국내외에서 번역된 《택리지》의 저본이 모두 광문회본이라는 사실이 실정을 말해준다. 그래서 저 편목과 구성은 큰 이견 없이 자연스럽게 학계에 통용되었다.

두 종의 활자본이 간행되면서 필사하여 읽던 사본의 시대는 사라졌다. 동시에 사본의 가치는 묻혀버렸다. 그러나 광문회본을 벗어나 많은 이본을 접하면 사본을 그대로 묻어버릴 수 없다는 판단이 든다. 많은 사본을 읽어보면 과연 광문회본을 표준으로 인정할 수 있을지 의문이 든다.[1] 외형만으로도 큰 차이가 나는 이본이 너무 많다는 사실을 확인하고는 당혹감을 느낄 수밖에 없다. 많은 이본 가운데 광문회본 계열의 편목과 구성은 오히려 소수이고, 그와는 다른 이본이 다수를 차지하기 때문이다. 사정이 그럴진대 광문회본의 편목과 구성을 표준으로 삼을 수 있을까? 당연히 나올 수밖에 없는 질문이다. 나는 종전까지 관행적으로 사용하던 광문회본 계열 이본은 개정본 계통으로서 소수에 불과하고 표준으로 삼기에는 불합리하다고 판단하여 〈서론〉, 〈팔도론〉, 〈복거론〉, 〈결론〉이라는 새 편목으로 《택리지》를 새로 구성해야 한다고 생각하였다.

이본을 두루 교감하면서 드는 핵심 의문은 이렇다. 통용되던 편목과 구성은 저자 이중환이 만든 것인가? 이중환이 단 편목이 아니라면 과연 누가 달았고, 어떻게 정당성을 얻어 사용됐을까? '총론總論'이란 낯설고 불합리한 편목을 전체 편목에 두루 사용한 근거는 무엇일까? 불합리한 편목을 폐기하고 새로 구성한다면 어떤 방안이 있을까? 이런 의문에 대한 답을 찾고자 했다.

광문회본은 민제호閔濟鎬 기증본을 저본으로 출간했으므로 많은 사본 가운데 하나에 불과하다. 최남선은 출간하면서 근대적 민족주의와 국가주의 의식을 토대로 어휘와 용어, 단락을 수정하거나 삭제하는 등 편집에 개입했다. 학계에서는 그 문제점을 인식하고 있으면서도 광문회본을 표준으로 인정하였고, 편목과 구성을 그대로 수용하였다.[2] 다수 연구자

는《택리지》를 읽을 때마다 불편함을 느끼고 의문을 제기하면서도 개편을 시도하거나 의문을 해소하지 않았다.

이번에 나는 정본을 출간하면서《택리지》의 편목을 과감히 개편하고자 했다. 먼저 대표성을 띤 이본 23종을 골라 꼼꼼하게 교감을 진행하였다. 교감한 내용을 근거로 광문회본 계열 이본의 편목과 구성의 문제점을 분석하고 잘못된 편목을 수정하여 새롭게 재정립한다면《택리지》를 쉽고 정확하게 이해하는 데 기여할 수 있을 것이다.

교감과 분석을 거쳐 다음과 같은 결론에 이르렀다. 광문회본 계열의 편목은 저자가 달지 않았고 필사자가 편의에 따라 달았다. 편목이 달린 사본은 이본 가운데 소수에 속하고 대체로 개정본 계통이었다. 편목 설정은 큰 호응을 얻지는 못했고 저술 의도를 훼손했으며 이해를 방해한다는 점에서 불합리하다. 다만 저자가 편목을 달지 않았으나 편목이 필요한 것은 맞다.

결론에 따라 이제《택리지》의 편목과 구성을 귀납적으로 살펴본다. 핵심 구성인 사민총론, 팔도총론(평안도~경기도), 복거총론(지리~산수), 총론(사민총론)이 이본에 어떻게 나타났는지를 〈표 3〉에 다음과 같이 표시했다.[3]

이본을 전수조사하지 않았으므로 비율을 완전하게 확정하지는 못한다. 한계가 있기는 하나 이본 가운데 23종을 선택하였으므로 다른 이본을 더 첨가하더라도 이 비율은 크게 달라지지 않을 것이다. 도표가 보여주는 것처럼 편목이 달린 이본이 8종(고서본, 광문회본, 덕유본, 상백본, 소화본, 연세본, 총화본, 취원본), 달리지 않은 이본이 18종(국립본, 금범본, 등람본, 목석본, 상백본, 성산본, 소화본, 승계본, 언해본, 와세다본, 잠옹본, 존경본, 증보본, 청허본, 청화본, 취원본, 칠리본, 팔역본)으로 편목이 달리지 않은 이본이 편

〈표 3〉《택리지》 이본의 편목

	편목이 달리지 않은 이본	편목이 달린 이본	편목이 특수한 이본
서론	금범, 등람, 목석, 상백, 성산, 소화, 승계, 언해, 와세다, 잠옹, 증보, 팔역	고서, 광문, 덕유, 총화: **사민총론**	언해, 연세, 칠리[4]: **택리지서** / 청화: **복거설卜居說**
팔도론	국립, 금범, 등람, 목석, 성산, 언해, 와세다, 잠옹, 증보, 청허, 청화, 팔역	고서, 광문, 덕유: **팔도총론**	덕유, 승계, 상백: **총론總論** / 소화: **팔도대강八道大綱** / 연세: **아국我國** / 칠리: **총론연혁풍요摠論沿革風謠**
경기도	국립, 금범, 등람, 목석, 상백, 성산, 승계, 언해, 와세다, 잠옹, 존경, 증보, 청허, 청화, 취원, 팔역	고서, 광문, 덕유, 상백, 소화, 연세, 총화	
복거론	국립, 금범, 등람, 목석, 상백, 승계, 언해, 와세다, 잠옹, 존경, 청허, 청화, 취원, 팔역	고서, 광문, 덕유, 총화: **복거총론**	소화: **복거** / 연세: **총론** / 칠리: **총론복거령요總論卜居領要**
지리	국립, 금범, 등람, 목석, 성산, 승계, 언해, 와세다, 잠옹, 존경, 청허, 청화, 팔역	고서, 광문, 덕유, 상백, 소화, 연세, 총화: **지리**	칠리: **선론지리先論地理**
결론	국립, 금범, 등람, 목석, 성산, 승계, 언해, 와세다, 잠옹, 증보, 청허, 청화, 칠리, 팔역	고서, 덕유, 소화, 총화, 취원: **사민총론**	광문: **총론** / 상백: **인품人品** / 연세: **아국총론我國總論**

* 굵은 글씨는 편목명.

목이 달린 이본보다 곱절이 넘는다(단, 상백본, 소화본, 취원본 중복). 양적 수치로 원본에 가까운지를 재단하기는 섣부르나, 통용되는 편목이 소수에 속한다는 사실은 의심할 여지가 없다. 23종의 이본에 나타난 편목을 더 세밀하게 분석하면 다음과 같은 사실을 알 수 있다.

첫째, 23종을 비롯하여 200종의 사본을 검토한 결과, 편목이 달리지 않은 이본이 편목을 단 이본보다 훨씬 많다. 버클리대학교 소장《팔역지》와 일본 오사카부립 나카노시마 도서관 소장 2종의《택리지》, 국립

중앙도서관 소장《팔역가거지》, 필자 소장본 3종 등 편목이 달리지 않은 사본이 두드러지게 많다. 한 마디로 편목이 달린 이본은 다수가 아니라 소수이다.

둘째, 초고본 계통으로 초기본에 해당하는 사본에는 일반적으로 편목이 달리지 않았다. 잠옹본과 연세본, 칠리본, 소화본, 목석본, 청허본, 성산본, 증보본이 초고본 계통에 속하는데, 그중 광문회본 계열의 편목을 채택한 사본은 하나도 없다. 연세본과 칠리본은 편목이 달리기는 했어도 명칭이 다르다. 그 밖에 초고본에 속하는 고려대 신암문고본《동국산수지》와 오사카부립 나카노시마 도서관 소장본《팔역가거지》, 필자 소장《팔역가거지》도 초고본 계통으로 편목이 달려 있지 않다. 이를 통해 이중환은 편목을 달지 않았음을 확인할 수 있다.

셋째, 광문회본 계열의 편목을 채택한 이본은 덕유본과 총화본, 고서본과 광문회본이다. 그중 고서본은 총화본과 매우 유사하고,[5] 덕유본과 광문회본 역시 마찬가지다. 고서본과 광문회본은 결론에 해당하는 '사민총론'을 '총론'으로 바꾸었을 뿐 다른 차이는 없다. 앞뒤의 서로 다른 글에 동일한 제목을 붙인 것을 문제라 여긴 최남선이 수정한 정도이다. 그렇다면 고서본과 광문회본이 채택한 편목을 가진 사본은 덕유본과 와세다본, 2종에 지나지 않는다.

한편 광문회본과는 다른 편목을 사용한 이본이 적지 않다. 편목을 단 여러 이본을 검토하면, 편목을 간명하게 설정한 이본부터 세밀하게 설정한 이본까지 차이가 크다. 따라서 광문회본 계열의 편목을 지배적이고 표준적인 편목으로 인정하기가 어렵다.

넷째, 편목의 명명에서 차이가 크다. 사민총론과 팔도총론, 복거총론, 총론(사민총론)은 4개 이본에만 나타나지만, 〈팔도론〉의 세부 항목인 '경

기도'와 〈복거론〉의 세부 항목인 '지리'는 8개 이본에서 나타난다. 그 이유는 어디에 있을까? 세부 항목인 팔도('평안도'에서 '경기도')나 '지리', '생리', '인심', '산수' 편목은 '팔도서론'과 '복거서론'의 서술 내용에 이미 제시되어 있으므로 누구든 편목을 예상할 수 있다. 따라서 편목을 달지 않는다면 그만이지만 단다고 하면 이견이 발생하기가 어렵다. 반면 사민총론과 팔도총론, 복거총론, 총론은 그와 같이 합의하기가 어려워 자의적으로 명명하기 쉽다.

이상에서 분석한 것을 토대로 결론을 내리면, 《택리지》의 사본 대부분에는 본디 편목이 달리지 않았다. 광문회본 계열의 편목은 소수의 사본에서 쓴 편목이므로 대표성이 없다. 교감에는 반영하지 않았으나 버클리대학교 아사미문고 소장 《팔역지》를 사례의 하나로 꼽을 수 있다. 버클리대학교 소장 《팔역지》의 총목차는 〈서론〉과 〈결론〉을 편목으로 제시하지 않았고, 〈팔도론〉 8개 항목, 〈복거론〉 4개 항목의 12개 편목만 제시하였다. 다시 말해 4개 상위 항목의 편목이 없고 세부 항목 편목만을 제시한 것이다. 앞에서 말한 것처럼 세부 항목만이 다수가 합의할 수 있는 편목이었다.

이처럼 광문회본 계열의 편목은 근거가 약하다는 것을 확인하였다. 한편 근거가 약하더라도 제안한 편목이 유용하다면 사용해도 무방할 것이다. 하지만 실제로는 《택리지》의 올바른 이해를 방해하고 불편을 초래하는 불합리한 편목이다. 〈표 4〉는 《택리지》 이본의 편목과 구성을 비교하기 쉽게 만든 표로, A는 《완역 정본 택리지》이고 B는 광문본 계열, C는 기타 이본이다.

먼저 〈사민총론四民總論〉이란 편목부터 검토한다. 연세본은 〈서序〉로, 칠리본은 〈《택리지》 서擇里志敍〉로, 언해본도 〈《택리지》 서〉로 명명했고,

〈표 4〉《택리지》의 편목과 구성

<table>
<tr><th></th><th colspan="2">A. 완역 정본 택리지</th><th colspan="2">B. 광문본 계열</th><th colspan="2">C. 기타 이본</th></tr>
<tr><td colspan="3">서론序論</td><td colspan="2">사민총론四民總論</td><td colspan="2">택리지 서擇里志敍</td></tr>
<tr><td rowspan="9">팔도론
八道論</td><td colspan="2">팔도론 서설八道論序說</td><td rowspan="9">팔도총론
八道總論</td><td>팔도총론</td><td colspan="2">팔도대강八道大綱, 총론總論, 아국我國, 총론연혁풍요摠論沿革風謠, 동국연혁東國沿革</td></tr>
<tr><td colspan="2">평안도平安道</td><td>평안도</td><td colspan="2">평안도 관서關西</td></tr>
<tr><td colspan="2">함경도咸鏡道</td><td>함경도</td><td colspan="2">함경도 관북關北</td></tr>
<tr><td colspan="2">황해도黃海道</td><td>황해도</td><td colspan="2">황해도 해서海西</td></tr>
<tr><td colspan="2">강원도江原道</td><td>강원도</td><td colspan="2">강원도 관동關東</td></tr>
<tr><td colspan="2">경상도慶尙道</td><td>경상도</td><td colspan="2">경상도 영남嶺南</td></tr>
<tr><td colspan="2">전라도全羅道</td><td>전라도</td><td colspan="2">전라도 호남湖南</td></tr>
<tr><td colspan="2">충청도忠淸道</td><td>충청도</td><td colspan="2">충청도 호서湖西</td></tr>
<tr><td colspan="2">경기도京畿道</td><td>경기도</td><td colspan="2">경기도 경기京畿</td></tr>
<tr><td rowspan="9">복거론
卜居論</td><td colspan="2">복거론 서설卜居論序說</td><td rowspan="9">복거총론
卜居總論</td><td>복거총론</td><td colspan="2">복거卜居, 총론總論, 총론복거영요總論卜居領要, 산수총론山水總論</td></tr>
<tr><td colspan="2">지리地理</td><td>지리</td><td colspan="2">지리, 생거지리生居地理</td></tr>
<tr><td rowspan="2">생리
生利</td><td rowspan="2">무역과 운송〔貿遷〕</td><td rowspan="2">생리</td><td rowspan="2">생리</td><td>생리生利, 토옥土沃, 지산地産</td></tr>
<tr><td>무천貿遷, 무천교역貿遷交易, 교역交易, 통화通貨</td></tr>
<tr><td colspan="2">인심人心</td><td>인심</td><td colspan="2">인심</td></tr>
<tr><td rowspan="4">산수
山水</td><td>산천의 큰 줄기〔山水通論〕</td><td rowspan="4">산수</td><td rowspan="4">산수</td><td></td></tr>
<tr><td>명산과 명찰〔名山名刹〕</td><td>명산명찰名山名刹, 산세명산명찰山勢名山名刹, 십이산十二山, 사찰寺刹, 통론국중명산通論國中名山</td></tr>
<tr><td>도읍과 은둔〔都邑隱遁〕</td><td>도읍은둔都邑隱遁, 국도國都, 도회都會, 제산諸山, 국도형승國都形勝</td></tr>
<tr><td>바다 위의 산〔海山〕</td><td>해산海山, 제주제도濟州諸島, 해중산海中山, 해중산수海中山水</td></tr>
</table>

		영동의 산수〔嶺東山水〕				영동산수嶺東山水(관북산수關北山水), 명승名勝, 승구勝區, 영동嶺東, 관동승경關東勝景
		네 고을의 산수〔四郡山水〕				사군산수四郡山水, 사군四郡, 지세地勢
		강가의 주거지〔江居〕				강거江居, 택가거처擇可居處
		시냇가의 주거지〔溪居〕				계거溪居
결론結論			총론總論 (사민총론四民總論)		아국총론我國總論, 인품人品	
저자著者 후발後跋			저자 후발		저자 후발	

취원본은 '본명사대부가거처서本名士大夫可居處序'라 하여 이 글이 서문이라고 밝혔다. 이렇게 4개 이본에서 이 글을 《택리지》 전체의 서문으로 보았다. 이 글은 성격상 〈사민총론〉보다 〈서〉가 좀 더 어울린다. 그런데 조선시대 저술에 달리는 일반적인 서문과는 상당히 다르다. 책의 저술 동기와 편찬 과정을 설명한 서문이 아니라 저술 전체를 보는 시각과 기준을 제시한 의론문議論文 성격의 글이다. 따라서 '서序'보다는 '서론序論'으로 편목을 정하는 것이 합당하다.

끝에 수록한 〈총론總論(사민총론四民總論)〉은 더 이상하다. 앞에 이미 '사민총론'이란 말을 사용했음에도 같은 제목을 붙인 것은 불합리하다. 더욱이 이중환의 발문이 따로 있으므로 발문도 될 수 없다. 글의 내용도 발문과는 성격이 다르다. 글의 성격을 고려하면 '결론結論'으로 편목을 정하는 것이 합당하다.

본론에 해당하는 〈팔도총론八道總論〉과 〈복거총론卜居總論〉은 겉으로는

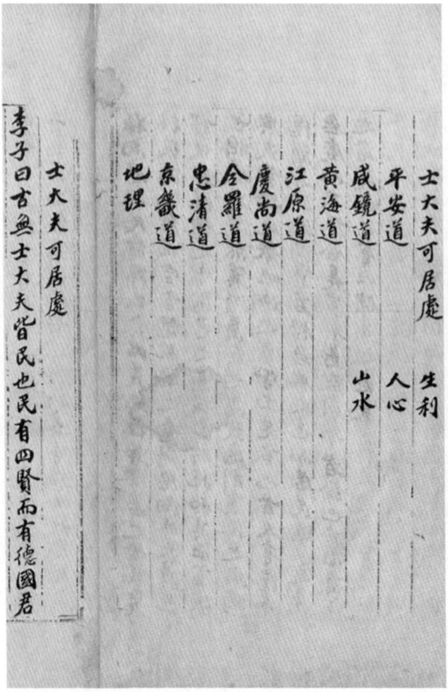

士大夫可居處 生利
平安道 人心
咸鏡道 山水
黃海道
江原道
慶尚道
全羅道
忠淸道
京畿道
地理

士大夫可居處
李子曰古無士大夫皆民也民有四賢而有德國君

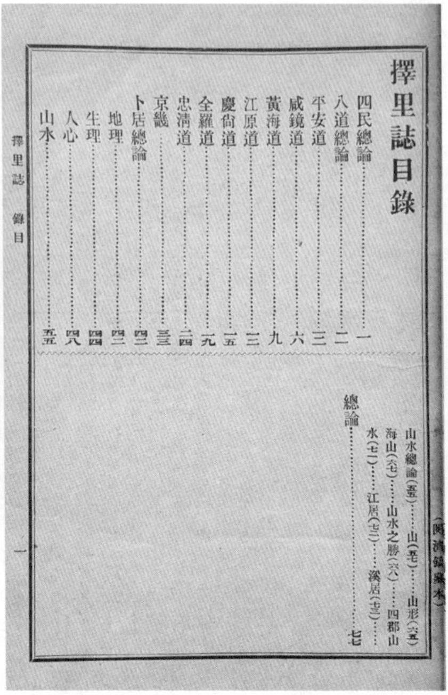

擇里誌目錄

四民總論……一
八道總論……二
平安道……三
咸鏡道……六
黃海道……九
江原道……一三
慶尙道……一五
全羅道……一九
忠淸道……二四
京畿……三三
卜居總論……四三
地理……四三
生理……四四
人心……四八
山水……五五
山水總論(五五)……山(五七)……山形(六五)
海山(六七)……山水之勝(六八)……四郡山
水(七一)……江居(七二)……溪居(七三)……
總論……七七

擇里誌 錄目 一

《팔역지八域誌》의 총목차, 사본, 미국 버클리대학교 도서관 소장(왼쪽)과 《택리지》의 목록, 간본, 최남선 교校, 조선광문회, 1912, 신문관新文館(오른쪽)

《팔역지》의 총목차에는 초고본의 서명인 '사대부가거처'가 적혀 있다. 목차에는 상위 항목이 설정되어 있지 않고 세부 항목만 12개가 설정되어 있다. 한편 광문회본은 표준본으로 널리 활용된 간본이다. 이 간본의 편목이 학계에 통용되었으나 보이는 것과 같이 체계가 잡혀 있지 않다.

무난해 보이나 사실은 더 이상하다. 두 분류 모두 명명법이나 구조가 똑 같으므로 복거총론을 대표로 분석한다. 광문회본을 비롯하여 같은 계열의 덕유본, 총화본의 실물을 확인하면 '복거총론'은 내가 명명한 '복거론 서설卜居論序說'에 해당한다. 〈복거론〉에는 '복거론 서설', '지리', '생리', '인심', '산수' 5개 항목이 나란히 열거되어 있다. 전체를 아우르는 상위 편목이 설정되지 않아서 항목을 설정하는 데 있어 위계를 갖추지 않았다. 그런데 광문회본 《택리지》의 목차를 보면 마치 '복거총론'이 상위 항목이고 지리 이하 4개의 편목이 세부 항목인 것처럼 바꿔놓았다. 그러나 본문을 보면 실제로는 그렇지 않다. 반면에 팔도총론은 '팔도서론'에 해당하도록 목록을 설정하였다.

이와 같이 모순되고 혼란스러운 편목은 무엇을 의미할까? 최남선조차도 편목을 혼동하고 있음을 의미한다. 그에 따라 현대 연구자 역시 '복거총론'이 '복거론 서설', '지리', '생리', '인심', '산수'의 5개 세부 항목을 포괄하는 상위 항목인지 아니면 동등한 항목인지 헛갈려한다.

왜 이런 혼란이 발생했을까? 광문회본 계열 이본에서 '총론'이란 말을 편목 이름으로 쓴 데 근본적인 잘못이 있다. 전체를 아울러 설명하거나 일반적인 내용을 간추려 논한다는 의미의 '총론'이란 말로 상위 항목의 편목을 삼은 것 자체가 어울리지 않는다.

그러면 왜 '총론'이란 말로 편목 이름을 정했을까? 광문회본 계열에서 편목을 설정한 근거를 밝히지 않아 명확히 알 수는 없다. 하지만 나는 유중림이 1766년 이전에 《증보산림경제》를 편찬하고 부록 격으로 수록한 《동국산수록》에서 광문회본 필사자가 영향을 받아 '총론'이란 말을 썼다고 본다. 《동국산수록》은 복거론 중심으로 《택리지》를 재편집하여 1. 〈복거론〉 2. 〈팔도론〉 3. 〈총론總論〉 〈총론계거總論溪居〉 4. 〈남

사고십승보신복지南師古十勝保身福地〉 5. 〈동국승구록東國勝區錄〉으로 구성하였다. 〈복거론〉 '산수'의 계거溪居 부분을 초록할 때도 '총론'이란 제목 아래 서술하였다.[6] 《동국산수록》이 18세기 후반 이후 19세기에 널리 읽히면서 '총론'이란 어휘가 편목 설정에 널리 영향을 끼쳤을 것이다. 《동국산수록》 계통의 이본인 고려대 신암문고본 《동국산수지》에서 〈복거론〉 '산수'의 후반부를 차지하는 '강거江居', '계거溪居', '야거野居'를 '총론강거總論江居', '총론계거總論溪居', '총론야거總論野居'로 쓴 것도 일련의 영향 관계를 보여준다. 유중림이 '총론'을 사용한 뒤로 이 말이 남용된 것이다.

편목에서 혼란이 발생한 근본 원인은 이중환이 편목을 제시하지 않은 데 있다. 편목이 있다면 전체와 부분을 또렷하고 질서 있게 이해하는 장점이 있다. 적합하든 적합하지 않든 편목을 달려고 노력하는 이유가 여기에 있다. 이본을 조사하면 초기본에서 후기본으로 갈수록 편목을 달고자 하는 경향이 강해진다. 편목 설정이 《택리지》를 체계적으로 이해하는 데 도움을 주기 때문이다.

결론을 말하면, 편목에서 발생한 혼란은 저자의 원본을 그대로 사용하지 않고 필사자가 자의적으로 재편집한 데서 발생하였다. 광문회본 계열 이본의 편목 설정은 재편집의 주요 사례이다. 다만 전체 구성을 쉽게 파악하고 질서 있게 이해하는 방향으로 편목을 설정했어야 했으나, 그렇지 않아 훗날의 독자와 연구자를 혼란에 빠뜨렸다. 따라서 《완역 정본 택리지》는 편목을 〈서론〉, 〈팔도론〉, 〈복거론〉, 〈결론〉으로 바꾸어 저작의 성격과 저술 의도에 부합하도록 개편하였다.

이본의 계통을 구분하는 다른 기준은 무엇인가

앞에서는《택리지》의 편목을 자의적으로 설정한 대표적 사례로 광문회본 계열 이본을 들어 편목이 설정된 과정과 불합리한 점을 밝힌 다음, 새로운 편목을 제시하였다. 이를 통해 편목이 이본의 계통과 밀접하게 연관됨이 드러났다. 이외에도 서문과 발문의 수록 양상, 서명과 권수제卷首題의 개편, 서론과 결론의 위치, 특정 항목의 제외 현상이 이본에 따라 상당히 다르게 나타나는 것을 확인할 수 있다.

이 몇 가지 현상은 이본의 향배를 결정하는 주요 변수이다. 이를 확인해보면《택리지》를 완전히 재편집한《동국산수록》계통이 독자가 자의적으로 수정한 가장 두드러진 사례이다.《동국산수록》은《택리지》이본을 이해할 때 관건이 되고 사안이 복잡하므로 다음 절에서 따로 설명한다.

첫째로 살펴볼 것은 서문과 발문의 수록 여부이다. 이는 이본의 계통 및 독자의 수용과 밀접한 관련이 있다. 서문은 이익과 정언유의 두 종이 있고, 발문은 이중환 자신과 목성관, 목회경, 이봉환 그리고 홍중인의 것이 있다. 〈표 2〉의 23종의 이본 목록에서 그 수록 여부를 밝혀놓았다. 서문과 발문의 수록에서 보이는 의미 있는 질서는 대략 다음과 같다.

23종의 사본을 포함하여 많은 사본을 검토하면, 어떤 서문도 없이 이중환의 발문만 수록한 것이 가장 많다. 따라서 일반 사본은 편목이 달리지 않고 서문도 실리지 않은 채 이중환의 발문만 수록된 것이다. 이익의 서문을 수록한 이본은 잠옹본과 목석본, 소화본 3종이 있는데,[7] 모두가 초고본 계통이다. 반면 정언유의 서문을 수록한 사본에는 덕유본, 국립본, 광문회본, 청화본, 팔역본, 언해본 등 6종이 있는데, 모두 개정본 계

통이다. 이익의 서문과 정언유의 서문은 초고본과 개정본을 가르는 주요 기준의 하나이다.

다음으로 발문의 수록을 보자. 목성관, 목회경, 이봉환의 발문은 하나의 세트로 구성되고, 대체로 정언유의 서문과 함께 실린 이본이 그렇지 않은 이본보다 많다. 따라서 개정본 계통을 분간하는 기준의 하나가 발문의 수록이다. 홍중인의 발문이 실린 이본은 칠리본과 팔역본을 비롯해 5종으로, 칠리본은 초고본 계통이나 팔역본은 개정본 계통이다. 홍중인의 발문이 실린 것 자체가 특별한 의미가 있지만 드문 사례이기 때문에 무어라 판단하기 힘들다.

둘째로 살펴볼 것은 서명의 차이와 권수제 구성의 문제이다.《택리지》서명은 매우 많고 다양하여 50개가 넘는다. 이칭은 독자가 다양하게 책을 수용한 현상을 보여주는 뚜렷한 증거이다. 그러나 서명의 차이가 이본의 계통과 꼭 밀접한 관련이 있는 것은 아니다. 다만 이중환이 지었던 최초의 서명과 이후에 등장한 많은 이칭이《택리지》의 구조에 인상적인 흔적을 남긴 사실은 주목할 만하다.

《택리지》의 서명은 본래 '사대부가거처'였다. 이 첫 서명을 독자가 자의적으로 바꾸면서 책의 구조에 특이한 변화를 일으켰다.《택리지》는 일반적으로 〈서론〉이 시작되기에 앞서 권수제가 밝혀져 있거나 이익 또는 정언유의 서문이 배치된다. 특이하게 그 자리에 '사대부가거처'란 본디 서명이 실려 있는 사본이 적지 않다. 잠옹본, 소화본, 팔역본, 와세다본, 청허본, 필자 소장《복거기卜居記》, 버클리대학교 소장《팔역지》등 적지 않은 사본에서 이를 확인할 수 있다. 버클리대학교 소장《팔역지》의 첫 장을 보면 뜬금없이 '사대부가거처'가 〈서론〉 앞에 들어가 있고 총목차에도 들어가 있다. 형태나 위치로 보면 편목으로 오해할 수 있으

나 이는 편목으로 오해할 성질의 말이 아니다.

더욱 분명한 사례는 와세다본 《택리지》 하권이다. 이 책은 개정본 계통으로 편목이 달리지 않은 사본이다. 상권은 물론 〈복거론〉을 시작하는 하권에서도 '택리지하擇里志下'라는 권수제 다음 줄에 '사대부가거처'란 말이 실려 있다.[8] 권수제가 따로 있으므로 이는 권수제도 아니고, 이 사본 전체에는 편목이 일절 설정되지 않았으므로 편목도 아니다. 그렇다면 '사대부가거처'란 어휘는 무엇이고 왜 적혀 있을까? 이는 책의 구조상 매우 특이하고 어색하여 실제로는 삭제되어야 할 것인데 남아 있다. 적지 않은 이본의 책 서두에 무의미하게 자리 잡고 있는 '사대부가거처'는 이 말이 본디 서명임을 알리고 있다.

셋째로 살펴볼 것은 〈서론〉과 〈결론〉 그리고 〈복거론〉 '인심'의 위치와 삭제 여부이다. 〈서론〉과 〈결론〉은 대부분 이본에서 앞쪽과 뒤쪽에 위치하고 그렇게 두는 것이 자연스럽다. 그러나 칠리본, 청허본, 와세다본에는 앞쪽에 함께 수록되어 있다. 그 밖에 규장각 소장 《택리지》(古915.1-Y58t)[9]와 고려대 신암문고본 《동국산수지》 등 《동국산수록》 계통의 이본 여러 곳에도 나란히 실려 있다. 이 방식은 저자의 의도와는 무관하게 독자가 자의적으로 체제를 개편한 것이다.

저술 이후 10년이 지나기 전에 《택리지》를 읽고 글을 남긴 홍귀범은 〈《택리지》를 보고서 아이들에게 써서 보여주다〉에서 "책의 끝부분에 남을 모략하여 해치고 서로 죽이는 이야기를 덧붙여 말하고는 '편론이 사대부에게서 처음 생겼으나 말단의 폐단으로 인해 절대 상대를 용납하지 못하는 지경에 이르렀다'라고 결론을 맺었다"(이중환, 373)라고 지적하였다. 이중환이 말했다는 내용은 〈결론〉에 나온다. 홍귀범이 본 초기의 《택리지》에는 〈결론〉이 앞이 아니라 뒤에 있었음을 입증하므로 〈서론〉

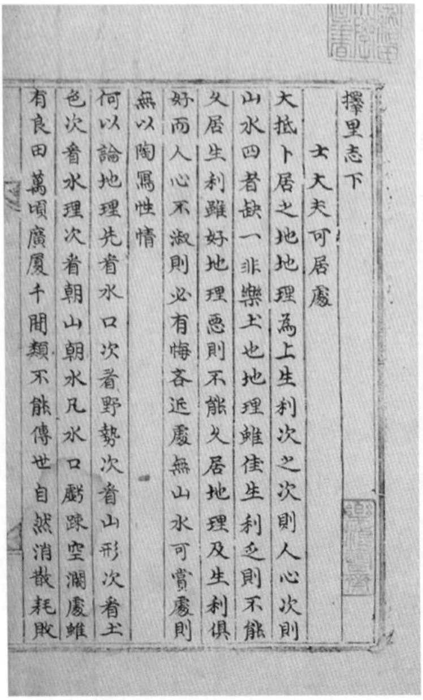

擇里志下

士大夫可居處

大抵卜居之地地理爲上生利次之次則人心次則
山水四者缺一非樂土也地理雖佳生利乏則不能
久居生利雖好地理惡則不能久居地理及生利俱
好而人心不淑則必有悔吝近處無山水可賞處則
無以陶寫性情
何以論地理先看水口次看野勢次看山形次看土
色次看水理次看朝山朝水凡水口關踈空濶處雖
有良田萬頃廣廈千間類不能傳世自然消散耗敗

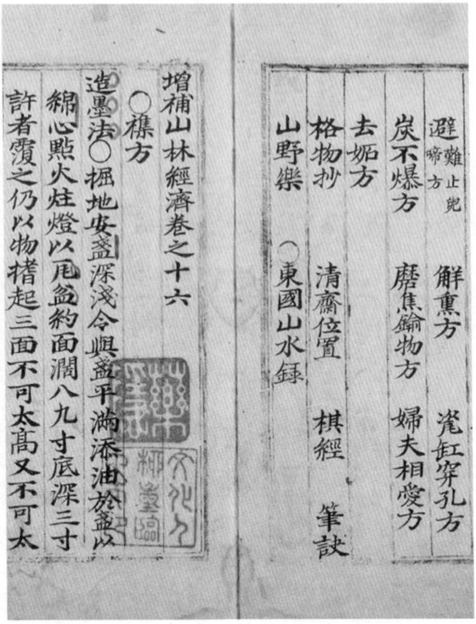

避難止兒啼方　解熏方　瓷缸穿孔方
炭不爆方　磨焦鍮物方　婦夫相愛方
去垢方
格物抄　清齋位置　棋經　筆訣
山野樂　○東國山水錄

增補山林經濟卷之十六
○襍方
造墨法○掘地安盆深淺令與盆平滿添油於盆以
綿心點火炷燈以瓦盆約面濶八九寸底深三寸
許者覆之仍以物措起三面不可太高又不可太

《택리지》 권하, 일본 와세다대학교 도서관 소장(왼쪽)과 《증보산림경제》 권16, 유중림 편저, 편자 수택본, 규장각한국학연구원 소장 사본(오른쪽)

와세다본의 〈복거론〉 '복거서론' 앞에 '사대부가거처士大夫可居處'란 말이 들어가 있다. 이는 편목이 아니고 원래 서명을 그대로 필사한 흔적이다. 《증보산림경제》 권16의 목록에는 《동국산수록》에 '○' 표시를 붙여 특별한 부록임을 표시하였다. 왼편의 첫 장 하단에 '약은藥隱', '문화인 유중림 대이 인文化人柳重臨大而印'이라는 장서인이 있다. 유중림의 수택본임을 표시한 것이다.

과 〈결론〉이 나란히 실린 것은 후대 필사자의 자의적인 개편이다.

〈복거론〉 '인심'이 위치가 변동되거나 아예 삭제된 것 역시 비슷한 차원의 문제이다. 대부분 이본에는 '인심'을 〈복거론〉의 '지리', '생리', '인심', '산수'의 순서에 따라 배치하였고 이 또한 자연스럽다. 그런데 두 가지 이유로 '인심'이 저술의 맨 뒤로 밀리거나 아예 삭제되었다. 첫째 이유는 '인심'이 지역의 풍속과 인심을 다루지 않고 당론黨論을 다루고 있어서 지리를 다룬 저작의 성격에는 맞지 않는다는 데 있다. 둘째 이유는 '인심'에서 다룬 당론을 다른 당파 사람뿐만 아니라 같은 당파 사람도 수긍하지 않은 데 있다. 이중환이 '인심'을 당론 중심으로 논한 이유는 명확했지만, 그 취지를 인정하지 않은 이들이 꽤 많았다. 첫째 이유를 들어《동국산수록》 계통의 이본에서는 〈복거론〉의 4개 기준에서 '인심'을 아예 삭제해버리는 거친 편집을 단행했다. '인심'의 가치를 인정하기는 했으나 이중환의 당론이 공정하지 않고 한쪽으로 치우쳤다고 판단한《박종지》, 도쿄대 소장《형가요람》, 필자 소장《팔역지》,《팔역지초》 등의 이본에서는 '인심'을 저술의 맨 뒤로 빼놓았다. 이렇게 〈복거론〉 '인심'이 여러 계통에서 배제되거나 위치가 옮겨졌다. 의미가 가장 큰 배제는《동국산수록》 계통에서 실행되었는데 다음 절에서 더 자세히 다루겠다.

한편《아주잡록》에 전재된《사대부가거처》는 〈복거론〉 '생리'를 일부러 삭제하였다. 사대부가 주거지를 선택할 때 이익을 말해서는 안 된다는 전통적 관점을 충실하게 지키려는 의식에서 나온 편집이다. 독특하고도 흥미로운 사례이다. 홍중인은《사대부가거처》를 초록하고 쓴 발문에서 다음과 같이 설명하였다.

그런 즐거움을 누릴 만한 덕망을 갖추지 못한 점이 늘 마음에 걸렸는데, 심지어 따로 생업을 일구어 자손을 위한 계책을 마련해야 하랴? 향촌에 사는 사람치고 이익을 불리고 이윤을 남기려 하지 않는 이가 없다. 나만은 끼니 외에는 남아도는 곡식이 없을 뿐만 아니라, 설령 남아도는 곡식이 있더라도 이익을 불리고 이윤을 남기고 싶지 않다. 대저 사람들이 길을 잘못 들어가는 원인으로는 이익을 탐하는 것이 가장 중대하다. 향촌 사람들이 누군가를 천하게 여기고 이웃끼리 원망하는 원인 또한 오로지 여기에 있다. 그리하여 항상 "어진 사람에게 재물이 많으면 그의 지혜가 축나고, 어리석은 자에게 재물이 많으면 잘못이 늘어난다"라는 소광疏廣의 말을 인용하면서 마음 깊이 경계로 삼았다. 이야말로 내가 향촌에서 살아가는 엉성한 방법이다. 완전하고 결함이 없이 풍수가 좋은 땅을 가려내고, 기름진 논밭을 장만하여 살아가는 사람들과 비교해보면 서툴기 짝이 없다고 할 만하다.〔이중환, 368〕[10]

《택리지》가 세상에 나오자마자 구해 필사하고 저자가 누구인지도 모른 채 쓴 발문이다. 쓴 시기는 1751년이나 1752년이다. 홍중인은 이익을 추구하는 행위를 부정하여 〈복거론〉에서 아예 '생리'를 초록하지 않았다. 홍중인은 저자와 먼 사이가 아님에도 불구하고 경제 위주로 사유하는 이중환의 세계를 이해하지 못했다.

새로운 편집본 《동국산수록》과 그 파장

1751년 세상에 나타난 이후 《택리지》는 많은 독자에게 다양한 방식으

로 읽혔다.[11] 독자는《택리지》를 나름의 시각으로 읽어서 평을 남기거나 편집에 변화를 주었다. 서문과 발문을 쓴 지인부터 관점을 달리했다. 앞에서 살펴본 홍중인은《택리지》를 자기 시각으로 난도질하듯이 편집하여《아주잡록》에 실었다. 그의 발문이 5종의 사본에 나타나므로 독특한 그의 시각에 동조한 지식인이 없지 않았음을 알 수 있다.《택리지》를 독자의 관점에 따라 읽고, 주견대로 재편집하여 새 편집본을 만드는 시도가 저술과 동시에 나타난 것이다. 그중 이색적이면서도 뚜렷한 사본의 무리가 바로《동국산수록》 계통이다.

《동국산수록》은 유중림이 편찬한《증보산림경제》의 마지막 권인 권16의 중반 이후에 실려 있다.[12]《증보산림경제》는 1766년에 편찬이 완료됐고, 이후 많은 독자에게 인정을 받아 수십 종의 사본이 출현하였다.《택리지》만큼은 아니라 해도 큰 인기를 끌어 많은 필사본이 나왔다. 그만큼 흔하게 접할 수 있는 생활백과였다. 유중림은 여기에《택리지》를 초록하여《동국산수록》이란 제목으로 수록하였다. 그는《증보산림경제》의 편찬을 거의 완료한 단계에서《택리지》를 초록하여 넣었다. 그렇게 보는 근거는《증보산림경제》의 첫째 항목이 '복거卜居'인데《택리지》에서 선택하여 넣을 만한 주거론이 적지 않음에도 불구하고 어떤 인용도 하지 않았기 때문이다.《동국산수록》은 다른 항목과는 달리 하단에 저자가 이중환임을 밝히고 부록처럼 수록하였다. 저술 작업의 마지막 단계에서 편입하기로 결정한 것이다.

현재 전하는 수십 종의《증보산림경제》에는 거의 빠짐없이《동국산수록》이 실려 있다. 지금까지《증보산림경제》에 실려 있는《동국산수록》의 존재나 가치에 주목한 연구자는 거의 없었다.[13] 그러나《동국산수록》은《택리지》의 전승과 독해에 대단히 큰 영향을 끼쳤고, 중요한 이본군

을 형성한 출발점이 되었다. 유중림은《증보산림경제》에《동국산수록》을 초록하면서 독자적 관점에 따라 새로 편집함으로써, 한편으로는《택리지》를 왜곡하고 다른 한편으로는《택리지》를 새롭게 인식하도록 하였다. 그런 점에서《동국산수록》의 위상과 가치가 매우 높다고 평가하지 않을 수 없다.

먼저《동국산수록》을 재편집한 시기를 검토한다. 유중림은 아무리 늦어도 1766년 이전에《동국산수록》을 완성하였다. 규장각 소장《증보산림경제》권16의 목록을 보면,《동국산수록》에 '○' 표시를 붙여 특별한 글임을 표시하였고, 왼편 첫 장에는 '약은藥隱', '문화인 유중림 대이 인文化人柳重臨大而印'이라는 장서인藏書印을 찍었다. 이 사본이 호가 약은藥隱이고 본관이 문화文化이며 자가 대이大而인 유중림의 수택본手澤本임을 입증한다. 유중림은 그림에서 확인할 수 있듯이《동국산수록》첫 장 하단에 '이중환李重煥'이라고 저자를 밝혀서 이중환 저술의 초록임을 분명히 하였다.《동국산수록》이 후인에 의해 첨가된 항목이 아니라 유중림이 직접 편집하여 넣은 초록본으로 1766년 이전에 완성되었음을 확인해준다. 이《동국산수록》은 이중환 사후 10년이 채 지나지 않은 시기에 재편집된 초기본에 속하므로 역사적 가치가 크다.

《증보산림경제》사본이 수십 종이므로《동국산수록》역시 수십 종의 이본이 있다. 다만《증보산림경제》에 수록된《동국산수록》은 오자와 같은 미세한 차이가 있기는 해도 거의 똑같은 계통이므로 하나의 이본으로 간주하여 논하는 것이 실정에 부합한다.

《증보산림경제》가 세상에 나온 이후 독자들로부터 큰 인기를 끌면서 여기에 수록된《동국산수록》은《택리지》를 보는 시각을 변화시켰고, 독자적인 이본군을 형성했다. 그리하여《동국산수록》과 같은 계통에 속하

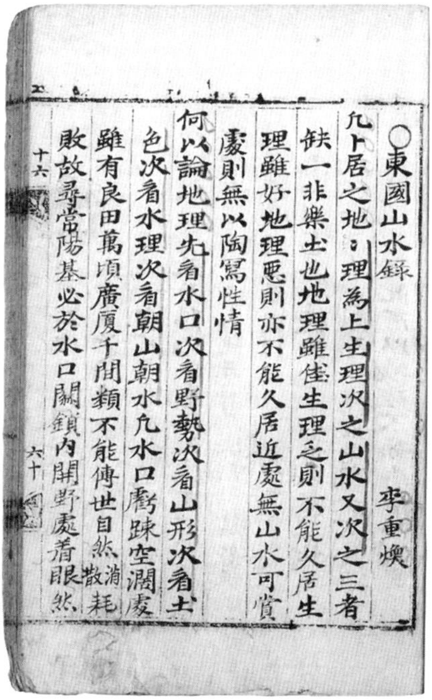

○東國山水錄 李重煥
凡卜居之地〻理爲上生理次之山水又次之三者
缺一非樂土也地理雖佳生理乏則不能久居生
理雖好地理惡則亦不能久居近處無山水可賞
處則無以陶寫性情
何以論地理先看水口次看野勢次看山形次看土
色次看水理次看朝山朝水凡水口虧踈空濶處
雖有良田萬頃廣廈千間類不能傳世自然消散耗
敗故尋常陽基必於水口關鎖內開野處着眼然

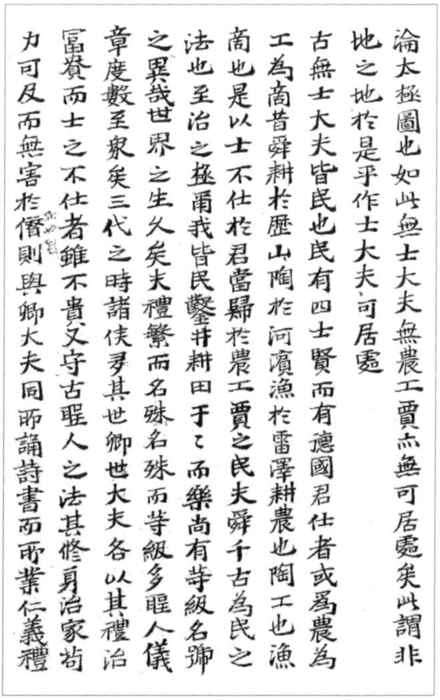

論太極圖也如此無士大夫無農工賈亦無可居處矣此謂非
地之地於是乎作士大夫可居處
古無士大夫皆民也民有四士賢而有德國君仕者或爲農爲
工爲商昔舜耕於歷山陶於河濱漁於雷澤耕農也陶工也漁
商也是以士不仕於君當歸於農工賈之民夫舜千古爲民之
法也至治之極爾我皆民鑿井耕田于〻而樂尚有等級名號
之異哉世界之生久矣夫禮繁而名殊名殊而等級多賤人儀
章度數至衆矣三代之時諸侯尊其世卿世大夫各以其禮治
富貴而士之不仕者雖不貴又守古聖人之法其修身治家皆
力可及而無害於僭則與卿大夫同所誦詩書所業仁義禮

《증보산림경제》 권16의 《동국산수록》, 유중림 편저, 편자 수택본, 규장각한국학연구원 소장(왼쪽)과 《박종지博綜誌》, 97장 중 40장, 규장각한국학연구원 소장(오른쪽)

《동국산수록》은 1766년 이전 필사본으로 〈복거론〉부터 시작하고 '인심' 기준을 제외했다. 유중림의 새 편집은 《택리지》를 보는 시각에 큰 전환을 초래해 이후 큰 영향을 끼쳤다. 《박종지》는 《동국산수록》의 영향을 크게 받아 편집된 사본이다. 〈결론〉의 끝에 이어 〈서론〉이 시작되는 이상한 구성을 보이는 것은 《동국산수록》의 구성을 적용한 탓이다.

는 이본 역시 다양하게 나타났다. 먼저 꼽을 수 있는 이본은 고려대 신암문고본 《동국산수지》, 규장각 소장 《동국산수록》(想白 古 915.1-D717)이다. 다음으로는 규장각 소장 《박종지》(奎3742), 장서각 소장 《박종지》(귀K2-4180), 수경실 소장 《등람登覽》이다. 여기서 장서각 소장 《박종지》는 규장각 소장본과 완전히 동일한 사본이므로 실제로는 하나의 이본이다. 한편 규장각 소장 《동국산수록》은 《증보산림경제》에 수록된 《동국산수록》을 똑같이 필사하였으므로 이본으로서 독자성이 없다. 따라서 서로 다른 《동국산수록》 계통의 중요 이본에는 《증보산림경제》 권16에 수록된 《동국산수록》, 신암문고본 《동국산수지》, 《박종지》, 《등람》 4종이 있다. 《박종지》에서는 필사자 윤치희尹致羲(1797~1866)가 필사기筆寫記[14]에서 《동우지東寓志》라는 이본을 언급했다. 앞으로 이 계통의 사본은 더 출현할 것이다.

그러면 《동국산수록》 계통에는 어떤 특징이 있는지 《증보산림경제》에 수록된 사본을 중심으로 다른 이본과 비교하여 살펴본다.

첫째는 본문의 수록 방식이다. 앞에서 살펴본 바와 같이 《택리지》가 일반적으로 〈서론〉, 〈팔도론〉, 〈복거론〉, 〈결론〉으로 전개된다면, 이 계통은 1. 〈복거론〉('복거서론', '지리', '생리', '산수' 서두) 2. 〈팔도론〉 3. 〈총론〉-'총론계거' 4. 〈남사고십승보신복지〉 5. 〈동국승구록〉으로 전개되고 있다. 일반 《택리지》와 가장 큰 차이는 〈복거론〉 중심으로 구성된 점이다. 〈팔도론〉은 거의 〈복거론〉 '산수'의 "○何以論山水"의 하위 항목에 편입되어 독립성이 의심스러울 정도로 축소되었고, 내용도 대폭 축약되었다. 《동국산수록》은 《택리지》를 〈복거론〉 중심의 구도로 재편집한 저술로 바뀌었다.

또 큰 차이는 〈복거론〉 '인심' 항목을 아예 삭제한 점이다. 또 지역 전

설, 역사적 사건 등 문화지리 요소를 대거 배제하고 자연지리를 중심으로 경제지리를 포함한 기사 위주로 재편하였다. 〈복거론〉의 네 가지 기준 가운데 아예 '인심'을 삭제하여 편목을 세 가지로 만드는 과감한 개편을 단행하였다.[15]

또 큰 변화는 〈복거론〉 가운데서도 '산수'를 중심에 놓은 점이다. 본래부터 〈복거론〉 '산수'는 '지리'나 '생리', '인심'보다 과도하게 확대되어 있었다. 《동국산수록》은 관련 내용을 축약하기는커녕 3개로 분리하여 재편집하였다. 즉 일반 《택리지》의 〈복거론〉 '산수'를 《동국산수록》에서는 1. 복거론의 끝에 나오는 "○何以論山水"의 하위 항목으로, 3. 총론-'총론계거'로, 5. 〈동국승구록〉으로 나누어 각기 성격에 맞게 재편집하였다. 정리하자면 《동국산수록》은 《택리지》를 〈복거론〉 중심으로 재편집하고 산수와 명승에 집중했다. 그리고 새로 편집한 책의 성격에 걸맞게 명칭을 '동국산수록'으로 개칭하였다. 대단히 큰 변화에 자의적 재편집이 아닐 수 없다.

둘째는 4. 〈남사고십승보신복지〉 항목을 《택리지》에 새롭게 첨가한 것이다. 이중환이 본문에서 남사고의 저작을 언급하기는 했으나 《택리지》에 수록하지는 않았다. 유중림은 타인의 저작을 저술 중간에 버젓이 첨가했다. 이 항목의 첨가는 이 계통 이본군의 큰 특징이다. 《박종지》와 《등람》에는 이 항목이 빠져 있으나 나머지 두 이본에는 수록되었다. 이후 다른 《택리지》에서 이 항목이 종종 부록으로 필사된 것은 《동국산수록》의 영향을 받은 탓이다.

셋째는 서문과 발문, 심지어 〈서론〉과 〈결론〉까지 배제한 점이다. 유중림은 이익이나 정언유의 서문을 싣지 않았고, 발문 역시 전혀 싣지 않았다. 〈복거론〉에 큰 비중을 두는 《증보산림경제》의 편집 방침에 따르면

그럴 수밖에 없다. 이는 다른 이본에도 영향을 미쳐 《동국산수록》과 똑같이 아예 삭제하거나 〈서론〉과 〈결론〉을 수록하더라도 위치를 바꾸었다. 본래의 〈팔도론〉과 〈복거론〉의 수록 순서가 바뀌다 보니 《박종지》에서는 〈복거론〉 뒤에 있던 〈결론〉과 원래는 책의 맨 앞에 놓인 〈서론〉이 본문의 중간에 놓이는 이상한 구성이 됐다. 《동국산수지》와 《등람》에서는 저술 끝에 한데 수록하기는 했으나, 《박종지》와 《동국산수지》에서는 〈결론〉이 먼저 오고 〈서론〉이 뒤에 오는 변화가 일어났다.[16] 이와 같은 구성은 이 계통 사본의 필사자가 《동국산수록》의 편집 방법에 따라 안이하게 편집하면서 발생하였다.

넷째는 《동국산수록》의 본문 서술을 필기筆記 또는 차기箚記의 형식으로 바꾼 점이다. 일반 《택리지》는 본문에서 행갈이를 하지 않고 하나의 문맥으로 서술하고 있다. 반면에 《동국산수록》 계통은 내용의 변화에 따라 행갈이를 하여 짧은 문장으로 서술하였고 때로는 ○으로 글을 구분하고 있다. 특히 5. 〈동국승구록〉은 산과 지역마다 ○으로 구분하고 있다. 이는 이 계통 사본의 특징이다.

다섯째는 《동국산수록》 계통이 성립된 과정이다. 유중림이 1766년 이전에 《택리지》를 대폭 축약하고 재편집하여 《동국산수록》을 만든 이후, 이 재편집본의 장점에 찬동하여 신암문고본 《동국산수지》와 《박종지》, 《등람》이 만들어졌다. 《동국산수록》을 그대로 필사한 것이 규장각 소장 《동국산수록》이라면, 《동국산수록》의 편집 방법을 채택하되 《택리지》의 원형으로 복원하여 만든 이본이 《동국산수지》와 《박종지》, 《등람》과 같은 사본이다. 유중림의 《동국산수록》이 《택리지》 전체 내용을 과도하게 축약하였기 때문에 설령 재편집의 취지에 동의한다고 해도 《택리지》 전체 내용을 읽고 싶은 독자에게는 다른 대안이 필요하였다. 그래서 《동

국산수록》의 시각으로《택리지》 전체 내용을 재분류하여 편집한 이본이 등장한 것이다. 이들이 서로 연계된 근거는 신암문고본《동국산수지》에 잘 나타난다.[17]

《동국산수록》과《동국산수지》는 틀림없이 어느 하나가 다른 하나를 근거로 하여 만들어졌다. 기본 형식이 거의 똑같을 뿐만 아니라 다른 이본군에서는 보이지 않고 여기에서만 보이는 새로운 내용이 똑같이 나타나기 때문이다. 먼저 3. 총론이 끝나고 4. 〈남사고십승보신복지〉가 시작되기 전에 "이상은 모두 사대부가 살 만한 땅을 논하였다. 강산의 맑은 아치와 배우기를 좋아하는 풍습을 중시하지 않고 다만 의식주가 넉넉한 낙토만을 구한다면, 그런 지역은 팔도 곳곳에 있어 거의 일일이 다 헤아리지 못할 것이다"[18]라는《택리지》의 기본 의도를 비판한 편집자 안설(按說)을 똑같이 수록했다. 이 안설은 '생리'보다 '산수'를 중시한 유중림의 사유를 잘 표현하고 있다.《동국산수지》가《동국산수록》을 저본으로 삼아 재편집한 것임을 입증한다.

또 주요한 몇몇 어구 아래에 소주小註가 동일하게 달려 있다. 예컨대 충주의 금천金遷에는 "속명소열俗名所悅"이라는 주를,[19] 원주의 섬강蟾江에는 "안창수安昌水"라는 주를,[20] 충주의 북창北倉 아래 강가에 있는 풍경이 좋은 바위에는 "누암야樓巖也"라는 주[21]를 달았고, 강원도 원주 치악산雉岳山의 이칭인 치악산赤岳山의 치赤에는 "음치音雉"라고 주를[22] 달았다. 그와 같은 주석이 열 군데 남짓 달려 있다. 이 주석은 모두 해당 지역의 토착 지명을 밝히고 있다. 간단한 주석이나, 실제 발음을 더 정확하게 표기한 것이므로 의미가 있다. 다른 이본에는 달려 있지 않은 이들 주석이《동국산수록》 계통에는 거의 모두 달려 있다. 이 방식은《증보산림경제》 전체에서 유지되는 서술법이므로 이는 유중림이 단 주석이고, 이 주

석이 달린 것은 그의 영향을 받았음을 뜻한다.

또《동국산수지》에는 〈복거론〉 '산수'의 후반부를 차지하는 '강거江居', '계거溪居', '야거野居'를 '총론'이라는 용어를 덧붙여 '총론강거總論江居', '총론계거總論溪居', '총론야거總論野居'라는 편목을 달았다. 이것은《동국산수록》에서 '총론계거'로 설정한 편목을 채택하여 '강거'와 '야거'까지 확대한 것이다. 이 점을 통해서도《동국산수록》이 선행하는 이본임을 확인할 수 있다.

《택리지》 사본에서 편목에 '총론'이라는 용어를 쓴 것은 1766년 이전에 나온《동국산수록》이 처음이고, 이후《동국산수록》 계통 사본에 널리 채택되었다. 이런 영향은 계속 확산되어 광문회본 계열 이본에도 이 방식이 적극적으로 채택되었다. 그리하여 앞에서 살펴본 바와 같이 '사민총론', '팔도총론', '복거총론', '총론'이란 합리적이지 않은 편목을 설정하는 데까지 영향을 미쳤다. 현재 전하는《택리지》 사본 중에서 편목을 설정한 가장 이른 시기의 사본 역시 유중림 수택본《동국산수록》이다. 이것으로 보아 유중림이 편집한《동국산수록》이《택리지》의 독법에 끼친 막대한 영향을 알 수 있다.

《증보산림경제》는 출현 이후 큰 인기를 얻은 저술이다. 여기 수록된 유중림 재편집본《동국산수록》의 독법과 관점은《택리지》를 읽는 독자의 시각에 큰 영향을 끼쳤다.《택리지》의 원형을 크게 바꾼 사본임에도 불구하고 다수 이본의 존재나 영향력 등을 놓고 볼 때 결코 무시할 수 없다. 따라서《택리지》 이본의 계통을 이중환의 원고 개정 여부에 따라 크게 초고본 계통과 개정본 계통으로 나누고,《동국산수록》 계통을 하나의 계통으로 첨가하여 3개의 계통으로 설정하였다.

이 장에서는《택리지》 이본의 계통이 나뉜 두 가지 큰 요인으로 이중

환이 초고를 수정하여 개정본을 만들었다는 점과, 유중림이 《택리지》의 원형을 훼손하면서 《동국산수록》이란 편집본을 만들어 유통한 점을 들었다. 간본이 나오기 이전에 사본으로 유통된 150년 동안 이 두 가지 요인으로 인해 많은 이본이 출현하였다. 사본을 만든 독자들은 새로운 시각과 독법으로 《택리지》를 읽었다. 그중에는 국토의 지리 현상을 고유한 시각으로 살펴 이중환과는 상당히 다르게 《택리지》를 이해하고 수정한 이들이 적지 않다. 19세기 중반에 전라도 강진의 학자 황상이 개정한 《택리지》가 대표적인 사례로 다음 장에서 자세하게 살펴본다.

7장

《택리지》는 어떻게 변화되어왔는가(3)

정약용의 제자 황상, 《택리지》를 개정하다

이중환은 1751년《택리지》초고본을 세상에 공개하였고, 1756년 사망하기 이전 일정한 시기에 초고본을 수정하여 개정본을 내놓았다. 초고본과 개정본《택리지》가 분간되지 않은 채 세상에 나온 이후 수많은 필사본이 출현하였다. 그리하여 필사본은 초고본과 개정본 그리고《동국산수록》의 세 가지 계통으로 나뉘어 유통되었다. 독자 중에는 눈 밝고 생각이 다른 이가 있어 나름의 관점을 투영하여 원 저작과는 다르게《택리지》를 수정한 필사본이 다수 나타났다. 자구나 문장을 바꾸거나 일부 내용을 첨삭하는 단순한 수정에 머물지 않고 편목이나 구성을 바꾸는 등의 전면 개정까지 단행했다.

《동국산수록》계통의 사본 몇 종은 편제의 개편과 내용의 첨삭을 통해 원본과 크게 달라졌다. 홍중인이 1751년과 1752년 사이에 편집한《아주잡록》본《사대부가거처》는 원본 내용을 대폭 삭제하였다. 최남선이 1912년 조선광문회에서 출간한《택리지》는 근대 민족주의 시각으로 자구와 내용을 수정하거나 첨삭하였다. 이 밖에도 큰 폭의 변화가 보이는 사본이 적지 않다.[1]

그러나 원본과 크게 다른 모습을 보인 대표적 사본은 바로 치원巵園

황상黃裳(1788~1870)이 1860년대에 절록한 《택리지》이다. 치원본巵園本으로 명명한 이 《택리지》는 원본을 자기 관점에 따라 완전히 새롭게 재편집하고, 원본에 없던 내용을 대폭 첨가하여 보완하였다. 전체 내용의 3분의 2는 원 저작을 수정하여 재편집한 것이고, 3분의 1은 황상 자신의 저술이다. 치원본 《택리지》는 이중환 원저를 황상이 증보한 새로운 저술인 셈이다. 200종을 웃도는 많은 《택리지》 이본 중에서 독특하고도 중요한 의미를 지닌 사본이다.[2]

황상은 19세기 중반 전라도 향촌 지식인의 시각으로 《택리지》를 재해석하고 수정·증보하였다. 《택리지》가 시대와 지역의 차이에 따라 어떤 면을 새롭게 보여주었는지 알 수 있어 흥미롭다.

치원본 《택리지》는 어떻게 구성되었나

치원본 《택리지》는 치원 황상의 저술이다. 황상은 강진의 아전으로 정약용의 제자이다. 시를 잘 지은 시인으로 널리 알려져 있고, 문집에 《치원유고巵園遺稿》가 있다. 문집 외에 만년에 자신이 선호한 저술을 필사한 '치원총서巵園叢書'가 전해온다. 오랫동안 존재가 알려지지 않았던 이 총서가 최근 들어 세상에 나타났다.[3] '치원총서' 갑부甲部에는 16종의 저술이 필사되어 있는데, 60세 이후 노년기에 필사한 책이 다수이다. 《택리지》 역시 노년기에 필사한 책이다.

치원본 첫 장에는 '택리지 권지일擇里志卷之一'이라는 내제가 쓰여 있고, 하단에는 '여흥驪興 이중환李重煥 논저論著, 탐진耽津 황상黃裳 절록節錄'이라 적혀 있다. 장서인 '일속초부一粟樵夫'는 황상의 호를 새겨 찍은 것

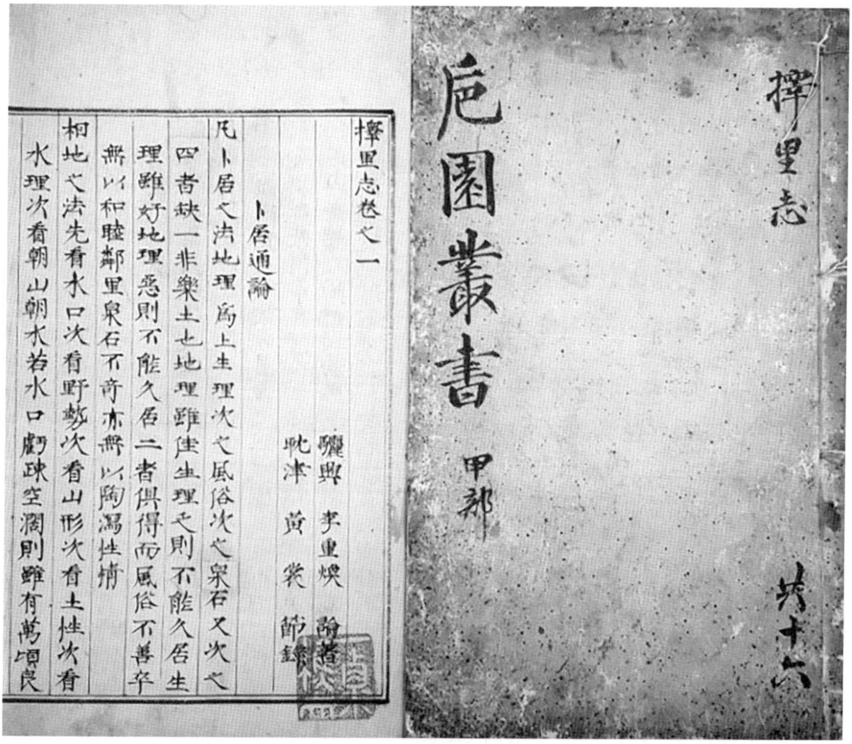

巵園叢書 甲部

擇里志

共十六

擇里志卷之一

驪興 李重煥 論著

黄炎 節錄

卜居通論

凡卜居之法地理爲上生理次之風俗次之泉石又次之四者缺一非樂土也地理雖佳生理乏則不能久居生理雖好地理惡則不能久居二者俱得而風俗不善卒無以和睦鄰里泉石不奇亦無以陶瀉性情

相地之法先看水口次看野勢次看山形次看土性次看水理次看朝山朝水若水口虧疎空濶則雖有萬頃良

치원본《택리지》의 표지(오른쪽)와 권1의 첫 장(왼쪽), 개인 소장

'치원총서巵園叢書' 갑부甲部 16종 가운데 한 종이다. 내제 하단에 '일속초부一粟樵夫'라는 황상의 장서인이 찍혀 있다.

이다.

다른 총서와 마찬가지로 독자는 망설임 없이 치원본도 평범한 필사본의 하나로 간주하기 쉽다. 더욱이 저작자 표시란에서 '절록'이라 밝혔으므로《택리지》전체의 필사가 아니라 발췌하여 필사한 사본이라 짐작할 것이다. 그러나 내가 사본을 입수하여 검토한 결과, 짐작과는 딴판으로 치원본은 수많은《택리지》필사본의 하나가 아니었다.《택리지》를 필사자의 관점에 따라 완전히 새롭게 재편집했을 뿐만 아니라, 원본과는 전혀 다른 새로운 내용으로 크게 보완한 책이었다. 치원총서의 다른 사본과는 근본적으로 성격이 달랐다. 200종 이상 되는 어떤《택리지》필사본과도 비교할 수 없을 만큼 새로운 구조와 내용을 선보여 황상의 독자적 저술로 간주해도 좋다.

치원본《택리지》는 1책 56장으로 돼 있다. 내제를 근거로 자연스럽게 '택리지 권지이擇里志卷之二'가 있음을 예상할 수 있으나 현재는 존재 여부를 확인할 수 없다. '치원총서' 갑부 열여섯 종 가운데 열다섯 종이 남아 있으므로 사라진 한 종이 바로 권2일 것이다.

먼저 그 구성을 다른 사본과 비교하여 살펴본다.

첫째, 표에서 볼 수 있듯이 치원본은 일반《택리지》와는 구성이 크게 다르다. 큰 차이는〈팔도론〉이 앞에,〈복거론〉이 뒤에 나오는 일반《택리지》와 달리〈복거론〉이 앞에,〈팔도론〉이 뒤에 나온다는 점이다.[4] 치원본이《동국산수록》계통의 이본이라는 의미이다. 또 다른 차이는〈팔도론〉에서 팔도를 서술하는 순서가 일반《택리지》와는 완전히 반대라는 점이다.《동국산수록》계통 사본에서〈팔도론〉은 일반《택리지》와 순서상 차이가 없으나, 치원본은 완전히 새로 설정하여 경기도와 충청도로 시작해 평안도와 함경도로 끝난다. 국토의 변방에서 중심으로 서술해나가는

〈표 5〉 일반 《택리지》와 치원본 《택리지》 구성의 비교

《완역 정본 택리지》의 편목		광문회본 계열 편목		치원본 《택리지》 편목과 수량
1. 서론		사민총론		
2. 팔도론	2.0 팔도론 서설序說	팔도총론	팔도총론	
	2.1 평안도		평안도	2.8 함경도 7칙則
	2.2 함경도		함경도	2.7 평안도 10칙
	2.3 황해도		황해도	2.6 황해도 9칙
	2.4 강원도		강원도	2.5 강원도 8칙
	2.5 경상도		경상도	2.4 전라도 19칙
	2.6 전라도		전라도	2.3 경상도 18칙
	2.7 충청도		충청도	2.2 충청도 32칙
	2.8 경기도		경기도	2.1 경기 12칙
3. 복거론	3.0 복거론 서설序說	복거총론	복거총론	1.0 복거통론 1칙
	3.1 지리		지리	1.1 복거통론一 6칙 (지리)
	3.2 생리		생리	1.2 (복거)통론二 16칙
	3.3 인심		인심	1.3 (복거)통론三 7칙 (풍속風俗)
	3.4 산수		산수	1.4 (복거)통론四 4칙 (천석泉石)
4. 결론		총론(사민총론)		
5. 저자 후발		저자 후발		
				3.1 보유 5칙
				4.1 총론 3칙

이중환의 독특한 서술 체계를 부정하고 서울을 둘러싸고 있는 경기도부터 시작해 외곽으로 서술해나가는 상식적 방식으로 돌아갔다. 이 두 가지만으로도 치원본은 어떤 사본보다 큰 차이를 보인다.

구성에서 눈에 뜨이는 또 한 가지 특징은 〈복거론〉 '산수'의 내용이 보

이지 않는 것이다. 〈복거론〉 전체의 3분의 2를 차지하는 '산수'가 치원본에서는 산수를 다룬 '(복거)통론四'에 4칙밖에 실리지 않았다. 다른 부분이 30칙인 것에 비하면 거의 없는 수준이므로 이는 내용 대부분을 수록하지 않았다는 의미이다. 앞 장에서 살펴본《동국산수록》에서 후반부를 차지하는 3. 〈총론〉-'총론계거'와 5. 〈동국승구록〉은 일반《택리지》의 〈복거론〉 '산수'를 재편한 항목인데, 치원본에서 이 내용 전부가 없으므로 사라진 권2에 실려 있을 것으로 추정한다.

둘째, 본문의 서술을 필기 또는 차기의 형식으로 바꾸었다. 일반《택리지》가 행을 바꾸는 법이 없이 하나의 문맥으로 서술한 것과는 달리, 치원본의 본문에서 볼 수 있듯이 한 개 한 개의 독립된 항목을 다 서술한 다음 행갈이를 하고 첫 행을 대두擡頭하여 서로 다른 내용임을 표시하였다. 〈표 5〉에서 밝힌 것처럼 권1은 '복거통론' 34칙, '팔도론' 115칙, '보유' 5칙, '총론' 3칙으로 구성하여 전체 157칙을 모두 동일한 방식으로 서술하였다. 이와 같은 서술 방법은 앞 장에서 살펴본《동국산수록》계통이 짧은 문장으로 내용을 서술한 다음 행갈이를 하고 때로는 ○으로 글을 구분하는 방법을 채택한 것과 같다. 이 두 가지 특징을 놓고 볼 때 치원본은《동국산수록》계통에 속하는 사본임이 분명하다.

셋째, 치원본은 편목을 독자적으로 명명하고 내용을 재구성하였다. '복거통론'에 그 사실이 잘 나타나 있다. 일반《택리지》는 편목을 아예 설정하지 않았고, 일부 사본에서만 편목을 설정하였다. 치원본은 일부 사본과도 전혀 다르게 편목을 독자적으로 설정하였다. 〈복거론〉 전체를 '복거통론'이라 이름하고 一, 二, 三, 四로 구별하였다. 이중환의 네 가지 기준인 지리와 생리, 인심, 산수를 겉으로 내세우지 않고 숫자로 표시한 것이다.

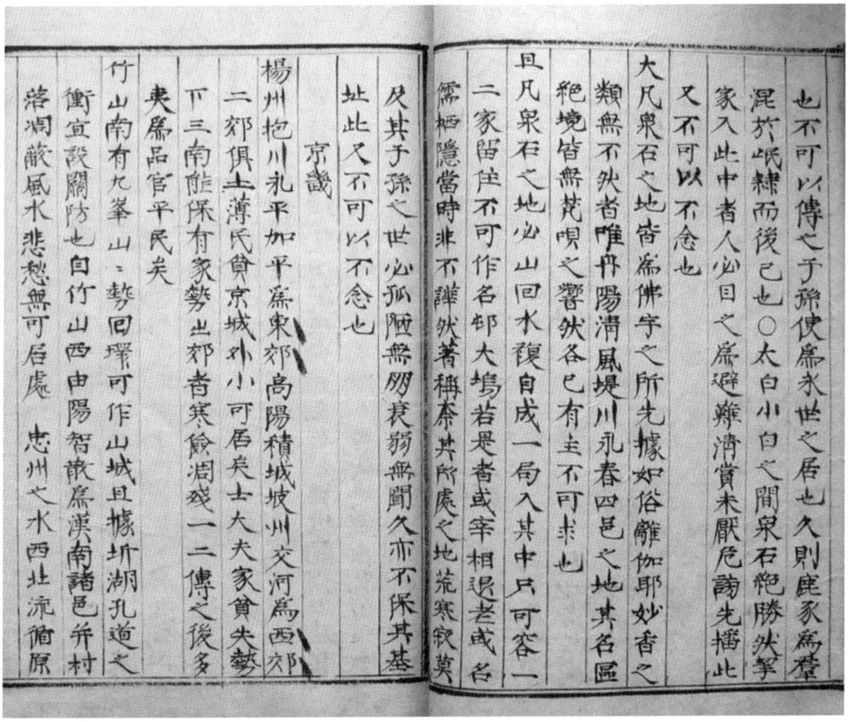

치원본《택리지》권1 장13, 개인 소장

오른쪽에는 '복거통론四'의 3칙과 4칙이 수록되었고, 왼쪽에서는 〈팔도론〉의 '경기' 항목이 서술되고 있다. 편목을 제시하지 않고 바로 '경기'를 서술하기 시작한다.

치원본의 독자성은 네 가지 기준 자체를 '지리', '생리生理', '풍속風俗', '천석泉石'으로 새롭게 명명한 데서 한층 분명해진다. 황상은 '복거통론'의 제1칙(일반《택리지》의 '복거론 서설')에서 그 근거를 제시하였다.《택리지》의 대다수 이본에서 '복거론 서설'의 문장은 거의 비슷하다.《동국산수록》 계통은 '인심'을 삭제하여 세 가지 기준을 설정하였고 일부 내용도 삭제하였다. 그런데 치원본은 또 그것과도 달라졌다.[5]

명칭에서는 '산수'를 '천석'으로, '인심'을 '풍속'으로 바꾼 점이 큰 차이이다. '인심'을 '풍속'으로 바꾸었는데 이는 단순한 명칭의 변경을 넘어 내용의 변화를 가져왔다. 이중환은 '인심'에서 조선 중기 이후의 당쟁을 집중적으로 살펴보았으나, 황상은 명칭을 '풍속'으로 바꾸고 당쟁은 일절 논하지 않은 채 오로지 각 지역의 풍속을 논하였다. "풍속이 좋지 않으면 끝내 이웃과 화목하게 지낼 수 없다"라는 생각을 펼쳐 당쟁이 아닌 이웃과의 화목을 중시하였다. 당쟁이 얽힌 '인심'을 이웃과의 화목을 뜻하는 '풍속'으로 바꾼 것은 정약용에게 받은 영향이다. 정약용은 이중환이 제시한 네 가지 기준을 '수화水火'와 '오곡五穀', '풍속', '산천'으로 바꿔서 제시한 적이 있는데,[6] '인심'의 자리에 풍속이 들어가 있다.

지역민의 시선으로《택리지》를 해석하다: 전라도와 서북 지역 재평가

《택리지》에서 이중환은 '지리정보를 바로잡는' 데 힘쓰기보다는 '지리정보를 평론하는' 것에 주력하였다. 다른 지리학 분야 저술과 근본적으로 차이가 나는 점이 여기에 있다. 이중환은 지리정보를 놓고서 논리적으로 설명·추론·해석하는 데 주된 관심을 두었다.[7] 그에 따라《택리지》

에서는 팔도를 하나의 단위로 삼고, 각 지역의 지리 현상을 평가하였다. 그의 평가는 권위를 확보하였고 후대에 큰 영향을 끼쳤다.

이중환은 '복거론 서설'에서 지리와 생리, 인심, 산수의 네 가지 기준을 지리정보를 판단하는 큰 틀로 설정하였다. 구체적인 서술과 평가에서는 기준을 지역에 적합하게 적용하는 것도 중요하지만, 평가 방법을 어떻게 만드느냐도 중요하다. 이중환은 여러 지역을 상대화하여 비교하는 방법, 신뢰할 만한 학자의 평가를 원용하는 방법, 토지의 비옥함을 수치로 나타내어 평가하는 방법 등 독자의 신뢰를 얻을 만한 여러 방법을 구사하였다.

평가의 객관성을 얻고자 기준과 방법을 표준화하고 합리적인 추론과 해석을 동원한 결과, 이중환의 평가는 독자들에게 신뢰를 얻었고 지역 평가의 모범으로 권위를 인정받았다. 이중환의 인생 체험이나 지리와 문화를 보는 주관이 개입된 평가도 없지 않았다. 잘됐든 그렇지 않든 이중환이 내린 평가는 당시부터 현재까지 지역 평가의 금과옥조처럼 받아들여졌다.

100여 년이 지난 뒤의 향촌 학자인 황상은 큰 권위를 지닌 이중환의 지역 평가를 그대로 따르지 않았다. 긍정하기도 하고 부정하기도 하였다. 이중환의 지역 평가를 이렇게 전면적으로 문제 삼고 반론을 제기하며 근거를 제시한 경우는 보기 드물다. 팔도의 지역정보를 평가하고 해석하는 황상의 관점은 이중환의 시각만큼이나 주목할 만한 가치가 있다.

이중환은 지역을 평가할 때 전라도와 황해도, 함경도와 평안도를 다른 도에 비하여 상대적으로 야박하게 평가하였다. 이중환의 독자적 평가이긴 하지만 또 한편 당시 일반적 평가였다. 황상은 이를 19세기 중반 전라도 지식인의 관점에서 비판적으로 재검토하였다.

그중 전라도에 대한 부정적 평가에 황상이 제기한 반론이 특히 흥미롭다. 먼저 이중환이 부정적으로 평가한 내용을 살펴본다. 두 군데 실려 있는데, 이중환은 〈팔도론〉 '전라도' 항목에서 전라도를 전체적으로 설명하며 다음과 같이 말하였다.

> 후백제의 견훤이 신라 말에 이 지역을 점령하고 고려 태조와 여러 차례 전투를 벌여 태조를 자주 위험에 빠트렸다. 태조는 견훤과 그 아들을 평정한 뒤로 백제 사람을 미워하였다. 그래서 차령 이남은 물이 모두 개경을 등지고 흐른다는 이유를 들어 차령 이남 사람을 등용하지 말라는 유훈을 남겼다. (중략) 풍속이 음악과 여자, 사치를 숭상하고, 경박하고 교활한 사람이 많으며 학문을 중시하지 않는다. 따라서 과거에 급제하여 현달한 사람이 경상도보다 적다. 학문에 힘쓰고 행실을 닦는 사람으로 자처하는 이들이 적은 탓이다.〔이중환, 127~128〕

전라도 사람이 인재 등용에서 배제되는 역사적 맥락을 먼저 서술하였다. 이어서 전라도의 풍속을 논하되 경박하고 교활하다며 부정적으로 서술함과 동시에 경상도와 비교하여 관료와 학자가 적다고 평가하였다. 역사적 맥락에서 고려 태조를 거론한 것 외에는 평가의 기준과 근거가 명확하지 않으므로 주관적인 인상 강평으로 보일 수 있다.

이중환은 〈복거론〉 '인심'에서 다시 비슷한 논조로 전라도를 평하였다. 팔도 인심의 대략을 제시하면서 경상도는 "풍속이 질박하고 진실하다"라고 호평한 반면에, "전라도는 오로지 교활함과 음험함을 숭상하여 그릇된 일에 쉽게 움직인다"〔이중환, 244〕라고 평하였다. 호평한 지역이 평안도와 경상도뿐이기는 하지만, 황해도와 전라도를 지나치게 부정적

으로 평가하였다. 이렇게 두 군데서 전라도를 악평한 취지는 일맥상통한다. 이 평가가 독자들에게 널리 퍼지면서 호남 지역을 폄하한 대표적 견해로서 후대에 영향을 끼쳤다.

황상은 풍속을 논한 '(복거)통론三'의 제5칙에서 이 견해를 반박하고 자신의 주장을 펼쳤다. 여기에 기사 전체를 인용한다.

> 전라도의 풍속을 두고 세상에서는 속이고 경박하다고 말하지만 그렇지 않다고 하겠다. 의식주와 어염이 풍부하기가 한 나라에서 으뜸이라서 그곳 사람들은 모두 연약하여 힘써 일하지 못한다. 토지가 비옥한 까닭에 게으른 농부 아닌 자가 없다. 민생에서 쓰는 일용품의 풍족함이 한 도 전체가 똑같기에 예로부터 거상巨商이나 큰 장사치가 없고 누구나 나태하게 생계를 꾸리고 깊은 계획이나 원대한 생각을 하지 않는다. 성품이 모두 부드럽고 남에게 의존하여 면전에서 남의 뜻을 거스르지 못하기 때문에 응낙은 잘하지만 실행은 적게 하며, 가볍게 허락하고 신의가 적으며, 쉽게 사귀고 바로 등진다. 이것이 속이고 경박하다는 이름을 얻은 이유이다. 그에 반해 영남의 풍속은 겉으로는 도타우나 안으로는 빳빳하고, 겉으로는 투박하나 안으로는 사납다. 공손하고 삼가면서 세련된 모습이 많지마는 돈 한 푼 내주려 하지 않는다. 이것은 그들의 단점이다. 호남 사람은 면전에서 속을 있는 그대로 드러내지 않는 법이 없다. 얼굴을 돌리면 잊어버리는 것 또한 무심한 데서 나온 행동이라 그 진정眞情을 알아보면 속이는 것이 아니다. 그러니 깊이 믿지 못하는 것이다. 예로부터 절의를 지킨 선비가 많았기 때문에 그 풍속이 또 호협하고 기개를 숭상한다. 그러나 용맹하고 사나운 사람이 대단히 드물다.〔황상, 10~11〕[8]

남을 잘 속이고 사람됨이 경박하다는 평가에 반론을 제기하고 이어서 영남과 호남의 기질 차이, 호남 사람의 장점을 설명하였다. 물산이 풍부하여 생활이 풍족한 덕분에 성품이 유약하고 생활이 게으르며, 원대하게 계획하지 않고 쉽게 사귀고 쉽게 헤어지는 기질을 얻게 되었다며 기질의 형성을 지역의 풍토와 연관하여 해석하였다. 그런 기질과 처신을 훌륭하다고 칭찬하지는 못하나 속을 있는 그대로 드러내는 진정성은 인정해야 한다고 옹호하였다.

한편 이중환은 호남과 대비하여 영남 사람은 질박하며 도탑다고 호평했으나, 황상은 이들이 실상은 뻣뻣하고 사나우며 남에게 돈 한 푼 내주지 않는 인색한 기질을 가졌다고 반박하였다. 또 영남이 학문하는 식자가 많다고 하지만 호남은 절의를 지킨 인물이 많고 호협하며 기개를 숭상한다고 추켜세웠다. 이중환이 거듭 영남에 우호적이고 호남을 폄하한 데 대한 호남인의 항변을 근거를 갖춰 밝혔다. 다른 지역의 학자들은 큰 영향력을 행사한 이중환의 지역 평가에 변변한 항변이나 반대 논리를 제기하지 못했다. 반면 황상은 그의 평가가 바르지 않음을 자신이 사는 호남을 대상으로 하여 밝혔다.

이중환은 〈팔도론〉 '전라도'의 끝 대목에서 "게다가 기이하고 아름다운 산천이 많은데도 고려에서 조선에 이르도록 현달한 이들이 그다지 많지 않았으니 마땅히 한 차례 산천의 기운이 뭉쳐 인재를 길러낼 것이다"〔이중환, 149〕라고 말하여 다시 한번 호남에 인물이 많지 않음을 환기하고 앞으로는 인재가 배출되리라 기대하였다. 황상은 다시 반박하여 "게다가 기이하고 아름다운 산천이 많아서 고려 이래로 현달한 이들이 많이 배출됐다"〔황상, 39〕라고 했다. 미래가 아니라 이미 과거에 인재가 많이 배출됐다며 이중환의 관점을 부정하고 전라도 사람의 자부심을 드

러냈다.

황상은 전라도의 평가에 이어서 평안도와 함경도의 평가에도 반론을 펼쳤다. 이중환은 〈팔도론〉 '함경도'의 끝 대목에서 "이런 까닭에 관서와 관북의 함경도와 평안도 두 개 도는 살 만한 곳이 못 된다"(이중환, 87)라고 평가하였다. 사대부가 이주하여 살려고 하지 않고, 조선조 내내 극심한 지역 차별의 해를 입은 실정을 반영한 평이었다. 반면 황상은 풍속을 다룬 '통론三'의 제7칙에서 이를 다음과 같이 논하였다.

> 관서와 관북 두 개 도는 오랫동안 사환仕宦이 끊겨서 400년 이래로 고관대작이 나오지 않았다. 따라서 그곳 백성들은 누구나 비분강개한다. 산천이 웅장하고 준수하기 때문에 예로부터 영특하고 호걸스런 선비들이 많았다. 패서浿西 사람들은 공경대부와 연줄을 맺어 그 권세를 즐겨 팔아먹기 때문에 근래에는 비루하고 속이는 것으로 이름이 나 있다. 관북 사람은 다들 무를 숭상하고 용맹함을 좋아하며 의지를 다잡고 바꾸지 않는다.(황상, 11)

관서와 관북 지역 사람이 조정의 과도한 차별에 비분강개한 채로 살아가는 현실을 적시하고, 산천의 정기를 받아 실제로는 예로부터 뛰어난 인재가 많아서 오히려 인물의 산지라고 강변하였다. 패서의 일부 사람이 권력과 결탁한 폐해도 거론하며 관서와 관북 지역 사람의 장점을 거듭 평가하였다. 사대부가 거주하지 않으려는 지역임은 틀림없는 현실이지만 황상은 현실의 진단과 제언에 만족하지 않고, 지역민이 겪는 차별의 실상을 드러내고 그들의 불만을 대신 표현하였다. 그런 점에서 황상의 논의는 합리적이다.

배척받는 서북 지역을 보는 황상의 참신한 시각은 〈팔도론〉 '함경도' 제7칙의 끝 대목에서 다시 드러난다.

> (관서와 관북의) 본거지 인재를 배척하고 기용하지 않으니 절대로 국가의 좋은 계책이 아니다. 평상시에 보듬고 어루만지는 정책을 베풀어야 나라가 위급할 때 그들로부터 힘을 빌릴 수 있지 않을까?〔황상, 52〕

황상은 서북 지역을 배척하는 조선 사회의 현실을 《택리지》〈팔도론〉 '함경도' 끝 대목의 글을 편집하여 서술한 다음, 위의 인용문처럼 소회를 밝혔다. 당시 서북 지역을 배려하자고 주장한 지식인의 생각에 부합한다.[9] 소외된 지역을 배려하고 모든 지역을 공평하게 대우하여 전 국토를 활용하자고 제안했는데 이중환보다 진일보한 시각이다.

지리정보의 갱신: 전라도와 황해도

《택리지》 전체에서 전라도 지역이 차지하는 비중은 결코 작지 않고 묘사도 풍부하며 충실하다. 이중환은 전라도에 가보지 않았다고 밝혔으나, 그렇다고 지리정보가 부족하거나 오류가 많은 것은 아니다. 그래도 전라도 사람의 눈으로는 서술의 비중이나 정확성, 균형감에서 불만이 없을 수 없다. 황상은 속속들이 파악하고 있는 자기 지역의 정보와 현황, 특산물, 자랑거리를 《택리지》를 필사하며 대폭 보완하였다. 또 전라도에 한정하지 않고 황해도를 비롯한 다른 지역의 정보와 현황, 특산물의 종류와 수량도 보완하였다. 《택리지》가 나온 이후 100년이 경과한

뒤라 국토지리 현황과 지리정보에 변화가 있었고, 황상이 갱신한 지식과 정보는 이중환과 비교했을 때 최신 정보였고, 수도 적지 않다.

전라도 지역에서 새롭게 보완한 내용부터 먼저 살펴본다. 주요 거점 도시의 하나인 광주光州는 《택리지》에서 그다지 비중 있게 다루지 않았다. "광주는 서쪽으로 나주와 통하고, 풍기가 원대하고 화창해서 옛날부터 이름난 마을이 많고 신분이 높고 현달한 사람도 많이 나왔다"〔이중환, 143〕는 정도로 서술하였다. 반면 황상은 위 서술을 기초로 다음과 같이 대폭 확대하여 서술하였다.

> 광주는 서쪽으로 나주와 통하고, 풍기가 원대하고 넓게 드리워서 옛날부터 이름난 명승의 마을이 많고 신분이 높고 현달한 사람도 많다. 도학과 문장의 융성함은 전라도에서 으뜸이고 주민의 풍속은 지극히 순박하다. 백성들은 창고에 곡식을 넣고 나면 자문尺文도 받지 않고 그냥 간다. 광주의 서북쪽에는 경양지景陽池가 있어 둘레가 20리이다. 연꽃과 마름의 구경거리가 경포에 뒤지지 않으니 참으로 살 만한 곳이다. 고씨와 기씨가 대대로 산다.〔황상, 38〕

이중환도 광주를 긍정적으로 서술하였으나 황상은 더욱 확신에 차서 도학과 문장의 측면에서도 전라도에서 제일가는 고장이라 드높였다. 나라 창고에 곡식을 바치고 '자문尺文', 곧 영수증도 받지 않고 갈 만큼 민심이 순박하다고 극찬하였다. 남을 속이고 경박하다는 앞서의 평가를 무색하게 하는 인심을 인상적으로 부각하였다. 경양지라는 큰 못을 강릉의 경포에 견줄 만하다고 높이 평가한 것도 새롭다. 조희일趙希逸이나 정약용 등 극히 일부 문인을 제외하고는 전라도 지역의 명승으로 거의

언급하지 않은 못인데도[10] 황상은 저명한 경포와 대등하다고 평가한 것이다. 광주가 어떤 곳보다 살기 좋은 지역임을 강조하여 지역에 대한 애정과 자부심을 표현하였다.

광주 외에도 황상은 각 지역의 특산물이나 풍속, 토질, 문중과 같은 최신 정보를 기록하여《택리지》내용을 갱신하였다. 이제 보성, 화순, 남평, 창평 지역을 다룬 기사 네 꼭지를 여기에 인용한다.

> 보성은 토지가 비옥하여 온 나라에서 으뜸이다. 옛날에는 한 말을 심어 200말을 거두기도 하였다. 지금은 그 정도는 아니나 그래도 여러 고을의 적수가 아니다.〔황상, 38〕

> 화순에는 만연사萬淵寺가 있는데 설화지雪花紙가 특별히 기이한 물건이다. 이 절에는 성주암聖主菴이 있는데 나한산羅漢山의 꼭대기에 있다. 전망이 아름다워 경관이 제법 훌륭하다.〔황상, 38〕

> 남평의 접첩선摺疊扇은 천하에 이름이 알려졌다. 능주, 화순, 남평 사이는 풍속이 순박하니 모두 살 만한 곳이다. 그러나 예로부터 이름이 알려진 사람이나 이름난 집안이 없다.〔황상, 39〕

> 창평의 정씨는 송강 정철의 후손이다. 호남에는 5대 거족이 있다. 첫째는 창평의 정씨鄭氏이고, 둘째는 해남의 윤씨尹氏이고, 셋째는 남원의 최씨崔氏이고, 넷째는 회진會津의 임씨林氏이고, 다섯째는 나주의 나씨羅氏이다. 나씨는 지금은 쇠약해졌다고 한다.〔황상, 39〕

보성은 비옥한 토지를, 화순은 만연사의 설화지를, 남평은 접부채를, 창평은 송강 정철의 후손을 지역의 명산품과 자랑거리로 꼽았다. 모두 《택리지》에서 다루지 않은 내용이다. 설화지와 접부채는 지역의 명산품으로 조선 후기에 명성을 드날리던 물건이다. 대체로 현지인이 아니면 자신 있게 말하기 어렵다. 설화지는 강원도 평강산이 최고로 알려졌으나 화순, 그중에서도 만연사에서 생산한 것을 기이한 품질이라 평했다. 이는 황상이 처음 거론했으나 신뢰할 만한 정보이다. 다음 장에서 나오듯이 남원과 순창 지역이 품질이 좋은 종이가 생산되는 지역이므로 인근의 만연사가 설화지 생산의 거점일 가능성이 높다. 또 화순 성주암의 전망과 남평 일대의 순박한 풍속 그리고 호남의 5대 거족巨族을 제시한 것은 전라도 지역의 특색을 이해하는 데 요긴한 정보이다.

전라도 외에 다른 지역도 《택리지》에서 말하지 않은 참신한 지리정보를 첨가하였다. 황해도 지역을 총평한 다음 기사가 흥미롭다.

황해도 한 도를 통틀어 모두 흙산이라, 기이한 봉우리와 뾰족한 묏부리가 없다. 저탄猪灘(예성강 상류)의 강물은 누렇게 혼탁하고 진흙이라 맑은 물과 빠른 여울이 없다. 따라서 그 풍속은 완악하고 아둔하고 어리석으며, 예로부터 문장을 잘하거나 도덕이 훌륭한 선비와 재능이 뛰어나거나 특별한 기인이 없다. 또 비천한 백성들은 뻣뻣하여 관장을 두려워하지 않는다. 관장이 까닭 없이 수탈하면 비천한 백성들은 1000명이고 100명이고 무리를 이루어 감사나 비변사에 찾아가서 호소하고 그 일 때문에 죽더라도 후회하지 않는다. 그러나 질박하고 변하거나 속임이 없어 착한 풍속이라 아니할 수 없다.〔황상, 11〕

'통론三' 제6칙에 실린 글로 황해도 풍속을 총평하되 장단점을 함께 제시하였다. 이 내용은 다른 사본에서는 찾을 수 없으며, 황해도의 풍속을 바라보는 황상만의 시각이 담겨 있다. 관장을 두려워하지 않는 황해도 주민의 태도와 기질을 소개한 것은 귀한 문화 정보이다. 이 기사는 19세기 중반 황해도를 보는 타지 사람의 평가를 인상적으로 보여준다. '황해도'에 실린 9칙의 기사에서도 다른 사본에서 보기 힘든 흥미로운 지리정보를 수록해 이 지역에 관한 깊은 관심을 보여주었다.

적극적인 독서와 편집으로 일군 독창적 재해석

황상은 〈복거론〉에 해당하는 '통론' 4개 항에서 내용 전체를 새로 쓰다시피 하였다. '통론一'(지리)은 이중환의 글을 전재하는 수준에 불과하나, 나머지 세 편은 대부분 새로운 내용이다. 지리를 보는 이중환의 참신한 시각이 펼쳐진 〈복거론〉의 주제와 기준을 두고 황상은 색다른 주장을 펼쳤다. 그의 글은 참신하고 창의적인 주관이 돋보여 가치가 있다.

생리生理를 다룬 부분부터 살펴본다. 통론二(생리) 16칙은 전국 각지의 명산품을 주요 생산품에 초점을 맞추어 품목별로 따로 서술하였다. 이중환은 〈팔도론〉이나 〈복거론〉 '생리'에서 명산품을 지역의 서술에 녹여서 서술했으나, 황상은 명산품을 따로 독립시켜 품목별로 서술하였다. 이중환의 서술을 단순히 재정리한 것이 아니라 창의적으로 완전히 달리 써서 서술 방법이나 내용이 크게 바뀌었다.

조목별로 살펴보면 2칙에서는 전국의 토질을 파종한 볍씨 한 말당 수확량으로 등급을 매겼고, 3칙에서는 2칙에 이어 전국 토지의 수확량과

비옥도를 도별로 나누어 설명하였다. 5칙에서는 전국의 목면木棉 작황과 명산지를 집중적으로 서술하였고, 6칙에서는 전국 각지의 명품 베를 소개하였다. 7칙에서는 전국 연초 생산지를, 8칙에서는 지역 특산 과일과 기타 산물을, 9~16칙에서는 주요 거점 포구와 시장을 정리하여 소개하였다. 개요만 보더라도 이중환과는 접근 방법이 다르다. 다음과 같이 8칙의 내용을 인용하여 치원본의 특징과 가치를 밝힌다.

> 청산靑山과 보은報恩의 1000그루 대추, 영천榮川과 은풍殷豐의 1000그루 감, 황주黃州와 봉산鳳山의 1000그루 배는 어느 것이나 나라 전체의 명품이다. 호남 운암雲巖과 갈탄葛灘에서도 맛좋은 감이 생산된다. 양주楊州의 남일원南一園은 특히 밤으로 유명하다. ○ 전주 양전포良田浦의 생강, 황주의 지황, 안동과 예안의 용수초龍鬚草, 남원과 순창의 종이, 강진과 완도의 황칠黃漆, 제주의 죽모첨竹帽簷은 어느 것이나 부자가 이익을 독점하는 물산이다.〔황상, 5〕

대추와 감, 배, 밤과 같은 과일 그리고 생강과 지황, 용수초, 종이, 황칠, 제주도 죽모첨(갓양)의 명산지를 정리하여 소개하였다. 일부 산물은 이중환이 소개하였으나 절반 정도는 새로 발굴한 산물이다. 다른 문헌에서는 볼 수 없는 낯선 물건이 눈에 띈다. 바로 은풍의 감과 양주 남일원의 밤이다. 현재 은풍의 감은 '은풍준시殷豐蹲杮'라는 고가의 최상품 곶감으로 유명하다. 조선 후기에 은풍준시는 왕실 진상품이었으나 일반에는 거의 알려지지 않았다.[11] 황상은 정약용에게서 관련 정보를 얻었음이 분명하다. 규장각에 근무할 때 정약용은 정조로부터 은풍준시를 받고 사례의 시를 쓴 바 있다.[12]

다음은 남일원의 밤이다. 이 역시 정약용에게서 나온 정보임이 틀림없다. 남일원은 지금의 남양주시 화도읍 금남리의 옛 지명으로 이곳 지명을 언급한 지식인은 정약용이 거의 유일하다. 정약용은 〈산수심원기汕水尋源記〉와 〈산행일기汕行日記〉에서 이곳을 언급하였고, 앞의 글에서 "남일원은 1000그루 밤나무 숲이 있으니 또한 이름난 마을이다"라고 설명하였다.[13] 이처럼 황상이 새롭게 쓴 지리정보의 일부는 정약용의 지리정보에 근거를 두고 있다.

팔도의 풍속을 다룬 '통론三'은 총 7칙으로 구성돼 있는데 여기서도 황상은 이중환과는 다른 참신한 관점을 표출하고 내용을 보완하였다. 전라도와 황해도, 서북 양도의 풍속을 보는 참신한 시각은 이미 앞에서 설명하였다. 기타 지역을 보는 시각도 새로워서 경상도 지역을 안동과 영천 일대를 좌상도左上道로, 성주와 진주 일대를 우하도右下道로 구분하여 풍속을 검토한 점도 참신하다.

특히 경기도 지역의 풍속을 논한 대목은 이중환의 생각을 토대로 하면서도 새로운 주장을 담았다. 이중환은 "(서울 밖은) 살 만한 땅이 적다. 사대부로서 집이 가난하고 세력을 잃어 삼남 지역으로 내려간 자는 집안을 잘 보전해도 동쪽과 서쪽 교외로 나간 자는 한미하고 쇠잔해져 한두 세대를 거치고 나면 품관品官이나 평민으로 떨어지는 경우가 많다"〔이중환, 208〕라고 하여 경기 지역의 땅이 척박하고 백성이 가난한 사정을 밝혔다. 황상도 이 관점에 동조하나 더 강하게 주장하여 경성에서 10리 밖을 벗어나면 풍속이 고루하고 비루하여 궁벽한 시골 마을의 분위기가 풍긴다고 하였다. 문견이 트인 점에서 경기 지역이 먼 시골보다 못하다고 하여 경기도 사람을 '경기도 촌뜨기〔京畿鄕闇〕'라고 부른다고 했다.〔황상, 9〕

황상이 경기 지역을 이렇게 묘사한 것은 박제가의 영향을 받았다. 박제가는 《북학의》의 〈농업과 잠업에 대한 총론〉에서 "중국은 서울과 지방의 구별이 없다. 양자강 이남과 오촉, 민월처럼 멀리 떨어진 지역도 큰 도회지는 번화한 문물이 황성보다 도리어 낫다. 반면에 우리나라는 도성에서 몇 리만 밖으로 나가면 풍속이 벌써 시골티가 물씬 난다"라고[14] 하여 문명도아文明都雅하지 못한 경기 지역의 실상을 비판했고, 이에 영향을 받아 정약용 역시 비슷한 말을 했다.[15] 정약용과 제자들은 박제가의 《북학의》에 큰 영향을 받았는데,[16] 경기 지역을 보는 황상의 시각에도 그 흔적이 또렷하게 남아 있다.

산수를 다룬 '통론四'에는 4개의 칙이 있고 모두 새로운 내용을 담고 있다. 제1칙에서는 사대부 자제들이 주거지를 선택할 때 생리만을 기준으로 선택하는 것은 비루하므로 산수의 기준을 함께 고려해야 한다고 했고, 제2칙에서는 금강산이나 오대산, 태백산과 소백산 사이는 산수는 좋아도 사람이 들어가 살기는 어렵다는 점을 거론했다. 제3칙에서는 산수가 좋은 곳을 사찰이 다 차지하고 있으나 단양 일대의 4개 고을은 그렇지 않다고 하였고, 제4칙에서는 이름난 정승이나 명사가 선택한 주거지라 해도 실제로는 오래 거주하지 못할 장소가 있음을 거론하였다. 모두가 이중환이 말하지 않은 내용이다. 그중 두 꼭지를 소개하면 다음과 같다.

> 그러나 사대부 자제가 조정에 나아가지도 못하고 또 산수 사이에서 소요하며 즐기지도 못하면서 단지 농토만 탐내고 어염만을 유통하여 구복口腹의 이익만을 도모한다면 사람됨이 비루하지 않은가! 따라서 천석泉石이 빼어난 경치를 돌아보지 않을 수 없다.〔황상, 12〕

태백산과 소백산 사이는 천석이 빼어나게 아름답다. 그러나 집안을 이끌고 이곳으로 들어간 이들은 반드시 남들로부터 난을 피해 들어간다고 손가락질을 당하여 청아한 산수를 실컷 즐기기도 전에 위태로운 비방이 먼저 세상에 퍼진다. 이 점을 또 염두에 두지 않을 수 없다. 〔황상, 12〕

황상은 이와 같이 산수가 아름다운 주거지를 선택하는 두 가지 태도를 거론하였다. 먼저 사대부는 경제적 이득만을 우선시하는 비루한 짓을 해서는 안 되므로 산수 경치를 고려해 주거지를 선택해야 한다고 주장했다. 그러면서 산수가 아름다운 곳을 선택하더라도 이른바 피장처避藏處로 공인된 곳은 피해야 한다고 주장했다. 남의 눈에는 산수를 선택한 것이 아니라 전쟁의 위험을 피해 도피하는 것으로 보이기 때문이다. 조선 후기에 전쟁 트라우마를 겪은 이들이 《택리지》나 《정감록》 등에서 전란을 피할 적지로 거론한 지역으로 끊임없이 몰려간 현상의 폐해를 우려해 이렇게 말했다.

이와 같이 산수를 중시한 논의는 황상 본인이 산가 생활을 통해 아름다운 정원을 꾸미며 살아가는 삶을 선호한 것과 관련된다.[17] 다만 산수에 관한 황상의 관점과 새로운 내용은 지금은 사라지고 없는 권2에 많이 실려 있으리라 추정한다. 더 풍부한 사실은 나중에 발굴될 문헌이 말해줄 터다.

정약용은 치원본《택리지》에 어떤 영향을 주었나

황상이《택리지》를 증보하면서 스승인 정약용에게 영향을 받았음은 새삼스럽게 언급할 필요조차 없다. 앞에서는 황상이 보완한 지리정보 가운데 일부가 정약용에 출처를 두고 있음을 밝혔다. 은풍준시와 양주 남일원의 밤을 채택한 것은 특히 의심의 여지가 없는 증거다. 남일원의 밤이 전국적으로는 지명도가 떨어지는 품목인데도 전국 명산물의 목록에 올린 것은 정약용의 정보를 맹목적으로 따른 혐의가 있다.

정약용의 영향은 전편에 걸쳐 확인된다. 세 가지 사례를 통해 정약용과 황상의 사승師承 관계와《택리지》에 대한 황상의 이해가 얼마나 깊이 얽혀 있는지를 설명한다.

첫째, 어휘의 선택에서 영향 관계가 보인다. 이중환은 호서 지역의 명가를 거론하며 이산尼山의 윤씨尹氏를 거론하였다. 5장에서 밝힌 것처럼 이산은 정조의 어명 이산李祘과 발음이 같아서 사용이 금지되어 이성尼城으로 개칭되었다가, 어명의 발음을 '이성'으로 변경한 1800년 이후 다시 노성魯城으로 변경되었다. 황상 역시 이산을 쓰지 못하고 "이잠尼岑은 윤씨의 고을이다"〔황상, 10〕라고 하여 '이잠尼岑'이라 썼다. 다수의 사본에서 '이성尼城' 또는 '노성魯城'이라 쓴 것과는 다르다. 아무도 이산을 이잠이라 쓰지 않았고 오로지 정약용만이 이잠으로 썼다.[18] 일반적인 어휘를 쓰지 않고 독특한 어휘를 선택한 것은 사승 관계를 드러낸다.

둘째, 경기도 양근현 미원촌의 평가를 둘러싼 논쟁을 꼽을 수 있다. 4장에서도 언급했던 미원촌은 지금의 가평군 설악면에 있는 오래된 마을로 용문산 북쪽에 위치한다. 미원장迷元莊으로도 불리는데 고려 공민왕 때 왕사 태고보우太古普雨의 소설암小雪庵이 있어서 그 위세로 한때 현

작자 미상, 양근군의 미원촌 지도, 《광여도廣輿圖》, 18세기 중반, 규장각한국학연구원 소장

북한강 옆으로 산중에 들어앉은 미원현창迷源縣倉이 표시되었다. 오른쪽에 있는 소설암小雪菴은 고려 공민왕의 왕사 보우(1301~1382)가 머물던 사찰이다. 보우의 위세로 이곳에 미원현이 설치된 적이 있다.

이 설치되기까지 했다.[19] 이후 숨어 살며 몸을 보전할 만한 길지이자[20] 살기 좋은 명당으로 알려져 여러 사람이 호평하였다. 서유구는 《금화경독기》를 인용하여 양평 일대의 토박이들이 살기 좋은 명당으로 첫째를 용진龍津, 둘째를 고읍古邑, 셋째를 미원迷原으로 꼽았다고 했다.[21] 정약용은 〈발《택리지》〉에서 "한강을 따라 상류로 올라가면 오직 여주의 백애白厓와 충주의 목계가 좋은 터라고 한다. 그러나 북한강 연안에 있는 춘천의 천포泉浦와 양근의 미원이 더욱 뛰어나다"〔이중환, 380〕라고 하여 미원촌을 호평하였다. 또 〈미원은사가薇源隱士歌〉라는 장편 시를 써서 여기 파묻혀 사는 은사 심씨沈氏의 삶을 선망하는 시선으로 보고 묘사하였다. 미원촌이 살기 좋은 주거지로 상당히 좋은 평가를 받았음을 확인할 수 있다.

그러나 사람들이 미원촌에 호평만 한 것은 아니다. 《정감록》에 실린 〈두사총비결杜師聰秘訣〉은 미원촌 일대가 깊고 궁벽하여 사람들이 살려고 하지만 귀맥鬼脈에 겁기劫氣가 서려 있어 살지 못할 곳이라고 평가하였다.[22] 이 비결의 정확한 연대는 확정할 수 없고, 주장과 연대가 정확한 것은 《택리지》이다. 이중환은 미원촌을 두고 부정적인 평가를 내렸다. 4장에서도 언급했듯이 미원촌이 조광조가 호평한 곳이자 살기 좋은 곳으로 알려져 있으나, 직접 살펴본 결과 "산중이 조금 넓게 트여 있기는 해도 땅이 벌써 깊고 막힌 데다 기운도 스산하고 썰렁했다. 사방의 산이 우아하지 못하고 앞에 시냇물이 너무 울며 흘러서 살기 좋은 땅이 아니었다"〔이중환, 192〕라고 평가하였다. 이중환의 평가는 이후 이 지역을 보는 기준점이 되었다. 또 다른 사례로 성해응은 《명오지》에서 미원촌을 명당으로 꼽은 뒤 《택리지》의 지적을 수용하였다. 다만 수목이 풍부하여 토박이들이 나무에 생계를 의지해 땔나무 상인이 많다고 보충하였다.[23]

미원촌은 강진에 사는 황상이 관심을 기울이거나 잘 알 수 있는 장소가 아니다. 황상이 관심을 가졌다면 이중환과 정약용의 평에 따른 것이다. 실제로 황상은 앞서 언급한 이중환의 지역 평가를 두 단락으로 구분하여 필사한 뒤, ○ 표시를 하고서 다음과 같이 정약용의 말을 직접 인용하였다.

> 탁옹籜翁이 다음과 같이 말하였다. 세상에서는 미원촌을 도원桃源과 같아서 난을 피할 수 있다고 말한다. 그러나 병자년 용골대龍骨大가 침략했을 때 도원수都元帥가 군사를 데리고 미원촌에 주둔하여 동북쪽 여러 도에서 오는 근왕병勤王兵을 기다렸다. 따라서 미원촌에는 예로부터 창고를 설치하여 곡식을 저장해두었으니 대개 군수물자이다. 어떻게 병란을 피할 땅이라 할 수 있으랴!〔황상, 14〕

황상은 탁옹(정약용)의 발언을 인용하면서 미원촌의 입지가 좋다는 설을 부정하였다. 정약용은 병자호란 때 도원수가 주둔했고 미원창은 군량미를 저장하는 곳이었다는 역사적 사실을 거론하여, 전란을 피해 숨을 곳으로 알려진 미원촌이 거꾸로 전란에 취약한 곳임을 입증하였다. 정약용은 또 〈산수심원기〉에서도 이 일대의 역사를 설명하고 임진왜란 때도 관군이 주둔하여 적의 예봉을 피했음을 거론하였다.[24] 이런 역사적 사실은 정약용 외에는 아무도 거론하지 않았다. 정약용의 주거지인 두물머리는 미원촌과 아주 가까웠기에 그는 누구보다 그곳의 지리정보에 밝았다.

정약용의 경우 〈발《택리지》〉의 호평과 치원본의 악평은 상반된다. 피장처로 꼽힌 장소가 대개 허상임을 미원촌의 사례에서 알 수 있으나, 그

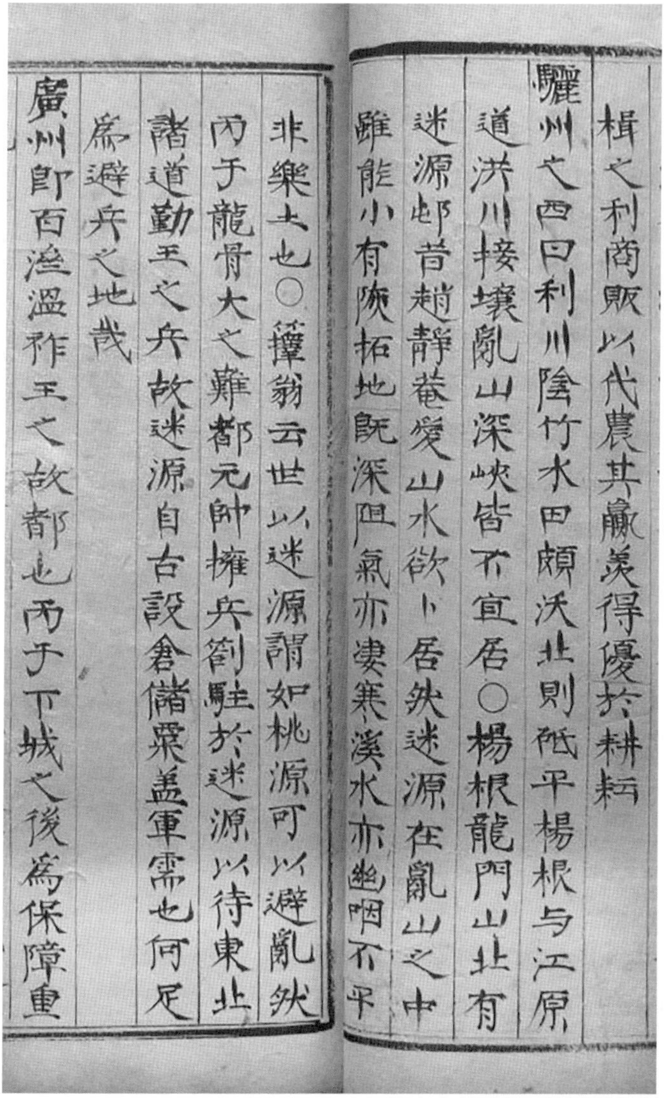
楫之利商販以代農其贏羨得優於耕耘
驪州之西曰利川陰竹水田頗沃北則砥平楊根與江原
道洪川接壤亂山深峽皆不宜居○楊根龍門山北有
迷源邨昔趙靜菴愛山水欲卜居然迷源在亂山之中
雖能小有陝拓地既深阻氣亦凄寒溪水亦幽咽不平
非樂土也○鏞翁云世以迷源謂如桃源可以避亂然
丙子龍骨大之難都元帥擁兵劄駐於迷源以待東北
諸道勤王之兵故迷源自古設倉儲粟蓋軍需也何足
爲避兵之地哉
廣州卽百濟溫祚王之故都也丙子下城之後爲保障重

치원본《택리지》권1 장14, '경기' 제3칙
세 개 단락 중 두 개 단락은 일반《택리지》와 유사하고, 셋째 단락에서는 정약용의 주장을 인용했다.

렇다고 미원촌이 살기 나쁜 지역은 아니라고 판단했음을 읽을 수 있다. 황상은 정약용의 말을 근거로 미원촌의 입지를 부정 평가한 이중환의 주장을 옹호하였다. 황상이 정약용의 지리설을 얼마나 중시하였는지를 분명히 보여준다.

셋째, 철원의 지리를 서술한 부분이다. 이중환이 철원 일대를 묘사한 대목은 대략 세 가지 내용으로 1) 춘천에서 모진강 서쪽에 있는 일곱 개 고을의 하나로 철원을 거론하였고, 2) 후삼국 시대에 태봉泰封의 도읍지임을 언급하고 궁예의 일화를 서술하였으며, 3) 도회지의 성격과 전답, 산수의 특징을 서술하였다. 황상은 '강원도' 7칙에서《택리지》의 문장을 조금씩 바꾸기는 했으나 대체로 따랐다. 다만 두 번째 기사에서는 철원의 역사를 생략하고 자연지리를 서술하는 내용으로 교체해 큰 차이를 보인다.

> 그 가운데 철원부는 바로 궁예의 옛 도읍이다. 궁예 시대에 국호를 태봉이라 했는데 태봉은 대방帶方의 변음變音이다(원주: 소리가 서로 가깝다). 두 강물 사이에 위치하니 그중 하나는 분수령(원주: 안변의 경계이다)에서 동쪽으로 흘러 철원 북쪽을 지나고, 그중 하나는 오신산五神山(원주: 금산金山에 있다)으로부터 와서 철원 남쪽(원주: 바로 체천이다)을 흘러 지나가는데 모두 연천 서쪽에서 만난다. 이것이 철원의 금대襟帶이다.〔황상, 43〕

인용문 맨 앞에 나오는 "그 가운데 철원부는 바로 궁예의 옛 도읍이다"라는 진술은《택리지》의 문장이다. 나머지 내용은《택리지》사본 어디에도 나오지 않는다. 철원을 마룡수馬龍水와 체천砌川 두 강물 사이에

자리 잡았다는 지리정보의 근거를 태봉이란 국호가 대방의 변음이라는 것에서 찾았다. 이 해석은 학계에서 공식화하지 않은 그야말로 독특한 견해인데 황상의 독자적 해석이 아닌 정약용의 해석이다. 이 인용문은 정약용이 한반도 북방의 수계를 고증한 저술《대동수경大東水經》에서 체천을 설명한 대목을 그대로 전재했다.[25] 미원촌의 사례처럼 "탁옹이 다음과 같이 말하였다"라는 식으로 인용 표시를 했어야 했다.

미원촌과 철원의 사례를 볼 때, 치원본《택리지》는 정약용에게 지대한 영향을 받아 만들어졌다. 하지만 전라도 지역에 대한 황상의 지식과 판단을 비롯하여 그만의 시각이 곳곳에서 표현됐기에 황상의 개성과 학문이 발휘된 독자 저술임에는 변함이 없다. 치원본《택리지》는 이중환과 황상 그리고 정약용이 국토지리를 보는 시각과 참신한 정보와 지식을 버무린 저술로 세 사람의 지리관을 선명하게 드러낸다.

황상은 19세기 중반 전라도 지식인의 시각으로《택리지》내용을 갱신하여 필사자라 해도 나름의 새로운 면모를 보여줄 수 있음을 입증하였다. 치원본《택리지》는《동국산수록》계통을 계승하고 유학자의 의식을 담아서 자연지리와 경제지리 측면에서는 큰 공헌을 했으나 전설과 역사를 비롯한 문화지리의 측면은 지나치리만큼 무관심으로 일관하였다. 하지만《택리지》는 본래 각지의 지역 전설을 채록하여 문화지리의 측면에서 특별한 공헌을 한 지리지임을 다음 두 장에서 자세히 살펴보려 한다.

8장

'전설의 고향'《택리지》

《택리지》에 반영된
구전 지식과 지역 전설

이중환은 유학을 사상적 기반으로 삼은 지식인이었다.《택리지》에는 자연스럽게 유학이 바탕을 이루고 있다. 그러나 일반 유학자의 저술과는 다른 두 가지 특징이 나타난다. 하나는 풍수風水의 시각이 곳곳에 보이는 점이고, 다른 하나는 구비口碑 전승되는 전설이 다수 실려 있는 점이다. 풍수의 시각은 유학자에게 비합리적 술수로 비난을 받았으나 주희조차도 일부 수용한 만큼, 당시 유학자가 활용하는 데 크게 제약받지 않았다.《택리지》의 풍수설 활용은 학계에서도 인정하는 사실이다.

《택리지》는 전국의 지역 전설이나 인물 설화, 종교적 풍습을 폭넓게 채록했다. 수량도 많고 내용이 새롭고 흥미로워 당시부터 후대까지 큰 영향을 끼쳤다. 이중환은 문화지리에 주목하여 지역의 가치와 문화를 설명했다. 그러나 오랫동안 아무도《택리지》의 지역 전설 텍스트를 깊이 있고 구체적으로 분석하거나 조명하지 않았기에, 이들 문화 텍스트의 가치는 주목을 받지 못했다.

이중환은 현지에서 체험하고 주변 인물에게 들은 정보를 채택해《택리지》에 반영했다. 현장에서 구전口傳되는 지식정보를 중시했고, 특히 지역민의 문화와 생활에 녹아 있는 지역 전설에 큰 가치를 부여해 적극

적으로 채록하여 문헌에 축적된 지식정보보다 더 큰 가치를 두었다. 유학을 공부한 사대부치고는 상당히 개방적이었다.《택리지》에 수록된 많은 지식정보와 지역 전설은 이전 문헌에 정착된 적이 없는 것이 제법 많다.

지리학의 관점에서《택리지》는 문화지리의 시각으로 국토지리를 이해한 선구적 지리지이고, 한국문학사 관점에서는 구비문학의 보고이다. 이중환은 전근대 시기 구비문학의 개척자로 평가해야 한다.

지역 전설을 풍성하게 수록한 민속지

《택리지》는 다양한 가치가 있다. 조선 후기에 나온 어떤 저술보다도 실용적인 지침서로서 큰 인기를 누렸다. 독자들은《택리지》를 통해 살고 있는 지역을 상대화하여 볼 수 있었고, 이주하고 싶은 지역에 대한 실질적인 정보를 얻을 수 있었다. 전국 팔도의 경제, 역사, 문화지리, 자연환경, 관광에 대한 새롭고 유익한 정보는 독자의 다양한 욕구를 충족시켰다.

이 책을 이른 시기에 본 이익은 "산맥과 수세水勢를 비롯하여 풍토와 민속, 재화의 생산과 수륙의 운송 등을 조리를 갖춰서 분간하고 설명하였다"〔이중환, 46〕라고 말해 내용이 다방면에 걸쳐 있음을 평가하였다. 읽는 이에 따라 산수와 명승의 안내서로, 경제활동의 지침서로, 지역의 문화 안내서로, 심지어 당쟁서나 역사 개론서로도 읽을 수 있었다. 50여 종 이상의 서명으로 불린 것은 책이 지닌 다양성을 방증한다. 그러한 가치는 책이 지향한 바와 연관이 있다. 이중환은 공간을 지리적 관찰 대상

으로만 간주하지 않고 인간의 삶과 역사가 숨 쉬는 곳으로 대했다.

《택리지》는 팔도의 각 지역을 묘사하고 설명하면서 입에서 입으로 전해 내려오는 전설과 민속에 깊은 관심을 기울여 그와 같은 방향성을 잘 보여준다. 사실 《신증동국여지승람》 같은 권위 있는 지리서에도 비슷한 내용이 있으므로 새삼스러운 특징은 아니다.[1] 그러나 《택리지》에서 기울인 관심과 서술 비중은 그와 같은 지리서를 훌쩍 넘어선다. 비중이 크고 범위도 지리와 역사, 민속과 사회를 포함한 다방면에 걸쳐 있다. 다른 문헌에는 보이지 않고 오로지 이 책에만 보이는 기사가 많다. 설령 보인다 해도 《택리지》만큼 내용이 풍부하거나 참신하지 않다.

학계에서는 《택리지》의 구비문학적 가치를 정확하게 인지하지 못했고, 논의가 거의 이루어지지 못했다. 하지만 《택리지》에 실린 구비전승 기록은 책의 성격과 가치를 이해하는 데도 새로운 시각을 제공한다. 일반 지리지가 기존 문헌에 의존하거나 공공성이나 객관성의 확보에 집착해왔다면, 이중환은 현지 탐사와 주변 지인의 견문, 구비전승의 채록 등을 활용하였다. 《택리지》는 이처럼 다양한 취재원을 통해 지리정보를 얻어서 독창적인 내용을 확보했다.

《택리지》를 조사해 통계를 내보면 구비전승에 뿌리를 둔 기사가 수십 개에 이른다. 줄거리에 조리가 있고 일정한 수준 이상의 분량을 갖춘 지역 전설을 조사하여 목록으로 만들면 〈표 6〉과 같다.

표에서는 서술이 간단하거나 역사적 실체가 분명한 전설은 배제하였다. 대략 40종 안팎의 지역 전설이 전국적으로 골고루 분포하고 있다. 충청도와 황해도 지역이 적고 경기도 지역이 상대적으로 풍부하며 다른 지역은 비슷하여 균형을 이루고 있다.

〈표 6〉《택리지》의 지역 전설 목록

	편목	장소	제재	인물	비고
1	평안도	평양 연광정	연광정 명승	김황원, 주지번	시문
2	평안도	평양 부벽루	부벽루 풍류	허봉	시문, 전설
3	평안도	성천	박엽의 지략과 의리	박엽	전쟁
4	평안도	안주 칠불사 七佛寺	수나라 군대 물리친 칠불	칠불	사찰 연기
5	함경도	회령 운두산성 雲頭山城	송 황제의 능	휘종, 흠종	역사
6	함경도	함흥	함흥차사	이성계, 박순	개국
7	함경도	안변 석왕사	태조의 꿈 해몽	무학	사찰 연기
8	황해도	장산곶 금사사	금사사 모래밭의 신비		명승
9	황해도	대청도, 소청도	황제의 유배	원 순제	사찰 연기
10	강원도	원주 치악산	원천석의 은둔	원천석, 태종, 노파	개국, 은둔
11	경상도	진주 충렬사	충신의 사당 중수를 도운 귀신	무장 귀신	사당, 전쟁
12	전라도	임피 자천대	최치원 기우제	최치원	인물
13	전라도	해남 진도 벽파정	명량해전 때 철쇄 사용	이순신	전쟁
14	충청도	청주	이숭인과 압각수鴨脚樹 전설	정도전, 이색, 이숭인, 태조	개국
15	충청도	소사	소사 전투와 원숭이 기병대	양호	전쟁
16	경기도	남한산성	용골대의 정탐	용골대, 김시양	전쟁
17	경기도	대부도	학이 안내한 비밀 물길 학지鶴指		전쟁
18	경기도	연흥도	고려 종실의 피난처	익령군	개국
19	경기도	한양	무학대사의 도성 결정	윤관, 무학	개국
20	경기도	한양 도성	성곽 둘레 결정	태조	개국

	편목	장소	제재	인물	비고
21	경기도	개성	고려 개국	보육, 작제건, 용녀	개국
22	경기도	마전	숭의전 전설		개국
23	경기도	덕적산	최영 사당	최영	개국
24	복거론-산수	제주	유구국 세자 살해 사건	유구국 세자, 제주목사	외국
25	산수	한반도의 생김새	홍순언 보은단 전설	홍순언, 석성	전쟁
26	산수	유점사	바다를 건너온 불상	노춘	사찰 연기
27	산수	지리산 악양동	이자겸을 피해 숨은 한유한	이자겸, 한유한	은둔
28	산수	지리산 쌍계사	최치원 전설	최치원	은둔
29	산수	가야산	최치원이 신선 된 사연	최치원	은둔
30	산수	가야산 해인사	장경각의 신비와 산 정상의 신선	애장왕	신선
31	산수	청량산	난가대 전설	최치원, 노파, 김생	신선
32	산수	부석사	선비화수	의상, 정조	전설
33	산수	대둔사	어머니를 찾은 효자	손순목	전쟁, 효
34	산수	금산사	용추를 메워 절을 조성함	신라 조사	사찰 연기
35	산수	송광사	경내의 나무와 보조국사	보조국사	사찰 연기
36	산수	능가사	유구국 태자의 기도	유구국 태자	외국
37	도읍, 은둔	한라산	신선의 놀이터		신선
38	도읍	감호	양사언 글씨	양사언	신선
39	도읍	강릉 경포	적곡합 전설	부자, 탁발승	지역
40	도읍	남원 구만촌	신선의 왕래	신선	신선

이야기가 없는 땅은 없다

《택리지》의 지역 전설은 대부분 직접 현지에서 견문하거나 동시대 사람에게 들은 것이다. 반면 과거 문헌에서 전재한 정보는 많지 않다. 견문한 사실을 기록할 때 대개 '세전世傳'(8차), '언전諺傳'(9차), '상전相傳'(3차), '토인전土人傳'(1차), '혹전或傳'(2차)이라는 말을 써서 채록했음을 밝혔다. 간혹 따로 밝히지 않고 기록하기도 했다. 지역 전설을 채록한 기사 가운데 짧은 것은 다음과 같다.

> (강경에는) 주줄산의 다른 한 줄기가 북쪽으로 뻗어 여산 서북쪽에서 채운산彩雲山이 된다. 봉우리 하나가 들판 가운데 우뚝 솟아 있고, 이 봉우리 위에는 양음養陰과 영천靈泉이 있는데, 백제 의자왕이 연회를 베풀며 놀던 곳이라고 전해온다.〔이중환, 135〕

백마강 주변 명승에는 의자왕의 연회와 관련한 전설이 다수 전해오지만, 채운산에는 전승되는 전설이 없다.[2] 강경에 제법 길게 머문 이중환은 현지에서 채록한 전설을 책에 실었다. 후대에는 이 전승이 단절되었고[3] 《택리지》에만 전해진다.

이처럼 《택리지》에 수록된 지역 전설은 대개 이전 문헌에서는 찾아보기 힘들고, 최초로 채록된 것이 많다. 또 지역정보를 서술하는 과정에 삽입구처럼 끼어들어서 사본에 따라 실리는 양상이 사뭇 다르다. 예를 들어, 〈팔도론〉에서 진주는 다음과 같이 서술하고 있다.

> ① 진주는 지리산 동쪽에 있는 큰 고을로 장수와 정승을 많이 배출

하였다. 토지가 비옥한 데다 강산의 풍광도 빼어나서 사대부들이 부유함을 자랑하여 저택과 누정 가꾸기를 즐겼다. 이들은 설령 벼슬을 하지 않아도 잘 노는 귀공자라는 이름을 떨치고 있다.

② 임진왜란 때 진주가 왜적에게 함락당했을 때 창의사倡義使 김천일金千鎰과 병사兵使 최경회崔慶會가 싸우다 죽었다. 지역 사람들이 사당을 세워서 제사를 올리고, 조정에서는 충렬사忠烈祠를 사액하여 표창하였다. 숙종 때 어떤 진주목사가 사당을 중수重修하려고 병사兵使에게 도움을 청하였으나 병사가 들어주지 않았다. 목사가 홀로 녹봉을 털어서 중수하자 사당의 모양이 새롭게 바뀌었다. 목사가 밤에 꿈을 꾸었더니 여러 장수가 감사 인사를 하고서 말하기를, "공께서는 문관인데도 우리를 잊지 않고 있거늘 저 병사는 장수의 처지로 돌아보지도 않으니 마땅히 그 죄를 다스리겠습니다"라고 하였다. 새벽이 되어 병사가 밤사이 갑자기 죽었다는 소식이 들려왔으니

③ 귀신이 작용하는 바가 없다고 할 수 없다.〔이중환, 125~126〕

①은 지리지의 성격에 부합하는 서술이다. ② 이하는 지역 전설로서 ①보다 분량이 훨씬 많다. 대부분 사본에는 ①과 ②와 ③을 모두 싣고 있다. 그러나 잠옹본과 상백본을 비롯한 몇 종의 이본에는 지리정보를 담은 ①만 싣고 지역 전설을 싣지 않았다. 한편 존경본 등에는 ③이 "이상히 여길 만하다〔可異〕"로 되어 있고, 상백본과 장서각 소장《동여휘람》에는 ③이 빠져 있다.

진주의 의병장과 관련한 지역 전설은《택리지》이전에는 채록된 문헌이 없다.《택리지》이후에 수록한 책은 진주 삼장사三壯士의 사적을 모아 편찬한《충렬실록忠烈實錄》과 김천일의 문집《건재집健齋集》그리고《계

서야담溪西野談》뿐이다. 이 책들은《택리지》 이후에 간행되거나 지어졌고,《택리지》에서 전재했음을 밝히고 있다. 진주목사가 숙종조의 문신 홍경렴洪景濂(1645~?)임을 밝힌 것만이 다르다. 이 지역 전설은 이중환이 처음으로《택리지》에 채록한 것이 틀림없다.

사본을 비교하여 다음과 같은 결론에 이르렀다.《택리지》에는 지리현상 본연의 사실과 직접 연관이 없는 지역 전설 등을 삽화 형식으로 다수 서술하였다. 역사적 진실성을 고려하지 않거나 신뢰할 만한 문헌적 근거가 없는 내용도 있다. ③에서 보듯이 비사실적이고 신비한 정보임을 알고 있으면서도 수록했다. 필사자의 성향에 따라 전설이나 야담의 성격을 지닌 ② 이하의 기사를 의도적으로 삭제하여 유가적 합리주의 태도를 보였다. 특히 귀신의 존재를 긍정하는 유가답지 못한 ③만을 삭제하기도 하였다. 지역 전설을 보는 시각이 서로 다른 필사자들이 텍스트에 깊숙이 개입하고 있다.

진주 기사에서 보이는 특징은 다른 기사에서도 얼마든지 확인할 수 있다. 이중환은 신비롭고 기이한 전설 기사를 거리낌 없이 기록하였다.《택리지》는 이야기를 도입함으로써 딱딱한 지리정보 위주로 쓰인 지리서를 넘어 인문적이고 문화적인 가치가 풍부하여 흥미를 유발하는 읽을거리가 되었다. 이는《택리지》에 매우 중요한 요소이다.

《택리지》는 이렇게 자연지리 위주에서 벗어나 전설을 채록함으로써 확장성이 큰 텍스트가 되었다. 이중환은 논지를 해치지 않는 범위에서 민속이나 전설, 역사적 사실을 기사의 일부로 채택하였다. 기사의 구조상 필사자가 특정 지역에 특정한 텍스트를 자의적으로 끼워 넣는 것도 본래의 저술 방향에 저촉되지 않는다. 수십 종의 사본을 검토해보니 흔히 일어나는 현상이었다. 〈팔도론〉 '함경도' 함흥차사咸興差使 전설이 대

표적인 사례이다.

함흥은 함경도 감영 소재지로서 높은 비중을 주어 서술해 마땅하다. 이곳 기사는 두 가지 사실 위주로 구성되었다. 첫째는 저자의 10대조 이계손李繼孫(1423~1484)이 교육에 힘쓴 역사이고, 둘째는 만세교萬歲橋와 낙민루樂民樓, 함흥본궁咸興本宮의 소개이다. 대다수 사본이 비슷하게 구성되어 있다.

그런데 등람본, 취원본, 승계본, 장서각, 안대회 소장, 동국대 소장《팔역지》, 하버드대 소장《좌해답편록》등의 사본과 조선광문회 간본에는 함흥본궁 기사 뒤에 함흥차사 전설이 소개되고 있다. 광문회본은 100년 넘게 표준본으로 활용되었기에 함흥차사 전설이《택리지》에 당연히 수록된 것으로 알고 있었으나 실상은 정반대이다. 이 전설은 이중환의 초고본과 개정본 원본에는 없었다. 어떤 필사자가 자의적으로 끼워 넣은 사본이 몇 종의 사본에만 전사되었고, 최남선이 이를 채택하여 널리 유통함으로써 원본을 오도했다. 이 전설의 분량이 함경도 전체 분량의 4분의 1을 차지할 정도로 많아서 서술상 균형도 맞지 않는다. 이중환은 이 전설을 채록하지 않았다. 이 전설이 널리 퍼진 것은 100년밖에 되지 않았고, 광문회본의 영향을 받은 결과이다.[4]

조선 팔도 곳곳에 최치원이 있네

마흔 종의 지역 전설 중에는 은사隱士에 관련한 이야기가 유난히 많다. 특히 최치원崔致遠(857~908?)과 연관된 전설이 많다. 통일신라 말 난세를 살다 간 지식인으로서 속세를 버리고 가야산에서 신선이 되었다

는 실존 인물이다. 〈표 6〉에서 12번, 28번, 29번, 31번의 전설 네 종이 최치원 전설이다. 표에는 포함되지 않았으나 두 군데에서 더 다뤄지고 있다.

최치원 외에도 은사를 다룬 전설은 더 있다. 10번은 치악산에 은거한 고려 말 충신 원천석과 그를 도운 노파의 전설이고, 18번은 망국으로 인한 수난을 피해 연홍도로 피신한 고려 종실 전설이다. 27번은 이자겸을 피해 지리산 악양동에 숨은 한유한 전설이다. 모두 난세에 세상을 버리고 지조를 잃지 않으면서 목숨을 부지한 은사 전설이다.

은사를 대표하는 인물로서 《택리지》에서 가장 많이 등장한 최치원의 전설은 각별한 의미가 있다. 위 표에 올린 4종과 나머지 2종을 합해 6종에 이르는 이야기가 실려 있는데, 순서대로 나열하면 다음과 같다.

(1) 전라도 옥구: 자천대 전설 (12)

(2) 산수, 전라도 쌍계사: 최치원 화상과 유적이 남아 있다. (28)

(3) 산수, 합천 가야산: 홍류동 계곡에서 최치원이 신발을 벗어두고 사라졌다. (29)

(4) 산수, 안동 청량산 난가대: 최치원이 바둑 두던 곳과 시중들던 노파. (31)

(5) 전라도 영암: 당나라의 해상 교통로로 최치원을 비롯한 유학생의 유학 경로이다.

(6) 남해현 금산: 최고운이 노닐던 곳으로 그가 쓴 글씨가 남아 있다.

《택리지》는 이렇게 여섯 곳에서 최치원과 관련된 전설과 유적을 소개하였다. 분량이 적지 않고 사연도 흥미롭다. 이 전설은 고려 이래로 널리 유포되어 있어서 관심을 기울인 문인이 많았다. 그러나 나라를 창건한 왕건과 이성계만큼이나 여러 지역에서 전설의 주인공으로 등장한 것

은 뜻밖이다. 그중 널리 알려진 전설이 쌍계사와 가야산의 전설이다. 나머지는 다른 문헌에서는 거의 보이지 않거나 소략하게 다뤄졌다.

그중 남해현의 지역 전설을 살펴본다. 남해현의 기사는 이렇다. "남해현南海縣은 경상도 고성 바다 위에 있고, 육지와는 물길로 10리 떨어져 있다. 여기 있는 금산錦山 골짜기는 바로 고운 최치원이 노닐던 곳이라 고운이 크게 쓴 글씨가 아직도 석벽에 남아 있다."〔이중환, 309〕 금산을 남해현의 상징으로 묘사한 서술은 합당한 근거가 있다. 하지만 금산의 이미지를 최치원의 행적만을 연관지어 제시한 것은 이중환만의 시선이다. 다른 이들이 남해현을 보는 시선과 비교해보면 특이하다.

금산은 명산으로 알려져 남학명南鶴鳴, 이인상李麟祥, 이만운李萬運, 송병선宋秉璿 등이 등반하고 유기遊記를 남겼다. 모두들 최치원과 관련성을 완전히 배제하였다.[5] 남학명의 〈유금산기遊錦山記〉는 장편의 명문인데도 일절 언급이 없다. 아무도 주목하지 않은 최치원 전설을 부각하여 남해의 상징으로 제시한 데에는 이중환의 속 깊은 의도가 숨어 있다. 난세에 은둔한 지식인으로서 최치원의 자취를 애써 찾아 일종의 성지로 부각한 것이다.

최치원 전설은 최치원을 은사로 주목하지만, 신성한 존재로 부각하기도 하였다. 자천대 전설의 본문을 보자.

> 임피 서쪽 지역은 옥구로 서해를 접하고, 자천대自天臺라는 작은 동산이 바닷가 모래사장을 뚫고 들어가 있다. 자천대 위에는 돌 항아리 두 개가 있어 신라의 최치원崔致遠이 태수를 지낼 때 항아리 안에 비밀문서를 감추어두었다고 전한다. 커다란 돌 항아리가 동산에 방치되어 있어도 사람들이 함부로 열어보지 못하였다. 끌어당겨 움직여보기

라도 하면 바다에서 갑자기 비바람이 몰아쳤다. 마을 사람들이 이 점을 이용해서 가뭄이 들 때마다 수백 명이 모여 큰 밧줄로 항아리를 끌면 바다에서 비가 억수같이 쏟아져서 논밭을 흠뻑 적셔주었다. 그러나 봉명사신奉命使臣이 옥구현에 올 때마다 번번이 가서 구경하느라고 고을에 큰 폐를 끼쳐 옥구 사람들이 괴로워했다. 옛날에 자천대에 있던 정자를 100년 전에 허물었고 돌 항아리도 땅에 묻어 흔적을 없애버렸다. 지금은 가서 구경하는 이가 없다.〔이중환, 135~137〕

문장이 길고 잘 짜인 이야기이다. 옥구라는 한 지역의 기사를 이 한 가지 이야기로 채웠다.《신증동국여지승람》에서는 옥구현 누정 조에 "[자천대가] 서쪽 해안에 있는데, 지세가 넓고 편편하며, 샘과 돌이 좋아 즐길 만하다. 세상에 최치원이 놀던 곳이라 전한다"라고 짧게 기록했다.《택리지》만큼 자천대 전설을 풍부하게 기록한 문헌이 없다. 최치원 전설이 상당히 널리 퍼져 그를 금돼지 자식으로 묘사한 고소설《최고운전》이 있고 비를 내리게 하는 기우제 신앙의 대상으로 구비문학에서 전해오기도 하지만,[6] 이 기록만큼 풍부하지는 않다.

이 전설은 ① 돌 항아리에 최치원이 비밀문서를 감췄다. ② 고을 주민들이 돌 항아리를 움직여 비를 내리게 하였다. ③ 구경꾼이 몰려 고통을 겪자 주민들이 돌 항아리를 땅에 묻어 흔적을 없앴다, 이상 세 개의 화소話素로 구성되었다. 바위나 누정, 명승과 같은 특정 지형에 관련되어 전해지는 전설의 전형적인 구성이다. 근대에 들어와 화소의 일부가 문헌에 정착된 것을 제외하면 과거 문헌에는 거의 실리지 않았으므로, 1750년을 전후한 시기의 이 기록은 가치가 높다.

이처럼 이전 문헌에는 보이지 않는 신이한 전설을 이중환은 어떻게

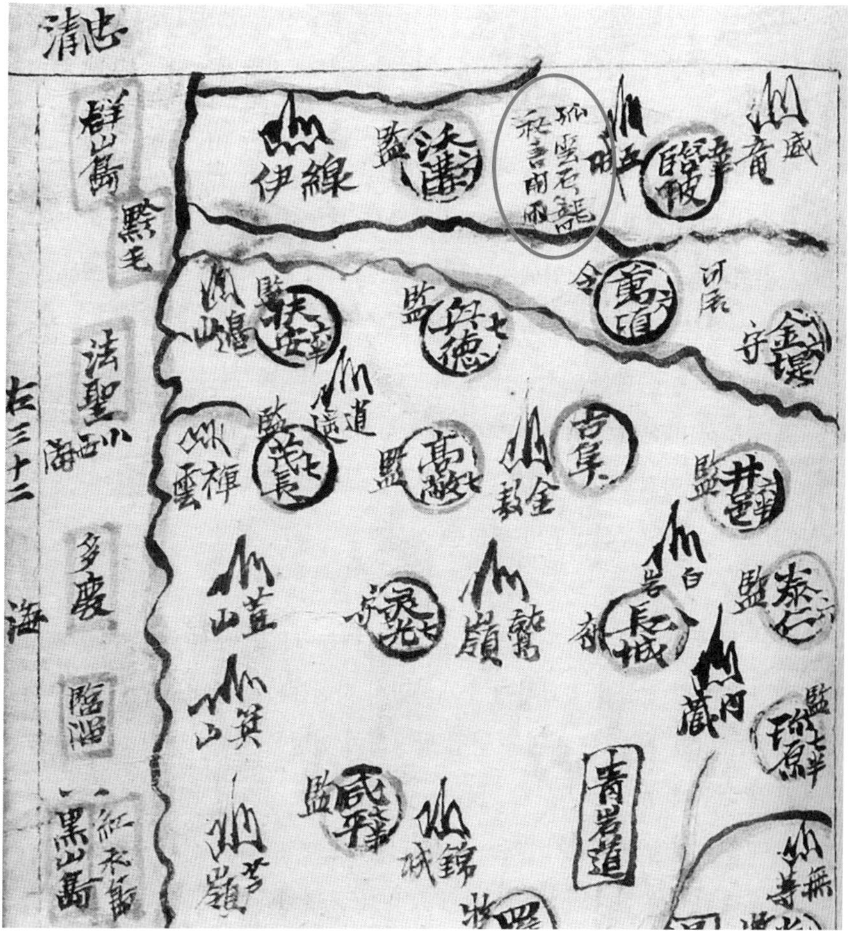

편자 미상, 《조선명현호보록朝鮮名賢號譜錄》 '택리지 지도'의 전라도 부분, 일본 동양문고東洋文庫 소장

옥구현 옆에 '고운석롱 비서개우孤雲石籠 祕書開雨(고운의 돌 항아리에는 비밀문서가 있고 비를 내린다)'라고 적어놓았다. 옥구현 자천대 전설의 핵심을 지도상에 표시해뒀다. 이 지도는 《택리지》의 지리정보를 바탕으로 만들어졌다.

얻었고 왜 기록했을까? 그는 현지에서 구비전승되는 전설과 신화, 민속 등의 문화적 가치를 높이 평가하고 인정하였다. 지역의 문화적 정체성을 사대부가 지은 문헌이 아니라 동시대 현지인에게 전승되는 구전에서 찾았다. 특히 최치원 전설은 곡창지대인 옥구현의 기우제 문화와 관련을 맺으며 지역의 문화적 상징으로 부상했다.

최치원을 기우제 신앙에서 떠받드는 신이나 다름없는 인물로 믿는 민속신앙은 옥구와 인근의 고군산군도 그리고 마산 등지에 분포한 이른바 '광포廣布 전설'에서 나타난다.[7] 이 민속신앙에 관한 가장 오래되고 풍부하며 신뢰할 만한 기록이 바로《택리지》이다. 이후 점차 후대 문헌인《해동이적보海東異蹟補》,《옥구군지沃溝郡誌》[8], 이능화의《조선무속고朝鮮巫俗考》에 고군산군도의 최고운 신사崔孤雲神祠가 실려 학계에 보고되어 있다.

한 세대 후 황윤석黃胤錫(1729~1791)은《해동이적보》에서 전국에 널리 퍼진 최치원 전설을 종합하여 소개하면서 자천대와 유상대도 관련한 장소임을 밝혔다.[9] 그는 지역을 직접 탐방하여 전설을 채록하면서 옥구 인근의 태인에 유포된 기우제 전설에 주목해 시를 짓기도 했다.[10] 이는 지금까지 학계에 보고되지 않은 전설이다. 이것까지 고려한다면 최치원의 기우제 전설은 전라도 북부 일대에 널리 분포하였음을 알 수 있다. 이중환이 최치원 전설에 많은 지면을 할애해 서술한 이유가 여기에 있다. 현지에 전승되는 풍부한 전설을 채록하여 지리정보의 일부로 서술했는데, 옥구뿐만 아니라 전국 각 지역의 기사에 일관되게 이 방침을 적용하여 저술의 방향을 잘 드러낸다.

최치원 전설은 두 가지로 구분된다. 주술적 민속신앙과 관련이 있는 자천대 전설과 혼란기 통일신라 말엽 지식인의 갈등과 은둔의 자취를

보여주는 전설이다. 이 둘은 서로 분리된 것이 아니라 긴밀히 연결되어 있다.

이중환은 왜 최치원 전설을 적극적으로 찾아서 지역의 문화적 상징으로 부각하였을까? 이는《택리지》의 저술 취지와 관련이 있다. 이중환이 정치적·경제적 지위를 상실한 사대부가 어디에서 살아야 할지 고민할 때, 최치원은 하나의 모델로서 많은 흔적을 남겨놓은 인물이었다. 최치원은 정계에서 밀려나 정치를 혐오하는 난세 지식인의 처세와 삶의 결말을 보여주었다. 그 행보가 비극적이고 신비하다는 점이 사대부의 심금을 더 크게 울렸다. 현지인의 입에서 입으로 전승되는 전설과 바위, 누정과 산수 이야기는 최치원의 삶을 이중환에게 뚜렷이 각인했을 것이다.

다른 은사의 지역 전설 역시 비슷한 의의가 있다. 치악산에 은거하여 태종의 방문에 자리를 피한 조선 초기의 충신 원천석의 전설(10)과 이자겸의 횡포를 피해 지리산 악양동에 숨은 한유한 전설(27)은 난세에 은둔한 사대부 전설이다. 고려 말 익령군翼靈君이 망국의 조짐을 느끼고 온 가족을 데리고 경기도 연흥도로 피신한 사연(18) 역시 은둔 전설이다. 이들 또한 최치원 전설과 비슷한 의의가 있다.

피비린내 나는 땅에도 사람은 산다

역사상 영웅다운 행적으로 유명한 인물은 연고가 있는 지역의 민속신앙과 결합하는 사례가 적지 않다. 전란이나 건국과 같은 역사적 변동기에는 흥미롭고 중대한 일이 자주 발생하고 그와 관련한 사연이 지역에 정착하여 후대에까지 전해진다. 이중환은 그중 역사적 사건과 관련한

지역 전설에 특별히 주목하였다.

주거지 선택에서 이중환은 생리를 앞세우면서 그 조건을 평시平時와 전시戰時로 구별하였다. 평시에는 생리를, 전시에는 생명과 부를 안전하게 지키는 입지 조건을 중시하였다. 그래서 전시에 전쟁터로 변하는 입지 조건을 치명적인 단점으로 보았다. 그만큼 전쟁 트라우마는 《택리지》에 큰 영향을 끼쳤다. 이중환은 각종 전란이나 여말선초의 혼란, 임진왜란, 병자호란 등과 관련한 다수의 기사를 지역별로 선정해 설명하였다.

전란이나 건국과 관련한 기사에는 역사적 진실과 지역 전설의 경계가 분명하지 않다. 다만 이중환은 지역 전설에 좀 더 비중을 두었다. 전란과 건국 관련 기사에서 중요한 의의를 지닌 것을 정리해보면 다음과 같다.

임진왜란과 관련한 기사로는 ① 소사 전투와 원숭이 기병대(15) ② 홍순언 고사와 명나라 장수의 추숭 문제(25) ③ 진도 벽파정과 이순신의 명량해전(13) 등이 있다. 병자호란과 관련한 기사는 ① 박엽의 지략과 의리(3) ② 병자호란을 앞두고 여진 첩자로 활동한 용골대와 김시양의 대처(16)가 있다. 조선 건국과 관련한 전설로는 ① 함흥차사(6) ② 이숭인과 압각수鴨脚樹(은행나무) 전설(14) ③ 무학대사의 도성 결정(19) ④ 한양성 경계 확정(20) ⑤ 숭의전 전설-고려 왕씨의 비운(22)이 있으며, 고려 건국과 관련한 전설로는 ① 작제건과 용녀 설화(21) 등이 있다.

임진왜란과 관련한 기사부터 살펴본다. 첫 번째로 꼽은 소사 전투와 원숭이 기병대는 상당히 흥미롭고 기이한 이야기이다. 다음 장에서 자세하게 살펴보려 한다.

다음으로 이중환은 〈팔도론〉 '전라도'에서 진도의 벽파정 지역을 설명하며 이순신 장군이 일본 수군을 섬멸한 명량해전을 자세하게 소개하였

다. 정유재란이 발발한 1597년(선조 30) 9월 16일의 전황을 소개하고, 지형을 이용한 용의주도한 전략을 승리 요인으로 돌렸다. 《택리지》에 따르면 해남에서 진도 벽파정에 이르는 울돌목 30리 물속에 들보처럼 석맥石脈이 가로지르고 있는데, 이순신 장군은 철쇄를 엮어 석맥 위에 가로질러 놓고 기다렸다. 왜선이 이르렀을 때 철쇄를 들어 올리자 왜선 500여 척이 뒤집혀 몰살당했다.

명량해전에서 이순신이 철쇄 전술을 사용하여 일본 수군을 궤멸시킨 전쟁사의 혁혁한 전과는 소설과 사극 등에서 전투의 클라이맥스에 흔히 등장한다. 의문은 이 이야기의 근거이다. 이 전술의 최초 기록자는 이중환이다. 현재 전사가들은 구체적인 사료를 발견하기 전까지는 철쇄 가설 전술을 하나의 전설로 평가해야 한다고 보고 있다.[11] 이 전설이 수록된 문헌은 《이충무공전서李忠武公全書》와 《해남현지海南縣志》로 정조대의 저작이다.[12] 저들 저작에서 출처를 《택리지》로 표기했으니 철쇄 전술을 처음 문헌에 자세하게 기록한 것은 《택리지》임이 명확하다.

이중환은 어떤 경로로 이 전술을 알았을까? 단서로 추정할 만한 기록으로는 윤휴尹鑴가 쓴 〈통제사이충무공유사統制使李忠武公遺事〉가 유일하다. 윤휴는 이순신 장군이 전쟁을 대비하는 장면에서 "이순신은 크게 전비를 갖추어 소속 부대를 단속하였는데 철쇄를 주조하여 해구海口를 가로질러 끊게 하였으며, 엎드린 거북 모양의 거북선을 창제하였다"[13]라고 기록했다. 이중환이 윤휴의 영향을 받은 점을 상기한다면 남인 사이에 전승된 이야기를 채록했다고 볼 수 있다. 다만 윤휴의 기록은 한 가지 단서일 뿐으로, 그는 전술의 세부를 자세하게 묘사하지는 않았다. 철쇄 전술은 진도나 해남 지역에 입으로 전해 내려온 지역 전설이나 사대부 사이에 구전되어온 이야기를 채록한 것으로 보인다. 어느 쪽이든 역

사 문헌이 아닌 구전되는 이야기를 채록한 점에서는 똑같다.

만주족의 조선 침략과 관련된 김시양金時讓과 박엽朴燁의 이야기도 다르지 않다. 만주족 장수 용골대龍骨大가 남한산성을 정탐하려고 시도할 때 호조판서 김시양이 미리 알아차리고서 꾀를 써서 막았다는 이야기나, 용골대가 12월에 침략하겠다는 청자靑字를 벽에 써놓고 갔다는 이야기는 역사 기록에는 나오지 않는다. 신비로운 전설을 역사적 사실과 결부해 서술한 것이다.

인조반정 이후 처형당한 평안도 관찰사 박엽 이야기는 더 흥미롭다. 〈팔도론〉 '평안도'의 성천부 기사에서는 광해군의 충신으로 강선루를 건설하고 만주족 침략을 억제한 무장 박엽을 소개하였다. 인조반정이 일어나기 직전, 휘하의 비장이 박엽에게 평안도를 청나라에 바쳐 부용국附庸國의 패자로서 안녕을 도모할 것을 제안했으나 거절하고 반정 세력에게 순순히 죽임을 당하였다. 박엽의 충신다운 선택은 이후 《동패낙송東稗洛誦》, 《해동이적보》, 《송천필담松泉筆談》, 《계서야담》을 비롯한 많은 야사에 두루 등장한다.[14] 상당히 널리 퍼진 박엽의 전설을 최초로 기록한 문헌 역시 《택리지》이다. 후대의 기사는 모두 《택리지》를 전설의 원천으로 삼고 있다.

박엽의 사후, 사대부나 민중 할 것 없이 동정론이 팽배해 있었다. 청나라의 침략을 효과적으로 제어한 박엽이었기에 그가 있었다면 침략을 막았으리라는 기대와 동정이 있었다. 사후에는 무속신앙의 대상이 되어 평양 외곽에 있는 대성산의 신묘神廟에 모셔지기도 했다.[15] 이중환은 민간에 유포된 박엽 전설을 성천 지역의 대표 전설로 부각하였다.

이중환은 고려 말의 무장 최영을 받드는 무속을 개성 덕물산의 지역 문화로 소개하였다. 최영이 무속 신앙의 대상이 되어 300여 년 동안 젊

은 처녀 무당의 제사를 받아온 민속을 발굴해 소개하였다. 그가 밝힌 신당 장군당將軍堂은 속칭 최영사崔瑩祠로, 조선시대 중부 지역 무속의 최대 성지였다. 최영의 신령을 모시는 전속 무당이 배치될 만큼 규모가 컸고, 조정에서 세금을 부과하여 국가 재정의 일부를 충당할 만큼 거창한 신당이었다.[16] 이중환은 이를 비판적으로 바라보면서도 지역의 특색을 보여주는 주요 문화로 소개하고 있다. 박엽과 최영의 전설 역시 종교 문화 유산의 가치를 인정해 채록하였다.

건국과 관련해서는 정도전과 얽힌 전설이 흥미롭다. 이중환은 정도전을 극도로 증오하였다. "가장 통탄할 일은 정도전이 목은 이색의 문인으로 고려 말에 관직이 재상의 반열에 이르렀는데도 왕검王儉과 저연褚淵이 행한 짓을 거리낌 없이 행하여 나라를 팔아 이익을 추구하고 스승을 해치며 벗을 죽인 것이다. 그리고 고려가 망하자 책략을 세워 왕씨 종실을 제거하였다"(이중환, 214)라고 하여 사대부의 의리를 저버린 패륜아로 매도하였다. 정도전이 스승 이색과 친구 이숭인을 죽이고, 배에 구멍을 뚫어 고려 종실 전원을 살해했다고 하였다. 이색을 살해한 일은 구체적으로 언급하지 않았으나 종실을 몰살한 사실은 '경기도'의 정주해貞州海 전설에서 소개하였다.

정도전을 증오하고 이숭인을 동정한 서술에는 권신權臣이 강직한 신료를 해치는 당시 당쟁의 살벌한 세태를 증오한 심경이 투영되었다. 조선 왕실에서 저지른 살육의 책임을 이성계나 이방원에게 돌릴 수 없어 정도전이나 조준과 같은 개국공신의 죄악으로 보는 이덕형李德泂 등의 관점을 계승하기도 했다.[17] 남인 간관諫官으로서 투옥을 거듭하고 평생 금고된 자신의 처지를 이숭인에게 투영하였고, 정도전은 대표적인 모해자로 각색했다. 이숭인 살해는 압각수鴨脚樹(은행나무) 전설과 연관 지어

소개하였다.

압각수 전설은 〈팔도론〉 '충청도' 청주 조에 등장한다. 청주는 홍수가 잦았다. 재상으로 있던 정도전이 이숭인을 유배지에서 잡아들여 청주 감옥에 가두고 신문하게 하였다. 한창 죄수를 신문할 때 맑은 하늘에서 큰비가 쏟아져 성안이 물에 잠기자 옥관과 죄수들이 뜰에 있는 나무를 타고 올라가 화를 면하였다. 이 사실을 알고서 이성계가 이숭인을 석방하였으나 정도전은 끝내 이숭인을 죽였다.

이 전설은 청주에서 발생한 홍수 전설과 압각수 나무 전설이 합쳐진 이야기이다. 현재도 천연기념물로 보존되고 있는 압각수에 얽힌 사연은 청주의 대표적 역사 전설의 하나이다.[18] 홍수 사건은 역사적 실체가 분명히 있다. 바로 조선 건국 이태 전인 1390년 발생한 윤이尹彝와 이초李初의 옥사로 저들이 명나라 세력을 빌려 이성계 일파를 타도하기 위해 명나라에 무고한 사건이다. 이때 이숭인 등을 청주 옥에 하옥하였다. 《고려사》, 《고려사절요》 공양왕 1년(1390) 5월 조에 해당 내용이 실려 있고 홍수 사건도 소개되어 있다.[19] 조선 초 서거정의 《필원잡기筆苑雜記》에는 이색과 권근이 청주 옥에서 위해를 모면한 이야기로 등장한다. 《택리지》는 어떤 사료에도 등장하지 않는 정도전을 사건의 주모자로 등장시켜 이숭인을 해치려 한다고 하였다. 이중환은 역사 문헌의 정보보다는 청주 현지에서 구전된 자료를 바탕으로 전설로 서술하였다.[20]

이중환은 역사적 진실과는 무관하게 해당 지역에 구비전승된 전설을 과감하게 채록하여 《택리지》에 실었다. 위에서 검토한 여러 건의 지역 전설은 실제 발생한 역사적 사건에 바탕을 두었기는 하나, 실제 역사적 사실인지 아니면 허구인지 확인하기 어렵다. 다른 문헌에는 등장하지 않거나 《택리지》에 처음 등장하는 이야기가 다수이기 때문이다. 분명한

사실은 이중환은 문헌에서 소재를 취하기보다는 구비전승을 과감히 채록했다는 점이다.

현지에서 길어 올린 생생한 이야기

이중환은 구전된 지리정보와 지역 전설을 수용하여 지역의 문화와 특징을 드러냈다. 문헌에서 근거를 찾은 것도 있으나 다수는 그렇지 않다. 《택리지》의 정보와 전설은 현지에서 채록한 것이 다수이고, 내용은 신이한 경우가 많다. 먼저 현지에서 채록한 전설의 특징을 살펴본다.

이중환은 현지에 전승되고 있는 정보와 전설에 큰 가치를 두었다. 정전화한 문헌의 권위에 주눅 들지 않고, 문헌에 기재되지 않은 새롭고 기이한 전설을 신뢰할 만한 이야기로 간주해 과감하게 채록하였다. 그가 채록한 구비전설은 이전에도 이후에도 문헌에 나타나지 않거나 나타난다 해도 대개는 소략하다. 20세기 이전에 《택리지》보다 구비전설이 다양하게 기록된 저술을 찾기 어렵다. 그렇다 보니 《택리지》에 수록된 각종 전설과 정보는 최초인 경우가 많다.

현지에서 채록한 것으로 추정되는 구비전설을 정리하면 다음과 같다. 충청도 강경의 독에 가라앉힌 물 맛, 채운산의 의자왕 연회, 한양의 지리를 탐사한 무학대사, 한양 성곽 축성의 강설降雪 신비, 강릉 경포호의 조개, 수원 금수산의 황금 기운,[21] 대부도 바닷가의 학지鶴指, 경상도 상주의 인재가 날 만한 곳에 쇠못을 박은 명나라 술사, 태백산 황지의 조선 왕실의 시조묘 등이다.

그 가운데 2종의 전설을 살펴본다. 하나는 한양 성곽의 위치를 결정

한 비사秘史이다. 〈팔도론〉 '경기도'에서는 무학대사가 한양에 수도를 정하는 과정과 성곽의 위치를 정한 이면의 역사를 다뤘다. 내용은 이렇다. "외성을 쌓으려고 하였으나 어디에서 어디까지 쌓을지를 정하지 못하고 있었다. 어느 날 밤 큰눈이 내렸는데, 바깥쪽은 눈이 쌓이고 안쪽은 녹았다. 태조께서 기이하게 여겨 눈이 내린 자리를 따라 성곽을 세우라고 명하셨으니 바로 지금의 성곽 모양을 이루게 되었다."〔이종환, 207〕

이 전설은 신이하고 허구적이어서 곧이곧대로 믿기 어렵다. 한양 성곽 전설은 《택리지》에서 처음 등장한다.[22] 정동유鄭東愈는 신이하게 여기면서도 사실로 볼 수 있다고 했고,[23] 후배인 이만수李晩秀와 이집두李集斗 역시 전설에 바탕을 두어 〈성시전도시城市全圖詩〉에서 한양 성곽이 눈의 기적에 힘입어 조성됐다고 했다.[24] 서울의 인문지리를 종합적으로 조명한 《동국여지비고東國輿地備攷》에서는 이를 아예 도성 성곽의 고사故事로 인정하여 한양성을 '설성雪城'이라 명명하였다.[25] 19세기에 제작된 것으로 추정되는 서울역사박물관 소장 〈한양도漢陽圖〉에도 도성을 '설성'이라 표기하여 한양을 상징하는 핵심 이미지로 제시하였다. 이 밖에도 몇 종의 문헌자료가 더 있다. 또 민간에서는 서울이란 명칭이 사실은 '설+울'에서 나왔고, 그것은 '설雪'과 '울타리'의 합성어로서 눈 울타리에 쌓은 서울 성곽이라는 의미로 풀이하는 설이 전승되기도 한다.

이처럼 한양 성곽 전설은 《택리지》에 실린 18세기 중반부터 19세기 중반까지 주요 문헌에 거듭 실려 한양 성곽의 신비로움을 널리 전파하였다. 이는 구비전승에서 채록한 전설이 시간이 지나 역사적 사실이 되어가는 과정을 보여준다. 《택리지》에 처음 채록된 이후 더욱 그럴싸하고 믿을 만한 역사적 사실로 점차 굳어진 것이다.

현지인 사이에 퍼져 있는 전설을 적극적으로 채록한 것은 강릉 경포

작자 미상, 〈한양도漢陽圖〉 부분, 서울역사박물관 소장

19세기에 그린 한양의 회화식 지도로 상단의 '도성都城'에 '설성雪城'이라는 이칭을 달아놓았다. 《택리지》의 지역 전설이 상식으로 굳어졌음을 보여준다.

호를 묘사하며 소개한 다음 전설에서도 볼 수 있다.

> 세상에서 전하는 이야기로, 호수가 있는 자리에는 옛날에 어느 부자가 살던 집이 있었다. 하루는 탁발승이 쌀을 구걸했더니 부자는 쌀은커녕 똥을 퍼 주었다. 그러자 살던 집이 갑자기 푹 꺼져서 호수가 생겼고, 쌓여 있던 곡식은 모조리 작은 조개로 변했다. 해마다 흉년이 들면 조개가 많이 나고 풍년이 들면 적게 나는데 맛이 달고 향긋하여 요기하기에 적합하니, 주민들은 이를 적곡합積穀蛤이라 하였다. 봄여름이면 사방 먼 데서 남자는 등짐을 지고 여자는 머리에 이고 조개를 주우려고 길에 줄지어 섰다. 호수 밑바닥에는 아직도 기와 조각과 그릇 따위가 있어서 자맥질하는 이들이 가끔 줍는다고 한다.〔이중환, 315〕

경포호의 유래담인 적곡합 전설은 전설의 핵심 요소를 고루 갖춘 유명한 지명 전설이다. 더욱이 조개를 채취하는 생계와 연계하여 설명해 더 흥미롭다.

적곡합 전설은 장자못 전설의 하나로 어떤 지역에 있는 연못이 어떻게 생겼는지 그 유래를 설명한다. 인색한 부자가 시주승에게 쌀 대신 쇠똥을 주었다가 벌을 받아 못 속에 잠겼다는 줄거리를 가진 전설로서 전국에 널리 유포되었다. 여기에는 다른 전설에는 보이지 않는 조개 채취 모티브가 나와 지역적 색채를 더한다.

강릉 경포호와 관련한 적곡합 전설은《택리지》에 처음 채록되었고, 현대에 들어와서야 본격적으로 전설집에 실렸다.[26] 이규경이《오주연문장전산고》의 〈계곡 적곡합 변증설繼穀積穀蛤辨證說〉에서 다룬 대목은《택리지》에서 채택해 논의한 것이다. 다만 전설보다는 어디까지나 조개의 채취

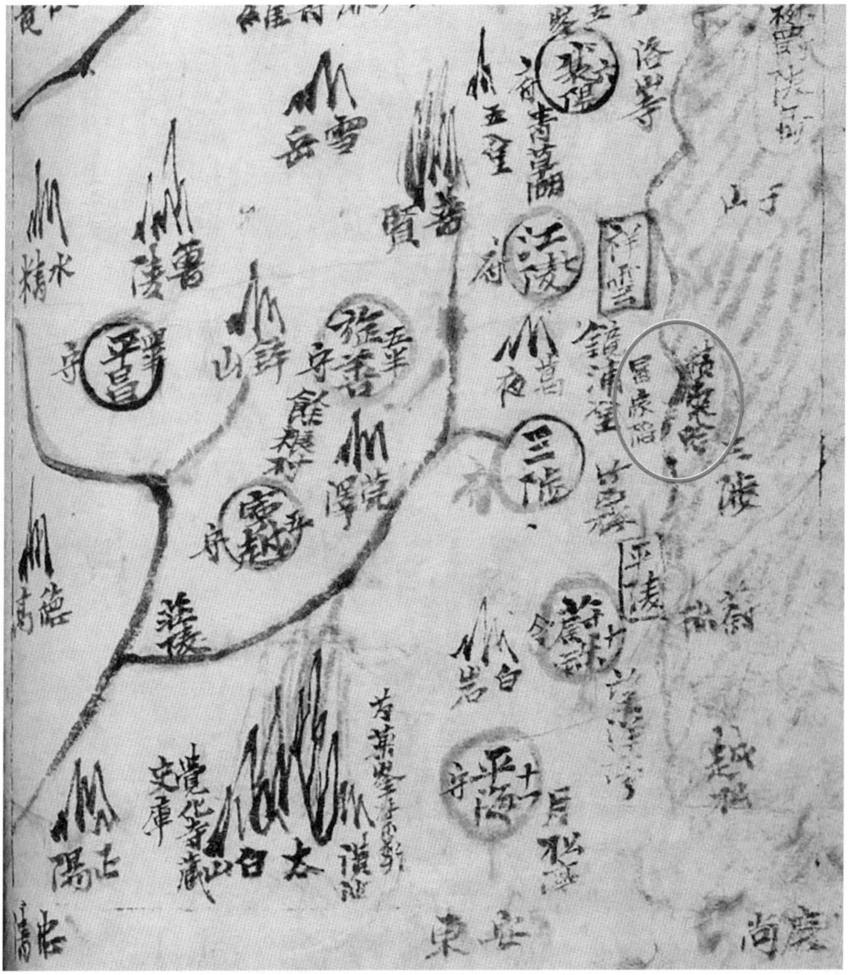

편자 미상, 《조선명현호보록》 '택리지 지도'의 강원도 부분, 일본 동양문고 소장
강릉의 명승으로 경포대를 표시하고 '적곡합積穀蛤'과 '부가함富家陷'도 표시해 《택리지》에서 소개한 적곡합 전설을 지도상에 밝혔다.

라는 생계 문제에 주안점을 두고 있어 시각에 차이가 있다.

적곡합 전설은 이중환이 현지에 살면서 구비전승을 채록한 것으로 추정한다. 이중환은 부친 이진휴가 1703년 강릉부사로 부임하자 14세의 나이로 아버지를 따라가 강릉에서 지냈다. 수십 년 뒤 다시 강릉을 다녀갔으므로 최소한 두 차례 강릉을 방문하였다. 강릉 지역에 널리 유포된 전설을 접할 수 있는 기본 조건을 갖춘 셈이다. 인용문 서두에 "세상에서 전하는 이야기(世傳)"임을 밝힌 데서 이를 짐작할 수 있다.

아무리 황당한 이야기라도 진실이 숨어 있다

《택리지》는 신비하고 기이한 이야기를 과감하게 수록하였다. 이중환은 이런 요소를 경계하는 다른 사대부와는 다른 태도를 보였다. 그가 전설에 깃든 허구적인 측면을 전적으로 긍정했다고 보기는 어렵다. 그렇다고 부정하거나 무가치하다고 여기지도 않았다. 오히려 가치를 인정했기 때문에 구비전설을 다수 채록하여 수록할 수 있었다. 앞에서 진주의 지역 전설을 소개하면서 마지막에 "귀신이 작용하는 바가 없다고 할 수 없다"라고 신이함을 인정한 데서 그와 같은 태도를 볼 수 있다.

또 이중환은 고려 건국 신화인 작제건作帝建 설화와 용녀 전설을 길게 소개한 다음, 개성의 대정리 유적을 직접 탐방했음을 밝히며 이렇게 말하였다. "허구이며 참이 아니라고 하기에는 유적이 아직도 뚜렷하게 남아 있고, 진실이며 허위가 아니라고 하기에는 거의 제동야어齊東野語에 가까우니 그 누가 이것을 믿겠는가?"(이중환, 214) 황당하고 신비한 건국 신화를 놓고 진실과 허구 사이에서 갈등하는 심경을 토로했다. 갈등을

겪었다 해도 장편의 전설을 모두 수록했으니 신화나 전설이 나름의 개연성이 있음을 인정한 것이다.

실제로《택리지》에는 신비하고 괴이한 전설을 다수 실었다. '사찰 연기 설화'에 속하는 많은 전설은 상식으로는 이해하기 힘든 신비한 이야기가 다수이다. 석왕사 전설, 안주 칠불사의 칠불七佛 전설, 금강산 유점사의 노춘 전설, 해인사의 대장경 전설과 가야산 정상의 신선 전설, 청량산의 최치원과 노파의 전설, 부석사의 의상대사 선비화수와 감사 정조鄭造의 전설, 대둔사의 어머니를 찾은 효자 전설, 금산사의 소금과 용 전설, 송광사의 보조국사 전설, 능가사의 유구국 태자 표류 전설 등이 여기에 속한다.

그 밖에 한라산 정상에서는 신선이 연주하는 음악이 들려온다는 기사, 함경도 회령의 운두산성이 황제총이라는 전설, 삼척 죽서루의 공망혈孔亡穴 전설, 구례 구만촌의 오봉산에는 신선이 오간다는 전설, 황해도 화천동에 있다는 만주족 시조의 무덤 전설, 유구국 세자 타살 사건 등도 믿기 어려운 신비한 이야기다.

이들 이야기 다수를 이중환이 처음으로 문헌에 수록하였기에《택리지》를 신뢰하기 어려운 지리지로 오인할 수 있다.

그러나《택리지》의 지역 전설은 현지의 생생한 정보를 들려준다는 점에서 긍정적 가치가 있다. 이중환은 이전에 나온 문헌에 적힌 낡은 지리정보를 재구성하기보다, 현지에서 직접 얻은 지리정보와 주민의 입에서 입으로 전해지는 민속과 전설을 가치 있는 지리정보로 보고 채록하였다. 그 결과《택리지》는 현지의 토양에서 배양된 문화와 경제의 사실적이고 생생한 정보와 시각을 담아내는 저작으로 탄생하였다.

이중환은 주민의 삶과 상호작용하는 지리적 현상을 드러내고자 노력

하였다. 삶의 터전이 어떻게 구성되고, 어떤 경제적·문화적·사회적 현상에 영향을 받고 있는지에 큰 관심을 두었다. 그에게 지역 전설은 현지인의 의식과 생생한 현실을 반영하는 통로이자 지리적 관심의 주요한 대상이었다. 이전의 지리서가 딱딱한 지리정보를 제공하느라 지역 전설을 배제할 때, 이중환은 반대로 지역 전설을 수용하였다. 이중환은 문학사에서는 1750년대에 구비전설을 대거 채록한 위대한 구비문학자로, 지리학에서는 지역의 전설과 종교 문화를 지리학의 대상으로 주목한 문화지리학의 선구자로 평가되어야 한다. 《택리지》의 탁월한 가치를 여기에서도 발견할 수 있다.

9장

임진왜란과 《택리지》

원숭이 기병대는 정말
임진왜란에 참전했을까

《택리지》에는 임진왜란과 관련하여 세 개의 지역 전설이 실려 있다. 소사 전투에 출격한 원숭이 기병대, 한양 보은단동의 홍순언 이야기, 명량해전의 철쇄 전술이다. 홍순언의 보은단 설화는 많은 문헌에 실려 있고, 정인보는《당릉군유사징唐陵君遺事徵》(1928)을 지어 역사적 사실로 받아들였다. 그만큼 널리 알려진 설화이지만 역사적 사실로 보기는 어렵다.[1] 다른 두 가지 전설은《택리지》에만 실려 있거나 다른 문헌에 실려 있다 해도《택리지》를 전재하는 수준이다.

이순신 장군이 명량해전에서 철쇄를 사용하여 대승을 거둔 이야기는 앞 장에서 간략하게 살펴보았다. 이 장에서는 '원병猿兵', 즉 '원숭이 기병대'라는 명나라 특수부대가 소사 전투에 참여하여 대승을 거뒀다는 기록을 자세하게 검토한다.《택리지》에 실려 전하는 이 전투는 지금까지 역사적 사실이 아닌 그저 재미있는 전설로 간주되어 주목을 받지 못했다. 원병은 과연 역사적 실체가 있는 것일까?《택리지》의 기록을 출발점으로 삼아 임진년 국제전쟁의 망각된 역사 한 조각을 복원해본다.

《택리지》와 《연암집》에 실린 원숭이 기병대 이야기

이중환은《택리지》〈팔도론〉'충청도'에서 지금은 천안시에 속하는 소사素沙 지역을 서술하면서 임진왜란 중에 벌어진 '소사 전투' 또는 '직산稷山 전투'를 상세하게 설명하였다. 소사 지역은 지금의 안성천安城川인 소사하素沙河가 평택시를 지나 아산만으로 흘러드는 평야 지대이고, 홍경원弘慶院이라는 고려 초기의 유적이 있는 장소로 유명하다.

이해를 위해 소사 전투를 먼저 간단하게 설명한다. 1597년 정유재란이 발발하여 남원에서 대승을 거두고 전라도를 공략한 가토 기요마사加藤淸正의 주력부대는 공주를 거쳐 전의·진천에 이르러 한양을 향해 북진하였다. 휘하의 구로다 나가마사黑田長政 부대는 직산까지 북상하였다. 9월 5일 명나라 경리經理 양호楊鎬(?~1629)가 부총병副總兵 해생解生, 우백영牛伯英, 양등산楊登山 등을 남진하게 하여 직산 북쪽 소사평素沙坪에서 구로다가 인솔한 일본군과 격전을 벌였다. 일본군은 하루에 여섯 번 벌어진 전투에서 번번이 패하고 6일 새벽 전세의 만회를 꾀하였으나 다시 패하여 목천·청주를 거쳐 도주하였다.

다른 전투가 공성전攻城戰이나 수비전인 데 반해 이 전투는 평야에서 벌인 일대 회전會戰이었다. 전투에서 패한 일본군은 북진을 포기하고 호남과 영남으로 물러났다. 소사 전투에서 거둔 대승의 결과, 일본군은 한양 진격을 포기하였고 조선과 명나라 연합군은 승기를 잡았다. 소사 전투는 평양 전투, 행주대첩과 함께 육상에서 거둔 삼대첩三大捷의 하나로 꼽힌다.[2]

《택리지》에서는 천안 인근 지역의 현황을 서술하면서 해당 지역의 문화와 지역 전설의 하나로 소사 전투를 선정해 소개하였다. 이 대목에 홍

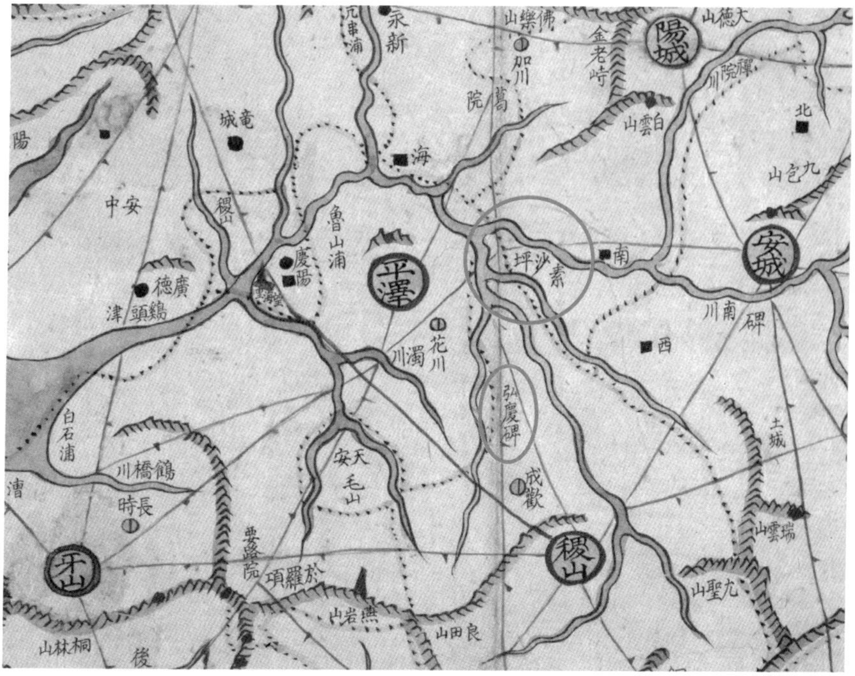

작자 미상, 《대동방여전도大東方輿全圖》, 19세기 중반, 규장각한국학연구원 소장 사본

조선시대 직산현稷山縣에 속해 있던 소사평素沙坪으로, 국보 8호로 지정된 홍경사비弘慶寺碑도 함께 표시하였다. 이 소사평이 소사 전투가 벌어진 장소이다.

미로운 내용이 실려 있어 길지만 인용한다.

천안과 직산은 남북으로 통하는 큰길에 인접해 있다. 직산으로부터 넓은 들을 20리 지나 들판이 끝나는 곳에 소사하素沙河가 있다. 소사하 북쪽은 경기도 남쪽 경계이다.

선조 정유년(1597) 왜적이 남원에서 양원楊元을 쳐부수고 전주를 지나 공주로 북상하였는데 적군의 기세가 대단히 거셌다. 당시 형개邢玠는 총독으로 요동에 주둔하고, 경리 양호가 10만 군사를 이끌고 막 평양에 주둔해 있었다. 마침 연광정 위에서 한창 저녁 식사를 하던 중에 날랜 말을 탄 군사가 급보를 알리자 양호가 젓가락을 내려놓고서 대포 소리를 한 번 울리고 즉시 말에 올라 남쪽으로 내려갔다. 기병이 허둥지둥 양호를 따르고 보병이 그 뒤를 따르니, 평양에서 한양까지 700리 길을 하루 낮 두 밤 사이에 주파하였다.

양호는 달단韃靼(타타르) 출신 장수 해생解生과 파귀擺貴, 새귀賽貴, 양등산楊登山으로 하여금 중무장한 기병 4000명과 교란용 원숭이〔弄猿〕 기병 수백 마리를 이끌고 가서 소사하 다리 아래 들판이 끝나는 곳에서 매복하게 하였다. 숲처럼 빽빽한 대오를 이루어 직산으로 북상하는 왜군을 지켜보다가, 거리가 100여 보에 이르자 먼저 교란용 원숭이를 풀어놓았다. 원숭이는 말을 타고 채찍을 가해서 적진으로 돌진하였다.

왜국에는 본래 원숭이가 없었다. 원숭이를 처음으로 보게 되자 사람인 듯하면서도 사람이 아닌지라 모두 의아해하고 괴이하게 여겨 발을 멈추고 쳐다만 보았다. 적진에 바짝 다가서자 원숭이는 말에서 내려 적진으로 뛰어들었다. 왜적들은 원숭이를 사로잡거나 때려잡으려 하

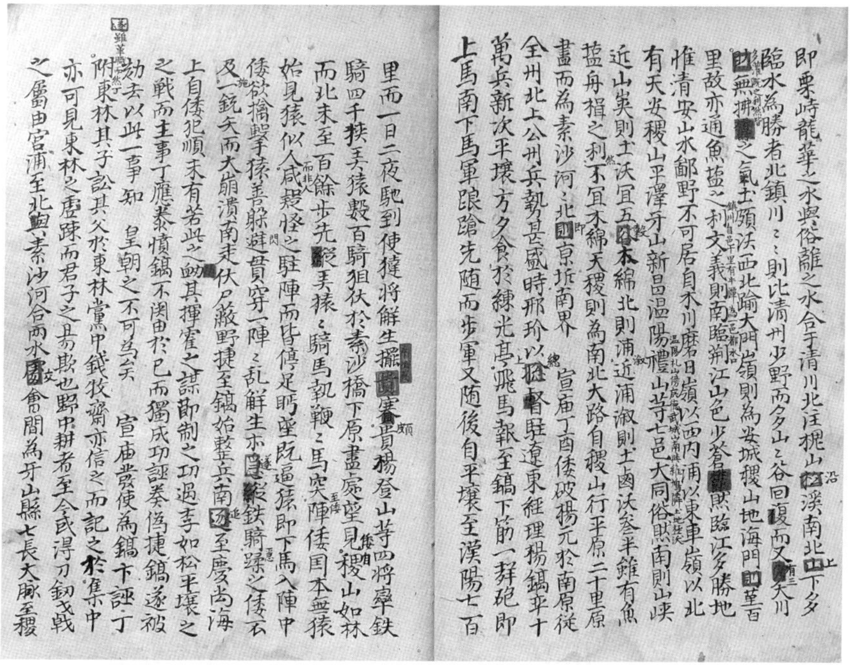

《택리지》의 〈팔도론〉 '충청도' 부분, 이규상 수택본, 필자 소장 사본

소사 전투와 그 의의를 설명한 대목으로 대부분 사본에 빠짐없이 실려 있다.

였으나 원숭이는 몸을 숨기고 도망 다니기를 잘해서 진영을 꿰뚫고 지나갔다. 적진이 혼란에 빠지자 해생 등은 신속히 중무장한 기병을 풀어서 적진을 유린하였다. 왜적들은 조총 한 발, 화살 한 발 쏴보지도 못하고 크게 무너져 남쪽으로 달아났는데 쓰러진 시체가 들을 덮었다. 승전보가 이르자 양호가 그제야 군사를 정비해 남쪽으로 추격하여 경상도 바닷가에 이르렀다.

왜군이 침략한 이래 우리는 이와 같은 승리를 거둔 적이 없었다. 면밀한 계획을 세워 번개같이 날랜 용병으로 적을 무찌른 공훈은 이여송의 평양 전투보다 뛰어났다. 그러나 주사主事 정응태丁應泰는 양호가 자신에게 보고하지 않고 홀로 공을 세운 데 앙심을 품고 허위로 조작한 승전이라고 무고하는 보고를 올렸다. 양호는 마침내 탄핵을 받아 본국으로 송환되었다. 이 한 가지 일을 통해서 명나라는 어떻게 해볼 도리가 없는 형편임을 알 수 있다. (중략) 들에서 밭을 가는 농부들이 지금도 간혹 칼이나 창 따위를 줍곤 한다.〔이중환, 174~177〕

이중환은 소사의 지리정보와 소사평에서 벌어진 역사적 전투의 전개 과정을 앞뒤로 기록하고 중간에서는 교란용 원숭이 기병대의 활약을 흥미진진하게 묘사하였다. 이 전설은《택리지》의 수많은 이본에 빠짐없이 실려 있고, 내용도 거의 다르지 않다. 명나라 지원군 사령관 양호가 중무장한 4000명의 군사를 이끌고 원숭이 기병대 수백 기騎를 소사하 다리 아래 매복해두었다가 일본군에 돌진시켜 적을 혼란에 빠트린 다음 손쉽게 섬멸했다는 것이 골자다. 박진감 넘치고 극적이며 환상적이다. 군담소설에 나올 법한 기묘한 전투이고,《혹성탈출》을 비롯한 판타지 소설이나 영화의 전투 장면을 보는 듯 생생하다. 원숭이가 말을 타고 전

투에 참가했다는 듣도 보도 못한 사실을 곧이곧대로 믿기는 어렵지만, 그렇다고 허구로 간주하기에는 묘사가 매우 생생하고 구체적이다.

게다가 원숭이가 말을 타고 일본군을 교란시켰다는 원숭이 기병대의 존재는 다른 역사 기록에는 나오지 않는다. 일본에는 원숭이가 없다는 잘못된 정보도 이 기록을 신뢰하기 주저하게 만든다.《택리지》에는 이처럼 사실과 허구 사이를 오락가락하는 지역 전설이 적지 않다. 나는 이 이야기가 소사 지역에 전하는 신비한 전설로 허구에 가깝다고 생각하였고, 이중환은 소사의 토착민이 전해준 전설을 채록했으리라 추정한다.

하지만 어딘가에 전설의 근거가 있으리라 기대하고 관련 문헌을 찾아보기로 하였다. 먼저 박지원朴趾源(1737~1805)이 지은 〈양경리호치제문楊經理鎬致祭文〉을 찾을 수 있었다. 제문에 다음 구절이 보였다.

삼천 기병 풀어서	發騎三千
소사에서 적병을 맞을 때	迎敵素沙
강둑에 깃대 하나 꽂고	塘置一旗
묵묵히 살펴 깃발로 지휘하니	默察偃竪
천리 밖에서 승부를 결단하여	千里決勝
손바닥 위에 놓고 보듯 했네.	如掌其覩
남쪽 하늘 아래 요기가 서려	妖氛南天
호접진을 펼치더니	蝴蝶爲陣
아침 해가 떠서 거울을 비추며	輝鏡朝旭
칼을 휘두르고 진격해왔네.	舞劍以進
그때 천자의 군사는	于時天兵

다리 밑에서 갑옷 입었고 浴甲橋下
농원 삼백이 弄猿三百
한꺼번에 말을 달렸지. 一時鞭馬
저 교활한 왜놈들을 狡彼倭奴
모조리 말굽 아래서 섬멸했네. 悉殲蹄間
이 한 번의 살육전이 없었다면 微此一鏖
수도 관문을 지키기 어려웠네.[3] 難保郊關

제문에 등장하는 '농원弄猿'은 틀림없이 《택리지》에서 언급한 교란용 원숭이 기병대이다. 박지원은 이들의 수효를 300마리라고 특정하였다. 양호가 전투를 승리로 이끌 때의 핵심 전술이 원숭이 기병대 운용이었음을 다시 한번 확인할 수 있다. 박지원은 《택리지》를 읽었으므로 여기에서 채택해 썼을지도 모른다. 다만 300마리라는 숫자를 보면 다른 데서 얻은 정보일 것이다. 정보를 충실하게 수집하여 글을 쓰는 박지원의 태도를 볼 때 근거가 있었을 것이나, 이 글만으로는 단정할 수 없었다. 여전히 원숭이 기병대의 실체와 활약이 사실인지 허구인지를 확신하지 못해 나중에 자료를 더 찾아보기로 하였다.

《오주연문장전산고》에 실린 원숭이 기병대 이야기

과문한 탓이기는 하지만 《명사明史》를 비롯하여 임진왜란 관련한 중국 측 저술에서 원숭이 기병대에 관한 글은 발견하지 못했다. 일본의 전쟁 관련 문헌에서도 마찬가지였다.[4] 이 주제를 다룬 논문은 어느 나라에

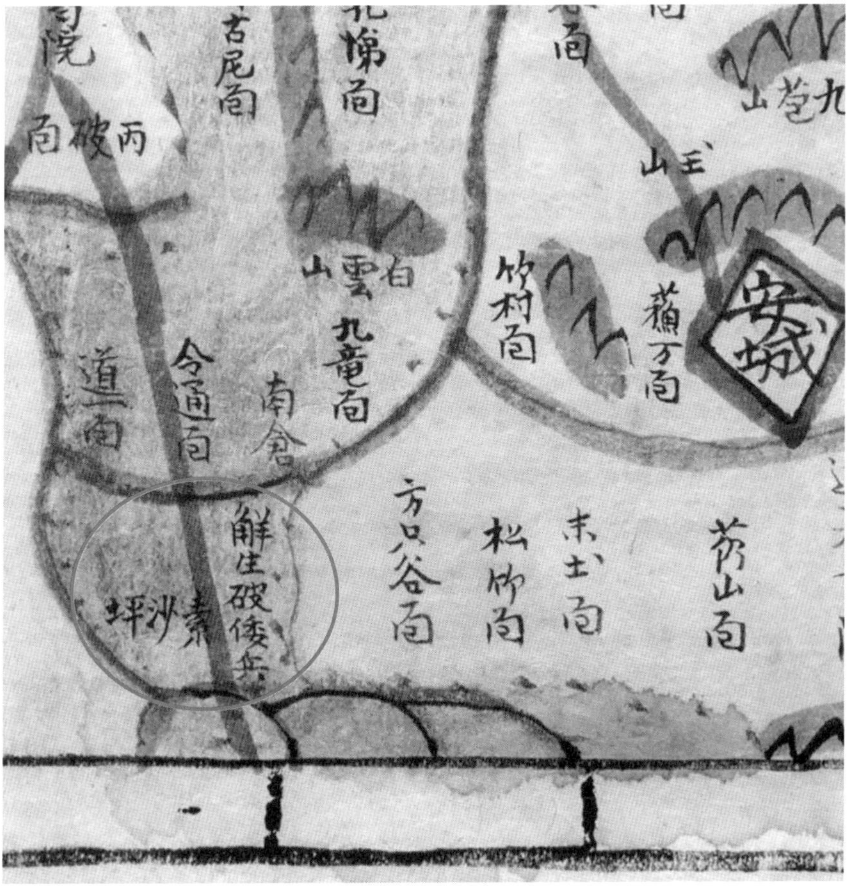

김정호, 직산현 소사평素沙坪 지도, 《청구도靑邱圖》, 규장각한국학연구원 소장 사본

소사평을 직산 위 안성 좌측에 표시하고 그 옆에 "해생이 왜적을 격파하였다〔解生破倭兵〕"라는 설명을 덧붙였다. 소사가 임진왜란의 전승지로서 후대에 각인되었음을 보여주는 지도이다.

서도 찾지 못하였다. 《완역 정본 택리지》를 교정하면서 사건의 실체를 본격적으로 밝혀보리라 마음먹었다. 18세기 후반 문인인 무명자無名子 윤기尹愭(1741~1826)의 다음 언급에 자극을 받은 탓이 컸다.

윤기는 《택리지》를 전재하여 소사 전투를 설명한 다음 이렇게 논평하였다.

> 소사 전투에 대해서는 이중환의 기록이 명확할 뿐 아니라 우리나라 사람들이 전해오는 이야기가 있다. 그런데도 《명사》에서는 조금이라도 언급하기는커녕 청산青山과 직산稷山 어디에서도 접전이 벌어지지 않았다고 하였다. 울산과 남원 등에서 허위 승전을 알렸다는 정응태의 중상모략에 휘말린 탓이다.[5]

윤기는 《택리지》에서 묘사한 원숭이 기병대의 환상적인 활약을 사실로 믿었다. 그러면서 《택리지》 말고도 다른 경로의 이야기가 전한다고 했다. "우리나라 사람들이 전해오는 이야기가 있다"라고 했으니 틀림없이 전해오는 이야기나 다른 문헌에 등장할 것이다. 박지원이 쓴 글도 전해오는 이야기를 반영한 흔적이리라.

하지만 이 이야기가 실린 다른 문헌을 찾기가 힘들었다. 그러던 중 이규경이 지은 《오주연문장전산고》에서 관련 기사를 찾았다. 그는 원숭이에 대한 정보를 서술하면서 소사 전투에서 활약한 원숭이 이야기를 함께 전하고 있다. 《택리지》와는 상당히 다른 이야기다.

> 야사에는 다음과 같은 기록이 있다. 임진왜란에 명나라 장수 경리 양호가 직산과 소사하, 금오평金烏坪에서 왜적을 베어 죽일 때 군사들

이 모두 붉은 옷이나 비단옷을 입고 등에는 원숭이 한 마리를 업었다. 원숭이는 채찍을 휘둘러 말을 내달렸다. 왜적이 들에 가득한 것을 멀리서 보고 모두 다리 아래로 들어가 붉은 옷을 벗고 청수淸水를 다시 착용하고 왜적에게 돌진하였다. 왜적은 모두 검은 옷을 입었고, 우리 군사는 왜군보다 수가 적었기에 처음에는 붉은색이 하나도 나타나지 않았으나 격렬한 전투가 반 시간쯤 지나자 붉은빛이 비로소 번쩍번쩍하더니 나중에는 붉은색만 보이고 검은색이 하나도 없었다. 비단옷과 청수는 탄환이 뚫지 못하였다. 게다가 원숭이가 좌충우돌하니 왜적이 처음 보고서 놀라고 혼란스러워 완전히 패하여 남은 이가 없었으니 원숭이 또한 전공을 세웠다고 하겠다.[6]

명나라 군사들이 붉은색 옷을 입고 왜군과 오전鏖戰을 벌일 때 검은색 천지이던 전장 풍경이 천천히 붉은색 천지로 바뀌며 완전한 승리를 거두어가는 장면의 묘사가 일품이다. 이규경은 구체적인 사항을 밝히지 않은 야사에 나오는 이야기라며 인용하였다. 사실 임진왜란을 상세하게 묘사한 유성룡柳成龍의 《징비록懲毖錄》에서는 소사 전투를 아예 다루지 않았다.[7] 상세한 묘사로 정평이 나 있는 조경남趙慶男(1570~1641)의 《난중잡록亂中雜錄》에서는 소사 전투를 상세하게 묘사하기는 하였으나 원숭이 기병대의 활약은 전혀 언급하지 않는다.[8] 이규경은 《택리지》를 꼼꼼하게 읽고 활용한 학자이다. 《택리지》와 맥락이 다른 사연을 언급한 것은 또 다른 문헌에서 원숭이 기병대 기록을 찾았음을 뜻한다.

이규경의 기록에는 원숭이가 군사의 등에 업혀 채찍을 휘둘렀다고 하여 내용상 변화가 있다. 사실 원병이란 존재를 믿기가 쉽지 않다 보니, 사람들은 이 이야기를 대략 네 가지로 해석하는 경향이 있다. 첫째는 원

숭이처럼 민첩한 병사, 둘째는 털이 많이 난 중국 주변 국가의 소수민족 병사, 셋째는 원숭이의 탈을 써서 변장한 병사 그리고 넷째는 '원기猿騎' 곧 '마상재馬上才'를 행하는 군사로 보는 것이다.[9] 네 가지 해석의 내용과 근거를 소개하자면 글이 장황해져 길게 쓰지 않는다. 어느 해석이든 원숭이 기병대의 존재를 인정하지 못한 사람의 관점에서 나왔다. 앞에 인용한 몇 가지 문헌에서 묘사한 내용을 보면, 원병은 글자 그대로 원숭이 병사이지 다른 것일 수 없다. 훈련받은 원숭이가 말을 타고 전투에 참여하는 것이 불가능하지 않을뿐더러 후대에도 그와 비슷하게 원숭이를 활용한 사례가 확인되기도 한다.

그렇지만 여전히 원숭이가 무기를 잡거나 말을 타고 전투에 참여했다는 사실은 곧이곧대로 믿기 어렵다. 그래서 이규경처럼 기병의 등에 업혀서 전투에 참여한 것으로 받아들였으리라. 《택리지》보다는 그럴법한 설명에 가깝다. 한편 이긍익李肯翊(1736~1806)의 《연려실기술燃藜室記述》에는 "또 두 마리 원숭이에게 활과 화살을 차고 말을 타고 앞에서 인도하게 하였다. 원숭이는 적진에 들어가서 말의 고삐를 풀 수도 있었다"[10] 라는 간략한 기록이 나온다. 출처가 어딘지를 밝히지는 않았으나 상식적으로 이해되지 않는 원숭이 병사의 출전을 합리적으로 설명하려는 노력이 엿보인다.

이규경의 기록을 접한 뒤에는 원숭이 기병대가 실제로 소사 전투에 참전했다는 기록이 허무맹랑한 전설에 그치지 않고 역사적 실체가 있는 이야기일 수 있겠다는 판단이 들었다. 더 자세한 기록을 찾고 싶었다.

《난중잡록》에 실린 원숭이 기병대 이야기

뜻밖에도 앞서 언급한《난중잡록》을 다시 확인해보니 소사 전투 기사에서는 원숭이 기병대의 활약을 서술하지 않았으나 다른 대목에는 눈에 뜨이는 글이 실려 있었다. 소사 전투가 벌어진 다음 해인 1598년 8월 27일자 일기로, 남원 전투에 참가하려고 집결 중인 유정劉綎 부대를 묘사하는 내용이었다.

> 27일 제독 유정이 수만 명의 군사를 직접 인솔하여 전주로부터 임실에 도착하였다. 군졸이 먼저 남원에 이르러 사방으로 흩어져서 목재를 흑성黑城의 용두산龍頭山으로 들여보내 장수의 숙소와 군막을 안배하여 짓고, 목책을 설치하고 참호를 팠다. 이튿날 유정이 용두채에 이르러 진을 머무르게 하니, 전후 군사가 총 47000여 명이었다. 군사 가운데 우지개牛之介 3명이 있어 키와 몸집이 일반인의 10배였다. 해귀海鬼 4명이 있어 살찌고 검고 눈이 붉었으며, 머리카락이 솜털 같았다. 초원楚猿 네 마리가 있어 말을 타고 다루는 솜씨가 사람과 같았다. 몸뚱이는 큰 고양이를 닮았다. 낙타와 산노루, 3종의 희생을 비롯한 온갖 물건을 다 가지고 왔다. 상인이 군사보다 먼저 왔고 그 숫자도 많았다. 적과 대치하여 다급한 때도 상인이 먼저 가서 소를 죽이고 돼지를 잡아 고기를 썰고 요리해 내면 군졸이 은을 주고 사서 먹었다. 상인도 소속된 부대가 있어서 마음대로 왕래할 수 없었다.[11]

남병南兵을 통솔한 유정 부대에서 특수 임무를 맡은 구성원을 확인하고 기록하였다. 특별한 구성원이란 우지개, 해귀, 초원, 낙타 그리고 상인

이었다. 우지개는 여진 부족 우디거(兀狄哈), 해귀는 포르투갈 출신의 흑인 용병, 초원은 곧 원숭이 기병대이다. 낙타는 물품의 수송에 이용했고 상인은 부대에 소속돼 있었다. 조경남은 특수 임무를 맡은 부대원 가운데 '초원楚猿' 네 마리를 직접 보고 확인하였다. '초원'은 중국 '형초荊楚 지역에서 온 원병猿兵'이란 뜻이다. 《난중잡록》의 묘사와 설명에 따르면 '초원'은 말을 타는 기병이었고 사람처럼 말을 잘 다루었다. 큰 고양이만 했다고 하니 유인원 중에서 큰 원숭이는 아니었던 듯하다. 그 기록을 《택리지》의 설명과 비교해보면 거의 완벽하게 부합한다. 원숭이 기병대가 소사 전투에서 특수부대로 참전한 것은 허구가 아닌 역사적 사실이었다.

유정 부대에 소속된 원숭이 기병대의 실체는 《난중잡록》뿐 아니라 《춘파일월록春坡日月錄》 등에서도 살짝 등장한다.[12] 임진왜란 중에 신녕현감新寧縣監으로 전투에 참가했던 손기양孫起陽(1559~1617)은 일기를 남겼다. 다른 시기의 일기는 모두 사라지고 1598년의 일기만이 남아 있다. 7월 21일의 일기에는 "집에서 부리는 종이 유정의 군진軍陣으로부터 돌아왔다. 그가 한 말에 따르면, 군대의 위용이 장엄하고 또한 초원과 낙타가 있는데 원숭이는 능히 적진으로 돌진할 수 있고, 낙타는 물건을 운반할 수 있다고 한다"[13]라고 썼다. 유정 부대에 들어갔던 종의 눈에 비친 특이한 구경거리를 주인에게 보고하는 자리에 원병이 다시 나타났다. 조경남과는 한 달의 시차를 두고 목격한 장면이었다. 손기양은 일기를 간단하게 쓰는 편이었다. 전투에 참가한 초원과 낙타는 일기에 남길 만한 신기한 사실이었다. 호기심이 강하지 않은 이라도 원숭이 기병대는 전쟁의 참혹함과 전투 상황만큼이나 시선을 끌고 호기심을 자아내는 신기한 화제였다. 임진왜란 당시의 실기實記 기록에 따르면 원숭이 기병대의 실체를 더는 의심할 수 없다.

《세전서화첩》 속 원숭이 병사 이야기

원숭이 기병대가 명나라 원군의 특수부대로 소사 전투에 참여하였고, 그후 왜군과의 전투에 끝까지 함께했다는 사실은 입증되었다. 이 사실을 더욱더 확신하게 하는 귀중한 자료가 또 있다. 경상도 안동의 풍산 김씨 문중에 전해오는 《세전서화첩世傳書畫帖》이다.[14] 《세전서화첩》은 19세기 후반에 김중휴金重休(1797~1863)가 선대부터 내려오던 조상과 관련한 32점의 그림과 설명문을 새로 제작한 것이다. 현존 그림의 제작 시기는 19세기 후반이지만 그중 19점의 기록화는 이전 시기부터 전해오던 원본을 모사한 것이다.[15]

상의원尚衣院 직장直長 김대현金大賢(1553~1602)의 행적을 그린 기록화 중 하나인 〈천조장사전별도天朝將士餞別圖〉는 눈길을 확 잡아끈다. 본디 원군 대장 형개가 본국으로 귀환하면서 자신을 보좌한 접대낭청接待郎廳 김대현에게 선물한 그림이다. 그는 화가 김수운金守雲에게 부탁하여 그린 〈천조장사전별도〉와 시를 선물하여 고마움을 표현하였다.[16] 실물 그림은 19세기에 제작되었으나, 그림과 문헌은 1599년 당시의 원래 모습을 충실히 간직하고 있다. 더욱이 그 내용을 검토하면 신뢰할 만한 사료임이 분명하다.

〈천조장사전별도〉는 네 폭의 기록화와 다섯 장에 이르는 관련 기록으로 구성되어 있다. 1599년 2월 조선에서 철수하여 명나라로 귀환하는 14만 대군의 철군 장면을 그린 기록화와 설명문이다. 형개가 지휘하는 대군의 환송연은 한양 훈련원에서 거행되었고, 명나라 원군은 홍제원을 거쳐 철군하였다. 철군하는 군사 행렬을 그린 기록화 네 점 가운데 둘째 그림에는 대단히 흥미로운 장면이 보인다. 상단의 형군문邢軍門(형개)

김중휴, 〈천조장사전별도〉, 《세전서화첩》(부분), 1850년경, 한국국학진흥원 소장

임진왜란이 끝나 개선하는 명나라 군대에 원숭이 기병대가 포함되어 있는 그림이다. "원병삼백猿兵三百"이라 쓴 깃발 아래 열두 마리의 원숭이 병사가 보인다. 이들 왼쪽에는 해귀 네 명이 수레에 타고 있다. 《택리지》에서 묘사한 기병대 이야기가 허구가 아니라 실화임을 입증한다.

아래 왼쪽 하단에 유인원類人猿 열두 마리가 칼을 들고 행군하는 장면이다. 상당히 크게 그려진 원숭이가 이 특수부대의 대장이고, 이들 앞에 세운 깃발에는 "원병삼백猿兵三百"이라 썼다. 의심할 것도 없이 원숭이 병사 300명이란 의미이다.[17] 명칭만 봐도 앞서 살펴본 박지원의 제문에 나오는 "농원삼백弄猿三百"과 완벽하게 부합한다. 《택리지》와 《오주연문장전산고》에 실려 전하는 소사 전투의 원숭이 기병대의 실체와 그들의 정식 명칭이 원병猿兵임을 이 기록화는 다른 어떤 글보다 인상적으로 제시한다.

일반적으로 전통 시대 그림은 비중이 큰 사물을 중심으로 그린다. 전체 그림에서 제일 중요한 위치에 있는 형개가 다른 인물에 비해 확대되어 그려졌듯이, 14만 군사 가운데 겨우 300명에 지나지 않는 원병과 해귀가 큰 비중으로 그려진 사실은 특수부대를 바라보는 화가의 관심을 반영한다. 이와 같은 묘사는 기록화 제작을 의뢰한 조선의 사대부와 명나라 장수의 관심을 대변하기도 한다. 다시 말해 1599년 기록화에 나타난 원병은 앞서 조경남과 손기양이 유독 이들에 주목하고 관심을 표명한 것과 똑같이 주목받고 있는 것이다.

〈천조장사전별도〉는 원병의 실체를 형상으로 제시해준 점에서 귀중한 기록화이다. 또 화폭에 형상을 그린 실체적 진실과 동기를 글로 밝힌 점에서도 의미가 있다. 특히 2월 15일 철군하는 명나라 원군의 전체 규모를 자세하게 알려준다.

두 줄의 작은 글씨로 직책과 인명을 적어놓아 철군하는 고위 장수들을 확인할 수 있다. 안찰按察과 제독提督, 도독都督, 경리經理, 유격遊擊 직책을 지닌 장수들이 누락 없이 차례로 실려 있다. 임진왜란 동정제장東征諸將의 명단으로 신뢰할 만한 문헌이다. 뒷부분 중간에는 낭중郎中이

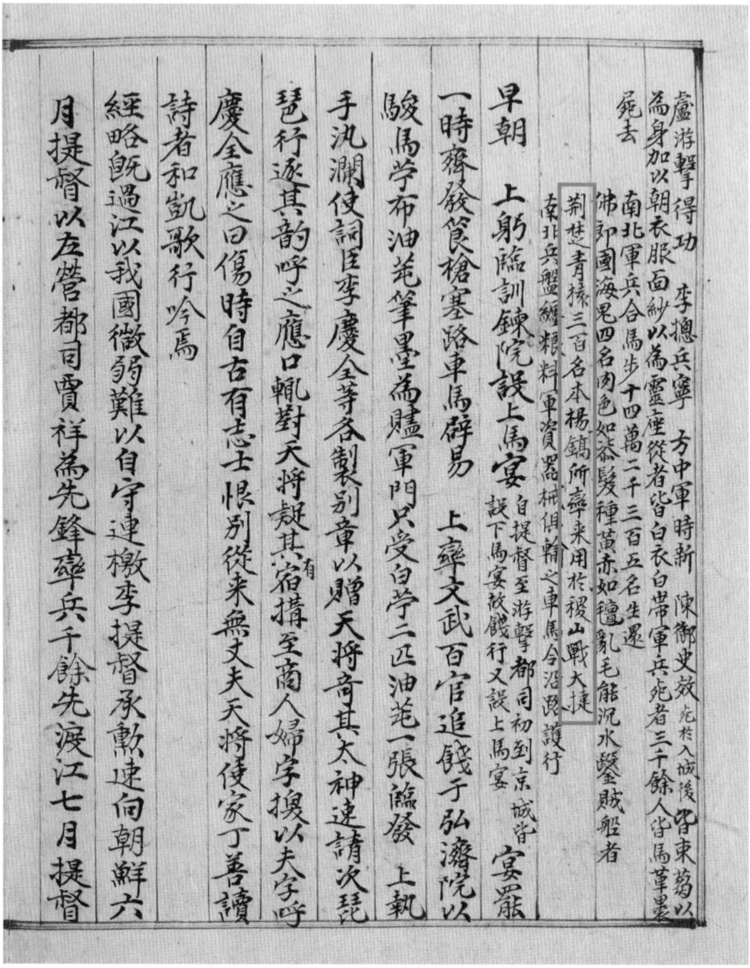

〈천조장사전별도〉, 《세전서화첩》(부분), 한국국학진흥원 소장

"원병삼백"을 설명한 글이 쌍행주雙行註로 나온다. "형초의 청원 300명은 본디 양호가 인솔해왔는데 직산 전투에서 기용하여 크게 승리를 거두었다〔荊楚青猿三百名, 本楊鎬所率來, 用於稷山戰, 大捷〕."

란 직책을 지닌 남방위藍芳威란 인물도 보인다. 귀국 후《조선시선朝鮮詩選》을 편찬하여 간행함으로써 중국에 조선의 시를 널리 퍼지게 한 주인공이다.

철군 군사의 명단은 뒤로 갈수록 흥미로운 사실을 보여준다. 정유재란 때 치열한 전투가 벌어진 울산 도산성島山城 전투에서 전사한 유격 양만금楊萬金 등 장수 7명을 짚 인형으로 만들어 조복朝服을 입히고 얼굴에는 면사포를 씌워서 영좌靈座를 만들었다. 뒤 따르는 사람은 모두 흰옷을 입혀 조문 행렬로 꾸몄다. 다음에는 전사자 3000여 명의 시신을 모두 말가죽으로 감싸서 싣고 갔다는 사실도 기록되었다.

마지막으로 남병과 북병北兵의 기병과 보병을 합하여 총 14만 2,305명이 생환한 사실을 구체적으로 밝혔다. 이 숫자는 신흠申欽의 자료와 흡사하다.[18] 이 문헌을 신뢰할 만하다는 점을 보여준다.

전체 생환자를 밝혔으므로 글을 마쳐도 충분할 텐데 거기에 그치지 않고 두 가지 사실을 더 설명하였다. 바로 해귀와 원병이다. 먼저 흑인 병사를 "불랑국佛郎國의 해귀 네 명은 피부색이 옻칠한 듯이 새까맣다. 머리털은 노랗고 붉으며 융모처럼 털이 어지럽다. 잠수하여 적선에 구멍을 뚫을 수 있다"[19]라고 소개하였다. 여기서 불랑국은 포르투갈이고, 해귀는 흑인으로 잠수를 잘하는 용병이다.[20] 해귀는 조선 사람에게 충격을 주어《실록》을 비롯하여 당시의 여러 기록에 등장하므로 자세히 논하지 않는다. 〈천조장사전별도〉에서는 "원병삼백" 위에 수레를 타고 가는 네 명의 흑인이 보이고 이들을 "해귀"라 밝혀놓았다.

해귀 다음에는 "원병삼백"을 설명한 "형초荊楚의 청원青猿 300명은 본디 양호楊鎬가 인솔해왔는데 직산 전투에서 기용하여 크게 승리를 거두었다"라는 짧은 글이 나온다. 간명한 설명이나 핵심 정보를 담고 있다.

원숭이 기병대의 출신지가 '형초荊楚'임을 밝혔는데 《난중잡록》과 손기양의 일기에서 '초원楚猿'이라 표기한 것과 같다. '청원青猿'의 '청青'은 원숭이의 색깔이 아니라 원숭이 자체를 가리키는 말이다.

다음으로 원병의 숫자가 300명임을 분명하게 밝혔다. 박지원이 제문에서 밝힌 숫자와 정확하게 일치한다. 다른 곳에서는 대개 짐승을 표현하는 '마리'로 표현했으나 사람을 세는 '명名'으로 표기하여 병사로 인정하였다. 마지막으로 이들이 직산 전투에 참여하여 대승을 거두는 데 기여했다고 말했다. 한층 중요한 것은 이 부대가 양호라는 장수의 통솔하에 있었음을 밝힌 것이다.

이 문서는 후대에 편집된 저술이 아니다. 야사와는 성격이 달라서 과장 없이 특수부대에 관한 핵심 정보를 간명하게 밝혀놓은 문서이다. 전투 장면이 《택리지》 이후 몇 가지 역사 기록에서 밝힌 사실과 차이가 나는 것 외에는 거의 모든 내용이 일치하고 있다.

정리하면, 정유재란에 장수로 참전한 양호는 특수부대로 원숭이 기병대를 조직하여 인솔해왔다. 원숭이의 숫자는 300으로, 말을 잘 탔고 기습 공격을 잘하였다. 원숭이 기병대는 소사 전투에서 큰 공훈을 세웠는데, 다리 아래 매복했다가 말을 타고 불시에 일본군을 급습하여 혼란에 빠트리는 교란작전을 펼쳐서 대승을 거두는 데 기여하였다.

그러나 양호는 정응태의 무고로 본국으로 소환되었다. 그러나 자신이 통솔하던 원숭이 기병대는 그대로 남겨두었고, 그들은 유정의 부대에 소속되었다. 유정의 부대를 확인한 기록과 그들이 다른 참전 군인과 함께 귀환한 사실을 통해 임진왜란이 완전히 종료될 때까지 전투에 참여했음을 확인할 수 있다.

명나라 장수 편갈송은 원숭이 기병대를 어떻게 활용했는가

원숭이 기병대를 분석한 글을 2018년 여름 《역사비평》에 투고한 뒤 해당 내용이 언론에 크게 보도되었다. 이후 서울대 국문학과의 김명호 교수가 유주목柳疇睦의 《계당집溪堂集》과 1905년 간행된 《금고실기今古實記》에 원숭이 기병대를 통솔한 장수로 편갈송片碣頌의 행적이 나오니 검토해볼 것을 일러주었다. 덕분에 편갈송의 행적에 집중하여 찾아보니 관련한 기록이 몇 군데 등장하였다. 자료는 대체로 19세기에 후손이 편집한 것이고 맥락이 연결되지 않는 대목도 있어서 전적으로 신뢰하기는 어려울 듯했다. 다만 내용이 흥미롭고 개연성이 조금 있어 보여서 보완하여 설명하기로 한다.

1905년에 간행된 《금고실기》 권1은 공주 지역의 충훈忠勳의 인물로 편갈송을 들고 다음과 같이 소개하였다.

> 명나라 사람 편갈송은 자가 경수景修, 호가 모헌慕軒으로 절강 사람이다. 임진왜란에 병부상서를 따라 우리나라에 원병으로 와서 평양에 이르러 왜적을 쳐서 1285명을 베었다. 한양성으로 진격하여 주둔한 왜적을 공격하고 1000여 리의 고토를 회복하였다. 정유재란에는 원군猿軍으로 소사의 왜적을 격파하여 왜적의 피가 흘러 내를 이루었다고 했다. 하늘 북이 세 번 둥둥 울려 남하하여 가는 곳마다 승전하니 선조께서 두 번의 어찰을 내려 사례하였다. 나중에 정응태의 무고를 받아 경주 금오산에 자취를 숨기고 살다 죽었다.[21]

편갈송은 소사 전투에서 원숭이 부대로 왜적을 격파한 공적이 있고,

무고를 당한 이후 귀국하지 않고 조선에 귀화하여 경주에서 살다가 죽었다고 간략하게 서술되었다. 편갈송이 충청도 공주의 인물로 실린 것은 그의 후손이 공주로 건너가 살았기 때문일 것이다.

더 자세한 기록은 1871년 후손이 간행한 《동원기략東援記略》이다. 이에 따르면 편갈송은 임진년과 정유년에 조선으로 건너왔다. 정유재란에는 중군참장中軍參將이라는 직책으로 파병되었다. 경략 양호의 휘하 장수로 편입된 듯하다. 당시 양호는 절강의 원숭이 부대 300명을 평양에 주둔시키고 있었다. 이 책에서는 소사에서 벌어진 전투를 다음과 같이 묘사하였다.

> 계사년 9월 가토 기요마사의 10만 군대가 서쪽으로 진격하니 바다와 육지에서 여러 장수가 둘러보며 위축되어 감히 예봉에 맞서려 하지 않았다. 선봉 부대가 벌써 소사평에 도착하여 깃발과 창검이 1000리에 끊이지 않았다. 조야朝野가 떨며 두려워할 때 오직 제독이 중군 편갈송으로 하여금 차분히 지휘하여 은밀히 용맹한 정예 기병을 뽑게 하였다. 해생, 양등산, 천만리, 파귀가 요충지를 차지하고서 군사를 숨기고 적을 맞아 공격하였다. 적과 서로 대치하여 결판이 나지 않았다. 적병은 수가 많고 우리는 수가 적어 두려움이 일어났다. 중군 편갈송이 원숭이 부대 300명으로 적진을 교란시키고 이어서 3000명의 철기鐵騎로 습격하여 크게 격파하였다. 또 유격 파새를 보내 2000명의 기병으로 합세하여 섬멸하니 피가 흘러 내를 이루었다. 가토 기요마사 홀로 몸을 빼내 도주하였다. 대포 소리가 300리에 들리고 하늘 북 소리가 세 번이나 울렸다. 엎어져 죽은 시체가 80, 90리에 흩어졌다. 무술년 11월 경리와 도독이 중군 편갈송을 거느리고 경상도로 남하하였다.[22]

소사 전투에서 대승을 거둔 과정이 간략하게 묘사되었고, 편갈송이 원숭이 부대를 지휘하여 적진을 교란한 장면이 등장한다. 앞서 살펴본 《택리지》에서 묘사한 바와 비슷하기는 하나, 양호 대신 편갈송이 원숭이 부대를 직접 통솔하는 지휘관으로 등장하였다. 원숭이 부대가 적진을 교란하는 단순한 역할을 수행한 것으로 묘사되어 상식에 가깝다. 이 글은 〈편장군유적片將軍遺蹟〉의 일부이고 글쓴이는 편갈송의 후손이므로 전투에서 편갈송의 활약이 실제보다 크게 부각되었을 수도 있다.

유주목의 〈편총절실기 뒤에 쓰다(書片總節實記後)〉에 따르면, 편대언片大彦이라는 후손이 찾아와 〈편총절실기〉를 보여주었다고 했다. 이 글은 바로 앞에서 언급한 〈편장군유적〉과 같은 글로 추정한다. 이 글에도 흥미로운 내용이 전한다.

정유재란에 소사 대전이 없었다면 왕경王京은 하마터면 두 번째 함락당하는 치욕을 면하지 못했으리라. 그러니 소사 대전을 4대 대첩의 하나로 꼽지 않을 수 있으랴? 또 소사 대전에서 전승을 거둔 이유가 원숭이 부대에 있지 않겠는가? 아! 적진을 마주하고 교전할 때 기발한 전술을 내어 승리를 거둔 일이 얼마나 많으랴! 하지만 원숭이 부대와 같은 일은 과거의 기록에서 보지 못했다. 그 일에 말이 미치면 무릎을 치면서 감탄하지 않은 적이 없었다. 그러나 그때 어떤 명나라 장수가 행한 일인지를 몰라서 깊이 유감스럽게 여겼다. 얼마 전에 앞뒤의 명나라 원병 장군 명단에서 이른바 이여송과 마귀 등 여러 제독을 따라온 어양총절漁陽總節 편갈송片碣頌 공이라는 분을 처음 보았다. 하루는 편대언片大彦이 찾아와 공의 실기 한 권을 보여주며 내게 교정을 하고 뒤에 한 마디 써주기를 부탁하였다. 내가 책을 얻어 한 번

읽어보니 그제야 소사의 원군猿軍의 일이 편 공에게서 나온 것임을 알았다.[23]

원숭이 기병대의 활약을 전설로 들어서 알고 있던 중 그 부대를 지휘한 장수가 편갈송임을 알게 되어 기뻤다는 내용이다. 실질적인 지휘관이 편갈송이었고, 그 역시 양호와 마찬가지로 정응태에게 무고를 당한 뒤 조선에 귀화했으며, 후손이 국내에 살고 있다는 흥미로운 정보를 기록해두었다.

그렇다면 편갈송의 행적을 근거 있는 역사적 사실로 확정할 수 있을까? 앞서 살펴본 기록은 대체로 객관성을 지닌 자료인데, 편갈송을 알리는 문헌은 대체로 후손이 직간접으로 간여한 문헌이다. 내용 또한 앞선 기록의 범위에서 크게 벗어나지 않으며, 모두가《택리지》보다 100년 뒤의 문헌이다. 유주목의 글도 사실은 후손이 전한 말이 유일한 근거이므로 신뢰하기에는 망설여진다. 의심스러운 점이 적지 않으나 판단을 미루고 그대로 기록해두었다.

야사에 담긴 원숭이 병사 이야기

명 원군에 합류한 원병은 중국 남부 지역인 저장성과 푸젠성에서 차출한 남병 소속이었다. 조선에서 크게 주목을 받은 것처럼 본국에서도 남다른 시선을 받았을 테고, 그들에 관한 기록이 문헌에 나올 법하다. 그러나 앞서 윤기가 말한 것처럼《명사》나 곡응태谷應泰의《명사기사본말明史紀事本末》을 비롯한 문헌에 기록이 보이지 않는다. 심지어는 소

사 전투에 관한 설명도 자세하지 않다.[24] 소사 전투를 승리로 이끈 양호와 그의 공로를 허위라고 명 황제에게 보고한 정응태 사이에 다툼이 있어서 관련 기록이 상당히 왜곡되어 전해진 탓이 크다. 사실 소사 전투는 전쟁의 경과와 전황이 상세하지 않아서 이익조차도 의문을 제기하였다.[25] 양호가 임진왜란에서 세운 전공에 대한 평가는 조선과 명나라 사이에 큰 괴리가 있었다. 양호가 이끈 이 특수부대의 존재와 활약이 명나라 측 사료에 나타나지 않는 데에는 이 같은 요인이 있다.

양호는 1597년 정유재란이 발발하자 6월에 경략조선군무사經略朝鮮軍務使가 되어 총독 형개, 총병摠兵 마귀, 부총병 양원 등과 함께 참전하였다. 소사 전투를 승리로 이끌고 12월에 울산으로 내려가 왜적과 싸웠으나 도산성 전투에서 패하고 1598년 3월 한양에 이르렀다가 6월에 본국으로 송환되었다. 그는 도산성 전투에서 승리했다고 보고한 사실이 들통나서 파면되었고, 경략조선군무사 만세덕萬世德으로 대체되었다. 뒤에 다시 등용되어 만주족의 침략을 막다가 사르후 전투에서 크게 패해 책임을 지고 처형되었다. 보통 '경리經理' 또는 '경략經略'이라는 직위로 불린다.

당시 조선에 파견된 명나라 조사관 정응태는 평소에 양호와 사이가 좋지 않았다. 1598년 정응태는 양호가 울산 도산성 전투를 허위로 보고했다며 탄핵하는 상소를 올렸다. 명나라 신하들이 양호의 억울함을 상소하고 선조도 그를 머물게 해달라고 요청했으나 양호는 결국 파직되어 본국으로 송환되었다.[26] 조선 조정이 거듭 양호를 변호하자 나중에 명나라 조정은 양호를 요동도어사遼東都御史로 복직시켰다.[27] 조선에서는 양호를 소사 전투를 대승으로 이끈 명장으로 보고 다른 장수보다 높이 평가하였다. 불명예스러운 일로 본국으로 소환된 것을 안타깝게 여겨 거

양호거사비楊鎬去思碑, 사진 필자

본디 서울특별시 중구 서소문동 120번지에 위치했던 선무사宣武祠의 비로, 현재는 명지대학교 경내에 옮겨 보존하고 있다. 생사당生祠堂으로 불린 선무사 건물은 일제강점기 때 부숴졌다. 양호거사비는 1598년에 세워졌고, 이정귀李廷龜가 지은 〈황명도어사양공호거사비명皇明都御史楊公鎬去思碑銘〉이 새겨져 있다.

사비去思碑를 세웠고, 양호는 선조 때 벌써 형개와 함께 선무사에서 제향을 받았다.[28] 이후에도 역대 국왕은 끊임없이 양호의 사당에 제향을 하사하였다. 앞에서 살펴본 박지원의 〈양경리호치제문〉도 그중 하나이다.

중국의 문헌에는 양호가 통솔한 원숭이 기병대를 직접 다룬 글은 나오지 않으나, 명군의 원병에 관한 기록이 전혀 없을 수는 없다. 누가 보더라도 이 특수부대와 역할에 관심을 가질 만하기 때문이다. 문헌을 조사해보니 명말의 야사로 심덕부沈德符가 편찬한 《만력야획편萬曆野獲編》과 사조제謝肇淛가 편찬한 《오잡조五雜組》에 흥미로운 이야기가 나왔다. 다음에 차례로 인용한다.

소보少保 척계광戚繼光이 왜적을 정벌하러 강남에 이르렀을 당시에 사졸에게 산중에서 조총이나 화서火鼠 등을 쏘는 훈련을 하도록 명하였다. 마침 숲속에는 원숭이 무리가 있었는데 훈련을 구경하며 몰래 흉내를 냈다. 시간이 흐르자 원숭이의 기술이 병사보다 나았다. 하루는 왜적이 대거 몰려왔는데 척계광의 병사는 수가 적어 전투를 벌이면 반드시 불리할 것으로 판단하였다. 이에 은밀한 곳에 용감한 장정을 숨기고 날랜 병사로 적을 도발하여 거짓으로 패한 척하게 했다. 먼저 산중 은밀한 곳에 여러 가지 화기를 던져두고 왜적의 추적자가 뒤따라 이르렀다. 원숭이가 머리를 깎고 맨발인 왜적이 횡행하는 것을 보고 익히 보던 사람과 다르자 특이한 짐승이 자기들을 물 것이라 의심하여 앞다퉈 불을 붙여 총을 쏘았다. 왜적이 크게 놀라 미친 듯 도망하여 서로 베어 죽은 자가 속출하니 복병이 사방에서 일어나 드디어 완전한 승리를 거뒀다.

지난 병술년(1586)과 정해년(1587) 사이에 충암沖菴 고양겸顧養謙

(1537~1604)이 요좌遼左 지역을 순무巡撫할 때 바닷가에서 떨어진 왜적 수십 명을 포로로 사로잡고 모두의 목숨을 살려주는 대신 병사의 대오 사이에 편입시켰다. 큰 여진족 군사〔大虜〕가 섬 오랑캐를 직접 보지 못했으므로 기이한 승리를 거둘 수 있으리라 생각하였다. 하루는 여진족 기병〔虜騎〕이 침범했다는 소식을 접하고 왜적 출신 병사에게 명하여 옛 복장을 차려입고 중군中軍에 숨어 있다가 전투가 한창일 때 갑자기 칼을 잡고 일제히 뛰쳐나가라고 하였다. 여진족이 깜짝 놀라 진정하지 못하는 사이에 서슬 퍼런 칼날이 말의 발을 베자 모두들 거꾸러져 죽었다. 나머지 기병은 도주하고 흩어졌다. 고양겸은 그로 인해 전공을 세웠다. 다른 날 여진족이 다시 침입하여 전과 같이 다시 명령하여 나가 싸우게 했으나 하나도 살아 돌아온 자가 없었다. 여진놈들이 그들의 기예가 여기에 그친다는 것을 알고 벌써 미리 대비했기 때문이었다. 이에 전단이 소의 꼬리에 횃불을 묶은 일이나 유심劉尋의 나귀는 모두 벌써 쓸모없는 물건이 된지라 다시 사용하면 패하지 않는 이가 없었다. 척계광이 기계奇計를 낸 것은 참으로 한바탕 웃을 만하다.[29]

복건성 복청福清의 석축산石竺山(또는 石竹山)에는 원숭이가 많아서 100마리나 1000마리가 무리를 이루었다. 소보 척계광이 왜구를 물리칠 때 여기에 군사를 주둔시키고 군사들에게 화기火器를 쏘는 훈련을 시킬 때마다 원숭이들이 훔쳐보고서 익혔다. 이에 군사에게 명하여 원숭이 수백 마리를 생포하여 잘 기르게 하고 화기를 연습하여 일상사가 되도록 하였다. 왜적이 이르자 산골짜기에 복병을 두고 원숭이 무리로 하여금 적진으로 돌진하게 하니 왜적은 생각지도 않은 일이었다. 조금

있다가 화기를 모두 쏘니 벽력같은 소리가 땅을 뒤흔들었다. 왜적이 크게 놀라자 복병이 뛰쳐나와 적을 섬멸하였다. 옛날 침윤고鍼尹固가 타는 횃불을 코끼리 꼬리에 묶은 일이나 전단田單이 소의 꼬리에 횃불을 묶어 적진에 돌진하게 한 일, 강유江逌가 닭발에 불을 묶어 적을 물리친 일이 있다. 지금 척계광이 원숭이에게 화기를 쏘게 했으니 지혜로운 자가 서로를 스승으로 삼는 것이 대략 이와 비슷하다.[30]

두 편의 글은 모두 명말에 왜구를 소탕하는 데 혁혁한 공훈을 세운 척계광(1528~1588)의 행적을 묘사하는데 그가 구사한 기발한 전술의 하나로 원병의 운용을 소개하였다. 내용은 조금씩 다르나 똑같은 사실을 기록자의 견문에 따라 달리 썼다. 복건성 지역의 원숭이가 조총을 쏘는 군사가 훈련하는 장면을 보고 총 쏘는 법을 흉내 내어 복병이 되어 기습 공격을 했다는 내용이다. 왜구를 소탕할 때 기습 공격을 중시했던 척계광의 전술 가운데 하나로 볼 수 있다.[31]

임진왜란 때 조선에서 활약한 원병과 비교하면 적어도 두 세대 이전의 일로서 원숭이 기병대가 조직된 동기와 초기 단계의 활동상을 보여준다. 초기에는 기병대가 아닌 소총 부대로서 매복하였다가 기습 공격을 하는 특수부대였다. 반면 양호의 원숭이 부대는 기병부대로 말을 타고 적진에 돌진하여 적을 혼란에 빠트리는 역할을 했다. 복병과 기습, 일본군을 상대한다는 점, 적진을 혼란에 빠트린다는 점은 양쪽이 같다. 초기 원병의 문제점을 개선하여 기습 작전에 유리한 기병대로 발전시킨 것으로 추정한다. 심덕부가 경계한 것처럼 한두 번 기이한 계책을 실행하고 마는 특수부대가 아니라 다양한 전술 단위로 사용할 수 있는 특수부대로 개편하지 않았나 추정해본다.

두 편의 글은 모두 야사에 나오는 기록일 뿐이고, 정부 측 기록이나 척계광의 《기효신서紀效新書》 또는 《연병실기練兵實紀》와 같은 전술서에는 원숭이 기병대가 등장하지 않는다. 명군이 특수부대를 운용했다면 어딘가에 기록이 등장할 법도 하다. 생각하기 힘든 특수부대라서 정식 기록이나 전술서에 반영하지 않았을 수도 있다.

이처럼 《택리지》에 등장한 원숭이 기병대의 지역 전설을 여러 가지 문헌으로 추적하여 실체를 확인해보았다. 원숭이 기병대 전설은 동아시아의 역사를 뒤바꾼 임진왜란이라는 큰 국제전에서 일어난 크고 작은 사건과 피해, 그로 인한 변화와 관련된 이야기와 비교하면 사소한 에피소드에 불과하다. 믿기도 어려운 비현실적이고 환상적인 이야기라 무시해도 좋은 일로 볼 수 있다. 그러나 흩어진 문헌 자료를 수집하여 살펴본 결과, 역사적 사실임을 확인하였다. 원숭이 기병대 전설은 《택리지》라는 문헌의 가치를 거듭 확인해준다.

전쟁은 끝나도 전쟁의 상처와 충격은 뒤에 남겨진 사람들의 기억 속에, 또 전란이 벌어진 현장에 깊숙이 각인된다. 더 나아가 전쟁을 겪지 않은 세대에게도 이야기를 통해 트라우마로 남아 행동에 영향을 미친다. 이중환의 《택리지》는 전쟁의 트라우마가 깊이 각인된 저술이다. 조선의 산천 곳곳에는 임진왜란과 병자호란의 상처가 아물지 않은 채 스며 있어, 사람들의 기억보다 더 선명하게 전쟁의 상처와 고통을 회상시켰다. 조선의 지리를 예리하게 분석한 이중환은 선명하고 커다란 영향을 미친 기억을 불러내어 《택리지》에 담아냈다. 소사 전투의 원숭이 기병대는 그 선명한 기억의 하나였다.

청담 이중환 연보

청담淸潭 이중환李重煥(1690~1756)은 18세기를 대표하는 학자이자 《택리지》의 저자로 유명하다. 《택리지》는 조선 후기에 출현한 많은 저작 가운데 현대까지 널리 읽히며 지식인과 대중에게 폭넓은 영향을 미친 책이다. 그러니만큼 저자를 깊이 이해하는 것은 책의 이해를 위해서 꼭 필요하다. 그러나 《택리지》 자체를 제외하면 저자에 대한 정보나 자료가 그다지 많지 않다. 적은 양의 단편적인 기록이 여기저기 흩어져 전하기는 하나, 중요한 정보와 자료를 담고 있을 문집과 그가 지었다는 다른 저작은 전해오지 않는다. 그런 이유로 이중환을 향한 깊이 있는 연구가 크게 진척을 보지 못하고 있다.

연보의 작성은 개인 연구에서 토대가 되는 작업이다. 문집이 전하지 않는 상태에서 더 깊이 있는 연구를 위해서는 소략하더라도 중요한 의의가 있다. 이중환의 생애를 조사하여 연구한 저작으로 손에 꼽히는 것은 다음 3종이 있다.

1. 小石晶子, 〈李重煥と《擇里誌》〉, 《朝鮮學報》 第115輯, 朝鮮學會, 1985, 27~102面.
2. 이문종, 《이중환과 택리지》, 아라, 2014.
3. 배우성, 《독서와 지식의 풍경》, 돌베개, 2015.

1은 《추안급국안》을 꼼꼼히 읽어 이중환의 정치적 고난을 상세하게 밝혀낸 의의가 있다. 2는 생애와 관련한 다양한 논의를 수집하여 설명하였다. 3은 젊은 시기 시사 활동과 《택리지》를 이해하는 방법을 조명하였다. 3종의 저작은 각각 새로운 발견과 설명 방식이 있어서 참고가 된다. 그렇기는 하나 연보를 구성할 만한 다양한 자료의 확보나 집성의 차원에서는 여전히 부족하다.

《완역 정본 택리지》(휴머니스트, 2018)를 출간하고 난 이후 나는 다수의 논문을 발표하였다. 그 과정에서 생애와 관련한 많은 자료를 수집하여 이중환 연구의 토대가 되는 연보를 작성하였다. 많이 활용한 자료는 《조선왕조실록》, 《승정원일기》, 《추안급국안》이고, 기타 관련한 다양한 문집과 고문서를 활용하였다. 충실한 연보가 되기에는 여전히 미진한 점이 많다. 새 자료를 찾는 대로 보완하여 더 충실한 연보를 만들고자 한다. 이 연보가 이중환을 더 깊이 이해하는 기초 자료로 활용되기를 기대한다.

1681년(숙종 7년, 신유辛酉)

• 10월 18일 재종조부 성호星湖 이익李瀷(1681~1763)이 태어나다.

1682년(숙종 8년, 임술壬戌)

• 4월 27일 미수眉叟 허목許穆(1595~1682)이 사망하다. 그는 학술과 정치에서 남인 당파를 이끌어 청남淸南의 영수로 활동하였다. 이중환 등이 학문적·정치적 종장으로 존경하여 큰 영향을 받았다.

1686년(숙종 12년, 병인丙寅)

• 부친 이진휴李震休(1657~1708)가 문과 중시重試 병과丙科 3위로 급제하다.

1687년(숙종 13년, 정묘丁卯)

• 9월 22일 맏동서이자 백련시사 동인인 강필신姜必愼이 태어나다.
• 정언유鄭彦儒(자는 임종林宗, 호는 오헌迂軒)가 태어나다.
• 동서 유뢰柳耒의 형 유래柳徠(1687~1728)가 태어나다.

1689년(숙종 15년, 기사己巳)

• 8월 23일 백련시사 동인 오광운吳光運이 태어나다.

1690년(숙종 16년, 경오庚午, 1세)

• 1월 백련시사 동인 강박姜樸이 태어나다.
• 12월 15일 이중환이 출생하다. 주된 주거지는 한양 정릉동貞陵洞이었고, 현재의 서울 은평뉴타운 조성지에 있었던 명승지 청담淸潭에 별서가 있었으며, 수원에도 부친이 거주한 이래 집을 두고 있었다.

1691년(숙종 17년, 신미辛未, 2세)

• 친구 지재支齋 이희李熹(1691~1733)가 태어나다. 문집 《지재유집支齋遺集》을 남기다. 이 문집에 이중환과 관련한 자료가 다수 실려 있다.
• 7월 8일 처가의 장조카 목성관睦聖觀(자는 돈시敦詩, 호는 기계沂溪)이 태어나다.

1694년(숙종 20년, 갑술甲戌, 5세)

• 《우서迂書》의 저자로 유명한 경세가 농암聾庵 유수원柳壽垣(1694~1755)이 태어나다.

1697년(숙종 23년, 정축丁丑, 8세)

• 부친이 여주목사가 되어 부임하다. 여주에 영세불망비永世不忘碑가 세워져 현재까지 전해온다.

1698년(숙종 24년, 무인戊寅, 9세)

• 9월 29일 목회경睦會敬(자는 공집公集, 호는 동계기인東溪畸人)이 태어나다.

1700년(숙종 26년, 경진庚辰, 11세)

• 1월 10일 부친이 도승지가 되다.

1701년(숙종 27년, 신사辛巳, 12세)

• 1월 25일 부친이 충청도 관찰사에 임명되어 2월 7일 숙종에게 사은숙배하고 부임하다.
• 부친이 공주 금강가에 있는 사송정四松亭을 개축하다. 채팽윤蔡彭胤은 《희암집希菴集》에 실린 〈시한정기是閑亭記〉에서 이중환의 5대조 소릉少陵 이상의李尙毅가 사송정을 시한정이라 개칭하고 정자를 지었다고 했다. 그후에 무너진 정자를 관찰사로 재직 중이던 이진휴가 사송정이란 옛 이름으로 복원하다.
• 4월 하순에 이진휴가 공주에서 여주 이씨 교위공파의 첫 족보를 간행하다. 신사보辛巳譜라 부르는 이 족보를 상하편上下編으로 편찬하여 간행하고, 〈황려이씨족보서黃驪李氏族譜序〉를 짓다. 이것을 토대로 이수항李壽沆이 여주 이씨 두 번째 합동보인 을축보乙丑譜《여주이씨세보驪州李氏世譜》3책을 1745년 함경감사 시절 간행하다.

1702(숙종 28년, 임오壬午, 13세)

• 7월 18일 부친이 도승지로 다시 임명되었으나 수원 집에 머물며 부임하지 않다.

1703년(숙종 29년, 계미癸未, 14세)

• 2월 7일 부친이 형조참판에 임명되다.
• 5월 17일 부친이 강릉부사에 임명되어 7월 2일 부임하다. 14세의 이중환이 대관령 길을 따라 강릉에 간 사실을《택리지》〈팔도론〉'강원도' 끝에 기록하다.
• 9월 24일 부친이 강릉부사에서 함경도 관찰사로 임명되어 사은숙배하지 않고 바로 부임하다.

1705년(숙종 31년, 을유乙酉, 16세)

• 4월 18일 부친이 다시 도승지에 임명되어 장기간 업무를 맡아보다.

• 6월 1일 부친이 호조참판에 임명되었으나 곧이어 도승지로 전임되다.

1706년(숙종 32년, 병술丙戌, 17세)

• 9월 17일 재종조부이자 성호 이익의 둘째 형인 섬계剡溪 이잠李潛(1660~1706)이 숙종의 친국을 받다가 혹독한 고문 끝에 20일 사망하다. 이잠은 갑술환국 이후 희빈 장씨의 소생인 원자元子(경종)의 세자 책봉을 미루는 것이 원자를 제거하고 연잉군延礽君(영조)을 후사로 삼으려는 음모라고 호소하였다. 세자의 보호를 역설하고, 조정 신하를 악역惡逆으로 지목하였다. 그의 상소는 당시 국정을 장악하고 있던 노론의 거센 반발과 숙종의 진노를 불러일으켰다. 이 일로 이잠은 흉인凶人으로 낙인이 찍혔다. 이 사건으로 이익을 비롯한 이잠의 집안사람은 폐족이 되다시피 하여 그 파장이 먼 후대까지 영향을 미쳤다. 이중환 역시 훗날 이잠의 일로 큰 곤경에 처하다.

1708년(숙종 34년, 무자戊子, 19세)

• 2월 26일 부친이 안동부사로 부임했다가 4월 23일 재직 중 사망하다. 이중환은 부친의 유해를 공주에 있는 선산으로 운구했다가 이후 다시 황해도 금천金川 설라산雪羅山에 있는 선산으로 이장하다.

• 이해 여름 안동에서 한양으로 가는 길에 단양을 들러 유람하다. 군수 김중우金重禹(?~?), 경상도 도사都事 이덕운李德運(1661~?)과 동행하다.

• 부친이 안동에서 5대조 소릉 이상의의 문집을 목판으로 처음 간행하다. 도승지로 재직할 때 지은 〈고조고가장高祖考家狀〉, 〈소릉선생문집발少陵先生文集跋〉이 함께 실리다. 〈문집발〉에서 사망한 뒤인 무자년 7월에 썼다고 밝혔으나 부친이 미리 써놓은 글이거나 이중환이 부친의 이름으로 쓴 글로 보인다. 또 부친은 안동에서 증조부 이지정의 《청선시고聽蟬詩稿》와 부친 이영의 《성봉시고聖峰詩稿》를 간행하였다. 그 발문을 1709년 3월에 썼다고 했으니 역시 미리 써둔 글이거나 이중환이 대작한 글이다. 소릉과 청선, 성봉, 직계 선조 세 사람의 문집은 실제로는 이중환이 간행을 완결하였다. 《황려세고黃驪世稿》를 증보한 《여강세고驪江世稿》를 편찬하였으나 완성하지는 못하다.

• 부친의 절친한 벗인 채팽윤은, 이중환이 먼저는 선친의 가장家狀을 지참하고 와서 묘지명을 부탁했고 뒤에는 또 수백 리 길에 사람을 보내 이장함을 알리고 문방구를 선물로 보냈다는 시를 두 편 지었다.(《희암집》 권13, 원문: "李君重煥, 旣以其先君子參判公家狀乞銘, 今又走人數百里告遷兆, 且送文房三具爲贄, 感懷草謝.") 현재 문집에는 묘지명이 실리지 않다.

1713년(숙종 39년, 계사癸巳, 24세)

• 10월 17일 문과에 급제하다. 숙종의 즉위 40년과 존호尊號를 올린 경사를 축하하기 위하여 베푼 증광문과增廣文科에 병과丙科로 급제하였다. 초시는 8월 9일, 전시는 10월 11일, 방방放榜은 10월 17일이었다. 규장각에 소장된 목판본 문과방목《계사상지즉위사십년 칭경급상존호 합이경 대증광별시문무과 전시방목癸巳上之卽位四十年稱慶及上尊號合二慶大增廣別試文武科殿試榜目》에 관련한 사실이 상세하게 나온다.
• 10월 25일 승정원 사변가주서事變假注書에 임명되다. 이후 가주서假注書로 오래 근무하다.
• 이중환이 〈태극도설〉과 〈귀거래사〉를 쓴《백운서白雲書》서첩書帖을 조덕린趙德鄰(1658~1737)에게 보여주었다. 조덕린이 이 서첩에 발문 〈서이성재진휴가장백운서발書李省齋震休家藏白雲書跋〉을 쓰다.

1714년(숙종 40년, 갑오甲午, 25세)

• 12월 6일 처조카 해암海巖 유경종柳慶種(1714~1784)이 태어나다. 그의 부친은 유뢰柳耒로 목임일睦林一의 막내 사위이고, 이중환의 아랫동서이다.

1716년(숙종 42년, 병신丙申, 27세)

• 이해 여름에 장인 목임일이 사망하다. 상중에 있던 이해에 목호룡睦虎龍과 경기도 장단 등지에서 장지를 구하여 용맥을 찾아다녔다. 한 달 내내 구하지 못하여 황해도 금천과 평산, 연안 등지로 다녔다. 1725년 국문을 받을 때 밝힌 사실이다. 누구의 장지인지를 밝히지는 않았으나 장인보다는 어머니로 추정한다.

1717년(숙종 43년, 정유丁酉, 28세)

• 5월에 또 목호룡과 함께 장지를 구하러 다니는 이중환을 광주廣州 봉안역奉安驛에서 보았다고 노론 이희지李喜之가 공초에서 말하다.

1718년(숙종 44년, 무술戊戌, 29세)

• 3월 19일 종7품從七品 무관직인 부사정副司正이 되다.
• 윤8월 22일 김천찰방金泉察訪이 되다. 이익에게 선물을 보내자 이익이 〈족손 휘조 이중환이 선물을 보내주어 답례로 시를 부치다(族孫輝祖重煥有惠物, 以詩答寄)〉를 짓다.

1719년(숙종 45년, 기해己亥, 30세)

• 가을에 목호룡에게 역말 한 필을 빌려주다. 목호룡이 경기도에서 묘지를 구하러 다니

려고 빌렸으나 역말을 잃어버리고, 역졸과 함께 찾아와 실토해서 바로 포도청에 신고하여 찾게 하였다. 12월 이임할 때 그 역졸에게 같은 빛깔의 말로 채워 넣게 하였다. 그 역말을 해가 바뀐 뒤에 역적으로 몰린 이천기李天紀의 집에서 찾아내다. 이 일은 훗날 '이중환이 목호룡에게 말을 빌려준 일'로 확대되다.

- 12월 7일 김천찰방에서 승정원 주서가 되어 귀경하다. 김천에 거사비去思碑가 세워지다.
- 12월 14일 신병으로 사유를 써놓고 교대자가 오기 전에 퇴출하여 의금부로부터 추고를 당하다.

1720년(숙종 46년, 경자庚子, 31세)

- 이 무렵에 강원도 지역을 여행하고 〈동유시東遊詩〉 시첩을 만들다. 백련시사 동인 이희李熹가 그 시첩에 서문을 쓰다.
- 3월 9일 왕이 주서 이중환을 육품六品으로 올리고, 상현궁上弦弓 한 장을 지급하다.
- 5월 13일 주서 이중환이 패초해도 나오지 않았다 하여 간관이 파직을 요청하였으나 대리청정하던 왕세자가 파직시키지 말고 추고하라고 명하다.
- 6월 8일 숙종이 승하하다.
- 6월 13일 왕세자가 숭정문崇政門에서 즉위하다. 왕세자가 국새國璽를 받을 때 절을 하지 않았다. 이는 예를 맡은 담당관의 실수였다. 뒤에 있던 이중환이 승지를 불러 "뒤를 잇는 국왕이 국새를 받은 뒤에 또 막차幕次(의식을 거행할 때 잠깐 머무르는 장막)에서 네 번 절하는 절차가 의주儀注(예식 절차)에 실려 있습니다. 지금은 그 예를 행하지 않으니 무엇 때문입니까?"라고 지적하였다. 왕세자가 이미 막차를 벗어났으나 다시 자리로 돌아와 의주에 따라 네 번 절하였다. 그 지적에 따라 국왕이 네 번 절한 과정이 《승정원일기》 숙종 46년 기사에 자세하게 실리다.
- 7월 7일 성균관 전적典籍이 되다.
- 9월 20일 병조좌랑兵曹佐郎이 되다.

1721년(경종 1년, 신축辛丑, 32세)

- 2월 3일 숙부 이연휴李延休(1666~1721)가 사망하다. 그의 묘는 1729년에 지평현 용문산 사기동沙器洞에 이장되었고, 그후 아들 이봉환이 용문산인龍門山人이란 호를 썼다.
- 2월 27일 《해동화식전海東貨殖傳》을 지은 이재운李載運(1721~1782)이 태어나다.
- 윤6월 백련시사白蓮詩社를 결성하다. 강박, 강필신, 이인복李仁復, 오광운, 이희 등 젊은 남인 관료 시인들과 백련봉白蓮峰(지금의 서울시 서대문구 남가좌동 그랜드힐튼

호텔 뒷산) 아래에 있는 정토사淨土寺에서 시사를 결성하다. 연사蓮社 또는 정토시사淨土詩社로 불리다. 동인 이희가 《지재유집支齋遺集》에 실린 〈백하록창수록서白下錄唱酬錄序〉에서 이 시사를 자세하게 설명하다.

- 이 무렵 둘째 아들 백일을 맞아 시사 동인을 초청하여 잔칫상을 차리다. 맏동서이자 동인 강필신이 〈아들을 얻은 청담을 축하하며〉를 지어주다.
- 8월 20일 경종이 영의정 김창집金昌集과 좌의정 이건명李健命 등의 청에 따라 연잉군을 왕세제王世弟(훗날의 영조)로 삼다.
- 10월 10일 사헌부 집의執義 조성복趙聖復이 세제世弟에게 대리청정하게 하도록 상소를 올리자 이를 승낙하는 경종의 비망기가 내려졌다가 바로 취소되는 파동이 발생하다.
- 10월 12일, 이틀 전에 세제에게 대리청정을 상소한 조성복의 죄를 엄히 다스리라는 내용의 상소를 홍만조洪萬朝, 심단沈檀, 이인복, 오광운, 강필신, 강박 등 남인 관료 마흔두 명과 함께 연명하여 올리다.
- 이 무렵 승문원권지부정자承文院權知副正字로 보임되어 주서注書로 입시한 신정모申正模(1691~1742)에게 《주자봉서朱子封書》와 《송명신언행록宋名臣言行錄》, 《신감臣鑑》, 《자치통감資治通鑑》 등을 빌려주었다. 또 신정모에게 편지를 보냈는데, 신정모는 그 답장에서 이중환에게 다음과 같이 충고하였다. "제가 종유從遊하는 사이에 형의 성품을 가만히 살펴보았더니, 함축하여 깊이 숨기는 태도가 전혀 없고, 사납게 격분하여 용맹하고 예리한 행동이 다수였습니다. 이는 참으로 옛사람이 말한 본체本體를 함양하는 노력이 아직 지극하지 않아서 그렇습니다. 이런 몸가짐과 처사로는 폐단을 낳아서 끝내 용用만 있고 체體는 없는 지경에 이르고, 그러고도 자각하지 못할까 염려합니다."
- 12월 초 둘째 아들과 조카가 갑자기 사망하고 맏아들이 위독하여 맏아들을 여염집에 피접避接시키려 다방골에 있는 목호룡의 집을 찾아가다. 목호룡이 난색을 표하고 이웃한 조가趙家 집을 권했다. 그 집에서 예닐곱 날을 머물다가 다시 갱장동羹墻洞 박가朴哥의 집에서 피접했다. 이 일은 나중에 목호룡과 깊은 친분이 있음을 입증하는 증거로 거론되었다
- 12월 6일 신축옥사辛丑獄事가 일어나다. 소론 김일경金一鏡(1662~1724)과 이진유李眞儒 등이 젊은 국왕을 무시하고 왕세제의 대리청정을 요구한 김창집, 이건명 등 노론 사흉四凶을 삼강오륜과 군신유의를 저버린 역적이므로 처단할 것을 요구한 상소를 올렸다. 이 상소가 받아들여져 경종은 김일경을 이조참판에 제수하고 노론 사흉을 비롯한 많은 인사를 사형과 유배에 처하였다.
- 김일경 등이 이중환의 도당록都堂錄 추천을 막다. 영조에게 친국당할 때 그 사실을 밝히다.

1722년(경종 2년, 임인壬寅, 33세)

- 2월에 병든 아이에게 차도가 있어 갱장동 박가의 집에서 피접을 끝내고 본가로 돌아오다.
- 3월 11일 절친한 벗 이인복이 안동부사를 자원하여 부임하다.
- 3월 20일 경종이 재종조부 이잠에게 사헌부 집의執義를 증직贈職하다.
- 3월 27일 목호룡이 고변하다. 노론 명가의 자손인 이기지李器之, 김민택金民澤 등이 국왕을 시해하거나 폐출시킬 짓을 모의하고, 왕세제를 팔아서 씻기 어려운 오욕을 끼치려 한다고 고발하였다. 목호룡은 이듬해 1723년 2월 23일 부사공신扶社功臣 동성군東城君에 봉해지고, 이기지, 김민택, 이천기 등은 물고物故되거나 처형되었다. 노론 세력이 1721년과 1722년에 피해를 입은 사태를 신임사화辛壬士禍라 한다.
- 8월 백련시사 동인 강박이 영양현감英陽縣監으로 부임하다.
- 11월 백련시사 동인 강필신이 안릉현감安陵縣監으로 부임하다.
- 이 무렵 약봉藥峯 오광운이 이인복, 이중환 등 남인 신진 관료와 함께 새로운 정치적 주장을 내세워 미수 허목을 종장으로 받들어 남인의 분위기를 일신하였는데, 이를 문외파門外派라 하였다. 문외파를 비판하는 남인, 예컨대 권중경權重經, 김화윤金華潤 등은 문내파門內派라 하였고, 그 둘 사이를 오가는 남인을 과성파跨城派라 불렀다. 남하정南夏正이 《동소만록桐巢漫錄》에서 남인 세력의 동향을 밝혔다. 문외파가 허목을 종장으로 삼아 정치적 이념을 만들어가는 정황은 강박의 〈신절재이공묘지명脊節齋李公墓誌銘〉, 〈중제내초문重祭來初文〉, 〈발이중빈관휴 가장미수선생간첩跋李仲賓觀休家藏眉叟先生簡帖〉에서 확인된다.

1723년(경종 3년, 계묘癸卯, 34세)

- 둘째 아들 이장익李莊翼이 태어나다.
- 1월 21일 병조좌랑에서 낭청郎廳에 의망되다.
- 2월 3일 부사과副司果에 임명되다.
- 4월 26일 병조정랑兵曹正郎에 임명되다.
- 5월 5일 병조에서 병조정랑 이중환이 신병을 이유로 직책을 수행할 수 없다고 하여 개차改差할 것을 아뢰다.
- 5월 11일 정6품 무반직 사과司果에 단부單付되다.
- 5월 11일 좌승지 오명항吳命恒이 연석筵席에서 김천찰방에 재직하던 이중환이 목호룡에게 역말을 빌려주었다가 잃어버렸다고 말하고 그 사건의 조사를 진언했다. 오명항은 잃어버린 역말을 역적 이천기의 집에서 찾아냈다는 이유로 역모와 관련된다고 의심하였다. 나중에 이중환은 김일경 등 소론이 정권을 잡은 이래 발탁되지 못하다가

3년 만에 겨우 병조정랑에 임명되자 김일경과 인맥이 닿아 있는 소론 오명항이 자신을 참혹하게 논박했노라고 영조에게 하소연하였다. 이후 12일에는 정언正言 조진희趙鎭禧가, 13일에는 지평持平 김시엽金始燁이 이중환의 조사를 상주하다.

• 6월 6일 장령掌令 서종하徐宗廈가 전 병조정랑 이중환이 말을 빌려주었다가 한 해가 지난 뒤에 역적 이천기의 집에서 찾아낸 사건이 국옥鞫獄에 관련되므로 의금부에서 조사할 것을 진언하다.
• 6월 10일 목호룡이 상소를 올려 이중환을 변호하다. 이중환이 목호룡을 충의忠義로써 격려하고 책략을 가르쳐주어 역적을 제어하고 삼수三手로 경종을 시해하는 위기를 막게 됐다고 말하였다. 그의 충성됨이 아니면 경종이 지금의 자리에 있지 않을 수 있다는 취지로 말하였다. 승정원에서 이 상소를 외람되다 하여 올리지 않다.
• 6월 11일 승정원에서 목호룡의 상소에 의문점이 많다 하여 나문拿問할 것을 상주하여 허가를 받다. 12일에 목호룡을 의금부에 수감하다.
• 6월 13일 이중환이 말을 빌려준 사건의 자초지종과 오명항과 대각臺閣 신하들에게 의심을 산 억울한 사정을 밝히다. 이때는 목호룡이 자신을 변호한 상소의 내용을 인지하지 못하다.
• 6월 14일 목호룡이 이중환과 관련한 실정을 다시 밝히다. 1717년 이중환이 이잠의 일을 말하고 비분강개하여 피눈물을 흘리며 "지금의 적자賊子들은 사마소司馬昭보다 들떠 있다"라고 말했음을 밝히고, 충의로써 자신을 격동시켜 역모 고변의 으뜸가는 공훈을 세운 이가 이중환이라고 추켜세우다.
• 6월 17일 이중환이 목호룡에 연루된 일의 사정을 거듭 밝히다. 충의로써 목호룡을 격려했다는 말은 이잠에 관한 말을 곡해했다고 소명하다. 죄안에서 벗어난 재종조부 이잠을 친척으로서 좋게 말한 것은 인정상 있을 수 있다고 소명하다.
• 8월 29일 경종의 병환이 회복되어 왕세제가 백관을 거느리고 진하하고 대사면령을 내리다.
• 9월 2일 의금부 옥에 갇힌 목호룡과 이중환이 대사면령으로 풀려나 조사가 중단되다.
• 9월 2일 이후 거의 한 달 동안 태백산과 소백산 일대의 명승지를 여행하다. 마침 안동부사로 재직 중이던 이인복이 9월 15일을 전후하여 사직하고 소백산 아래 창락역昌樂驛에 거처를 정해 머물고 있어서 함께 일대를 여행했다. 훗날 강준흠姜浚欽은《삼명시화三溟詩話》에서, 관직을 그만둔 이인복이 단양에 머물고 있다는 이중환의 소식을 듣고 편지를 보내 초청하여 함께 일대를 여행하였다고 기록했다.《택리지》의 영주 부석사 대목에서 이때 지은 시를 인용하였다. 9월 그믐에 안동 임청각臨淸閣에 사는 고성이씨 친구에게 편지를 보내 "제가 근래에 겪은 일은 예전에 없던 하나의 변괴인지라 다시 꺼내 말하고 싶지 않습니다"라고 심경을 밝혔다. 이인복과 함께 지은 시를 모아

《백하록창수록白下錄唱酬錄》을 엮고 친구 이희에게 서문을 부탁하다.

1724년(경종 4년, 갑진甲辰, 35세)

- 8월 25일 경종이 승하하다.
- 8월 30일 영조가 즉위하다. 노론 4대신의 관작을 회복하고, 노론을 삼정승에 임명하다.
- 12월 8일 목호룡과 김일경을 당고개唐古介에서 처형하다.

1725년(영조 원년, 을사乙巳, 36세)

- 2월 14일 목호룡과 연루된 이중환, 목천임, 유경유柳慶裕 등 다섯 사람을 의금부에 구금하여 조사하게 하다.
- 2월 16일 노론 강경파 민진원이 이중환의 죄상을 지적하고 중죄인을 가두는 의금부 남간南間에 구금할 것을 청하여 허락받다.
- 2월 21일 민진원이 위관委官을 맡은 국청鞫廳이 열리다. 《추안급국안》에 '죄인 목시룡睦時龍 등의 신문 기록'이라는 제명으로 국문의 과정이 세밀하게 기록되다. 목시룡은 처형된 목호룡의 형이다.
- 3월 8일 1차로 국문을 받다. 목호룡과 관계를 전면 부정하였다. 이중환이 충의로써 자신을 격동시켰다는 목호룡의 주장은 재종조부 이잠을 한집안 사람의 처지에서 말한 것을 왜곡한 것이고, 목호룡의 말은 허무맹랑한 아이들 장난에 불과하다고 말했다. 문장에나 힘쓰는 자신이 용케도 과거에 급제했고, 목호룡은 묘지를 구하려고 한두 번 동행한 관계일 뿐이라고 하소연하다.
- 3월 9일 2차로 국문을 받다. 목시룡이 주장한 1721년 12월 초에 목호룡을 찾아간 일의 이유와 과정을 밝혔다. 둘째 아들과 조카가 갑자기 사망하고 맏아들이 위독하여 맏아들을 여염집에 피접시키려 다방골에 있는 목호룡의 집을 찾아갔다고 말하다.
- 3월 10일 3차로 국문을 받아 목시룡과 대질 신문하다.
- 3월 26일 조정에서 이잠에게 추증된 관직을 추탈追奪하다.
- 4월 6일 4차 국문을 받다. 목호룡의 발언을 거듭 반박하다.
- 4월 16일 5차 국문을 받다.
- 4월 19일 6차 국문을 받고, 목시룡과 대질신문하다. 목호룡이 상소와 공초에서 이중환을 역모 고변에서 으뜸가는 공훈을 세운 이로 내세웠다고 밝히고, 목호룡과 가장 친한 사람이 이중환이라고 목시룡이 지목하다.
- 4월 21일 7차 국문을 받고, 혐의를 완강하게 부인하다. 1차 형문刑問으로 장杖 30도度에 처해지다. 그 전날 20일에 목시룡은 8차에 걸친 모진 형문을 받고서 끝내 모든 혐의를 인정하는 자백을 했다. 그를 사형에서 감하여 흑산도에 귀양 보내다.

- 4월 28일 8차 국문을 받다. 2차 형문으로 장 17도를 받고 기절하여 형을 중단하다.
- 4월 29일 기식氣息이 미약하고 말을 하지 못해 형문을 가하면 사망할까 염려되어 형을 중단하다.
- 5월 1일 9차 국문을 받고, 혐의를 부인하다. 3차 형문으로 장 30도를 받다. 병세가 상당히 무거워 정신이 혼미한 상태라서 형문이 중단되었고 조금 깨어난 뒤에 형을 받다.
- 5월 2일 병세가 전과 똑같아 형을 받지 못하다.
- 5월 11일 임인년에 고변으로 받은 원종녹권原從錄券과 회맹록會盟錄 및 목호룡이 받은 교서와 화상축畫像軸을 불살라 임인년 옥사를 위훈僞勳으로 몰아 부정하다.
- 5월 12일 10차 국문을 받다. 4차 형문으로 장 30도를 받다.
- 5월 20일 병세가 전과 같이 위중하여 깨어난 뒤에 형을 가할 것을 위관이 상주하다.
- 7월 21일 영조가 친국하다. 가뭄으로 다른 죄수는 국문을 중단하였으나 이중환은 다시 엄형嚴刑으로 실정實情을 알아내도록 하라고 명하였다. 이후 의금부에 계속 구금된 상태로 지내다.

1726년(영조 2년, 병오丙午, 37세)

- 12월 20일 영조가 좌의정 홍치중洪致中의 발의를 받아들여 사형을 감등하여 절도絶島에 정배定配할 것을 명하다. 2년에 걸쳐 국문한 결과 완강히 혐의를 부정하는 이중환의 말에 거짓이 없는 듯하고, 목호룡이 이중환을 모의의 주동자라고 한 말의 근거가 분명하지 않으며, 문관이 목호룡 같은 지관과 어울린 것은 문제이지만 2년 동안 무거운 고문을 가하는 것은 옳지 않다는 이유를 들었다. 영조는 목호룡과 결탁했다는 혐의는 오히려 약하지만 흉인 이잠을 편든 점이 더 죄가 무겁다고 말하고, 죄상을 참작할 점이 없지 않으므로 사형을 감등하여 절도에 정배하라고 명하였다. 이후 삼사三司에서 수십 차례 그 조치에 반대했으나 윤허하지 않다.

1727년(영조 3년, 정미丁未, 38세)

- 7월 4일 사형을 감등하여 절도에 정배하는 왕명을 거두어달라는 6개월에 걸친 끈질긴 진언에 굴복하여 영조가 "이중환의 일은 아뢴 대로 하라. 아! 나는 오늘에야 비로소 공의公議를 알았다"라고 말하다. 7월 11일 이중환의 국문을 맡은 판의금부사判義禁府事 강현姜鋧이 체직을 요청하며 국문을 피하므로 심수현沈壽賢이 판의금부사가 되다.
- 7월 5일 영조가 영부사領府事 민진원과 판부사判府事 이관명李觀命 등 노론 핵심 인물 100여 명을 파직하다. 준소峻少 유봉휘의 관작을 회복하고 영의정 이광좌와 좌의정 조태억 등 준소 소론을 정승으로 삼았다. 2년 전의 을사처분을 뒤집어 노론 4대신을 다시 죄안에 넣고 임인옥사를 역옥逆獄으로 재규정하는 등 노론을 내치고 소론을

등용했다. 이를 정미환국丁未換局이라 한다.

- 10월 6일 영조가 이중환을 방면하라 명하다.
- 12월 7일 먼 지방에 유배되다. 거의 3년 내내 의금부에서 갖은 고문과 신문을 당하며 고초를 겪다. 지평持平 이수익李壽益이 "전 좌랑 이중환은 몸가짐을 삼가지 않고 일처리가 괴상하며, 지난날의 죄명을 벗었다 해도 흉적과 결탁한 정상은 환히 드러났으니, 먼 변방에 정배해야 한다"라고 아뢰니 영조가 그 말을 따랐다. 판의금부사 심수현의 상주에 영조는 이중환에게 목호룡을 부추겨 고변하게 한 혐의가 없다고 최종 판결하다.

1728년(영조 4년, 무신戊申, 39세)

- 3월 15일 이인좌李麟佐가 반란을 일으키다. 이른바 무신란으로 정권에 소외된 소론과 남인 등이 주동하여 청주목을 함락하는 등 본격적인 반란 사건이 발생하였다. 3월 23일에 관군이 안성에서 반란군을 격퇴하고 3월 27일 이인좌 등을 처형했다. 난을 평정하고 관련자를 대대적으로 처벌할 때 이중환과 관련한 많은 사람이 연루되었다. 동서 유뢰의 형 유래가 국문을 받다가 5월 9일에 장폐杖斃하고, 유뢰는 해남에 유배되어 이듬해인 1729년에 유배지에서 죽다.

1730년(영조 6년, 경술庚戌, 41세)

- 1월 10일 친구 이인복李仁復이 사망하다.
- 겨울에 신후팽愼後彭이 몇 명의 친구들과 백련사에서 10년 전 백련시사를 계승하여 시사를 열고 〈백련사시병서白蓮社詩幷序〉(《죽청유고竹淸遺稿》)를 짓다.
- 12월 30일 최필웅崔必雄이 화약을 훔쳐 대궐에 방화하려다가 발각됐는데, 둘째 처남 목천임睦天任(1673~1730)과 셋째 처남 목천광睦天光, 넷째 처남 목천운睦天運이 연루됐다는 누명을 쓰고 장폐되다. 큰 처남 목천현睦天顯은 진도에, 조카 목성관은 나로도에 유배되어 고초를 겪다가 1740년에 풀려났다. 이들의 억울한 죽음과 고초를 이익은 《목씨설원록》에 쓰다〔書睦氏雪寃錄〕〉에서, 목만중睦萬中은 〈묵암집서默庵集序〉와 〈기계묘갈명沂溪墓碣銘〉에서 절절하게 밝히다.

1732년(영조 8년, 임자壬子, 43세)

- 10월에 강박과 강필신, 강세진, 강세백 등 진주 강씨 문인을 중심으로 신귀중愼龜重(1682~1744)의 지족당知足堂 등에서 10년 전에 열렸던 백련시사를 계승하는 시사 백사白社를 열다. 이중환의 처조카 강세진이 〈청지淸之가 편지를 보내 백사의 옛일을 다시 열자고 하다. 내가 그 말에 감동하여 시를 지어 답하다〉(《경현재집警弦齋集》)를 지어 과정을 밝히다.

1733년(영조 9년, 계축癸丑, 44세)

• 부인 사천 목씨 사망하다. 부인이 사망하여 염습하고 난 뒤 무지개도 같고 달빛도 같은 빛이 시신에서 일어나 하늘로 날아갔다고 하여 이중환이 〈서광편瑞光篇〉을 지었고, 성호 이익이 그 시에 차운했다. 묘소를 연기현燕岐縣 소학동巢鶴洞 자좌子坐에 썼다고 하나 현재는 찾을 수 없다. 부인과의 사이에 2남 2녀를 두다.
• 이후 시기를 알 수 없는 때에 유의익柳義益의 딸을 재취 부인으로 맞이하다. 소생으로 딸을 하나 두다.
• 4월에 친구 이희가 장기현長鬐縣 임소에서 사망하다.

1735년(영조 11년, 을묘乙卯, 46세)

• 초봄에 120년 전 소릉 이상의가 이경전李慶全 등과 청풍계靑楓溪를 유람한 것을 기념하여 그 후손들이 다시 청풍계 시회를 열었을 때 이중환도 참여하다. 관련한 시첩에 《청풍계첩靑楓溪帖》(성호기념관 소장)과 《선배시첩先輩詩帖》(경남대 박물관 소장)이 있다. 이익이 지은 〈지난 만력 경신년(1620, 광해군 12년) 늦봄에 내 증조부 소릉 공이 조정의 여러분과 함께 청풍계로 같이 유람을 가셨다. 이때 지은 시를 죽 쓰고 그림으로 그린 시화축詩畫軸이 지금도 집안에 전해 내려온다. 어느덧 지금으로부터 121년 지난 일이라, 60갑자가 두 번 돌아왔다. 이번에 우리 친족이 그때 함께 노닌 공의 후손들과 약속하여 다시 청풍계에 모여서 즐겁게 놀다가 파했다. 나는 병이 있어 참석하지 못하고 추후에 선조의 시에 차운하여 감회를 시로 적었다. 2수〉와 〈휘조의 〈청풍계〉 시에 다시 차운하다〉, 〈《청풍계첩》의 끝에 삼가 쓰다〉가 있다.
• 4월 20일과 4월 18일에 원자의 수두水痘가 회복되자 영조가 사면령을 내리고 경과慶科를 시행하다. 이중환 역시 벼슬에 나갈 권리가 회복되다. 이 조치에 대사간 이광보李匡輔와 김재로金在魯가 반대하는 상소를 올렸다. 영조는 목호룡과 왕래했다는 이중환의 죄상에는 애매한 구석이 있다고 밝히고, 청직淸職에 임명하기는 어렵더라도 마음을 바꾸어 선인이 된다면 이조에서 발탁하더라도 이상하게 여기지 않겠다고 말하다.
• 6월 18일 고조부 청선聽蟬 이지정李志定(1588~1650)의 초서 여덟 장을 얻고서 그 진품 여부를 공주에 사는 집안 숙부에게 묻는 편지를 보내다.

1736년(영조 12년, 병진丙辰, 47세)

• 7월 10일 《소릉간첩少陵柬帖》을 만들고 화상찬畫像讚을 짓다. 종숙부 이관휴李觀休가 6대조인 이상의의 간찰 13통과 윤덕희尹德熙(1685~1776)가 그린 화상을 수집하여 간첩을 만들고 이중환이 장첩粧帖을 새로 하다. 현재 전해온다.

1737년(영조 13년, 정사丁巳, 48세)

• 10월 24일 영의정 이광좌李光佐 등이 유수원을 추천하고 그의 저술《우서》를 소개하자 영조가 그 책을 궐내로 들이라 하여 읽다.

1739년(영조 15년, 을미乙未, 50세)

• 12월 3일 금전에 관한 다툼 사건으로 다시 의금부 옥에 갇히다.

1740년(영조 16년, 경신庚申, 51세)

• 2월 12일 전년 12월 이래 의금부에 계속 갇혀 있었으나 이질 설사로 풀려나다.

1742년 (영조 18년, 임술壬戌, 53세)

• 1월 12일 큰처남 목천현이 사망하다.
• 10월 백련시사 동인 강박이 사망하다.

1743년(영조 19년, 계해癸亥, 54세)

• 맏손자 이시선李是銑이 태어나다.
• 유경종이 연기현에 있는 이모(이중환의 부인)의 묘를 찾아 애도하는 시를 쓰다.

1745년(영조 21년, 을축乙丑, 56세)

• 7월 21일 백련시사 동인 오광운이 약현(藥峴) 집에서 사망하다.

1750년(영조 26년, 경오庚午, 61세)

• 이재운이 이 무렵《해동화식전》을 짓다.

1751년(영조 27년, 신미辛未, 62세)

•《택리지擇里志》 초고본을 완성하다. 이해에 이익의 서문과 이중환의 저자 발문을 지었으므로《택리지》는 1751년이나 그 한두 해 전에 완성한 것으로 추정한다. 초고본의 원래 제목은《사대부가거처士大夫可居處》였다.
• 2월에 이익이 〈《택리지》 서〉를 쓰다.
• 4월 상순에 이중환이《택리지》의 〈후발後跋〉을 쓰다.

1752년(영조 28년, 임신壬申, 63세)

• 4월에 목성관이 〈《택리지》 발〉을 쓰다.

• 7월 27일 이익이 누군가에게 보낸 편지에서 "그중 한 권은 우리 집안 사람이 지은 것으로 저번에 여러 사람이 서문을 짓고 그 표제를 바꿔서 '택리지'라 했습니다. 또 착오가 있는 10여 군데를 가져다 고쳐서 선택하여 덜어내고 바로잡게 하였습니다. 그가 믿고 받아들일지는 알 수 없습니다"라고 썼다.
• 이익이 이중환에게 편지를 보내어 천문과 지리를 논하고《직방외기職方外紀》와 같은 책을 읽을 것을 권하다.
• 11월에 목회경이 〈《택리지》 발〉을 쓰다.
• 이해에 사망한 화은花隱 홍중인洪重寅(1677~1752)이 야사총서《아주잡록鵝州雜錄》을 편찬하고 마지막 책인 107권에《택리지》의 일부를 초록한 다음 발문 형식의 〈향거소지鄕居小志〉를 쓰다. 책의 제목은《사대부가거처士大夫可居處》로 되어 있고, 현존하는 가장 이른 시기의 초고본 계열 필사본이다. 홍중인은 홍만조洪萬朝의 아들이고, 목천현의 부인은 홍만조의 딸로 이중환의 큰처남댁이므로 서로 멀지 않은 사이이다.

1753년(영조 29년, 계유癸酉, 64세)
• 3월에 사촌 형제인 이봉환李鳳煥이 〈《팔역가거처》 발八域可居處跋〉을 쓰다.
• 3월에 남인 관료인 오헌迃軒 정언유鄭彦儒(1687~1764)가 〈《택리지》 서擇里志序〉를 쓰다.
• 3월 25일 영조가 목천임의 무고함을 인정하고 그 관작을 회복시키다.
• 12월 27일 숙종에게 휘호徽號를 올릴 때 숙종을 가까이에서 모신 신하라 하여 이중환을 정3품 당상관인 통정대부의 품계와 절충장군 행용양위부호군折衝將軍行龍驤衛副護軍에 임명하는 교지를 수여하다. 교지는 현재 이중환의 둘째 아들 이장익의 8세손 이동희李東熙 씨가 소장하고 있다.
• 이중환이 품계를 받아 신원되자 친족들이 축하하는 시문을 지었다. 성호 이익, 혜환惠寰 이용휴李用休, 정산貞山 이병휴李秉休, 목재木齋 이삼환李森煥 등의 축하시가 전해진다.

1754년(영조 30년, 갑술甲戌, 65세)
• 10월 14일 동서 유뢰의 형 유래가 직첩을 돌려받다. 판의금부사 홍상한洪象漢과 영의정 이천보李天輔와 좌의정 김상로金尙魯가 서로 도와서 무신년에 장살당한 유래를 신원한 조치인데, 조카인 유경종이 귀중한 책과 재물로 대신들을 움직인 덕분으로 알려진다.

1755년(영조 31년, 을해乙亥, 66세)

- 1월 을해옥사乙亥獄事가 일어나다. 전라도 나주 객사에 조정을 비방하는 괘서掛書가 붙으면서 소론 윤지尹志 등이 일으킨 역모 사건이 발각되었다. 많은 소론을 대대적으로 숙청하여 이광사 등 명문가 인사를 처형하거나 유배 보냈다. 영조는《천의소감闡義昭鑑》을 편찬하여 1721년 왕세제 책봉부터 1755년 을해옥사에 이르기까지 역모 사건을 의리의 관점에서 정리하다.
- 5월 25일 유수원이 대역부도죄大逆不道罪로 부대시不待時 능지처참陵遲處斬 되다.
- 10월 13일 무신란을 비롯한 김일경, 목호룡, 윤지 등 경종 이래 역모 관련자를 논의하던 중에 영조가 "이중환은 장폐되었는가?"라고 묻자 조명리趙明履가 생존해 있다고 답하다.

1756년(영조 32년, 병자丙子, 67세)

- 1월 2일 이중환이 세상을 뜨다. 선영이 있는 황해도 금천 설라산 경좌 언덕에 묘를 쓰다. 성호 이익이 묘갈명墓碣銘을 쓰다.
- 사망하기 이전 어느 시점에《택리지》를 개정한 것으로 보인다.
- 8월 6일 만동서이자 백련시사 동인인 강필신이 사망하다.

1759년(영조 35년, 기묘己卯)

- 둘째 아들 이장익이 진사進士에 급제하다.

1762년(영조 38년, 임오壬午)

- 이해에 사망한 영남 학자 홍귀범洪龜範(1691~1762)이 시기를 알 수 없는 때에〈《택리지》를 보고서 아이들에게 써서 보여주다〉를 쓰다.

1764년(영조 40년, 갑신甲申)

- 10월 25일 영조가 목천현의 관작을 회복하다.

1766년(영조 42년, 병술丙戌)

- 약은藥隱 유중림柳重臨(1705~1771)이 이 시기 이전에《증보산림경제增補山林經濟》를 편찬하다. 그 맨 끝에《택리지》를 새롭게 편집하여《동국산수록東國山水錄》이란 제목으로 수록하였다. 이《동국산수록》이 세상에 널리 읽히다.
- 잠옹潛翁 남하행南夏行(1697~1781)이 이 무렵《와유록臥遊錄》을 편찬하여 필사하면서 그 뒷부분에《택리지》를 함께 필사하였다. 남하행은 저명한 서예가로 성호 이익의

제자였다. 초고본 계열 가운데 초기에 필사한 대표적인 사본이다.

1767년(영조 43년, 정해丁亥)

• 10월 21일 영조가 덕유당德游堂에 나가 중학中學과 서학西學의 유생을 접견했을 때 이중환의 맏손자 이시선을 만나다. 영조가 누구냐고 묻자 한필수韓必壽가 고 참판 이진휴의 증손이라고 말했다. 이중환의 이름을 일부러 말하지 않은 혐의가 있다.

1772년(영조 48년, 임진壬辰)

• 10월 12일 목성관이 사망하다.

1774년(영조 50년, 갑오甲午)

• 맏손자 이시선이 식년시式年試에서 진사 3등三等 27위로 급제하다.《숭정삼갑오식년사마방목崇禎三甲午式年司馬榜目》.

미주

1장 《택리지》 서설: 《택리지》는 어떻게 조선시대의 대표적인 실용서가 되었나

1 이보다 앞서 제작된 《세종실록지리지》(1432)가 후대의 국가와 개인 저술 지리지의 모형이지만, 단행본으로 유통되지 못한 점을 고려해 논의에 넣지 않았다. 오상학, 《한국 전통 지리학사》, 들녘, 2015, 177~181쪽; 전종한, 〈《택리지》에 나타난 "국토지리"의 서술 방식과 지리적 논리〉, 《대동문화연구》 제93호, 성균관대학교 대동문화연구원, 2016, 7~40쪽.

2 현대에 들어와 1964년 처음으로 《택리지》를 번역한 윤석원은 그 해제에서 이 책을 "경제지리학 부문의 선구적 저서로서 새로운 단계를 열어놓은 중요 문헌의 하나"로 평가하였다. 또 《신증동국여지승람》 등의 지리서가 "도식적이며 사실 나열적인 부족한 점"을 가지고 있는 데 반해 《택리지》는 "종전의 낡은 틀을 벗어나 자연 조건과 자연 현상 그 자체의 특성을 이론적으로 구명하는 동시에 사람과의 상호 관계, 특히는 주민들의 경제활동과의 관계에서 분석 평가하며 지리적 사실들과 내용들을 이론적으로 통합 개괄하는 근대적인 새로운 단계의 지리서로 전진시킨 데 그 특징이 있다"라고 평가하였다. 종전의 지리서와 차별성을 분명하게 서술하였다. 이중환, 《택리지》, 윤석원 옮김, 사회과학원출판사, 1964, 1~10쪽.

3 이중환李重煥, 이규상李奎象 지識, 《택리지擇里志》, 이규상 수택본, 필자 소장.

4 전종한, 위의 글.

5 유경종柳慶種, 《국역 성호선생 언행록》, 윤재환 옮김, 학자원, 2019, 174~175쪽.

6 목회경睦會敬, 〈《택리지》 발〉, 이중환, 《완역 정본 택리지》(양장), 안대회·이승용 외 옮김, 휴머니스트, 2018, 362쪽. 이하에서 이 책을 인용할 때는 본문의 인용문 끝에 〔이중환, 362〕와 같이 저자 명과 쪽수를 표기한다.

7 이중환, 〈《택리지》 후발〉, 위의 책, 357~358쪽.

8 오상학, 위의 책, 373~380쪽.

9 허목許穆, 《기언記言》 권35, 〈외편外篇〉 '동사東事' 4, 한국문집총간 제98집.

10 《숙종실록》, 1677년 1월 12일 기사.

11 안대회, 〈부富의 추구와 생업의 가치를 역설한 이재운의 중상주의적 경영론〉, 이재운, 《해동화식전海東貨殖傳: 조선 유일의 재테크 서적, 부자 되기를 권하다》, 안대회 옮김, 휴머니

스트, 2019, 7~35쪽.

12 안대회, 위의 글. 위의 책에 전체 내용을 번역하여 부록으로 실었다.

13 오상학, 〈鄭尙驥의 《東國地圖》에 關한 연구: 제작배경과 寫本들의 系譜를 중심으로〉, 서울대학교 지리학과 석사학위논문, 1994; 이기봉, 〈정상기의 《동국지도》 수정본 계열의 제작 과정에 대한 연구〉, 《문화역사지리》 제20권 제1호, 한국문화역사지리학회, 2008, 56~88쪽.

14 안대회, 〈초정 사상의 성립 배경과 그 영향〉, 안대회·이헌창·한영규·김현영·미야지마 히로시, 《초정 박제가 연구》, 사람의무늬, 2013, 21~108쪽; 이헌창, 〈《우서迂書》에 나타난 농암聾庵 경제사상의 기본 구조〉, 정만조·김성우·이헌창·김태영·정순우, 《농암 유수원 연구》, 사람의무늬, 2014, 231~345쪽.

15 안대회, 〈18세기 새로운 부富의 인식과 이재론理財論: 이재운의 《해동화식전》 연구〉, 《역사비평》 제128호, 역사비평사, 2019, 436~469쪽.

16 유한준, 《자저自著》 권18, 〈모정당기慕靜堂記〉 신사辛巳, 한국문집총간 제249집.

17 안대회, 〈부富의 추구와 생업의 가치를 역설한 이재운의 중상주의적 경영론〉, 위의 책.

18 이규경의 〈해랑도 등등기 변증설海浪島·磴磴磯辨證說〉에 인용돼 있다. 녹옥綠玉, 단사, 여주驪珠, 물소 뿔과 같은 보물이 많은 섬 지역에 관심을 기울이자고 주장했다. 주인 없는 섬 해랑도海浪島를 우리 영토로 삼고 진鎭을 설치함으로써 우리 영토였던 대마도를 잃어버린 것처럼 해서는 안 된다고 했다. 현재는 전하지 않는다.

19 김혁, 〈우하영의 지리적 사유와 그 문화적 위치: '팔도론'과 '풍토론' 사이〉, 《규장각》 제43호, 규장각한국학연구원, 2013, 73~111쪽.

20 김류, 《귤은재유고橘隱齋遺稿》 권4, 〈가행록家行錄〉, 국립도서관 소장 간본.

21 유휘문, 《호고와집好古窩集》 권16·17, 〈북유록北遊錄〉, 한국문집총간 속 제112집.

22 임영길, 〈《擇里志》의 서북지역 기록과 그 특징〉, 《한국실학연구》 제39집, 한국실학학회, 2020, 269~303쪽.

23 노규호, 《논주 팔역가》, 민속원, 1996; 최미정, 《한국고전시가와 조선시대의 국경》, 역락, 2019, 297~563쪽.

24 小林茂·岡田郷子, 〈19世紀後半における朝鮮半島の地理情報と海津三雄〉, 《待兼山論叢: 日本學編》 42, 2008, 大阪大學 文學研究科; 박한민, 〈조일수호조규 관철을 위한 일본의 정찰활동과 조선의 대응〉, 《역사학보》 제217집, 역사학회, 2013, 275~304쪽.

25 《각사등록各司謄錄》, 〈호남계록湖南啓錄〉 3책 62장, 장서각 소장 사본.

26 헤르만 라우텐자흐, 《코레아: 일제 강점기의 한국지리》, 김종규·강경원·손명철 옮김, 푸른길, 2014.

27 전종한, 위의 글.

1 고이시 아키코小石晶子의 〈李重煥と《擇里誌》〉(《朝鮮學報》第115輯, 朝鮮學會, 1985, 27~102面)가 이들 자료를 꼼꼼하게 살피며 목호룡과 관련한 신문 과정과 서발문을 쓴 인물을 자세하게 분석하였다. 이문종의 《이중환과 택리지: 택리지에 나타난 살만한 곳과 살만하지 못한 곳》(아라, 2014)은 앞의 자료를 참고하여 이중환의 생애 전반을 자세하게 다루었다.

2 삼명三溟 강준흠姜浚欽은 1831년 청담을 찾아가 노닐고서 〈밤에 청담에서 자면서 학사 이기경李基慶과 더불어 촛불이 타는 동안 현판의 시에 차운했다. 12수〔夜宿淸潭, 與李學士刻燭賦板上韵, 十二首〕〉(《삼명시집三溟詩集》 2편二編, 한국문집총간 속 제110집)를 지었다. 제11수는 다음과 같다. "하늘의 때에 새것과 묵은 것이 교대하듯이, 사람 일에 곤궁함과 형통함이 달라졌네. / 산림에는 정해진 주인 없어서, 저잣거리랑 다를 바가 전혀 없구나. / 시인의 누각에는 글 잘하는 선비 가득했건만 / 낚시터에는 어느덧 아무도 없구나. / 청담 계곡 찾아온 과객 중에, 이진휴 노인을 아는 이 있을까?〔天時有代謝, 人事異窮通. 山林無定主, 略與闤闠同. 詩樓盛文儒, 釣磯俄已空. 試問溪上客, 誰識黃驪翁.〕" 노론들이 즐겨 찾는 명승으로 변한 청담이 옛날에는 여주 이씨 이진휴가 시인묵객과 어울린 별서였음을 아쉽게 여기는 시이다. 이 시에는 "청담은 본디 참판을 지낸 여주 이씨 이진휴의 별서였으나 지금은 정승 홍낙성 집안이 차지했다〔淸潭, 本驪興李參判震休別業, 而今屬洪相樂性家〕"라는 주석이 달려 있다. 강준흠은 남인으로 강박과 강필신의 가까운 집안사람이었고, 이중환의 행적을 잘 알고 있었다.

3 이진휴의 사마방목 《정사증광사마방목丁巳增廣司馬榜目》과 이중환의 문과방목 《계사상지즉위사십년 칭경 급상존호 합이경 대증광별시문무과 전시방목癸巳上之卽位四十年稱慶及上尊號合二慶大增廣別試文武科殿試榜目》, 이시선의 사마방목 《숭정삼갑오 식년사마방목崇禎三甲午式年司馬榜目》에는 이들이 모두 한양에 거주한다고 기재돼 있다. 맏아들 이장보는 진사에 급제했다고 전하나 사마방목에는 등록되어 있지 않다.

4 절친한 친구 채팽윤이 강릉부사로 부임하는 이진휴를 보내며 준 〈강릉부사 이진휴를 보내는 서〔送江陵李使君伯起震休序〕〉(《희암집希菴集》 권22, 한국문집총간 제182집)에서 그의 글씨를 높이 평가하였다.

5 김남형, 〈《驪江世稿》 硏究 Ⅰ: 문헌적 성격 검토를 중심으로〉, 《한국학논집》 제42호, 계명대학교 한국학연구원, 2011, 317~338쪽; 김영진, 〈새 발굴 驪州李氏 先世 문집·저술 고찰(1): 〈太湖詩稿〉를 중심으로〉, 《온지논총》 제36호, 온지학회, 2013, 129~166쪽.

6 목임일 일족의 억울한 죽음과 고초는 이익의 〈《목씨설원록》에 쓰다〔書睦氏雪冤錄〕〉와 목만중睦萬中이 쓴 목천임의 문집 서문 〈《묵암집》 서默庵集序〉, 목성관의 묘갈명 〈기계묘갈명沂溪墓碣銘〉에 인상적으로 묘사되었다.

7 유경종의 《해암집海巖集》에는 1743년 이모인 이중환의 부인을 애도하고 연기현에 있는 묘소를 참배한 〈연기에서 이모의 묘를 참배하다〔燕岐謁李姨母墳〕〉와 이종사촌과 주고받

은 시 〈시운에 따라 이씨 사촌과 화답한 고시 2수(依韻和李弟古詩二篇)〉가 실려 있다. 또 사송정을 노래한 〈사송정팔경 이성엄을 위해 짓다(四松亭八景爲李聖儼作)〉 가운데 '사송창암四松蒼巖', '쌍수분첩雙樹粉堞', '십리청사十里晴沙', '야도행인野渡行人' 4개의 풍경이 묘사되어 있다. 그러나 이모부 이중환은 어디에서도 언급하지 않았다.

8 의금부義禁府, 《추안급국안推案及鞫案》 권14, 〈죄인 목시룡睦時龍 등 신문 기록(罪人睦時龍等推案)〉, 한국학진흥사업성과포탈, 이중환 공초.

9 《추안급국안》, 위의 글.

10 《추안급국안》, 위의 글. 유경유柳慶裕는 공초에서 이중환이 소년등과하여 남에게 교만했다고 악평했다. 서로 인척간이기는 하지만 관계를 부정해야 하는 처지에서 나온 말이라는 점을 고려해야 한다.

11 신정모申正模, 《이치재문집二恥齋文集》 권2, 〈답이휘조중환答李輝祖重煥〉, 한국문집총간 속 제70집.

12 이희李熹, 《국역 지재유집支齋遺集》, 〈백하록창수록서白下錄唱酬錄序〉, 안대회 옮김, 국립중앙도서관, 2012, 123~127쪽.

13 그중 심단은 정승, 이인복은 당상관이었고, 나머지는 대체로 당하관이었다. 이 시기 정치적 동향을 박광용은 〈李重煥의 정치적 위치와 《擇里志》 저술〉(《진단학보》 제69권, 진단학회, 1990, 127~143쪽)에서 자세하게 설명하였다.

14 관련한 기록으로 남하정南夏正의 《동소만록桐巢漫錄》과 황덕길黃德吉의 〈관곡김선생유사寬谷金先生遺事〉 등이 있다.

15 이인복이 허목을 종장으로 삼고 정치적 이념을 만들어가는 정황은 강박의 〈신절재이공묘지명昚節齋李公墓誌銘〉, 〈중제내초문重祭來初文〉, 〈이관휴가 소장한 미수선생 간첩의 발문(跋李仲賓觀休家藏眉叟先生簡帖)〉에서 확인할 수 있다.

16 성균관대학교 대동문화연구원 엮음, 《남보南譜》 권2, 학자원, 2016, 220쪽. (원문: "著《擇里志》, 時和淸流中人.") 이 책은 성균관대학교 존경각 소장본이다.

17 고이시 아키코는 〈李重煥と《擇里誌》〉에서 《추안급국안》을 꼼꼼히 살펴 이중환의 정치적 고난을 상세하게 설명하였다.

18 《승정원일기》, 1726년 12월 20일 기사.

19 위의 책, 같은 곳.

20 이익, 〈병조좌랑 이중환 묘갈명〉, 이중환, 앞의 책, 388쪽.

21 배우성, 〈이중환의 청년기 생애와 사상: 시사詩社 활동을 중심으로〉, 《역사와 현실》 제57집, 한국역사연구회, 2005, 273~300쪽; 부유섭, 〈17-18세기 중반 近畿南人 文壇 硏究〉, 한국학중앙연구원 한국학대학원 박사학위논문, 2009, 61~92쪽; 안대회, 〈18세기 詩社의 현황과 전개양상〉, 《고전문학연구》 제44집, 한국고전문학회, 2013, 421~450쪽; 맹영일, 〈18세기 전반 백련시단의 형성과 시세계〉, 고려대학교 국어국문학과 박사학위논문, 2015.

22 강박姜樸, 《국포집菊圃集》 권1, 〈백련록白蓮錄〉, 한국문집총간 속 제70집.

23 강필신姜必愼, 《모헌집慕軒集》, 〈화봉연사제군자和奉蓮社諸君子〉, 한국문집총간 속 제68집.

24 강준흠, 《삼명시화三溟詩話》, 민족문학사연구소 한문분과 옮김, 소명출판, 2006, 134~139쪽.

25 이희, 위의 책, 123~124쪽.

26 이때 올린 상소가 〈홍만조가 조성복과 대신을 논하는 상소(洪萬朝疏論趙聖復及大臣)〉로 《대사편년大事編年》(장서각 소장) 23책에 이중환, 강필신, 강박, 오광운, 이희 등 참여자 전원의 이름으로 실려 있다.

27 강박, 위의 책, 〈영목榮木 6장〉.

28 강박, 위의 책, 〈하산하여 여러 벗에게 화답하다(下山和諸君四首)〉 4수 중 제3수.

29 위의 책, 같은 곳의 주석.

30 이희, 위의 책, 62장.

31 이중환, 안동 임청각 소장, 한국학중앙연구원 기탁. "頃日咫尺相失, 至今觖恨, 意外令季兄袖傳華牘披奉, 感荷如何? 仍審起居此時神相, 伏慰之至. 重煥向來所遭, 卽一振古所無之變怪, 不欲更提. 而踰嶺來, 得與來主人遍踏太小白洞天而歸, 此則可謂觖陷中一圓備也. 卽因令季聞令胤所患日瘳, 獻賀獻賀. 今將踰嶺還歸, 惟冀福履益相. 不備. 伏惟下照. 癸卯 九晦 服人 李重煥."

32 이경유李敬儒, 《창해시안滄海詩眼: 시를 꿰뚫어보는 눈》, 장유승·부유섭 옮김, 성균관대학교출판부, 2020, 379쪽.

33 강준흠, 위의 책, 같은 곳.

34 이희, 위의 책, 같은 곳.

35 이삼환李森煥, 《소미산방장少眉山房藏》 권6, 〈관서기행關西紀行〉, 한국문집총간 속 제92집.

36 이현환李玄煥, 《섬와잡저蟾窩雜著》, 〈시인학두변詩人學杜辨〉, 《근기실학연원제현집近畿實學淵源諸賢集》 6책, 성균관대학교 대동문화연구원, 2002, 275쪽. 여기에서는 이중환이 한 말을 이현환 자신이 한 말로 착오하였다.

37 강준흠, 위의 책, 194~198쪽.

38 강준흠, 위의 글.

39 '맑고 트인 경계'를 달성한 시인으로 왕유王維를 꼽을 수 있을 것이다. 왕유는 두보의 세계를 포괄하지 못하나, 두보는 왕유의 세계를 포괄하고 '웅혼하고 굳센 경계'까지 표현한다.

40 이익, 《성호전집》 제55권, 〈휘조의 책 뒤에 쓰다(書輝祖卷末)〉, 한국문집총간 199집.

41 이규경李圭景, 《오주연문장전산고五洲衍文長箋散稿》, 〈이학·양반 변증설理學·兩班辨證說〉, 동국문화사, 1958. 한편 유태좌柳台佐 역시 친구에게 보낸 편지에서 《택리지》의 서술에 공감을 표하면서도 발문은 유가의 정론에서 벗어난 논지임을 지적하였다. 또 이중환의

재주가 지나치고 높고 기상이 지나치게 날카로우며, 논의가 지나치게 위험하고 자취를 지나치게 드러냈다고 비판하였다. 유태좌, 《학서집鶴棲集》 권4, 〈답인答人〉, 한국문집총간 속 제107집.

42 이익, 〈재물의 생성〔生財〕〉, 이재운, 앞의 책, 175~195쪽에 수록.

43 배우성, 《독서와 지식의 풍경: 조선 후기 지식인들의 읽기와 쓰기》, 돌베개, 2015, 198~199쪽.

44 오성, 〈《택리지》의 팔도총론과 생리조에 대한 고찰: 경제관련기사의 서술과 관련하여〉, 《진단학보》 제69집, 진단학회, 1990, 145~163쪽. 그러나 이 주장은 고증 자체를 수긍하기 어렵다.

45 이익, 〈《택리지》 서〉, 이중환, 《완역 정본 택리지》(양장), 46쪽.

46 이헌창은 〈성호의 안민부국론〉(최석기·정만조·이헌창·김문식·구만옥, 《성호 이익 연구》, 사람의무늬, 2012, 217~218쪽)의 각주 135번에서 《곽우록》의 〈생재〉를 구체화하는 의미를 지닌 《성호사설》의 〈재물의 생성〉이 《택리지》를 본 후 지은 것으로 파악하여 필자의 주장과 부합하는 생각을 밝혔다.

47 정인보, 〈조선고서해제朝鮮古書解題〉 제14회, 《동아일보》 1931년 4월 6일자 기사, 이중환, 위의 책, 381~385쪽에 수록.

48 개인소장. "一別九載, 起居此時何如? 伏慄之至. 姪才經亡妻再期, 悲悼難堪. 就有人持此草書八丈曰乃聽蟬手筆欲賣云云, 而觀圖書則上則習靜, 下則聽字分明, 而泉(篆書)此字似非蟬字, 或乃他筆耶? 玆以仰質於高見, 詳考下示如何? 價則三貫銅云, 而若或他筆, 則買之不緊, 若是先筆, 釋之可惜. 聽下字泉字耶天字耶? 篆字曚昧, 玆以遠質. 餘只祈對時萬福. 不備. 伏惟下察. 謹拜上書. 乙卯 六月 十八日 姪重煥 頓."

49 심노숭沈魯崇, 《자저실기自著實記: 글쓰기 병에 걸린 어느 선비의 일상》, 안대회·김보성 외 옮김, 휴머니스트, 2014, 345~346쪽.

3장 국토를 새롭게 해석하다: 《택리지》의 핵심 특징

1 이규상 지, 앞의 책. "事蹟中寓議論, 事蹟·議論參錯成文, 文氣紆餘雄傑. 元以士大夫爲綱, 故處處結敍, 皆以士大夫, 譬如散錢之一索也. 苟責備, 則文句間或露拳踢, 又帶模糊渾淪意也."

2 도쿄대 소장 《형가요람形家要覽》에서는 〈복거론〉 '인심'을 책의 맨 끝에 옮겨 싣고 주요 내용 상단에 비평을 가했다. 위 인용문 상단에는 "〔폐단의 총결〕 발로 익숙하게 다녔기에 말한 내용이 진실하다. 설렁설렁 살아온 사람이 말할 수 있는 것은 아니다"라는 비평이 달려 있다.

3 홍귀범洪龜範, 〈《택리지》를 보고서 아이들에게 써서 보여주다〉, 이중환, 《완역 정본 택리

지》(양장), 373~374쪽.

4 이중환, 최언숙崔彦淑 필사, 《팔역지》, 〈후지後識〉, 동국대학교 소장, 사본, D 911.51 이77 ㅌ3, 1785.

5 이중환, 〈팔도론〉, 《완역 정본 택리지》(양장), 109~110쪽.

6 이봉환李鳳煥, 〈《팔역가거처》 발〉, 이중환, 위의 책, 363~364쪽.

7 홍중인洪重寅, 〈《택리지》 발〉, 이중환, 위의 책, 365~372쪽.

8 목회경, 〈《택리지》 발〉, 이중환, 위의 책, 362쪽.

9 이중환, 《팔역지八域誌》, 〈복거영요卜居領要〉, 필자 소장 사본.

10 전종한, 앞의 글.

11 이규경, 앞의 책, 〈택리변증설擇里辨證說〉.

12 정두희, 〈이중환〉, 이기백 엮음, 《한국사 시민강좌》 제3집, 일조각, 1988, 119~139쪽.

13 오성, 앞의 글, 152쪽.

14 오성은 "선운船運에 의한 물자의 집산지였던 각지의 포구와 강촌을 상술해놓았다"는 점을 지적한 바 있다. 오성, 위의 글, 163쪽.

15 《민족문화대백과사전》의 원산시 항목은 원산이 근대 이전에는 덕원부의 작은 어촌이었다고 서술하였다. 또한 독일의 지리학자 헤르만 라우텐자흐는 일제강점기인 1942년에 조선의 지리를 종합적으로 서술해 간행한 《코레아》에서 꼬불꼬불한 골목이 있는 가난한 어촌과 농촌으로만 이루어진 마을 원산이 1879년 개항 이후에 도시로 발달했다고 기술했다. 헤르만 라우텐자흐, 앞의 책, 425~430쪽.

16 고승희, 〈18·19세기 咸鏡道 地域의 流通路 발달과 상업활동〉, 《역사학보》 제151집, 역사학회, 1996, 71~107쪽.

17 경상도 관찰사를 지낸 조현명趙顯命은 함경도와 경상도의 상호 구제용 교제창이 원산과 포항에 설치된 과정과 의의를 〈포항창기浦項倉記〉(《귀록집(歸鹿集)》 권18)에서 상세하게 밝혔다.

18 개항기에 덕원부사 겸 감리원산항통상사무監理元山港通商事務를 지낸 정현석鄭顯奭은 《덕원부지德源府誌》(국사편찬위원회 소장 사본, 1885)에서 원산을 대도회로 규정하여 번화한 도시임을 밝혔다. 근대 이전 원산은 대략 2000호의 규모였다.

19 박태보朴泰輔, 《정재집定齋集》 권2, 〈원산元山〉, 한국문집총간 제168집. 이영보李英輔의 〈어상魚商〉도 비슷한 내용이다.

20 유득공柳得恭, 《고운당필기古芸堂筆記》 권4, 〈북어北魚〉, 아세아문화사, 1986, 357~358쪽.

21 박제가朴齊家, 《완역 정본 북학의》, 안대회 교감·역주, 돌베개, 2013, 53쪽.

22 박제가, 《정유각집貞蕤閣集》 5집, 〈원산 속덕원부元山屬德源府〉, 한국문집총간 제261집.

23 대체로 18세기 중후반 이후의 기록이다. 정조의 〈충청도 암행어사 신현에게 하사한 봉서

〔賜忠淸道暗行御史申絢封書〕〉(《홍재전서弘齋全書》 권41, 한국문집총간 제263집)와 이규경의 《오주연문장전산고》〈팔로이병변증설八路利病辨證說〉에서 강경을 상업 중심지로 묘사하였다.

24 이헌창, 〈조선후기 충청도지방의 장시망場市網과 그 변동〉, 《경제사학》 제18권, 경제사학회, 1994, 1~56쪽; 고동환, 〈조선후기 錦江水運과 浦口市場圈〉, 《호서사학》 제43집, 호서사학회, 2006, 101~138쪽. 고동환은 조선 후기 강경을 중심으로 금강 수역의 포구와 시장 형성 양상을 분석하고 있다.

25 《완역 정본 택리지》(양장)의 202쪽에서는 "공경 집안 조상의 무덤〔祖地〕"으로 번역되어 있으나 같은 곳 각주 36번에서 밝힌 것과 같은 근거로 수정하였다.

26 박용만, 〈18세기 安山과 驪州李氏家의 文學活動: 《剡社篇》을 中心으로〉, 《한국한문학연구》 제25집, 한국한문학회, 2000, 289~316쪽; 정은진, 〈《聲皐酬唱錄》을 통해 본 豹菴 姜世晃과 星湖家의 교유 양상〉, 《동양한문학연구》 제22집, 동양한문학회, 2006, 337~374쪽; 김동준, 〈이철환의 《剡社篇》에 대한 재고: 18세기 안산지역 詩會의 맥락 검토를 겸하여〉, 《한국한시연구》 제19집, 한국한시학회, 2011, 177~221쪽; 안대회, 〈《擇里志》와 조선 후기 지방 이해의 혁신: 浮浪하는 존재의 移住와 定住〉, 《한국한문학연구》 제53집, 한국한문학회, 2014, 69~102쪽.

27 이철환, 《상산삼매象山三昧》, 이대형 옮김, 내포가야산보원사, 2017.

4장 어디가 살 만한 땅인가: 좋은 집터의 이론과 실제

1 최원석은 〈조선후기의 주거관과 이상적 거주환경 논의: 건강장수도시의 한국적 원형 탐구를 위한 문헌 고찰〉(《국토연구》 제73권, 국토연구원, 2012, 3~27쪽)에서 《상택지》를 중심으로 이상적 주거환경을 논하였다.

2 성동환·조인철, 〈조선중기 유가儒家의 세계관이 반영된 집터 선정과 건축적 표현: 양평군 소재 택당 이식의 택풍당을 중심으로〉, 《한국지역지리학회지》 제11권, 한국지역지리학회, 2005, 367~380쪽; 유기상, 〈이재頤齋 황윤석黃胤錫의 풍수지리 인식〉, 《한국사상사학》 제50권, 한국사상사학회, 2015, 397~427쪽; 장지연, 《고려·조선 국도풍수론과 정치이념》, 신구문화사, 2015, 11~28쪽.

3 성해응은 이덕무의 《뇌뢰낙락서磊磊落落書》를 바탕으로 《황명유민전皇明遺民傳》을 재편집하는 등 유사한 학술 작업을 한 적이 있다. 손혜리의 〈18세기 후반-19세기 전반 조선 지식인들의 明 遺民에 대한 기록과 편찬의식: 李德懋의 《磊磊落落書》와 成海應의 《皇明遺民傳》을 중심으로〉(《한국실학연구》 제28권, 한국실학학회, 2014, 327~361쪽)에 설명돼 있다. 타인의 저작을 대량으로 전재하고서 그 사실을 밝히지 않은 점은 하나의 결함이다.

4 성해응, 《연경재전집·외집》 권64, 잡기류雜記類, 〈명오지名塢志〉, 한국문집총간 제278집.

5 성해응은 《동국산수기東國山水記》에서 전국의 명승지 95곳을 거론하고 그 특징을 상세하게 묘사하였다. 지역별로는 경도(2), 경기(20), 호서(36), 영남(9), 호남(10), 관동(7), 해서(4), 관서(3), 관북(4)의 비중으로 선정했다. 이중 서울·경기와 호서를 압도적으로 많이 선정하였고, 영남과 호남, 관동 지역을 비슷한 정도로 10곳 내외로 선정한 뒤에 해서와 관서, 관북은 서너 군데만 선정하였다. 《명오지》의 비중과 거의 완벽하게 일치하여 국토를 차별적으로 바라보는 시각을 드러냈다.

6 조창록, 〈楓石 徐有榘와 '林園經濟'〉, 《한문학보》 제8권, 우리한문학회, 2003, 201~225쪽. 이 논문의 4장 '卜居와 임원경제'에서 서유구가 한평생 집터를 찾는 과정이 설명돼 있다.

7 이 논문에서 이용하는 《상택지》는 임원경제연구소에서 교감하고 번역한 《상택지相宅志》(《임원경제지林園十六志》 권107~108, 풍석문화재단, 2019)이다. 앞으로 원문은 이 책을 활용하고, 번역문은 이 책과 필자가 번역한 《산수간에 집을 짓고: 임원경제지에 담긴 옛사람의 집 짓는 법》(돌베개, 2005)을 참고하여 제시한다.

8 서유구, 위의 책, 《상택지》, 64쪽.

9 서유구가 '이인里仁'으로 표현한 기준은 이중환의 '인심'에 해당하지만, '이인' 항목은 당쟁이 아니라 풍속을 다루고 있다.

10 서유구, 위의 책, 《상택지》, 〈3. 물과 흙〔水土〕, 살 곳을 고를 때는 먼저 물과 흙을 살펴야 한다〉, 97쪽. 이 글은 서유구 자신의 저작 《금화경독기》에서 전재하였다.

11 서유구, 위의 책, 《상택지》, 74쪽.

12 서유구, 위의 책, 《상택지》, 71쪽.

13 작품의 연대 고증은 김대중, 《풍석 서유구 산문 연구》, 돌베개, 2018, 56~68쪽.

14 서유구, 《금화지비집(金華知非集)》, 〈칠보에게〔示七輔〕〉, 한국문집총간 제288집.

15 서유구, 위의 책, 〈칠보에게〉.

16 서유구, 《임원경제지》 권107~108, 《상택지》, 361~362쪽.

17 조인철, 〈《임원경제지林園經濟志》 〈상택지相宅志〉의 내용 중 풍수에 관한 연구〉, 《민족문화연구》 제85호, 고려대학교 민족문화연구원, 2019, 319~352쪽.

18 최원석, 위의 글.

19 문헌에서 중복으로 언급한 지역은 모두 12곳이다.

20 황상黃裳 절록節錄, 《택리지》, 38장, 개인 소장.

21 서유구, 위의 책, 《상택지》, 445~447쪽.

22 서유구, 위의 책, 《상택지》, 447쪽.

23 서유구, 위의 책, 《상택지》, 458~459쪽.

24 서유구, 위의 책, 《상택지》, 345쪽.

25 서유구, 《금화지비집》, 〈사견기四堅記〉, 한국문집총간 제288집.

26 서유구, 《임원경제지》 권107~108, 《상택지》, 363쪽.

27 정약용의 〈녹암鹿菴 권철신權哲身의 묘지명〉(《여유당전서與猶堂全書》 문집 권15)은 집터가 폐허로 될 수밖에 없는 참혹한 정황을 생생하게 묘사하였다.

28 서유구, 위의 책, 《상택지》, 373~374쪽.

29 서유구, 위의 책, 《상택지》, 508~509쪽.

30 현존하는 《금화경독기》 제4권 〈사견四堅〉에도 율곡정과, 율곡이 이곳에서 주거지를 탐방한 일을 다룬 내용이 적혀 있다. 다만 《상택지》 '명기조개'에 수록된 내용이 모두 실리지는 않았다.

31 서유구, 《금화지비집》, 〈사견기〉, 위의 책.

32 이규경, 《오주연문장전산고》, 〈낙토가작토구변증설樂土可作菟裘辨證說〉, 동국문화사, 1958.

33 안대회, 〈옛 문학 작품 속 이상향의 세계〉, 이수미 외, 《산수화, 이상향을 꿈꾸다》, 국립중앙박물관, 2014, 222~227쪽.

5장 《택리지》는 어떻게 변화되어왔는가(1): 개정과 이본의 형성

1 이도훈·김세호·임영길의 〈《擇里志》 異本考〉(《대동문화연구》 제93호, 성균관대학교 대동문화연구원, 2016, 99~134쪽)는 당시까지 파악한 130종의 이본을 조사하여 제시하였다. 현재 필자가 연구 책임자로 한국학 분야 토대연구지원사업의 일환으로 진행하고 있는 '《택리지擇里志》 이본 종합DB'에서 조사한 이본은 200종 내외이다. 실제로는 이 수량을 훌쩍 상회할 것이다.

2 집중적으로 텍스트를 교감한 이본과 그 약호를 본문의 〈표 2〉로 제시하였다.

3 배우성, 〈擇里志에 대한 역사학적 讀法: 필사본 비교연구를 중심으로〉, 《한국문화》 제33호, 서울대학교 규장각한국학연구원, 2004, 213~246쪽.

4 최인실, 〈《택리지》 초기 필사본 추정을 위한 서지적 고찰〉, 《서지학보》 제40권, 한국서지학회, 2012, 155~174쪽.

5 이도훈·김세호·임영길, 위의 글.

6 이중환, 《완역 정본 택리지》(양장), 35쪽에도 수록.

7 임영걸, 〈조선 후기 《擇里志》의 읽기 방식: 서발문 및 관련 저작을 중심으로〉, 《어문연구》 제172호, 한국어문교육연구회, 2016, 265~290쪽. 이 논문에서 홍귀범의 발문이 처음 소개됐다.

8 황윤석黃胤錫의 《이재란고頤齋亂藁》에는 《택리지》를 접한 지식인들의 초창기 반응이 실

려 있어 흥미롭다. 배우성의 위 글에 소개되어 있다.

9 홍귀범洪龜範, 《활안집闊岸集》 권3, 〈택리지를 보고서 아이들에게 써서 보여주다(觀擇里志書示兒輩)〉, 한국역대문집총서, 2429책. 이중환, 위의 책, 373~377쪽에 수록.

10 李瀷. "調侯增重, 賀幸難勝. 瀷眇視跛履, 癃狀可笑. 期衰已除, 只有孤孫相對於深屋中, 懷緖可知. 數卷書謹受姑留, 此類都不無觀也. 其中一弓, 是吾家人所著, 向者諸家作序, 改其標題爲擇里志, 又取其錯誤十餘改, 擇有删正. 未知渠信受否耳. (후략) 壬申 7月 27日 友弟瀷." 김약슬金約瑟, 〈星湖手寫本 擇里誌에 대하여〉, 《국회도서관보》 제5권 제4호, 국회도서관, 1968, 69~75쪽에서 재인용.

11 이극성, 《형설기문: 한밤에 깨어 옛일을 쓰다》, 장유승·부유섭·백승호 옮김, 성균관대학교출판부, 2016, 158~161쪽.

12 이중환, 남하행南夏行 필사, 《택리지》, 개인 소장.

13 이중환, 《팔역가거처》, 규장각 소장.

14 잠옹본의 내용을 개정본 계통인 상백본에서는 두주頭註로 부기附記했고, 와세다본과 고려대본 《택리지》(대학원 B10 A3)에는 〈복거론〉 '지리' 본문 끝에 작은 글자 두 줄로 "吉下'一依堪輿家定論, 左旋陽基, 須以正五行雙山五行消水; 右旋陽基, 只以眞五行消水. 第宅坐向, 又須如來水合淨陰淨陽, 方爲純義.' 此在凡朝山上看"라는 내용을 첨부하였다. 필사자가 초고본과 대조하고 그 차이점을 인식하여 다른 내용을 부기한 것이다.

15 유경종, 앞의 책, 59쪽.

16 최인실, 〈《와유록》의 〈사대부가거처〉, 《택리지》의 원본인가〉, 《한국문화》 제86호, 서울대학교 규장각한국학연구원, 2019, 275~303쪽. 이 논문에서 잠옹본 《사대부가거처》가 《택리지》의 원본이라는 가설을 내세워 자세하게 살폈다. 잠옹본이 초고본 가운데 원본에 가까운 사본의 하나임은 부정할 수 없으나 원본 자체로 보기에는 무리가 있다.

17 이중환, 김진하金鎭夏 필사, 《팔역가거지》, 필자 소장.

18 이중환, 최남선崔南善 교열, 《택리지》, 조선광문회, 활자본, 1912.

19 안대회의 〈正祖 御諱의 改定: '이산'과 '이성' - 《奎章全韻》의 편찬과 관련하여〉(《한국문화》 제52호, 서울대학교 규장각한국학연구원, 2010, 95~121쪽)에 자세하게 설명되어 있다.

20 잠옹본, 성산본, 동양본, 연세본, 목석본, 청허본에는 산원算員으로, 칠리본, 소화본에는 계사計士로, 상백본에는 주원籌員으로 표기되어 있다.

21 이도훈·김세호·임영길, 위의 글. 이 논문은 초기본으로서 《아주잡록》본 《사대부가거처》의 특징을 밝혔다. 한편 연세대에 소장된 48책본 《패림》에도 《택리지》가 수록되어 있다. 이 초록본은 《아주잡록》본 《사대부가거처》와 같은 계통의 사본이다.

22 이중환, 《소화지小華誌》, 국립중앙도서관 소장.

23 이중환, 《팔역가거지八域可居誌》, 일본 동양문고 소장.

24 청허본은 앞표지 안쪽에 "을해중추 청허당장乙亥仲秋淸虛堂藏"이란 소장기가 쓰여 있다. 여기서 을해년은 1755년이나 1815년이다. 나는 1755년에 더 가깝고, 본문 외의 글씨는

뒤의 소장자가 가필한 것으로 본다.

25 이중환,《팔역가거지》, 일본 동양문고 소장.

26 이중환,《택리지》, 규장각 소장.

27 한편 덕유본과 소화본에는 이 대목이 "馬耳西北三枝, 一止於鎭岑·公州, 一止於沃溝中間, 一枝自金溝而止於萬頃. 其最長者, 自蘆嶺脈分三派, 西北二枝, 一止於扶安, 南(一)止於務安, 而散作西海中諸島. 內藏以上南枝, 其最長者, 南去爲潭陽秋月山, 自秋月山以前脈南行爲無等山. 自無等南行, 而又折爲東行, 止於光陽白雲山, 自無等南行, 西得一枝爲靈巖月出山. 無等正南一枝, 直南走爲天冠山於長興南海上. 山脈之屈曲如之字形. 而月出一枝別爲南行東走爲康津, 止於長興界, 西得一枝, 又爲海南, 止於縮頭里爲南海中諸島, 渡海千里爲濟州漢拏山. 而或云: '漢拏又渡海爲琉球', 此不可知也, 然蓋知其甚邇也"으로 되어 있어 상당히 다른 내용이 첨가되어 있음을 알 수 있다.

28 초고본인 잠옹본에는 유구국과 관련한 내용이 없다.

29 초고본 계열인 잠옹본, 연세본, 목석본, 소화본, 청허본, 성산본에는 "一國之中, 惟漢江最大而源遠, 受潮水多. 東南則淸風之黃江, 忠州之金遷·木溪, 原州之興元倉, 驪州之白涯, 東北則春川之牛頭, 狼川之元巖, 正北則漣川之澄波渡, 互相通船, 并爲商船貫脫之所. 而惟漢陽左右通海峽之利, 東西江都輸一國船運之利, 而多射利致富之人, 惟此爲最. 其上流鐵原之澄波渡, 春川之牛頭(首)村, 原州之興元倉, 忠州之金遷, 皆商船聚會轉販之所. 然江船少, 不能出海, 縮利少, 然旣五(衆)水都會, 且密邇京城, 而受陸海之貨, 此爲第一. 次則恩津·江景津, 居忠·全二道海陸之間, 爲錦南野中一大都會. 海夫峽戶皆於此出物交易, 每春夏漁採時, 腥臭滿村, 巨舫小艓日夜如堵墻排立於汊港之間, 一朔六大市, 而委輸遠近之貨物, 自不下漢陽東西江矣. 次則金海七星浦, 居慶尙一道之水口, 盡管南北海陸之利, 公私皆以販鹽, 大取贏餘(羨). 此四處爲上, 餘俱不及於此. 此乃我國水道船利之大略也"로 되어 있다.

30 이중환,《팔역가거지》, 오사카부립 나카노시마 도서관 소장 사본.

31 이중환,《택리지》 곤권坤卷, 와세다대학교 소장 사본.

32 초고본 가운데 잠옹본과 연세본, 칠리본, 소화본, 고려대 신암문고본《동국산수지》에는 개정본 본문으로 되어 있다.

33 이중환,《팔역가거지》, 오사카부립 나카노시마 도서관 소장 사본. (원문: "千層萬曲, 奇勝疊出, 朝雲夕嵐, 光景無限.")

34 이중환,《택리지》 곤권, 와세다대학교 소장 사본. "正陽西有長安·表訓二寺, 內多元時及前朝古跡·宮壼所賜珍寶之物. 從正陽寺北入爲萬瀑洞, 有九潭之勝. 洞壁有楊士彦'蓬萊楓岳元化洞天'八大字, 字畫飛動如生龍活虎, 飄飄然有羽化之意. 內有摩訶衍·普德窟, 凌空架虛, 其結構如神功鬼力, 殆非意慮所到. 最上爲衆香城, 在萬仞峯巓, 地皆爲白石而有層級如鋪床卓. 上安一立石, 如佛像而無眉目, 是天成. 左右石床上, 又兩行排列小小石像, 而亦無眉目. 諺傳曇無竭住此. 前臨絶壑萬丈, 惟從西北角放逕以入. 萬峯嶹如, 而水石潭洞, 曲曲奇巧, 不可盡記. 而名菴小寮籠絡其上, 殆如七金·人鳥·帝釋宮殿, 不似人間有者."

6장 《택리지》는 어떻게 변화되어왔는가(2): 《택리지》의 구성으로 살펴보는 이본의 계통

1 이도훈·김세호·임영길의 논문에서는 편목을 '목차目次'라는 이름으로 ① 일반형(〈사민총론四民總論〉, 〈팔도총론八道總論〉, 〈팔도八道(평안平安~경기京畿)〉, 〈복거총론卜居總論〉, 〈지리地理〉, 〈생리生利〉, 〈인심人心〉, 〈산수山水〉, 〈총론總論〉)과 ② 〈사민총론〉, 〈총론〉이 전반부에 실린 경우(〈사민총론〉, 〈총론〉, 〈팔도총론〉, 〈팔도(평안~경기)〉, 〈복거총론〉, 〈지리〉, 〈생리〉, 〈인심〉, 〈산수〉), ③ 〈사민총론〉, 〈총론〉이 빠진 경우(〈팔도총론〉, 〈팔도(평안~경기)〉, 〈복거총론〉, 〈지리〉, 〈생리〉, 〈인심〉, 〈산수〉), ④ 〈복거총론〉~〈산수〉가 전반부에 실린 경우(〈복거총론〉, 〈지리〉, 〈생리〉, 〈인심〉, 〈산수〉, 〈팔도총론〉, 〈팔도(평안~경기)〉)의 네 종류로 구분하여 검토하였다.

2 배우성, 〈擇里志에 대한 역사학적 讀法: 필사본 비교연구를 중심으로〉, 위의 논문.

3 편의상 〈팔도론〉의 세부 항목을 다 밝히지 않고 대표성을 띠는 '경기도'만 밝혔으며, 〈복거론〉의 세부 항목 역시 '지리'만을 밝혔다.

4 칠리본은 세밀한 편목이 상편上編 앞과 하편下編 앞에 따로 설정되어 있고, 본문에는 편목이 달리지 않았다.

5 고서본은 총화본과 편목과 내용이 매우 유사하다. 고서본에는 총화본에서 발생한 글자의 오류가 거의 그대로 나타난다. 또한 제목 아래 "일명 《총화總貨》이다"라고 단서가 달려 있는데, 총화본은 권수제가 '총화總貨'이다. 따라서 고서본은 총화본을 저본으로 출간한 간본이므로 사실상 2개의 사본은 하나의 이본이다.

6 한편 '사민총론'은 이중환이 큰 영향을 받았을 것으로 추정하는 유수원의 《우서》 제1권에서 네 부류의 백성을 총괄하여 논한 '총론사민總論四民' 항목을 권말에 둔 것과 연관이 있다고 볼 수 있다. 〈서론〉과 〈결론〉이 다른 내용을 담고 있기는 하지만, 큰 틀에서는 성격이 부합하기에 채택했을 수 있다.

7 이익의 서문이 실린 이본에는 고려대 신암문고에 소장된 2종과 단국대 소장 《택리기擇里記》 등의 사본이 더 있다.

8 장서각에 소장된 2권 2책본 《동악소관東嶽小管》(권수제卷首題는 《택리지》, K2-4192) 역시 권마다 권수제 다음 행에 '사부가거처士夫可居處'라 밝혀놓았다.

9 상권 서두에 〈서론〉은 '사민설四民說'로, 〈결론〉은 '사대부론士大夫論'으로 나란히 실려 있다.

10 홍중인, 《사대부가거처》(《아주잡록》, 장서각 소장, 권107), 〈향거소지鄕居小誌〉. 이중환, 《완역 정본 택리지》(양장), 365~372쪽에 수록.

11 배우성, 〈《택리지》 읽기의 다양한 방식들〉, 위의 책, 169~216쪽.

12 유중림의 《증보산림경제》 편찬에 관한 개략적인 내용은 염정섭의 〈18세기 초중반 《山林經濟》와 《增補山林經濟》의 편찬 의의: 〈治農〉을 중심으로〉(《규장각》 제25권, 서울대학교 규장각한국학연구원, 2002, 177~200쪽)가 참조할 만하다.

13 배우성이 〈擇里志에 대한 역사학적 讀法: 필사본 비교연구를 중심으로〉와 《독서와 지식의

풍경》 213~214쪽에서 《동국산수록》(규장각 소장본, 想白 古 915.1-D717)을 《동국산수지》와 비교하면서 《증보산림경제》에 수록된 사본과 같은 형태임을 지적했을 뿐이다. 또 《증보산림경제》의 필사본 가운데 《동국산수록》이 수록된 것을 찾기 어렵다고 보았으나 이는 사실과 다르다.

14 이중환, 《박종지》, 규장각 소장, 奎3742. 장서각 소장 《박종지》에도 똑같이 실려 있다.

15 《동국산수록》에서는 '복거서론卜居序論'을 "凡卜居之地, 地理爲上, 生理次之, 山水又次之. 三者缺一, 非樂土也. 地理雖佳, 生理乏則不能久居, 生理雖好, 地理惡則亦不能久居. 近處無山水可賞處, 則無以陶寫性情"로 축약하여 '인심人心'을 완전히 삭제하였다. 네 가지 기준을 세 가지 기준으로 개편하여 구도 자체를 바꾸었다.

16 일반 《택리지》에서 〈서론〉과 〈결론〉을 앞뒤에 나눠 수록하지 않고 앞에 나란히 수록한 사본은 《동국산수록》 계통의 영향을 받은 결과이다. 칠리본과 청허본, 와세다본이 여기에 해당한다. 이들 사본에 대체로 4. 〈남사고십승보신복지〉(당난보신복지當難保身福地)가 함께 수록된 것도 같은 이유이다.

17 《동국산수록》 이본은 개정본 계통이나 《동국산수지》는 초고본 계통으로 사이사이에 개정본 내용을 반영하였다.

18 유중림 편, 《증보산림경제》 권16, 《동국산수록》, 편자 수택본, 규장각 소장 사본.

19 충청북도 충주시 금천 기사에 달린 "속명은 소열이다(俗名所悅)"라는 주석은 금천의 속명이 '쇠여울'인데 그것을 '소열'로 표기한 것이다.

20 강원도 원주의 섬강蟾江 기사에 달린 "안창수이다(安昌水)"라는 주석은 원주 일대를 흐르는 섬강을 해당 지역에서 안창수로 부르고 있음을 밝히고 있다. 안창수는 섬강의 이칭으로 그 지역에 안창역安昌驛이 있었고, 지금도 안창대교가 있다.

21 누암樓巖은 충청북도 충주시 중앙탑면 누암리에 있었던 다락바위를 한자어로 표기한 말이다. 북창北倉 아래 강가에 있는 풍경이 좋은 바위라는 표현만으로는 구체적 실물을 알 수 없으므로 고유명사를 밝혀준 것이다.

22 赤岳山은 강원도 원주 치악산의 이칭이다. '적악산'이라 발음하기 쉽고 현재도 그렇게 발음하지만 '치악산'으로 읽는 것이 옳다. 赤으로 표기한 이 글자는 몽골음의 음차音借이므로 '치'로 발음한다. 관리인 다루가치達魯花赤, 서기나 문사를 가리키는 비칙치必闍赤, 금군禁軍의 하인을 조라치照羅赤라고 부르는 것처럼 赤은 '치'로 발음한다.

7장 《택리지》는 어떻게 변화되어왔는가(3): 정약용의 제자 황상, 《택리지》를 개정하다

1 현재 한국학 분야 토대연구지원사업의 일환으로 3년 동안 《택리지擇里志》 이본 종합DB를 구축하고 있다. 이본 가운데 큰 폭의 변화가 일어난 사본 서른 종을 조사하여 DB로

구축하여 학계에 제공할 예정이다.

2 치원본《택리지》는 현재 황한석 씨가 소장하고 있고, 한양대학교 국문학과 정민 교수로부터 자료를 제공받았다. 자료를 제공한 데 대해 감사한 마음을 표한다.

3 2012년 정민 교수가 황수홍 소장의《장자莊子》를 필사한 '치원총서' 1책을 소개했다(정민, 〈《치원소고》 및《치원진장》에 대하여〉,《문헌과해석》 제58권, 문헌과해석사, 2012, 173~194쪽). 2014년에는 강진의 또 다른 소장자가 소장한 14책의 '치원총서'가 강진의 다산기념관과 실학박물관에서 열린 '다산 정약용과 다산학단'이라는 주제의 전시회에 출품되었다.

4 치원본은 편차상 〈복거론〉과 〈팔도론〉을 구분하지 않고 있다. 〈복거론〉은 '통론一', '통론二', '통론三', '통론四'의 순서로 서술하고 있고, 〈팔도론〉은 바로 '경기'로 시작하고 있다. 치원본《택리지》 권1 장13에서 이를 확인할 수 있다.

5 일반《택리지》와《동국산수록》, 치원본의 '복거론 서설' 본문을 다음과 같이 제시하여 차이를 밝힌다.

- 일반《택리지》: 大抵卜居之地, 地理爲上, 生利次之, 次則人心, 次則山水. 四者缺一, 非樂土也. 地理雖佳, 生利乏則不能久居, 生利雖好, 地理惡則不能久居. 地理及生利俱好, 而人心不淑, 則必有悔吝, 近處無山水可賞處, 則無以陶瀉性情.
-《동국산수록》: 凡卜居之地, 地理爲上, 生理次之, 山水又次之. 三者缺一, 非樂土也. 地理雖佳, 生理乏則不能久居, 生理雖好, 地理惡則亦不能久居. 近處無山水可賞處, 則無以陶瀉性情.
- 치원본《택리지》: 凡卜居之地, 地理爲上, 生理次之, 風俗次之, 泉石又次之. 四者缺一, 非樂土也. 地理雖佳, 生理乏則不能久居, 生理雖好, 地理惡則不能久居. 二者俱得, 而風俗不善, 卒無以和睦鄰里, 泉石不奇, 亦無以陶瀉性情.

6 정약용,《여유당전서》 문집 권14, 〈발《택리지》跋擇里志〉. 이중환,《완역 정본 택리지》(양장), 378~380쪽에 수록.

7 전종한, 위의 글.

8 이중환, 황상 절록,《택리지》 권1, 개인 소장 사본, 10~11장. 이후에는 〔황상, 10~11〕과 같은 방식으로 출처를 표시한다.

9 이종휘가 함경도 국경 지역 백성을 보듬으라고 제안한 〈위원루기威遠樓記〉(《수산집修山集》) 등에 그와 같은 생각이 드러난다.

10 김희태, 〈조선시대 기록을 통해 본 광주 경양지景陽池〉,《향토문화》 제27권, 향토문화개발협의회, 2007, 41~64쪽. 고지도에는 광주목 관아의 오른편에 경양지를 표시한 경우가 제법 많다.

11 영남 사람인 조보양趙普陽(1709~1788)은 〈풍기 은풍준시를 해마다 진상하던 것을 면제해 준 영조 임금을 노래함〔先朝除豐基蹲柿歲貢歌〕〉(《팔우헌집八友軒集》 권1)을 지어 은풍준시의 맛과 진상 면제 사실을 노래하였다. 이 장편 시가 거의 유일한 기록이다.

12 〈눈 내리는 밤 내각에 음식을 내리시어 삼가 은례를 기술하다〔雪夜閣中賜饌, 恭述恩例〕〉에

서 "은풍에서 올린 준시 뽀얗게 서리 앉았고, 울산에서 나온 감복 환하게 글자 비추네(殷豐蹲柹潑霜厚, 蔚山甘鰒照字明)"라 하였다.

13 정약용, 위의 책, 권22, 〈산수심원기汕水尋源記〉.

14 박제가, 《완역 정본 북학의》, 420쪽.

15 정약용은 〈두 아들에게 보여준 가계(示二兒家戒)〉(《여유당전서》 권18)에서 박제가의 논지와 유사한 발언을 하였다.

16 안대회, 〈초정 사상의 성립 배경과 그 영향〉, 《초정 박제가 연구》, 21~108쪽.

17 정민, 〈황상의 일속산방 경영과 산가 생활〉, 《다산의 재발견: 다산은 어떻게 조선 최고의 학술 그룹을 조직하고 운영했는가?》, 휴머니스트, 2011, 641~681쪽; 김규선·구사회, 〈황상의 산거 생활과 시적 형상화 연구〉, 《한국시가문화연구》 제30권, 한국시가문화학회, 2012, 31~56쪽.

18 〈이잠도중尼岑道中〉이라는 제목과 〈본조의 신하가 공자의 유상을 얻어 궐리사를 봉안한 것을 축하하다(本朝群臣賀得孔子遺像, 奉安闕里祠)〉의 "마침내 이잠현의 동쪽 궐리사 안에 봉안하였네(遂於尼岑縣東, 爰奉闕里祠內)"라는 구절 그리고 〈발《택리지》〉의 '이잠 윤씨尼岑尹氏' 등에서 이산을 이잠이라 썼다.

19 《고려사절요》 권26, 공민왕 1, 1356년 기사.

20 편자 미상, 《정감록鄭鑑錄》, 〈감결鑑訣〉, '피장처避藏處', 한성도서주식회사, 1923, 19쪽.

21 서유구, 《임원경제지》 권107~108, 《상택지》, 365~366쪽.

22 《정감록》, 〈감결〉, '두사총비결杜師聰秘訣', 19쪽. 피장처로서 미원촌의 풍수를 다룬 글로는 최원석의 《사람의 지리 우리 풍수의 인문학》(한길사, 2018, 326~328쪽)이 참고가 된다.

23 성해응, 앞의 책, 〈명오지〉.

24 정약용, 위의 책, 권22, 〈산수심원기〉.

25 정약용, 《대동수경大東水經》 권4, 〈패수삼浿水三〉, 다산학술문화재단 엮음, 《정본 여유당전서》 33, 사암, 2012.

8장 '전설의 고향' 《택리지》: 《택리지》에 반영된 구전 지식과 지역 전설

1 반면 유형원의 《동국여지지》는 실증적이고 합리적인 기록을 추구하여 이 기준에서 벗어나는 기록은 과감히 생략하였다. 《신증동국여지승람》의 시문을 대거 삭제하였고 민간의 근거 없는 속설은 모두 배제하였다. 김성애, 〈해제_실학사상을 담은 최초의 사찬 전국지리지〉, 유형원, 《동국여지지 1》, 김성애 옮김, 한국고전번역원, 2019, 7~25쪽.

2 황인덕, 〈의자왕 관련 전설의 전개 양상〉, 《백제문화》 제33집, 공주대학교 백제문화연구

소, 2004, 189~208쪽.

3 황화대를 비롯하여 논산 지역에 유사한 전설이 전해지는 것으로 볼 때 지역민이나 이중환이 장소를 착각했거나 확대했을 수도 있다.

4 함흥차사 전설은 조선 중기의 문인 차천로車天輅의 《오산설림초고五山說林草藁》에서 처음 문헌에 나타나고, 여기에는 무학대사가 주인공으로 등장한다. 이 전설이 문헌에 정착된 사례는 그다지 많지 않으나 17세기에 송시열은 〈여윤체원與尹體元〉에서 그것이 속담으로 전파되고 있음을 확인하였다. 문인 민정중閔鼎重은 〈판승추부사박공청시행장判承樞府事朴公請諡行狀〉(《노봉집老峯集》 권9)에서 관련한 사연을 자세하게 다루었다. 남인 문사 이극성李克誠은 《고암신편사과록睾庵新編四科錄》에서 《노봉집》을 인용하여 실었다. 이극성은 《택리지》를 읽은 사람이라, 원본에 그 내용이 들어 있었다면 《택리지》에서 초록했을 것이다.

5 이만운이 〈유금산기遊錦山記〉(《묵헌집默軒集》 권7)에서 최치원이 글씨를 남긴 사실을 밝혔을 뿐이다.

6 이지영, 〈祈雨문화의 맥락을 통해 본 〈최고운전〉의 형성〉, 《국문학연구》 제30호, 국문학회, 2014, 63~87쪽.

7 김성환, 〈고군산의 최치원 문화원형 연구: '새만금 최치원프로젝트'를 제안하며〉, 《인문콘텐츠》 제14호, 인문콘텐츠학회, 2009, 137~156쪽; 노성미, 〈《최고운전》 기우모티프와 돝섬기우제 비교 연구〉, 《배달말》 제54호, 배달말학회, 2014, 131~156쪽.

8 《옥구군지》에 실린 설화는 다음과 같다. "최치원 선생의 아버지는 신라의 무관으로 내초도에 수군장으로 주둔하였으며 이때 최치원 선생이 태어났다. 선연리 바닷가에서 어린 시절을 보낸 선생은 자천대에 올라 글을 읽었는데 글 읽는 소리가 당나라의 천자에게까지 들려 당나라 사신이 건너와 선생을 데려갔다."

9 홍만종洪萬宗 저, 황윤석 보補, 《해동이적보海東異蹟補》, 《한국문헌설화전집》 6책, 아세아문화사, 1987, 411쪽.

10 황윤석, 《이재유고頤齋遺藁》 권1, 〈流觴臺懷古. 臺在泰仁古縣, 卽崔孤雲所游〉, 한국문집총간 제246집.

11 박혜일·최희동·배영덕·김명섭, 〈李舜臣의 鳴梁海戰〉, 《정신문화연구》 제88호, 한국학중앙연구원, 2002, 115~153쪽.

12 《이충무공전서》 권14 〈부록6〉 '기실紀實(하)'에서 《택리지》를 전재하였다. 동시에 《해남현지》를 전재하여 보충 설명하였다. 《해남현지》는 1791년경에 지은 것으로 추정된다. 양진석, 〈18세기말 전국 지리지 《해동여지통재海東輿地通載》의 추적〉, 《규장각》 제43집, 서울대학교 규장각한국학연구원, 2013, 31~71쪽.

13 윤휴尹鑴, 《백호집白湖集》 권21, 〈통제사이충무공유사統制使李忠武公遺事〉, 한국문집총간 제123집. 윤휴는 사문난적斯文亂賊으로 몰려 처형되었기에, 그의 글은 당시부터 최근까지 거의 읽히지 않았다.

14 19세기의 성리학자 홍직필洪直弼은 〈박엽전朴燁傳〉을 지어 견문한 전설을 모아 그의 인생

을 재구성하고 그의 죽음을 안타까워하였다. 다만 이 전설은 신지 않았으니 허구로 간주했기 때문이다.

15 심노숭, 《효전산고孝田散稿》 3책, 〈대성산신묘기帶星山神廟記〉, 학자원, 2014. 이 글은 박엽을 신으로 모신 신묘가 세워진 자초지종을 기록하였다. 심노숭은 박엽을 청나라의 침략을 막은 기남자奇男子로서 처형되지 않았다면 효종의 북벌을 성사시킬 영웅으로 평가하였다.

16 정동유鄭東愈는 《주영편晝永編》 상권 35칙에서 쇄영사 제물을 공용으로 쓰는 법령을 비판하였다. 정동유, 《주영편: 종횡무진 지식인 정동유, 심심풀이로 조선 최고의 백과사전을 만들다》, 안대회·서한석 외 옮김, 휴머니스트, 2016, 116쪽.

17 이덕형李德泂(1566～1645)은 북인北人이다. 그는 《송도기이松都記異》에서 고려의 신하였던 개국공신이 조선 건국 과정에서 고려에 과도하게 악행을 가한 죄상을 부각하였다.

18 황인덕, 〈청주 '압각수鴨脚樹' 전설의 전승력과 '홍수' 화소의 지역성〉, 《어문연구》 제58권, 어문연구학회, 2008, 413~437쪽.

19 《신증동국여지승람》 청주목 조에도 실려 있다. 공민왕 때를 배경으로 무고 사건 자체보다는 명사가 화를 당한 사실 위주로 서술하고 있다.

20 황인덕, 위의 글.

21 김성현, 〈《택리지》의 지역서술에 대한 이해: 〈팔도총론〉 경기편을 중심으로〉, 《한국학》 제157호, 한국학중앙연구원, 2019, 77~104쪽. 논문에 따르면 금수산은 한남정맥의 증악산增岳山에 해당하고, 현재 수원과 화성·안성 경계에 있는 칠보산七寶山으로 추정된다. 이 산에는 보물 관련 설화가 있다.

22 장서각 소장 《견첩록見捷錄》에는 한양 도성의 범위가 정해진 이유를 설명하는 대목에서 유사한 전설을 적고 《진유승람震維勝覽》을 출처로 밝혔다. 《진유승람》은 《택리지》의 다른 이름이다.

23 정동유, 《주영편》, 상권 4칙, 위의 책, 44~45쪽.

24 이만수李晩秀, 《극원유고屐園遺稿》 권6, 〈성시전도백운城市全圖百韻〉, 한국문집총간 제268집; 박현욱, 〈이집두의 성시전도시〉, 《향토서울》 제87호, 서울역사편찬원, 2014, 39~74쪽; 홍한주洪翰周, 《해옹고海翁藁》 권6, 〈순성일구호 시서봉서巡城日口號示徐鳳瑞〉, 한국문집총간 제306집.

25 저자 미상, 《동국여지비고東國輿地備攷》 제1권, 〈경도〉, '성곽'. 이규경도 비슷하게 언급하였다.

26 최철, 강릉·명주 〈경포와 적곡 조개〉, 《태백의 전설》 상, 강원일보사, 1974, 147쪽; 두창구, 강릉42 〈경포와 적곡 조개〉, 《한국 강릉지역의 설화》, 국학자료원, 1999.

9장 임진왜란과《택리지》: 원숭이 기병대는 정말 임진왜란에 참전했을까

1 김경록,〈宣祖代 洪純彦의 외교활동과 朝·明관계〉,《명청사연구》제41권, 명청사학회, 2014, 1~35쪽; 孫衛國,〈朝鮮史料視野下的石星及其后人事跡略考〉,《古代文明》, 第6卷, 第24期, 2012.

2 임진왜란을 포괄적으로 다룬 대표적인 저술인 조경남趙慶男의《난중잡록亂中雜錄》, 신경申炅의《재조번방지再造藩邦志》, 저자 미상의《선묘중흥지宣廟中興誌》모두 소사 전투의 과정을 묘사하였다. 이긍익李肯翊(1736~1806)의《연려실기술燃藜室記述》제17권,〈선조조 고사본말宣朝朝故事本末〉에 실린〈소사 전첩戰捷〉은 위에 든 야사 등을 종합하여 전투 과정을 요령 있게 정리해 참고할 만하다. 다만〈소사 전첩〉에서는 원숭이 기병대의 활약을 거론하지 않았다.

3 박지원,〈양경리호치제문楊經理鎬致祭文〉,《연암집》하(개정판), 신호열·김명호 옮김, 돌베개, 2007, 283~289쪽. 번역은 이 책을 참조하되 필자가 수정하였다. 이 책에서는 '弄猿三百'을 '재빠른 삼백 기병騎兵'으로 번역하였고, 주석에서 그 근거를 "동진東晉의 화가 대규戴逵의 그림에 농원도弄猿圖가 있고, 마상희馬上戲의 하나로 원기猿騎가 있다. 원숭이는 동작이 민첩하여 '원첩猿捷'이란 성어가 있다"라고 하였으나 번역과 주석 모두 오류로 보인다. 이 글은 정조가 이서구李書九(1754~1825)에게 쓰라고 명한 것으로, 이서구는 박지원에게 부탁하여 글을 받은 뒤 수정하여 완성하였다.《척재집惕齋集》권9에〈경리양공호제문經理楊公鎬祭文〉으로 실려 있는데 '弄猿三百' 구절은 삭제되어 있다. 왕명을 받아 쓴 글이라 이서구는 이 기이한 사실을 감히 쓰지 못했을 것이다. 3쇄에서는 필자의 의견을 받아들여 번역과 주석을 수정하였다.

4 최관·김시덕,《임진왜란 관련 일본문헌해제: 근세편》, 도서출판 문, 2010.

5 윤기尹愭,《무명자집無名子集》, 문고 책10, '논임진사論壬辰事'.

6 이규경,《오주연문장전산고》권48,〈원후변증설猿猴辨證說〉하책, 동국문화사, 1958.

7 유성룡은《서애집》권16,〈임진년 이후 병사를 요청한 일을 기록한다〔記壬辰以後請兵事〕〉(한국문집총간 52집)에서 "9월 초 적병이 휘몰아쳐서 경기 경계까지 진출하자 도성이 벌벌 떨며 두려워하여 군사와 백성들이 모두 흩어졌다. 이윽고 적병이 직산에서 물러갔다"라 하였고,《징비록》에서는 "적병이 직산에 이르자 도성 사람들이 모두 뿔뿔이 흩어져 달아났다. (중략) 적은 경기도 경계로부터 물러났다"(류성룡,《교감·해설 징비록》, 김시덕 옮김, 아카넷, 2013, 543~548쪽. 번역 일부 수정함)라 하였다. 유성룡은 소사 전투를 아예 무시했다.《청야만집淸野漫集》(국립중앙도서관 소장 사본, 古211-38) 권6 107쪽에서는 양호가 조선을 중흥시킨 공훈이 있는데도《징비록》에서 전부 빠뜨리고 왜적이 스스로 물러간 것처럼 썼고, 소사의 승전을 사람들이 다 잘 아는데도 오히려 양호에 대한 개인적 원한으로 서술하지 않았으니 유성룡의 큰 병통이라고 비난했다. 이긍익도《연려실기술》에서 이 주장에 동조했다.

8 정구복, 〈《亂中雜錄》의 사학사적 고찰〉, 《韓國史學史學報》 23호, 한국사학사학회, 2011, 77~144쪽.

9 이 원병 전설은 미와 다마키三輪 環의 《전설의 조선伝説の朝鮮》(博文館, 1919)에 일본어로 번역되어 있다. 조은애와 이시준은 〈미와 다마키 《전설의 조선》의 일본 관련 설화에 대한 고찰〉(《외국문학연구》 제57호, 한국외국어대학교 외국문학연구소, 2015, 531~553쪽)에서 전투에 참여한 원숭이는 실제 원숭이가 아니라 '원기猿騎' 곧 '마상재馬上才'와 관련이 있는 기병으로 추정하였다. 이익의 《성호사설》 등에서 원기가 임진왜란 중에 왜군을 물리치는 데 효과가 있었다고 말한 것을 근거로 삼았다.

10 이긍익, 《연려실기술》 권17, 〈선조조 고사본말〉, '갑오년 유정의 철군', 고전번역원DB.

11 조경남, 《난중잡록亂中雜錄》 3, 《대동야승(大東野乘)》 권6, 조선고서간행회, 1910, 119~120쪽. 신경申炅의 《재조번방지再造藩邦志》(위의 책 권36, 46쪽) 2책에도 유정 부대를 묘사하면서 비슷한 내용을 수록했다. "유정은 (중략) 사천四川과 파촉巴蜀 지방의 군사 5천 명을 거느렸다. 그중에는 해귀海鬼 수십 명이 있었다. 그 인종은 남번南番 출신으로 낯빛이 귀신처럼 새까맣고, 바다 밑을 잠수하여 다닐 수 있었다. 또 장신이 있어서 키가 두 길이었는데 말을 타지 못하고 수레를 타고 왔다. 또 원숭이[獼猴]에게 활을 차고 화살을 쟁여 말을 타고 앞길을 인도하게 했는데 적진에 들어가 말굴레를 풀어놓을 수도 있었다"라는 기사가 실려 있다.

12 이성령李星齡(1632~?)은 《춘파일월록春坡日月錄》 10책, 선조 31년 4월 27일 기사에서 《난중잡록》과 똑같이 기록하였다. 출처가 《난중잡록》인 듯하다.

13 손기양孫起陽, 《오한문집聱漢文集》 권4, 〈일록日錄〉, '무술년(1598) 7월', 한국문집총간 속 제11집.

14 김미영·박정혜, 《세전서화첩世傳書畫帖》, 민속원, 2012. 뒤에 원본이 영인되어 있다.

15 김미영·박정혜의 위 저술에 실린 논문에 자세하게 설명되어 있다.

16 김미영·박정혜, 위의 책, 257쪽. 개선할 때 형개의 명으로 김수운이 제작하여 김대현에게 증정한 기록화이며, 후대의 그림은 이 원본을 모사한 것이다. 사료로서 가치가 충분하다. 김대현의 문집 《유연당집悠然堂集》 권3, 〈기군문잡사記軍門雜事〉에 더 자세한 사실이 밝혀져 있다.

17 이 그림을 분석한 박정혜는 "원병삼백猿兵三百"이라 쓴 깃발을 여진족 출신 투항자들로 구성된 참전 군인으로 추정하였다. 한명기의 《임진왜란과 한중관계》(역사비평사, 1999, 129~130쪽)에서 거론한 임란 참전군인 달자㺚子로 이해하였다. 원숭이가 참전했다는 기괴한 사실을 받아들이기 힘든 탓일 것이다. 박정혜, 〈그림으로 기록한 가문의 역사: 조선시대 《풍산김씨 세전서화첩》 연구〉, 김미영·박정혜, 위의 책, 125~126쪽.

18 劉永連·段玉芳, 〈萬曆援朝抗倭戰爭明軍兵力考〉, 《朝鮮·韓國歷史研究》 第17輯, 中國朝鮮史研究會, 延邊大學 朝鮮·韓國歷史研究所, 2016, 229~247面. 임진왜란에 투입된 명군의 숫자를 분석한 이 논문은 정유재란 시기의 명군을 9만 2,000명으로 추산하였으며, 신흠이 〈천조선후

출병래원지天朝先後出兵來援志〉에서 14만 2,700여 명으로 추산한 숫자를 신뢰할 수 없다고 보았다.

19 김미영·박정혜, 위의 책, 254쪽.

20 김명호는 해괴를 오귀자烏鬼子와 같은 부류로 포르투갈이나 에스파냐 등 동남아시아에 진출한 서양인에게 고용된 태국인, 필리핀인, 말레이인 등 동남아시아인을 통틀어 말한 것으로 보았다. 조흥국에 따르면 유정은 태국, 인도, 미얀마 등 동남아시아인을 가병家兵으로 데리고 다녔고, 정유재란 때 그들을 조선 원병으로 참가시켰다. 조흥국, 《한국과 동남아시아의 교류사》, 소나무, 2009, 169~203쪽.

21 장세오張世五 편, 《금고실기今古實記》 권1, '공주公州', 성균관대 존경각 소장 간본.

22 편홍석片弘錫 편, 《동원기략東援記略》 권1, 〈편장군유적片將軍遺蹟〉, 국립중앙도서관 소장 사본.

23 유주목柳疇睦, 《계당집溪堂集》 권10, 〈편총절실기 뒤에 쓰다(書片總節實記後)〉, 한국문집총간 제313집.

24 李光濤, 〈明人援韓與稷山大捷〉, 《中央研究院歷史語言研究所集刊》, 43本 1分, 1971, 1~14面. 이 논문은 조선 측 기록을 중심으로 소사 전투를 대첩으로 인정했고, 명나라와 일본은 무시하거나 아예 거꾸로 서술한 사실을 언급하였다.

25 유경종, 앞의 책, 158쪽.

26 李光濤, 〈丁應泰與楊鎬: 朝鮮壬辰倭禍論叢之一〉, 《中央研究院歷史語言研究所集刊》, 53本 1本, 1982, 129~166面.

27 조선 정부에서 양호를 옹호하고 정응태의 무고를 밝힌 무술변무戊戌辨誣 노력은 월사月沙 이정귀李廷龜를 중심으로 이루어졌다. 이정귀의 문집에는 그와 관련한 많은 기록이 실려 있다. 김우진, 〈月沙 李廷龜의 對明 외교활동: 선조와 광해군대를 중심으로〉, 《조선시대사학보》 제61집, 조선시대사학회, 2012, 115~151쪽; 孫衛國, 〈丁應泰彈劾事件與明清史籍之建構〉, 《南開學報(철학사회과학판)》, 17本, 2012.

28 이정귀가 지은 〈황명도어사양공호거사비명皇明都御史楊公鎬去思碑銘〉(《월사집月沙集》 권45, 한국문집총간 제70집)은 양호의 공적을 기록한 것으로, 거사비 실물은 1598년에 세워져 현재 명지대학교 경내에 있다. 이 글에도 원병에 관한 기록은 나오지 않는다.

29 沈德符, 《萬曆野獲編》 卷17, '奇兵不可再', 中華書局, 1997, 445面.

30 謝肇淛, 《五雜俎》, 〈物部一〉, 上海書店出版社, 2001, 173面.

31 劉振仁, 〈戚繼光的軍事努力與創新〉, 《全人教育集刊》, 臺灣, 2016, 97~131面.

(1) 고문헌

《고려사高麗史》

《고려사절요高麗史節要》

《승정원일기承政院日記》

《신증동국여지승람新增東國輿地勝覽》

《조선왕조실록朝鮮王朝實錄》

《추안급국안推案及鞫案》

《각사등록各司謄錄》, 〈호남계록湖南啓錄〉 3책 62장, 장서각 소장 사본.

강박姜樸, 《국포집菊圃集》, 한국문집총간 속 제70집.

강준흠姜浚欽, 《삼명시집三溟詩集》, 한국문집총간 속 제110집.

강필신姜必愼, 《모헌집慕軒集》, 한국문집총간 속 제68집.

김류金瀏, 《귤은재유고橘隱齋遺稿》, 국립도서관 소장 간본.

《대사편년大事編年》 23책, 장서각 소장.

박제가朴齊家, 《정유각집貞蕤閣集》, 한국문집총간 제261집.

박태보朴泰輔, 《정재집定齋集》, 한국문집총간 제168집.

류성룡柳成龍, 《서애집西厓集》, 한국문집총간 제52집.

서유구徐有榘, 《금화지비집金華知非集》, 한국문집총간 제288집.

성해응成海應, 《연경재전집·외집研經齋全集·外集》, 한국문집총간 제278집.

손기양孫起陽, 《오한문집聱漢文集》, 한국문집총간 속 제11집.

신정모申正模, 《이치재문집二恥齋文集》, 한국문집총간 속 제70집.

유경종柳慶種, 《해암집海巖集》, 개인 소장 사본.

유주목柳疇睦, 《계당집溪堂集》, 한국문집총간 제313집.

유중림柳重臨 편, 《증보산림경제增補山林經濟》, 규장각 소장 사본.

유한준俞漢雋,《자저自著》, 한국문집총간 제249집.

유휘문柳徽文,《호고와집好古窩集》, 한국문집총간 속 제112집.

윤휴尹鑴,《백호집白湖集》, 한국문집총간 제123집.

이긍익李肯翊,《연려실기술燃藜室記述》, 고전번역원DB.

이삼환李森煥,《소미산방장少眉山房藏》, 한국문집총간 속 제92집.

이성령李星齡,《춘파일월록春坡日月錄》, 국립중앙도서관 소장, 사본.

이익李瀷,《성호전집星湖全集》, 한국문집총간 제199집.

이만수李晩秀,《극원유고屐園遺稿》, 한국문집총간 제268집.

이만운李萬運,《묵헌집默軒集》, 한국문집총간 제251집.

장세오張世五 편,《금고실기今古實記》, 성균관대 존경각 소장 간본.

전라감영全羅監營,《호남계록湖南啓錄》, 장서각 소장 사본.

정조正祖,《홍재전서弘齋全書》, 한국문집총간 제263집.

정현석鄭顯奭,《덕원부지德源府誌》, 국사편찬위원회 소장 사본, 1885.

조현명趙顯命,《귀록집歸鹿集》, 한국문집총간, 제212~213집.

채팽윤蔡彭胤,《희암집希菴集》, 한국문집총간 제182집.

편홍석片弘錫 편,《동원기략東援記略》, 국립중앙도서관 소장 사본.

허목許穆,《기언記言》, 한국문집총간 제98집.

홍귀범洪龜範,《활안집闊岸集》, 한국역대문집총서 2429책.

홍중인洪重寅,《아주잡록鵝州雜錄》, 장서각 소장 사본.

홍한주洪翰周,《해옹고海翁藁》, 한국문집총간 제306집.

황상黃裳,《택리지擇里志》, 치원총서본巵園叢書本, 개인 소장 사본.

황윤석黃胤錫,《이재유고頤齋遺藁》, 한국문집총간 제246집.

(2) 단행본

강준흠,《삼명시화》, 민족문학사연구소 한문분과 옮김, 소명출판, 2006.

김기동 엮음,《한국문헌설화전집》, 아세아문화사, 1987.

김대중,《풍석 서유구 산문 연구》, 돌베개, 2018.

김미영·박정혜,《세전서화첩》, 민속원, 2012.

노규호,《논주 팔역가》, 민속원, 1996.

두창구, 《한국 강릉지역의 설화》, 국학자료원, 1999.

류성룡, 《교감·해설 징비록》, 김시덕 옮김, 아카넷, 2013.

박제가, 《완역 정본 북학의》, 안대회 교감·역주, 돌베개, 2013.

박지원, 《연암집》 하(개정판), 신호열·김명호 옮김, 돌베개, 2007.

배우성, 《독서와 지식의 풍경: 조선 후기 지식인들의 읽기와 쓰기》, 돌베개, 2015.

서유구, 《산수간에 집을 짓고: 임원경제지에 담긴 옛사람의 집 짓는 법》, 안대회 옮김, 돌베개, 2005.

서유구, 《상택지》, 《임원경제지》 권107~108, 임원경제연구소 옮김, 풍석문화재단, 2019.

성균관대학교 대동문화연구원 엮음, 《근기실학연원제현집》, 성균관대학교 대동문화연구원, 2002.

성균관대학교 대동문화연구원 엮음, 《남보》, 학자원, 2016.

신경, 《재조번방지》, 《대동야승》 권36, 조선고서간행회, 1910.

심노숭, 《자저실기: 글쓰기 병에 걸린 어느 선비의 일상》, 안대회·김보성 외 옮김, 휴머니스트, 2014.

심노숭, 《효전산고》, 학자원, 2014.

안대회·이헌창·한영규·김현영·미야지마 히로시, 《초정 박제가 연구》, 사람의무늬, 2013.

오상학, 《한국 전통 지리학사》, 들녘, 2015.

유경종, 《국역 성호선생 언행록》, 윤재환 옮김, 학자원, 2019.

유득공, 《고운당필기》, 아세아문화사, 1986.

유형원, 《동국여지지》, 김성애 옮김, 한국고전번역원, 2019.

윤기, 《무명자집》, 강민정 외 옮김, 성균관대학교 대동문화연구원, 성균관대학교출판부, 2014.

이경유, 《창해시안: 시를 꿰뚫어보는 눈》, 장유승·부유섭 옮김, 성균관대학교출판부, 2020.

이규경, 《오주연문장전산고》, 동국문화사, 1958.

이극성, 《형설기문: 한밤에 깨어 옛일을 쓰다》, 장유승·부유섭·백승호 옮김, 성균관대학교출판부, 2016.

이기백 엮음, 《한국사 시민강좌》 제3집, 일조각, 1988.

이문종, 《이중환과 택리지: 택리지에 나타난 살만한 곳과 살만하지 못한 곳》, 아라, 2014.

이수미 외, 《산수화, 이상향을 꿈꾸다》, 국립중앙박물관, 2014.

이재운, 《해동화식전: 조선 유일의 재테크 서적, 부자 되기를 권하다》, 안대회 옮김, 휴머니스트, 2019.

이중환, 《완역 정본 택리지》(양장), 안대회·이승용 외 옮김, 휴머니스트, 2018.

이중환, 《택리지》, 윤석원 옮김, 사회과학원출판사, 1964.

이중환,《택리지》, 조선광문회, 1911.

이철환,《상산삼매》, 이대형 옮김, 내포가야산보원사, 2017.

이희,《국역 지재유집》, 안대회 옮김, 국립중앙도서관, 2012.

장지연,《고려·조선 국도풍수론과 정치이념》, 신구문화사, 2015.

저자 미상,《동국여지비고》, 서울사료총서 제1권, 서울특별시, 1956.

정동유,《주영편: 종횡무진 지식인 정동유, 심심풀이로 조선 최고의 백과사전을 만들다》, 안대회·서한석 외 옮김, 휴머니스트, 2016.

정만조·김성우·이헌창·김태영·정순우,《농암 유수원 연구》, 사람의무늬, 2014.

정민,《다산의 재발견: 다산은 어떻게 조선 최고의 학술 그룹을 조직하고 운영했는가?》, 휴머니스트, 2011.

정약용, 다산학술문화재단 엮음,《정본 여유당전서》33, 사암, 2012.

조흥국,《한국과 동남아시아의 교류사》, 소나무, 2009.

최관·김시덕,《임진왜란 관련 일본문헌해제: 근세편》, 도서출판 문, 2010.

최석기·정만조·이헌창·김문식·구만옥,《성호 이익 연구》, 사람의무늬, 2012.

최미정,《한국고전시가와 조선시대의 국경》, 역락, 2019.

최철,《태백의 전설》상, 강원일보사, 1974.

편자 미상,《대동야승》, 조선고서간행회, 1910.

편자 미상,《정감록》, 한성도서주식회사, 1923.

한명기,《임진왜란과 한중관계》, 역사비평사, 1999.

헤르만 라우텐자흐,《코레아: 일제 강점기의 한국지리》, 김종규·강경원·손명철 옮김, 푸른길, 2014.

(3) 국내 논문

고동환,〈조선후기 錦江水運과 浦口市場圈〉,《호서사학》제43집, 호서사학회, 2006, 101~138쪽.

고승희,〈18·19세기 咸鏡道 地域의 流通路 발달과 상업활동〉,《역사학보》제151집, 역사학회, 1996, 71~107쪽.

김경록,〈宣祖代 洪純彦의 외교활동과 朝·明관계〉,《명청사연구》제41권, 명청사학회, 2014, 1~35쪽.

김규선·구사회,〈황상의 산거 생활과 시적 형상화 연구〉,《한국시가문화연구》제30권, 한국시가문화학회, 2012, 31~56쪽.

김남형, 〈《驪江世稿》 研究 Ⅰ: 문헌적 성격 검토를 중심으로〉, 《한국학논집》 제42호, 계명대학교 한국학연구원, 2011, 317~338쪽.

김동준, 〈이철환의 《剡社篇》에 대한 재고: 18세기 안산지역 詩會의 맥락 검토를 겸하여〉, 《한국한시연구》 제19집, 한국한시학회, 2011, 177～221쪽.

김성현, 〈《택리지》의 지역서술에 대한 이해: 〈팔도총론〉 경기편을 중심으로〉, 《한국학》 제157호, 한국학중앙연구원, 2019, 77~104쪽.

김성환, 〈고군산의 최치원 문화원형 연구: '새만금 최치원프로젝트'를 제안하며〉, 《인문콘텐츠》 제14호, 인문콘텐츠학회, 2009, 137~156쪽.

김약슬, 〈星湖手寫本 擇里誌에 대하여〉, 《국회도서관보》 제5권 제4호, 국회도서관, 1968, 69~75쪽.

김영진, 〈새 발굴 驪州李氏 先世 문집·저술 고찰(1): 〈太湖詩稿〉를 중심으로〉, 《온지논총》 제36호, 온지학회, 2013, 129~166쪽.

김우진, 〈月沙 李廷龜의 對明 외교활동: 선조와 광해군대를 중심으로〉, 《조선시대사학보》 제61집, 조선시대사학회, 2012, 115~151쪽.

김혁, 〈우하영의 지리적 사유와 그 문화적 위치: '팔도론'과 '풍토론' 사이〉, 《규장각》 제43호, 규장각한국학연구원, 2013, 73~111쪽.

김희태, 〈조선시대 기록을 통해 본 광주 경양지景陽池〉, 《향토문화》 제27권, 향토문화개발협의회, 2007, 41~64쪽.

노성미, 〈《최고운전》 기우모티프와 돝섬기우제 비교 연구〉, 《배달말》 제54호, 배달말학회, 2014, 131~156쪽.

맹영일, 〈18세기 전반 백련시단의 형성과 시세계〉, 고려대학교 국어국문학과 박사학위논문, 2015.

박광용, 〈李重煥의 정치적 위치와 《擇里志》 저술〉, 《진단학보》 제69권, 진단학회, 1990, 127~143쪽.

박용만, 〈18세기 安山과 驪州李氏家의 文學活動: 《剡社篇》을 中心으로〉, 《한국한문학연구》 제25집, 한국한문학회, 2000, 289～316쪽.

박한민, 〈조일수호조규 관철을 위한 일본의 정찰활동과 조선의 대응〉, 《역사학보》 제217집, 역사학회, 2013, 275~304쪽.

박현욱, 〈이집두의 성시전도시〉, 《향토서울》 제87호, 서울역사편찬원, 2014, 39~74쪽.

박혜일·최희동·배영덕·김명섭, 〈李舜臣의 鳴梁海戰〉, 《정신문화연구》 제88호, 한국학중앙연구원, 2002, 115~153쪽.

배우성, 〈이중환의 청년기 생애와 사상: 시사詩社 활동을 중심으로〉, 《역사와 현실》 제57집, 한국역사연구회, 2005, 273～300쪽.

배우성, 〈擇里志에 대한 역사학적 讀法: 필사본 비교연구를 중심으로〉, 《한국문화》 제33호, 서

울대학교 규장각한국학연구원, 2004, 213~246쪽.

부유섭, 〈17-18세기 중반 近畿南人 文壇 硏究〉, 한국학중앙연구원 한국학대학원 박사학위논문, 2009.

성동환·조인철, 〈조선중기 儒家의 세계관이 반영된 집터 선정과 건축적 표현: 양평군 소재 택당 이식의 택풍당을 중심으로〉, 《한국지역지리학회지》 제11권, 한국지역지리학회, 2005, 367~380쪽.

손혜리, 〈18세기 후반-19세기 전반 조선 지식인들의 明 遺民에 대한 기록과 편찬의식: 李德懋의 《磊磊落落書》와 成海應의 《皇明遺民傳》을 중심으로〉, 《한국실학연구》 제28권, 한국실학학회, 2014, 327~361쪽.

안대회, 〈18세기 새로운 富의 인식과 理財論: 이재운의 《해동화식전》 연구〉, 《역사비평》 제128호, 역사비평사, 2019, 436~469쪽.

안대회, 〈18세기 詩社의 현황과 전개양상〉, 《고전문학연구》 제44집, 한국고전문학회, 2013.

안대회, 〈正祖 御諱의 改定: '이산'과 '이성' - 《奎章全韻》의 편찬과 관련하여〉, 《한국문화》 제52호, 서울대학교 규장각한국학연구원, 2010, 95~121쪽.

양진석, 〈18세기말 전국 지리지 《海東輿地通載》의 추적〉, 《규장각》 제43집, 서울대학교 규장각한국학연구원, 2013, 31~71쪽.

염정섭, 〈18세기 초중반 《山林經濟》와 《增補山林經濟》의 편찬 의의: 〈治農〉을 중심으로〉, 《규장각》 제25권, 서울대학교 규장각한국학연구원, 2002, 177~200쪽.

오상학, 〈鄭尙驥의 《東國地圖》에 關한 연구: 제작배경과 寫本들의 系譜를 중심으로〉, 서울대학교 지리학과 석사학위논문, 1994.

오성, 〈《택리지》의 팔도총론과 생리조에 대한 고찰: 경제관련기사의 서술과 관련하여〉, 《진단학보》 제69집, 진단학회, 1990, 145~163쪽.

유기상, 〈頤齋 黃胤錫의 풍수지리 인식〉, 《한국사상사학》 제50권, 한국사상사학회, 2015, 397~427쪽.

이기봉, 〈정상기의 《동국지도》 수정본 계열의 제작 과정에 대한 연구〉, 《문화역사지리》 제20권 제1호, 한국문화역사지리학회, 2008, 56~88쪽.

이도훈·김세호·임영길, 〈《擇里志》 異本考〉, 《대동문화연구》 제93호, 성균관대학교 대동문화연구원, 2016, 99~134쪽.

이지영, 〈祈雨문화의 맥락을 통해 본 〈최고운전〉의 형성〉, 《국문학연구》 제30호, 국문학회, 2014, 63~87쪽.

이헌창, 〈조선후기 충청도지방의 場市網과 그 변동〉, 《경제사학》 제18권, 경제사학회, 1994, 1~56쪽.

임영길, 〈조선후기 《擇里志》의 읽기 방식: 서발문 및 관련 저작을 중심으로〉, 《어문연구》 제172

호, 한국어문교육연구회, 2016, 265~290쪽.

임영길, 〈《擇里志》의 서북지역 기록과 그 특징〉, 《한국실학연구》 제39집, 한국실학학회, 2020, 269~303쪽.

전종한, 〈《택리지》에 나타난 "국토지리"의 서술 방식과 지리적 논리〉, 《대동문화연구》 제93호, 성균관대학교 대동문화연구원, 2016, 7~40쪽.

정구복, 〈《亂中雜錄》의 사학사적 고찰〉, 《韓國史學史學報》 23호, 한국사학사학회, 2011, 77~144쪽.

정민, 〈《치원소고》 및 《치원진장》에 대하여〉, 《문헌과해석》 제58권, 문헌과해석사, 2012, 173~194쪽.

정은진, 〈《聲皐酬唱錄》을 통해 본 豹菴 姜世晃과 星湖家의 교유 양상〉, 《동양한문학연구》 제22집, 동양한문학회, 2006, 337~374쪽.

조은애·이시준, 〈미와 다마키 《전설의 조선》의 일본 관련 설화에 대한 고찰〉, 《외국문학연구》 제57호, 한국외국어대학교 외국문학연구소, 2015, 531~553쪽.

조인철, 〈《林園經濟志》 〈相宅志〉의 내용 중 풍수에 관한 연구〉, 《민족문화연구》 제85호, 고려대학교 민족문화연구원, 2019, 319~352쪽.

조창록, 〈楓石 徐有榘와 '林園經濟'〉, 《한문학보》 제8권, 우리한문학회, 2003, 201~225쪽.

최원석, 〈조선후기의 주거관과 이상적 거주환경 논의: 건강장수도시의 한국적 원형 탐구를 위한 문헌 고찰〉, 《국토연구》 제73권, 국토연구원, 2012, 3~27쪽.

최인실, 〈《와유록》의 〈사대부가거처〉, 《택리지》의 원본인가〉, 《한국문화》 제86호, 서울대학교 규장각한국학연구원, 2019, 275~303쪽.

최인실, 〈《택리지》 초기 필사본 추정을 위한 서지적 고찰〉, 《서지학보》 제40권, 한국서지학회, 2012, 155~174쪽.

황인덕, 〈의자왕 관련 전설의 전개 양상〉, 《백제문화》 제33집, 공주대학교 백제문화연구소, 2004, 189~208쪽.

황인덕, 〈청주 '鴨脚樹' 전설의 전승력과 '홍수' 화소의 지역성〉, 《어문연구》 제58권, 어문연구학회, 2008, 413~437쪽.

(4) 해외 단행본과 논문

小林茂·岡田郷子, 〈19世紀後半における朝鮮半島の地理情報と海津三雄〉, 《待兼山論叢: 日本學編》 42, 2008, 大阪大學 文學研究科.

小石晶子, 〈李重煥と《擇里誌》〉, 《朝鮮學報》 第115輯, 朝鮮學會, 1985, 27~102面.

劉永連·段玉芳, 〈萬曆援朝抗倭戰爭明軍兵力考〉, 《朝鮮·韓國歷史研究》 第17輯, 中國朝鮮史研究會, 延邊大學 朝鮮·韓國歷史研究所, 2016, 229~247面.

劉振仁, 〈戚繼光的軍事努力與創新〉, 《全人教育集刊》, 臺灣, 2016, 97~131面.

謝肇淛, 《五雜俎》, 上海書店出版社, 2001.

孫衛國, 〈丁應泰彈劾事件與明清史籍之建構〉, 《南開學報(철학사회과학판)》 17本, 2012.

孫衛國, 〈朝鮮史料視野下的石星及其后人事跡略考〉, 《古代文明》 第6卷 第24期, 2012.

沈德符, 《萬曆野獲編》, 中華書局, 1997.

李光濤, 〈明人援韓興稷山大捷〉, 《中央研究院歷史語言研究所集刊》, 43本 1分, 1971, 1~14面.

李光濤, 〈丁應泰與楊鎬: 朝鮮壬辰倭禍論叢之一〉, 《中央研究院歷史語言研究所集刊》 53本 1本, 1982, 129~166面.

(5) 신문 자료

정인보, 〈朝鮮古書解題〉 제14회, 《동아일보》 1931년 4월 6일자 기사.

찾아보기

택리지 평설

국토 평론가 이중환, 사람이 살 만한 땅을 말하다

1판 1쇄 발행일 2020년 12월 7일

지은이 안대회

발행인 김학원
발행처 (주)휴머니스트출판그룹
출판등록 제313-2007-000007호(2007년 1월 5일)
주소 (03991) 서울시 마포구 동교로23길 76(연남동)
전화 02-335-4422 **팩스** 02-334-3427
저자·독자 서비스 humanist@humanistbooks.com
홈페이지 www.humanistbooks.com
유튜브 youtube.com/user/humanistma **포스트** post.naver.com/hmcv
페이스북 facebook.com/hmcv2001 **인스타그램** @humanist_insta

편집주간 황서현 **편집** 김주원 박기효 **디자인** 김태형 이수빈
조판 홍영사 **용지** 화인페이퍼 **인쇄** 청아디앤피 **제본** 정민문화사

ⓒ 안대회, 2020

ISBN 979-11-6080-518-5 93810

• 이 책은 저작권법에 따라 보호받는 저작물이므로 무단 전재와 무단 복제를 금합니다.
• 이 책의 전부 또는 일부를 이용하려면 반드시 저자와 (주)휴머니스트출판그룹의 동의를 받아야 합니다.